Operation Schwarzer Drache

KLAUS MEWES

Operation Schwarzer Drache

Bibliografische Information der Deutschen Nationalbibliothek:
Die Deutsche Nationalbibliothek verzeichnet diese Publikation in
der Deutschen Nationalbibliografie; detaillierte bibliografische Daten
sind im Internet über dnb.dnb.de abrufbar.

© 2021 Klaus Mewes
Satz, Herstellung und Verlag: BoD – Books on Demand, Norderstedt
ISBN: 978-3-7534-3736-1

Inhalt

Um an die Quelle zu kommen,
muss man gegen den Strom schwimmen.

Konfuzius

Die Verhältnisse zum Tanzen zwingen I

Der schwarze Hongqi L9 fuhr langsam an den beiden salutierenden Posten vorbei. Der Mann im Fond grüßte nicht zurück. Seine ausdruckslosen Augen schienen auf etwas Unbestimmtes in der Ferne gerichtet zu sein.

VA – die ersten beiden Buchstaben des Nummernschilds zeigten an, dass das Fahrzeug zum Fuhrpark der Zentralen Militärkommission ZMK gehörte.

Die dann folgenden Ziffern 02019 standen für die Glänzende Zukunft, die bald anbrechen würde. Sehr bald.

Vor dem Hauptportal des wuchtigen Gebäudes in der Fuxing-Straße, das an einen deutlich überdimensionierten chinesischen Tempel erinnerte, ließ der Fahrer den Wagen ausrollen. Ein Soldat öffnete die Tür des Wagens und stand stramm, als der Fahrgast ausstieg.

Er trug einen eleganten Brioni-Anzug, Navvy Cuts von John Lobb und eine schmale Brille mit feiner Fassung – ein intellektueller Gentleman, vielleicht Mitte bis Ende sechzig.

Während er mit elastischen Schritten in dem grauen Gebäude verschwand, hatte sein Fahrer Mühe, ihm zu folgen. Der große Pilotenkoffer, den er trug, hatte schließlich einiges an Gewicht.

Der Mann und sein Fahrer würdigten die salutierenden Soldaten in den langen Gängen keines Blickes. Während sie das Untergeschoß im Mittelteil erreichten, wagte es niemand, die beiden Männer an den zahlreichen Durchleuchtungsanlagen aufzuhalten. Jeder in diesem Gebäude kannte den Mann. Es war nicht nötig und wahrscheinlich auch nicht sehr karrierefördernd, ihn nach seinen Papieren zu fragen, wie es die strengen Dienstvorschriften eigentlich vorsahen.

Mit einem schwer bewachten Fahrstuhl erreichten die beiden Männer schließlich die hermetische Zone. Ein Irisscanner gab eine Tür in der atombombensicheren Panzerung frei und ließ sie passieren.

9

Hier war die abhörsichere Kommandozentrale des VBA-Gebäudes, ein unterirdisches Gewirr von Gängen, die Hunderte von Räumen miteinander verbanden.

Der Mann öffnete schließlich die Tür zu einem dieser Räume und trat ein.

Sofort verstummten sämtliche Gespräche, die in diesem Raum versammelten Männer erhoben sich und beugten schweigend die Köpfe.

Eine kleine Weile standen sie so da, bevor er schließlich das Wort an sie richtete: »Genossen. Ihr kennt mich.«

»Natürlich, Wang Zhǔxí, wir kennen dich«, scholl es ihm wie aus einem Mund entgegen.

Natürlich kannten sie ihn – Wang war der Vizepräsident des Militärgeheimdienstes Zhong Chan Er Bu der Volksbefreiungsarmee. In dieser Funktion hatte er direkten Zugang zum engsten Machtzirkel der Partei, dem Politbüro, dessen Auge und Ohr er war. Er war einer der mächtigsten Strippenzieher im Reich der Mitte.

Die übrigen vielleicht fünfundzwanzig Anwesenden waren die Leiter der Abteilung für verdeckte Operationen. Eine verschworene Gruppe der erfahrensten Männer des Dienstes, deren Fähigkeiten keinesfalls hinter denen ihrer Gegenspieler in der CIA zurückstanden.

Etwas abseits von dieser Gruppe saß ein athletisch gebauter Mann Anfang fünfzig, der ein wenig wie ein Fremdkörper wirkte – er schien ein Zivilist zu sein. Jedenfalls trug er keine Uniform und sein ganzer Habitus entsprach auch nicht der in diesem Gebäude üblichen Norm. Er wirkte auf die anderen eine Spur zu lässig, fast ein wenig undiszipliniert. Wie er da mit halb geschlossenen Lidern, die Ellenbogen auf den Tisch gestützt an einem Bleistift kaute wirkte er eher wie ein unbeteiligter Zuschauer als wie jemand, der einem der mächtigsten Schattenmänner Chinas gegenübersaß.

Während die anderen darauf warteten, dass Wang den Fremden tadeln möge, fuhr dieser fort: »Ihr fragt euch natürlich, warum ich euch zu diesem Treffen befohlen habe, und ihr habt ein Recht darauf, dies zu erfahren. Es ist allerdings ein wenig kompliziert, sodass ich etwas ausholen muss, um euch den Grund für unsere Zusammenkunft zu erläutern.

Ich nehme an, dass jeder die Legende des Hēilóng, des Schwarzen Drachens, kennt.«

Die Männer im Raum sahen sich fragend an – selbstverständlich kannten sie die Legende vom Schwarzen Drachen. Im Reich der Mitte waren Drachen, anders als zum Beispiel in Europa, im Allgemeinen positiv besetzt. Drachen waren in China seit jeher keine dämonischen Wesen, die es zu töten galt, sondern vielmehr Gottheiten, zu denen auch heute noch in vielen ländlichen Gebieten Chinas gebetet wurde, weil man sich von ihnen eine gute Ernte, Regen, Gesundheit oder einfach Schutz vor allem Übel erhoffte.

Es gab mächtige Long Wang, Drachenkönige, wie Ao Guang, über die man seit Tausenden von Jahren voller Ehrfurcht sprach, um sie nicht zu verärgern.

Drachen und Menschen lebten seit jeher in einem harmonischen Gleichgewicht – die Menschen zollten den Drachen ehrfürchtigen Respekt und diese gewährten ihnen dafür Schutz und Hilfe.

Es gab natürlich auch böse Drachen und der gefürchtetste unter ihnen war Hēilóng, der Schwarze Drache.

»Der Schwarze Drache bringt seit jeher Unheil. Im Alten Reich glaubten die Menschen, dass er vor allem für schwere Überschwemmungen, Stürme und andere Naturkatastrophen verantwortlich war, und daher war kein Drache gefürchteter als er, der Zerstörer all dessen, was Menschen aufgebaut haben. Andererseits sagt die Legende auch, dass sich die Mutter unseres hochverehrten Meisters Konfuzius dem Schwarzen Drachen in Menschengestalt hingegeben hat und danach ihn, einen unserer größten Denker, gebar. Demnach wäre Konfuzius also der Sohn des Schwarzen Drachen, woraus folgen würde, dass der Hēilóng eben nicht nur eine grausame, sondern auch eine sehr weise Seite hat.«

11

Wang machte eine Pause und blickte in die Runde. Die Männer schauten ihn erwartungsvoll an – worauf wollte der Alte hinaus? »Kennt ihr die Theorie vom Schwarzen Schwan?«, wollte Wang nun wissen. Sie blickten einander verständnislos an. Was zur Hölle wollte der Zhǔxí ihnen mit diesen Tiergeschichten sagen?! »Nein?«, fuhr er ungerührt fort. »Dann will ich euch ein wenig auf die Sprünge helfen: es gab im alten Rom einen Satiriker namens Juvenalis, der sich in einer seiner überlieferten Schriften über die Treue von Ehefrauen wie folgt auslässt: eine treue Ehefrau ist nach Juvenalis ein rara avis, nigroque simillima cygno, also ein seltener Vogel, ähnlich eines schwarzen Schwans.

Nun müsst ihr wissen, dass schwarze Schwäne damals in Europa, anders als bei uns, unbekannt waren, so dass der Inhalt dieses Satzes ein wenig schmeichelhafter für Ehefrauen ist.« Unterdrücktes Gelächter. »Es handelt sich bei einem ›Schwarzen Schwan‹ also um eine Metapher, die etwas beschreibt, das es eigentlich gar nicht geben sollte. Etwas, das zwar äußerst unwahrscheinlich, doch theoretisch möglich ist.

Diese Metapher wurde erstmals im Jahr der Schlange 2001 von einem libanesischen Börsenhändler und Finanzmathematiker namens Taleb verwendet, um Ereignisse zu beschreiben, die, kurz gesagt, plötzlich und vor allem unvorhergesehen eintreten und den Gang der Dinge entscheidend verändern.

Fassen wir zusammen: wir haben zwei Fabelwesen, einen Drachen und einen Schwan, beide sind schwarz, beide stehen für mächtige Ereignisse, die den Gang der Dinge verändern. Während der Schwan lediglich die Eigenschaft hat, unvorhersehbar zu sein, ist der Drache grausam und weise zugleich. Und – das ist entscheidend – während der Schwan lediglich für das Ereignis als solches steht, löst der Drache dieses aus. Der Drache führt das Ereignis herbei, der Schwan ist das Ergebnis des Handelns des Drachen. Es hängt also vom Willen und der Macht des Schwarzen Drachen ab, wie mächtig der Schwarze Schwan wird. Könnt ihr mir folgen?«

Er blickte in ratlose Gesichter. Nein, sie konnten ihm nicht

12

folgen. Niemandem war auch nur ansatzweise klar, worauf der Präsident hinauswollte. Niemandem bis auf den Mann im Hintergrund, der sich jetzt behaglich streckte.

Wang lächelte versonnen.

»Ich komme später darauf zurück und bin sicher, dass ihr dann verstehen werdet. Kommen wir zunächst zu einem anderen Thema. Unserer Zukunft.«

Die Männer entspannten sich. Das hatten sie schon hundertmal gehört – die Zukunft, die Große Wiederauferstehung der chinesischen Nation, die einst unter dem Großen Vorsitzenden Mao begonnen hatte und die nun unter Präsident Xi vollendet werden sollte. In vielen Reden hatten führende Politiker des Landes dieses Ziel in den letzten Jahren beschworen und der Überragende Führer Xi selber hatte den Zeitplan dafür festgelegt: die erste Phase bis 2020 war fast abgeschlossen. In dieser sollte das Land seine industriellen Fertigungskapazitäten steigern und insbesondere in der Digitalisierung zu den westlichen Nationen aufschließen. In der zweiten Phase bis 2025 sollten die Gesamtqualität aller Fertigungsbereiche wesentlich ausgebaut werden und Energieverbrauch und Schadstoffemissionen das Niveau der entwickelten Volkswirtschaften erreichen.

Zielvorgabe bis 2035 war es, sich in allen Bereichen der Wirtschaft im Mittelfeld der Industriemächte zu platzieren, und bis 2049 – zum hundertjährigen Bestehen der Volksrepublik – sollte das Reich der Mitte an der Weltspitze aller Industrienationen stehen.

Die führenden Parteikader hatten damit einen ehrgeizigen Zeitplan zur Ablösung der USA als Nummer eins der Industrienationen ausgegeben.

Zur Überraschung seiner Zuhörer fuhr Wang jedoch nicht wie erwartet fort: »Unsere Zukunft, liebe Genossen, beginnt vor fünftausend Jahren. Das Zeitalter nennt man im Westen Bronzezeit. Während die Menschen in den Regionen, die nun schon seit so langer Zeit den Rhythmus der Welt bestimmen, in dieser Epoche erst damit begannen, Zivilisationen aufzubauen, und während dort bestenfalls die Sphinx und die Pyramiden von Gizeh als Zeugnisse einer Hochkultur aus dieser Zeit bekannt sind, begründete der Gelbe Kaiser Huáng Dì unsere Kultur. Bereits unter ihm und den anderen vier Urkaisern, die ihm nachfolgten, entstand eine Hochkultur im Reich. Es gab Kalender, Schulen, eine Schrift, musikalische Kompositionen und Astronomie. Außerdem erfand Kaiser Yáo unser geliebtes Go.« Er lächelte kurz.

»Allgemein gilt diese Epoche bei uns als das Goldene Zeitalter. Doch da stets alles ineinanderfließt, konnte auch damals nichts so bleiben, wie es war. Daher wurde das Reich von mehreren Flutkatastrophen gigantischen Ausmaßes getroffen. Hunderttausende verloren ihr Leben und die wenigen Überlebenden besaßen kaum mehr als die Kleider an ihrem Leib. Dafür sei, so glaubten die Menschen, Hēilóng, der Schwarze Drache, verantwortlich gewesen.

Der Held Yu stellte sich ihm entgegen und schaffte es, durch den Bau von Dämmen, deren Überreste ihr heute noch bewundern könnt, die Fluten zu bändigen. Zum Dank dafür ernannte ihn der letzte Urkaiser Shún zu seinem Nachfolger. Er war der Begründer unserer ersten Dynastie, der Xia-Dynastie. Diese Dynastie gilt heute als die Wiege des Alten China.«

Die Männer im Raum lauschten gebannt – worauf wollte er hinaus?

»Unter Yu dauerte das Goldene Zeitalter an, doch nachdem er gestorben war, traf die Menschen die Rache des Hēilóng; die Nachfahren von Yu fochten grausame Kämpfe um dessen Nachfolge aus und schließlich zerfiel das Reich. Der letzte Xia-Kaiser Jié war so grausam, dass das Volk ihn schließlich stürzte – sein Name steht bei uns heute noch als Synonym für Grausamkeit.«

Er machte eine kleine Pause und tupfte sich mit einem kleinen Seidentüchlein ein paar Schweißperlen von der Stirn.

»Warum ist nun das Erste Reich zerfallen, obwohl es doch in vielen Dingen dem Rest der Welt um Jahrhunderte voraus war?

14

Weil es schlecht geführt wurde und seine Führer uneins waren.

»Dies, Genossen, ist die **1. Lehre**, die der Große Vorsitzende und alle, die ihm nachfolgten, bis hin zu unserem Überragenden Führer Xi aus unserer Geschichte gezogen haben: **Absolute Einigkeit** ist die unabdingbare Voraussetzung dafür, dass China den ihm zustehenden Platz in der Welt nicht nur einnehmen, sondern auch für immer behaupten kann.«

Er sah sich im Raum um. »Ich vermute, ihr habt etwas anderes erwartet als eine Lektion in Geschichte? Nun, ihr werdet nicht enttäuscht werden, aber wie ich schon sagte: ich muss noch ein wenig ausholen …

Auch den drei folgenden Dynastien der frühen Zeit des Reiches war keine dauerhafte Existenz vergönnt. Ursächlich dafür waren neben Kämpfen im Inneren auch ständige Angriffe anderer Völker, die immer wieder große Teile des Reiches verwüsteten.

Einen – vergeblichen – Versuch, Letzteres zu verhindern, könnt ihr heute noch in Form der Großen Mauer bewundern.

Aus den Trümmern der Qin-Dynastie ging vor 2200 Jahren die Han-Dynastie hervor. In den vierhundert Jahren ihrer Herrschaft stieg das Reich der Mitte erstmals zur globalen Handelsmacht auf – Wirtschaft und Kultur blühten wieder auf, über die Seidenstraße trieb es sogar Handel mit der anderen damaligen Weltmacht Rom. Doch auch dieses große Reich zerfiel aufgrund der Uneinigkeit seiner Fürsten und es begann das Interregnum der Drei Reiche. Eine weitere Zeit der inneren Kämpfe brach an. Eine weitere Zeit des Zerfalls und der Schwäche.

Reiche bildeten und bekämpften sich gegenseitig, Herrscherhäuser kamen und gingen – und immer scheiterte China zumeist an sich selbst, an seiner Uneinigkeit.

Schließlich erhob vor eintausendvierhundert Jahren die Tang-Dynastie das Haupt. Mit ihr war unseren Vorfahren eine weitere dreihundertjährige Blütezeit vergönnt. Und wieder zeigte es sich, dass das Reich der Mitte – sobald es geeint und befriedet war – kulturell und wirtschaftlich allen anderen damaligen Reichen auf der Welt überlegen war. Ein Beispiel verdeutlicht das: bereits damals konnte bei uns Stahl hergestellt werden – die Europäer ›erfanden‹ dieses Verfahren erst vor hundertfünfzig Jahren.

Ihr wisst natürlich, dass auch dieses Reich wieder an der Uneinigkeit unserer Vorfahren zugrunde ging. Es folgten mehrere mehr oder weniger erfolgreiche Versuche, die daraus hervorgegangenen Teilreiche zu vereinen, bis alles unter dem unaufhaltsamen Ansturm der Mongolen zusammenbrach – wäre das Reich geeint und stark gewesen, hätte es diesem vielleicht standgehalten.

Der Versuch der Fremden, auf unserem Gebiet eine dauerhafte Herrschaft in Form der Yuan-Dynastie zu erreichten, misslang nicht zuletzt auch wegen des Widerstands der Roten Turbane.

Nach der weitgehenden Vertreibung der Mongolen errichteten die Ming-Kaiser eine neue chinesische Dynastie, die knapp dreihundert Jahre die Geschicke Chinas bestimmte.

Betrachtet man nun die Periode, die von der Drei-Reiche-Zeit bis zum Ende der Ming reicht – etwa eintausend Jahre – so wird deutlich, dass unsere Vorfahren trotz ihrer inneren Zerrissenheit allen anderen Völkern haushoch überlegen waren: in dieser Zeit erfanden wir das Papier, das Porzellan, das Schwarzpulver und den Buchdruck. Auf den Feldern der Mathematik, der Astronomie, der Physik und der Chemie sowie der Meteorologie waren wir allen anderen weit überlegen, und schließlich konnte uns auch niemand auf dem damals so wichtigen Gebiet der Landwirtschaft das Wasser reichen.

In die Ming-Epoche fällt auch die Geburt Chinas als Seefahrernation ersten Rangs. Ihr alle kennt die Leistungen des Großen Admirals Zheng He, den wir nicht zu Unrecht als Vater unserer Kriegsmarine verehren – der NOCH zweitgrößten Kriegsmarine der Welt.

Was, so fragt man sich, hätten wir erst erreichen können, wenn wir uns einig gewesen wären?!

Aber die Zeit war noch nicht reif und so mussten wir weiter auf den uns zustehenden Platz in der Welt warten.

Die Ming-Kaiser vergaßen, berauscht von ihrer Macht und der Welt immer mehr entrückt, sich um ihr Volk zu kümmern. Die

16

Bauern hungerten und so kam es schließlich zur Revolte, die den letzten Ming-Kaiser Chongzhen hinwegfegte. Diese Revolte war auch deshalb von Erfolg gekrönt, weil der Verräter Wu Sangui die Große Mauer für die fremden Heere der Mandschu öffnete und ihnen somit die Möglichkeit gab, das zerrissene Reich zu überrennen.

Das ist die **2. Lehre**, die der Große Vorsitzende und alle, die ihm nachfolgten, bis hin zu unserem Überragenden Führer Xi aus unserer Geschichte gezogen haben: **Die Macht des Volkes kontrollieren.** Das Volk, Genossen, kann jeden Herrscher jederzeit hinwegfegen. Deshalb muss man seine Macht einhegen – kanalisieren, kontrollieren, manipulieren und gegebenenfalls rechtzeitig amputieren.«

Wang legte wieder eine kleine Pause ein und trank einen Schluck Tee. Sein Auditorium war inzwischen vom Zustand der Ratlosigkeit in den der beginnenden Verzweiflung gewechselt.

Jeder der Männer kannte die Geschichte der Großen Nation, die ihnen in Hunderten von Unterrichtsstunden in Schule, Partei- und Militärakademie eingebläut worden war. Was also bezweckte Wang damit, ihnen etwas zu erzählen, was sie sowieso schon wussten?

Immerhin hatte der Befehl zu diesem Treffen die höchste Geheimhaltungsstufe gehabt – das passte nicht zu dem, was sie da hörten.

Andererseits – sie alle kannten auch den legendären Ruf Wangs als Meister der Schatten. Er stand in dem Ruf, messerscharfe Intelligenz, blitzschnelle Auffassungsgabe und ein brillantes Analysevermögen zu besitzen. Er war entscheidungsstark und hatte keine Skrupel, jedes Mittel anzuwenden, das seinen Zielen diente. Und er war der Parteiführung gegenüber so loyal, dass man sich dort blind auf ihn verließ.

Anders ausgedrückt: Wang Zhǔxí war eine Idealbesetzung als Geheimdienstchef und es war sicherlich absolut nicht ratsam, sich etwas von der allgemein aufkommenden Müdigkeit anmerken zu lassen.

»Genossen«, hob er erneut an. »Habt noch ein wenig Geduld mit mir – ich sehe euch zunehmend erschlaffen.« Der drohende Unterton ließ die Zuhörer erstarren und sofort strafften sie sich. Wang lächelte grimmig. »Also, wo war ich? Ja – die Mandschu. Wie ihr wisst, gründeten sie die letzte Kaiserdynastie der Qing. Diese gilt allgemein als eine der erfolgreichsten, weil auch sie teils atemberaubende kulturelle und wirtschaftliche Leistungen hervorbrachte. Unser Land erreichte unter ihnen seine flächenmäßig größte Ausdehnung überhaupt und die Völker in seinen Grenzen vermehrten sich aufgrund der guten Bedingungen so stark, dass das Reich vor etwa 200 Jahren ungefähr 36% aller Menschen auf dem Planeten stellte. Zu diesem Zeitpunkt erwirtschaftete das Reich etwa 33% der Weltwirtschaftsleistung – etwa so viel wie damals in ganz Europa.

Ihr könnt euch vorstellen, Genossen, dass ein so reiches Land Begehrlichkeiten weckt.

Während sich China, bedingt durch seine traditionelle Jahrtausende währende Fixierung auf sich selbst, abgesehen vom friedlichen Handel, nicht um den Rest der Welt kümmerte, begannen andere Staaten, vor allem jene in Europa, die Welt mit Feuer und Schwert zu erobern.

Sie begnügten sich nicht mehr mit friedlichem Handel, sondern begannen, die neue und die alte Welt unter sich aufzuteilen und in Besitz zu nehmen.

Und natürlich war China, einerseits aufgrund seines Reichtums und andererseits wegen seiner Schwäche, eine ideale Beute.

Es klingt paradox, aber es war Chinas wirtschaftliche Stärke, die seinen erneuten Untergang herbeiführte: da die Europäer, vor allem deren mächtigstes Land Großbritannien, immer mehr chinesische Waren haben wollten, stiegen die Importe chinesischer Produkte wie Tee, Porzellan und Seide stark an. Im Gegenzug wurde aber von China kaum etwas aus Europa importiert. Das führte zu einem immer größer werdenden Handelsdefizit auf Seiten der Engländer, was diese nicht länger hinnehmen wollten. Nachdem der Kaiser sich nicht für die minderwertigen Stoffe

18

aus England interessierte verfielen sie darauf, den Chinesen vermehrt das in Bengalen angebaute Opium zu verkaufen. Dies war in China seit Jahrhunderten beliebt, wenn auch verboten, was die Engländer natürlich wussten. Da sie nicht offen gegen das Verbot auftreten wollten, um den legalen Handel mit China nicht zu gefährden, ließen sie chinesische Schmuggler die Drecksarbeit erledigen – diese schmuggelten in kurzer Zeit so viel britisches Opium ins Land, dass dieses förmlich überschwemmt wurde. Das hatte drei schwerwiegende Folgen: nahezu die Hälfte aller Chinesen wurde drogenabhängig und apathisch. Die öffentliche Moral sank in kürzester Zeit dramatisch und große Teile des Volkes verarmten. Und schließlich brach das chinesische Währungssystem zusammen, das den Abfluss großer Menger Silber zur Bezahlung des Rauschgiftes nicht verkraftete. Dadurch wiederum nahm die Verarmung des Volkes weiter rapide zu.

Als nun der Kaiser reagierte und mit Machtmitteln versuchte, das wilde Treiben der Briten in seinem Land zu unterbinden, kam es, wie ihr wisst, zu den sogenannten Opiumkriegen, deren schmachvollen Verlauf ich hier jetzt nicht wiedergeben möchte.

Es sollte sich allerdings in die Hirne aller Chinesen einbrennen, dass das, was darauf folgte, die Konsequenz aus der Schwäche Chinas gegenüber dem frechen Auftreten ausländischer Mächte war.

Denn das ist die 3. Lehre, die der Große Vorsitzende und alle, die ihm nachfolgten, bis hin zu unserem Überragenden Führer Xi aus unserer Geschichte gezogen haben: **Unter keinen Umständen dürfen fremde Mächte jemals wieder Einfluss in China bekommen. Niemals!**

Die Folgen der sogenannten Opiumkriege waren verheerend und treiben jedem Chinesen auch heute noch die Zornesröte ins Gesicht: das Reich wurde mit militärischer Gewalt gezwungen, weiterhin riesige Mengen Opium zu importieren, was zu einer immer nachhaltigeren Verelendung unseres Volkes führte. Die chinesischen Kriegsverlier mussten mit den Siegern entsprechende ›Verträge‹ abschließen. Verträge, in denen sich diese dauerhafte Vorrechte in strategisch wichtigen Stützpunkten auf dem Staatsgebiet Chinas sicherten, von denen aus sie immer wieder versuchten, sich zu ihrem Nutzen und zum Schaden Chinas in dessen Politik einzumischen. Ich nenne hier nur Xiānggǎng, von den britischen Erpressern Hong Kong genannt, und dann wisst ihr sofort, wie mühe- und schmachvoll es für uns war, diese sogenannten Verträge Schritt für Schritt rückgängig zu machen.

Durch die Verarmung des Volkes und die zunehmend desolate Situation der staatlichen Verwaltung – hier vor allem die ausufernde Korruption – kam es schließlich zu dem opferreichsten Bürgerkrieg der gesamten Menschheitsgeschichte, dem Taiping-Aufstand, der zwanzig bis dreißig Millionen Tote forderte. Dieser Bürgerkrieg, der die dauerhafte Agonie Chinas bis 1949 einleitete, wurde nicht zuletzt auch wieder von ausländischen Mächten genutzt, um China weiter zu schwächen und das Land wirtschaftlich unter sich aufzuteilen.

Zu den traurigsten Kapiteln dieses Buches gehört nicht nur, dass viele unserer Vorfahren in ihrem Vaterland keine Zukunft mehr sahen und es verließen, sondern dass diese oft als Kulis verkauft und erniedrigt wurden.

Allerdings hat dieses erschütternde Kapitel auch sein Gutes: heute leben etwa fünfzig bis sechzig Millionen Chinesen in fast allen Ländern der Welt; oftmals sind das die Nachfahren der Kulis von einst. Über unsere diplomatischen Vertretungen, das Büro für auslandschinesische Angelegenheiten und die gesamte Einheitsfrontarbeit stehen wir mit diesen in engem Kontakt und nutzen diese Kontakte, um der Welt unsere Botschaft nachhaltig zu vermitteln.

Aber Geduld, Genossen, noch sind wir nicht ganz bei dem Thema angelangt, wegen dem ihr heute hier versammelt seid.

Im Rahmen der sogenannten Opiumkriege verlor die Regierung immer mehr Kompetenzen an die fremden Mächte. So wurde sie dazu gezwungen, die Zollkontrolle und die Kontrolle über den Handelsverkehr abzugeben. Weil dem Staat dadurch die Einnahmen wegbrachen, musste er Kredite bei ausländischen Banken aufnehmen, was die Abhängigkeit weiter verstärkte.

Damit sank das einst stolze Reich der Mitte nahezu auf den Status einer Kolonie der Europäer und Japaner herab, die sich zwischenzeitlich ebenso wie Russland auch ein Stück vom Kuchen sichern wollten. Im ersten chinesisch-japanischen Krieg vor gut hundertzwanzig Jahren wurde schließlich unsere Flotte zerstört und Japan begann damit, Gebiete des Reiches zu annektieren.

Schließlich teilten die Aggressoren das Reich unter sich in verschiedene Einflusssphären auf, in denen sie dann sogar Truppen stationierten.

Der Niedergang hatte somit ein solches Ausmaß erreicht, dass sich im Volk schließlich Gegenkräfte regten. Ein erster Aufstand gegen die Invasoren erfolgte durch die Bewegung der Verbände für Harmonie und Gerechtigkeit, im Westen auch Boxeraufstand genannt.

Zwar wurde er von den Langnasen blutig niedergeschlagen, doch war dadurch die Flamme der Revolution im Volk entfacht worden. Der Zorn richtete sich zunehmend auch gegen die degenerierten Herrscher der Qing, die das Treiben der Ausländer zugelassen hatten.

Von unserem Großen Vorsitzenden ist überliefert, dass er sich als äußeres Zeichen seiner Ablehnung des Kaiserhauses als junger Mann den traditionellen Haarzopf abschneiden ließ. Das war die Zeit, in der die Qing-Dynastie ihr unrühmliches Ende fand und in der die Großen Wirren begannen, in denen verschiedene chinesische Kriegsherren zunächst vor allem mit Japan, dann aber auch gegeneinander um die Herrschaft im Reich der Mitte kämpften.

Auch der Ausgang des Ersten Weltkrieges beendete diesen unrühmlichen Zustand nicht, sondern stärkte die Stellung der Japaner, die immer brutaler versuchten, China zu ihrer Kolonie zu machen. Schließlich riefen sie den Marionettenstaat Mandschukuo aus und setzten tatsächlich den letzten Qing-Kaiser Puyi als Statthalter ein.

Zwar hatte China versucht, durch die Kriegserklärung an die

Mittelmächte das Wohlwollen der Entente zu gewinnen, um sich dadurch deren Schutz gegen Japan zu sichern. Doch die hundertvierzigtausend Chinesen waren umsonst an den europäischen Kriegsschauplatz entsandt worden – nach dem Krieg ließen die undankbaren Sieger den Japanern freie Hand.

China befand sich also wieder einmal im Zustand der inneren Zerrissenheit und bedrängt von äußeren Mächten, die diesen Zustand ausnutzten.

Aber wie sagte einmal ein deutscher Philosoph: Wo Gefahr ist, wächst das Rettende auch. Vor fast hundert Jahren, drei Jahre nach dem Ende des Ersten Weltkrieges und mitten im scheinbar unaufhaltsamen Taumel des Niedergangs, wurde in Shànghǎi die Kommunistische Partei Chinas gegründet. Es dauerte dann noch einmal achtundzwanzig Jahre, bis unsere Partei fast ganz Festlandschina unter ihrer Kontrolle befrieden konnte. Achtundzwanzig Jahre voller Chaos und Krieg, die aus dem einst reichsten und mächtigsten Land der Welt endgültig ein Armenhaus gemacht hatten.

1949 begann der erneute Aufstieg Chinas zum Reich der Mitte. Zu einem Reich, das über allen anderen stehen soll, weil das sein rechtmäßiger Platz ist.«

Erneut legte er eine kleine Pause ein, doch nur, um entschlossen in die Gesichter seiner Zuhörer zu blicken. Während er weitersprach, bemerkten diese, wie sich Tonfall und Mimik des Redners veränderten.

Auf die Gesichtszüge des nüchternen Gentleman legte sich etwas Fanatisches, Beschwörendes. Hier sprach jemand, der zutiefst davon durchdrungen war, dass er sich auf einer Mission befand. Einer, dem jedes Mittel recht war, um sein Ziel zu erreichen.

»Und nun, siebzig Jahre später, tragen wir die Stiefel unserer Vorfahren. Wir sind in diesen siebzig Jahren auf unserem Weg zurück an die Spitze weit gekommen, doch gibt es nach wie vor Hindernisse und es ist nun an uns, sie aus dem Weg zu räumen. Wir haben ein jahrtausendealtes Erbe angetreten, eine Verhei-

22

ßung, eine Mission. Und wir sind von der Geschichte dazu be-stimmt worden, die entscheidende Generation zu sein, die diese Mission erfüllt.

Und wir hier in diesem Raum werden die Speerspitze dieser Mission sein.«

Mit diesen Worten verließ er seinen Platz am Pult und setzte sich zu den anderen.

Es herrschte Totenstille.

Zwischenfall

Dicht an dicht standen die Massen an der Straße. Das Gedränge, der Smog und die Hitze hatten den ganzen Tag über ihren Tribut in Form von Ohnmächtigen gefordert. Dennoch war die Stimmung gut, ja ausgelassen.

Seit Wochen hatten die Menschenmassen auf den Straßen diesem Tag entgegen gefiebert. Die Stadt glich mehr als sonst einem Ameisenhaufen und wurde zusätzlich bevölkert von westlichen Kamerateams, die ihre Bilder in Echtzeit um den Globus sendeten.

Heute war es also soweit – der Staatsgast sollte kommen.

Sie stand nun schon seit über fünf Stunden an der Chang'an Straße in der Nähe der Großen Halle des Volkes. Sie wusste, dass der Konvoi mit ihm hier vorbeifahren würde. Mehrmals hatte sie schon das Gefühl gehabt, nicht mehr weit von einem Kreislaufkollaps entfernt zu sein, aber sie war gekommen, um ihn zusehen, um einen flüchtigen Blick auf den Mann zu werfen, der für sie und all die anderen Menschen, die heute unterwegs waren, wie kein anderer für die Hoffnung auf Veränderung stand.

Vor zwei Jahren hatte sie an der renommierten Universität von Wǔhàn ihr Medizinstudium mit der Bestnote abgeschlossen und arbeitete nun im dortigen Universitätskrankenhaus. Natürlich hatte sie nur studieren dürfen, weil die unverbrüchliche Treue ihrer Familie zur Partei bekannt war. Aber sie war in ihren Studienjahren auch mit anderen Gedanken in Berührung gekommen. Gedanken westlicher Philosophen aus Antike und Neuzeit. Nächtelang hatte sie mit Freunden über Freiheit und Demokratie diskutiert und sich gefragt, wie man das gesellschaftspolitische System in ihrer Heimat so verändern könne, dass es weniger Dirigismus, weniger Unfreiheit und vor allem weniger Vetternwirtschaft und Korruption geben würde.

Und dann hatte sich ausgerechnet im Mutterland der Herrschaft des Proletariats etwas Entscheidendes verändert – ein

24

Mann hatte dort die Macht übernommen, der erkannt hatte, dass es so nicht weitergehen konnte. Einer, der es offenbar ernst meinte mit Veränderungen. Zunächst hatte sie den Regierungswechsel achselzuckend zur Kenntnis genommen, dann aber mit immer mehr Interesse verfolgt, wie der vergleichsweise junge Staatschef versuchte, die verkrusteten Strukturen in seinem Land aufzubrechen, und hatte registriert, dass auch in anderen Staaten des Machtbereichs seines Imperiums Tauwetter angebrochen war.

Die Diskussionen mit den anderen waren leidenschaftlicher, mutiger geworden und sie waren auch nicht abgerissen, als sie das Studium abgeschlossen hatte. Eine nie gekannte Aufbruchstimmung hatte, zunächst zögerlich und dann immer überwältigender, die Jugend des Landes erfasst und war schließlich von den Universitäten auf andere Bereiche übergesprungen. Sollte es möglich sein? Läge es vielleicht sogar zum Greifen nahe? Freiheit! Freiheit auch in unserem Land?!

Es war bereits im vergangenen Jahr zu vereinzelten größeren Demonstrationen in Héféi, Shànghǎi und anderen Universitätsstädten gekommen. Auch in Wǔhàn hatte es einzelne Kundgebungen gegeben, die sie zunächst nur beobachtet und an denen sie schließlich aber voller Überzeugung teilgenommen hatte. Die Staatsmacht hatte sich fast immer zurückgehalten, was sie und die anderen ermutigte, sich stärker zu engagieren. Insbesondere Generalsekretär Hú Yàobāng brachte ihnen viel Verständnis entgegen. Zuviel. Er war deshalb vom Patriarchen Dèng Anfang des Jahres zum Rücktritt gezwungen worden und nun, nur drei Monate später, verstorben.

Aber es war zu spät gewesen. Der Durst nach Freiheit konnte von der Partei nicht mehr gestillt werden und so hatten sich junge Menschen aus dem ganzen Land vor einem Monat auf dem Tiān'ānmén Guǎngchǎng versammelt, um den Tod von Hú zu betrauern und lautstark nach Freiheit zu rufen.

Und jetzt stand sie hier an der staubigen Straße mit all den anderen, um ihn zu sehen. Um wenigstens für einen kurzen Augenblick den Mann zu sehen, der das alles ausgelöst hatte.

25

Plötzlich kam Bewegung in die Menge. Der Konvoi mit dem Staatsgast näherte sich. Ein großer Mann neben ihr schob sie rücksichtslos zur Seite, besann sich dann aber eines Besseren und hob sie auf seine breiten Schultern. Logenplatz. Schon brausten die Motorräder an ihr vorbei. Und dann sah sie ihn: er saß im Fond einer schwarzen Limousine und winkte. Ja, er winkte ihr zu und lächelte. Es war ihr, als wolle er anhalten, vielleicht um ihre Hand zu schütteln, doch der Fahrer des Wagens blickte stur nach vorne und der Konvoi mit dem Staatsgast verschwand in einer Staubwolke. Hatte er sie wirklich angelächelt? Was für eine seltsame Begegnung! Im Auto der mächtige Mann mit dem markanten Muttermal und auf den Schultern dieses Unbekannten sie, die kleine zierliche Frau aus der Menge. Hier hatte das Schicksal für einen Wimpernschlag zwei Menschen zusammengeführt, die die Welt verändern sollten. Jeder auf seine Weise. Doch während er dies bereits tat, war ihre Zeit noch nicht gekommen.

Später, als sie wieder im Gästebett ihrer Tante lag und an die Decke starrte, wusste sie, dass sie am nächsten Morgen erneut zum Tiān'ānmén Guǎngchǎng gehen würde. Sie würde so lange dort hingehen, bis der Wind der Veränderung auch in China wehte.

Am nächsten Morgen sah die Tante sie prüfend an. »Und? Hast du ihn gesehen?«, fragte sie gespannt. »Ja, er hat mir sogar zugewunken und mich angelächelt! Tante, ich wünschte, wir hätten einen wie Gorbatschow Zhǔxí in unserer Staatsführung. Stattdessen haben wir die Kleine Flasche Dèng, der versucht, unseren Drang nach Freiheit mit Geld zu bändigen! Sonderwirtschaftszonen! Wirtschaftliche Öffnung! Geld! Konsum! Pah! Was ist mit wirklichen Freiheiten für uns? Demokratie, Mitbestimmung?! Und wann endet diese unsägliche Korruption, die am Ende das ganze Land zerfrisst?« Sie ballte zornig ihre Hände zu Fäusten. Ihre Tante sah sie mitleidig an. »Ach Kindchen, Demokratie ist was für Leute in Amerika. Für ein Land wie China mit so vielen Menschen ist das doch nichts – das führt nur ins Chaos, und

26

davon hatten wir in unserer langen Geschichte nun wahrlich genug. Ich verstehe ja, dass dir und deiner Generation hier vieles zu rigide und zu streng erscheint. Aber ihr habt auch nicht die Wirren vor der Gründung unserer Volksrepublik miterlebt. Die Not und die vielen Toten. Auch danach war es noch sehr schwierig für den Großen Vorsitzenden, unsere Nation gegen äußere und innere Feinde zu verteidigen und die große Not, die überall herrschte, zu lindern. Ich habe so viele Menschen sterben sehen in meinem Leben. Aber das ist nun vorbei und das haben wir der Partei und unseren Führern zu verdanken.«

»Ja«, erwiderte Shenmi trotzig. »Aber das ist Vergangenheit. Wir leben jetzt und in der Zukunft. Nicht in der Vergangenheit. Und wir können doch nicht da stehen bleiben, wo wir jetzt sind. Nein, Tante, jetzt ist der Moment gekommen, um ein neues Kapitel aufzuschlagen und wir, die Menschen, die sich täglich auf dem Tiān'ānmén Guǎngchǎng versammeln, werden diejenigen sein, die den Mut haben, den ersten Schritt zu gehen!« Mit diesen Worten sprang sie auf, drückte dem zerfurchten Gesicht der Schwester ihrer Mutter einen flüchtigen Kuss auf und verschwand durch die Tür. Durch das kleine verstaubte Fenster sah ihre Tante ihr lange nach. Zu den Furchen gesellten sich tiefe Sorgenfalten. Sie hatte ihrer Schwester versprechen müssen, gut auf Shenmi aufzupassen und war sich nun von Tag zu Tag weniger sicher, dass sie dieses Versprechen würde einhalten können. Was waren das wieder für verrückte Zeiten?! Und in verrückten Zeiten, soviel hatte sie in ihrem langen Leben gelernt, trat in China irgendwann immer der Tod auf den Plan.

Als Shenmi den riesigen Platz erreichte hatte sie das Gefühl, das sich heute noch mehr Menschen dort befanden als in den vergangenen Tagen. Der Platz war schwarz vor Menschen. Zielstrebig bahnte sie sich ihren Weg zu den Hungerstreikenden um Chái Líng. Chái Líng war eigentlich Studentin der Psychologie. Hier jedoch war sie das Sprachrohr des friedlichen Protests und hatte zum Hungerstreik aufgerufen, um die Parteiführer endlich dazu zu bewegen, in einen Dialog einzutreten. Chái Líng lächelte matt, als sie Shenmi sah. Hitze und Hunger hatten ihr offenbar bereits ziemlich zugesetzt. Besorgt kontrollierte Shenmi zunächst Puls und Blutdruck und sagte dann streng: »Das geht langsam zu weit. Du musst auch mal daran denken, dass du hier noch eine andere Funktion hast als zu hungern! Was machen wir, wenn du ausfällst und womöglich die anderen beiden auch noch?!« Damit waren Wáng Dān und Wu'er Kaixi gemeint, die von den protestierenden Studenten in den vergangenen Tagen zusammen mit Chái Líng zu ihren Anführern gewählt worden waren. Wáng Dān lag in Hörweite auf einer Pritsche und grinste: »Na, dann gehst du eben zu Dèng und legst ein gutes Wort für uns ein!« »Das ist nicht witzig«, erwiderte sie. »Du weißt genau, dass wir jetzt, wo Gorbatschow endlich da ist, die entscheidende Gelegenheit haben. Es sind so viele Journalisten aus aller Welt hier – die Welt schaut auf uns und unsere Parteiführer trauen sich nicht, gegen uns vorzugehen. Wir brauchen jetzt einen klaren Kopf, damit das weiter in den richtigen Bahnen läuft.« Wáng Dāns Grinsen wurde noch breiter, als er triumphierend sagte: »Was denkst du denn, Shenmi, glaubst Du, wir sind blöd? Heute waren ein paar Offizielle hier, die uns eingeladen haben, übermorgen mit Lǐ Péng im Fernsehen zu diskutieren! Die knicken ein, wir sind dabei, zu gewinnen! Der Hungerstreik dient lediglich noch dazu, sie daran zu hindern, es sich nochmal anders zu überlegen. Und jetzt verpass uns bitte unser Frühstück!«

Shenmi war sprachlos – sie hatten es tatsächlich geschafft: die Partei war gesprächsbereit! Sie hatte in den letzten Tagen zunehmend befürchtet, dass die Fronten sich durch den Gesichtsverlust, den die Studenten der Staatsführung durch die Besetzung des Tiān'ānmén Guǎngchǎng ausgerechnet während dieses wichtigen Staatsbesuches zugefügt hatten, massiv verhärten könnten. Und nun schien das Gegenteil der Fall zu sein. Erleichtert legte sie den beiden die Glukoseinfusionen an.

Der Tiān'ānmén Guǎngchǎng ist der viertgrößte Platz der Welt. Er misst 880 mal 500 Meter und ist damit größer als 55 Fußballfelder. Der Platz kann etwa eine Million Menschen aufnehmen und in diesen Tagen war sein Fassungsvermögen erschöpft. Immer mehr Menschen strömten auf den Platz und es waren beileibe nicht nur Studenten. Es gab Bereiche, wo berühmte Rockstars wie Cuī Jiàn oder He Jong auftraten, und es gab den Ort, an dem Pekinger Kunststudenten eine chinesische Freiheitsstatue aufstellten. Daneben existierten Bereiche, an denen sich Arbeiter trafen, um freie und unabhängige Gewerkschaften zu gründen. Immer mehr ganz normale Bürger aus Běijīng und dem ganzen Land solidarisierten sich mit den Demonstranten und es herrschte eine fast ausgelassene Stimmung auf dem Platz, die eher an ein Open Air Konzert erinnerte, als an eine Machtprobe zwischen Volk und Regierung.

Shenmi sah sich die Fernsehdiskussion im Pink House an. Das Pink House war eine rosa angestrichene Baracke, in der es Tsingtao Bier gab und die daher bei Rucksacktouristen aus aller Welt beliebt war. Dort gab es auch einen Fernseher, vor dem sich nun die Menschen gespannt versammelt hatten. Shenmi hatte Wáng Dān und Wu'er Kaixi seit zwei Tagen nicht mehr gesehen und war entsetzt über deren durch den Hungerstreik geschwächten Zustand. Noch entsetzter war sie jedoch über den Verlauf der Diskussion. Offenbar ignorierten die beiden Studentenführer ganz bewusst die in China üblichen Höflichkeitsformen gegenüber älteren oder höhergestellten Personen. So begann das Gespräch mit einer Provokation. Forderungen wurden gestellt, denen die Vertreter des Staates geschickt auszuweichen versuchten. Diese Ausweichmanöver wurden von den Studenten mit neuerlichen Provokationen beantwortet. Am Ende verlief die Diskussion ergebnislos.

Trübsinnig trat Shenmi den Heimweg zum Haus ihrer Tante an. Etwas stimmte nicht. Sie hatte nun ganz und gar nicht mehr das Gefühl, dass die Studenten sich durchsetzen würden. Im Gegenteil. Während die Studentenführer, geschwächt durch den Hungerstreik und ein wenig zu siegesgewiss zugleich, lediglich pubertäre Provokationen auf die Politiker losgelassen hatten,

29

waren ihr diese so erschienen, als hätten sie hinter den Kulissen längst Entscheidungen getroffen. Einschneidende Entscheidungen. Lǐ Péng und die anderen hatten sich so wie Boxer verhalten, die den Gegner in Sicherheit wiegen, um ihm dann wie aus dem Nichts den entscheidenden Überraschungsschlag zu versetzen. Das Verhalten der beiden Hungerstreikenden hatte sie abgestoßen. So sehr, dass sie beschloss, den Platz in den nächsten Tagen zu meiden.

Es zeigte sich schnell, dass sie mit ihren Befürchtungen richtig lag: kaum war der geschickt von den Protestierenden abgeschirmte Staatsgast abgereist, ohne dass das ersehnte Treffen mit den Studenten stattgefunden hatte, verhängte Dèng das Kriegsrecht über die Stadt. Überall wimmelte es nun von Polizisten und zunehmend auch Soldaten, während der größte Teil der internationalen Presse ebenfalls abzog. Den wenigen verbliebenen internationalen Journalisten wurde kurzerhand die Akkreditierung entzogen. Dèngs Gefolgsleute zogen einfach den Stecker und China wurde für die Welt wieder zu dem schwarzen Bildschirm, der es vor Beginn der Proteste gewesen war.

Als Shenmi schließlich wieder auf den Tiān'ānmén Guāngchǎng zurückkehrte, hatte sich etwas verändert: die friedliche, ja ausgelassene Stimmung war einer ängstlichen Anspannung gewichen. Die Führer der Proteste versuchten, sich und den anderen durch aufpeitschende und immer radikalere Reden Mut zu machen. Wiederholt war es zu Rangeleien zwischen Polizisten und Zivilisten gekommen, als Erstere versucht hatten, auf den Platz zu gelangen. Es gab Zufahrtsstraßen, in denen bereits Barrikaden gebaut wurden, in anderen verschanzten sich, zunächst noch unbewaffnet, Armeetrupps.

Auf dem Platz herrschte inzwischen ein unsäglicher Gestank, da die seit Wochen campierenden Massen über keinerlei Toiletten verfügten. Die Vermüllung hatte ebenfalls ein kritisches Ausmaß erreicht. Unter den Protestierenden gab es immer lautere Stimmen, die angesichts der drohenden Eskalation für einen Abzug plädierten. Diese wurden jedoch von den radikalen Gruppen lautstark niedergebrüllt.

30

»Geh nicht, Shenmi«, hatte ihre Tante sie angefleht. »Es liegt etwas Böses in der Luft. Ich habe deiner Mutter versprochen, dass ich auf dich aufpasse. Willst du, dass ich wortbrüchig werde? Geh nicht, ich bitte dich!«

»Aber ich darf die anderen doch nicht im Stich lassen, Tantchen! Ich verspreche dir, dass ich vorsichtig sein werde!«

Als sie auf die Straße trat, blieb sie kurz stehen und sog die warme Frühsommerluft ein. Die Geräusche der Millionenstadt erschienen ihr für einen kurzen Moment so fremd. War es das, was sie wollte? Sie hatte Medizin studiert, um Menschen zu helfen. Kranken Menschen. Und nun fand sie sich inmitten von Menschen wieder, die tatsächlich glaubten, dem Rad in die Speichen greifen zu können, obwohl es das Rad eines Giganten war. Wer waren sie, dass sie glaubten, aus tiefster Überzeugung glaubten, diesem drohenden Koloss ihren Willen aufzwingen zu können? Es war nur ein Augenblick, der sie zweifeln, ja verzagen ließ. Nur ein Augenblick, und doch brannte sich ein Gefühl unendlichen Verlorenseins tief in ihr Herz.

Sie schüttelte sich unwirsch und beschloss, ihrer Tante zuliebe mit der U-Bahn zu fahren. Auf den Straßen wimmelte es in diesen Tagen zunehmend von finsteren Typen, denen man als junge Frau, die allein unterwegs war, nicht begegnen wollte.

Wie sie allerdings feststellen musste, fanden sich solche Gestalten auch in der U-Bahn. Ein ungepflegter Typ mit fettigen Haaren kam ihr im Gedränge eine Spur zu nahe. Sie konnte seinen nach Knoblauch stinkenden Atem in ihrem Nacken spüren. Wie zufällig streifte seine Hand ihren kleinen Po, was sie mit einem bösen Blick quittierte. Das schien den Fremden leider noch zu ermutigen, näher aufzurücken. Shenmi musste ein plötzliches Gefühl der Übelkeit unterdrücken und stieß ihn von sich weg. »Schlampe!«, zischte er sie an und machte Anstalten, ihr zeigen zu wollen, dass sich ein chinesischer Mann so etwas von einer Frau nicht gefallen lässt.

Kurz vor der Gōngzhǔfén Zhàn hatte sie genug und beschloss, auszusteigen. Noch auf der Treppe hörte sie, dass es oben auf

31

der Straße offenbar einen Tumult gab. Menschen schrien wild durcheinander und man hörte ein dumpfes Grollen. Als sie den U-Bahneingang verließ, stockte ihr der Atem. Hunderte Menschen waren dort, sie hatten sich hinter quergestellten Bussen und brennenden Müllcontainern verschanzt. Überall waren Steine zu kleinen Haufen aufgestapelt worden. In einigen Gesichtern sah sie Angst, in manchen Wut und auch Ungläubigkeit. Sie alle aber blickten immer wieder ängstlich in die Richtung, aus der wie eine namenlose Drohung das dumpfe Grollen kam. Dieses Grollen war zunächst kaum hörbar gewesen, jetzt aber war es zu einem ohrenbetäubenden Crescendo angeschwollen und übertönte alle anderen Geräusche, auch die Schreie der Angst, die nun aus der Menge ertönten, als die Panzer schließlich die Barrikade erreicht hatten. Shenmi stockte der Atem. Das waren Panzer der Armee, die sie und ihr Land beschützen sollte! Und nun standen sie hier. Drohend und in voller Kampfausrüstung hatten sie ihre Waffensysteme auf eben diese Menschen gerichtet, die es doch eigentlich zu schützen galt! Soldaten, die auf ihre Väter, Mütter und Geschwister zielten! Da flog ein Stein aus der Menge und prallte an der stählernen Einstiegsluke des Führungspanzers ab. Klonk! Noch einer und ein dritter. Schließlich prasselte ein ganzer Hagel aus Steinen auf die Panzer nieder, die diesen hilflosen Angriff an sich abprallen ließen, als sei es ein harmloser Platzregen.

Dann geschah das Unvorstellbare: die 20mm-Maschinengewehre der vordersten Panzer schwenkten hoch und eröffneten das Feuer auf die Demonstranten. TakTakTakTakTak! TakTak-TakTakTak! Das Stakkato des Teufels. Neben Shenmi sackte ein junger Mann zusammen, einem anderen, der gerade einen Stein werfen wollte, wurde der Unterarm zerfetzt. Auf den Barrikaden lagen plötzlich blutüberströmte Leichen, zu denen sich im Takt der Maschinengewehre immer mehr gesellten. Panik brach aus als der Führungspanzer die Fahrt wieder aufnahm und, dabei ein riesiges Loch hinterlassend, einfach durch einen der quergestellten Busse pflügte. Wie in einem Albtraum sah Shenmi, wie Leichenteile zwischen den Panzerketten hervorquollen. Der Panzer hielt, die Luke öffnete sich und zwei Soldaten kletterten heraus. Offenbar glaubten sie, die Menschen seien von diesem brutalen Vorgehen eingeschüchtert. Schwerer Fehler. Ein wütender Mob stürmte auf sie zu, umzingelte sie und stampfte sie schließlich zu Brei, bevor ihnen ihre Kameraden zu Hilfe eilen konnten. Jetzt sprangen immer mehr Soldaten aus ihren Panzern, eröffneten das Feuer und mähten alles nieder, was sich noch bewegte, während sie langsam vorrückten und die Menge in alle Richtungen floh.

Starr vor Schreck und Angst drückte sich Shenmi in einen Hauseingang, während die Soldaten immer näher kamen. Verzweifelt versuchte sie, die Kontrolle über sich wiederzugewinnen, und suchte fieberhaft nach einem Ausweg. Sie konnte unmöglich fliehen, die Soldaten waren schon zu weit herangekommen. Wenn sie aber blieb, würde sie unweigerlich entdeckt werden und es sah nicht danach aus, als würden Gefangene gemacht.

Plötzlich öffnete sich ein schmaler Spalt in der Tür hinter ihr und ein Arm zog sie in einen schummrigen Hauseingang. Im Halbdunkel konnte sie eine Frau erkennen. Eine Frau und ein paar Kinder. Die Frau legte den Zeigefinger auf die Lippen und sah sie beschwörend an. Draußen kamen schwere Stiefel näher, hielten inne, rüttelten an der Tür. Ein Hund knurrte blutrünstig, Soldaten bellten Befehle. Nach einer kleinen Ewigkeit verhallten die Schritte in der Nacht und das Dröhnen der Panzer wurde leiser. Lange wagten sie es nicht, sich zu bewegen, und lauschten angestrengt in die Dunkelheit. Schüsse peitschten durch die Stadt. Viele Schüsse. Hin und wieder waren auch das tiefe Wummern von schweren Waffen und das Dröhnen von Explosionen zu hören. Dazu einschüchterndes Lautsprechergebrüll und zwischendrin das Stöhnen der Verletzten jenseits der schützenden Tür.

Schließlich hielt Shenmi es nicht mehr aus und öffnete die Tür, um durch einen schmalen Spalt einen Blick auf die Straße zu riskieren. Die Barrikade brannte noch, das riesige Loch in dem ausgebrannten Bus starrte sie an. Zerquetschte Menschen

33

säumten die Straße, Menschen, auf deren Leibern die Panzerketten eine unmissverständliche Botschaft eingraviert hatten: ›Das ist es, was jene erwartet, die sich gegen uns stellen‹.

Vorsichtig setzte sie einen Fuß auf die Straße und schaute sich nach allen Seiten um. Die Soldaten waren weiter in Richtung des Tiān'ānmén Guǎngchǎng vorgerückt. Sie schlüpfte vollends aus der Tür, warf der Frau noch einen dankbaren Blick zu und schlich vorsichtig an den Häuserwänden entlang. Plötzlich hörte sie ein leises Wimmern. Unter dem abgerissenen Kotflügel eines Autos schaute ein kleiner Fuß heraus, der sich leicht bewegte. »Hallo? Hörst du mich, lebst du noch, wie geht es dir?«, flüsterte sie. Die Antwort war ein erneutes Wimmern. Shenmi versuchte, den Kotflügel anzuheben, doch der hatte sich in den Resten der zerfetzten Barrikade verkeilt. Wieder und wieder versuchte sie, mit aller Kraft den kleinen Menschen unter dem Metallteil zu befreien, aber sie war zu schwach. Da stand plötzlich die Frau neben ihr, die sie gerettet hatte. Gemeinsam gelang es ihnen, den Kotflügel anzuheben und das Kind darunter hervorzuziehen. Es war ein kleiner Junge, vielleicht zehn Jahre alt. Shenmi sah die große Wunde in seinem Bauch, das Blut und die Eingeweide, die aus der Wunde quollen, auf die er verzweifelt seine kleinen Hände presste.

Sie wusste, dass er verloren war, und nahm ihn stumm in ihre Arme. Einem mütterlichen Impuls folgend legte sie seinen kleinen Körper schützend in ihren Schoß, während er sie aus großen angsterfüllten Augen verzweifelt ansah. Und während sie da so saß und versuchte, dem zarten sterbenden Körper auf seinem schweren Weg ein wenig Trost zu spenden, wurde ihr bewusst, dass sie niemals wieder die Frau sein würde, die sie gestern noch gewesen war.

Die Frau mit den Kindern war längst weg, als Shenmis Verstand wieder begann, zu arbeiten. Sie musste hier weg. Jetzt. Wer konnte schon wissen, was noch alles geschehen würde in dieser Nacht der langen Messer, in der sich das Regime an den Studenten für den erlittenen Gesichtsverlust rächte.

34

Wie eine Puppe legte sie den kleinen Buben behutsam auf die Motorhaube eines zerfetzten Autos. Sie hoffte, dass seine Eltern noch lebten. Dann würden sie ihn morgen finden und könnten ihn wenigstens nach chinesischem Brauch bestatten.

Sie musste sich irgendwie unentdeckt zum Haus ihrer Tante durchschlagen und konnte nur hoffen, dass sie nicht an den Straßensperren abgefangen wurde, die die Armee jetzt überall errichtet hatte.

Aus dem Zentrum der Stadt waren weiterhin die Geräusche der Kämpfe zu hören, doch die Intensität nahm in dem Maße ab, in welchem der Widerstand gebrochen wurde.

Vorsichtig pirschte sie sich in westlicher Richtung vor. Die Straßen waren gespenstisch leer und dunkel. Ab und zu huschte der schwarze Schatten einer Katze vorüber. Nur die Straßensperren waren hell erleuchtet und Shenmi konnte sehen, wie dort nervöse Soldaten mit Maschinengewehren im Anschlag auf Kundschaft warteten. Aber diesen Gefallen tat sie ihnen nicht. Sie kannte sich ganz gut aus in Běijīng und wusste, wie sie abseits der großen Verbindungsachsen auf kleinen Gassen in die Peripherie der Stadt gelangen konnte.

Leider hatte sie nicht damit gerechnet, dass das Einsatzkommando neben den regulären Armee-Einheiten auch ein dichtes Netz von Agenten über die Stadt gelegt hatte, deren Aufgabe es war, genau diese Gassen zu überwachen und flüchtige Aufwiegler zu neutralisieren.

Als sie gerade begonnen hatte, sich ein wenig in Sicherheit zu wiegen, wurde sie plötzlich brutal gegen eine Hauswand gedrückt und spürte etwas Stählernes an ihrer Schläfe.

»Ausweis«, die barsche Stimme duldete keinen Widerspruch. Shenmi stöhnte vor Schmerz, so brutal war der Polizeigriff des Mannes hinter ihr. »In meiner rechten Hosentasche«, presste sie hervor. Der Armeerevolver ließ von ihrer Schläfe ab und verschwand in der Jackentasche des Mannes. Dafür glitt seine Hand in ihre Hose und zog den Ausweis hervor. »Li Shenmi«, las er vor. »Ärztin aus Wǔhàn. Was machst du hier heute und zu dieser Stunde?« Shenmi versuchte, cool zu bleiben: »Ist es verboten, sich ein wenig die Beine zu vertreten?« Falsche Antwort, der Polizeigriff wurde so brutal, dass sie Angst hatte, er würde ihren Arm brechen. »Was du hier machst, habe ich gefragt. Und versuch nicht, mich zu verladen. Ich bin dir gefolgt, ich weiß, dass du aus dem Stadtzentrum kommst, dass du zu denen gehörst, die die Barrikaden gebaut haben!« Angst ergriff Besitz von ihr. Eine tiefe, namenlose Angst. Sie hatte gesehen, wozu diese Menschen fähig waren. Und sie war hier ganz allein mit diesem Mann, der ihr bereits jetzt einen nie zuvor gekannten Schmerz zufügte. »Nein«, wimmerte sie. »Ich war nur zufällig dort, ich habe doch nur den Verletzten helfen wollen!« Der Mann ließ ihren Arm los, packte ihre langen Haare und riss ihren Kopf daran zurück. Jetzt konnte sie seine Augen sehen, die sich drohend in die ihren bohrten. »Du glaubst wohl, du kannst mich verarschen, weil du hübsch bist, wie?« Er musterte sie. Plötzlich schien ihm ein Gedanke zu kommen. »Komm mit!« Er schleifte sie an ihren Haaren in einen Hauseingang. »Ausziehen!« Sie traute ihren Ohren nicht. »Ausziehen!« Die Stimme duldete keinen Widerspruch, zumal der Befehl nun auch Verstärkung durch den Armeerevolver bekam. Sie sah in flehend an. »Bitte, tun Sie das nicht. Ich habe doch nichts ...« »Ich sagte: AUSZIEHEN!« Er schlug sie mit der flachen Hand ins Gesicht. Mechanisch begann sie, ihre Bluse aufzuknöpfen. »Was dauert das so lange, schneller!« Sie fühlte sich taub, als sie schließlich nackt vor ihm stand. Es war so demütigend. »Umdrehen!« Sie hörte, wie er seine Hose öffnete, und hoffte noch, dass das alles nur ein furchtbarer Albtraum sei. Dann packte er sie und drang schmerzhaft in sie ein. Es tat so weh! Sein Keuchen war das Letzte, was sie wahrnahm, bevor alles um sie herum in einem schwarzen Nebel versank.

Als sie erwachte, fand sie sich nackt in einer Lache Urin liegend in dem Hauseingang wieder, wo sie vergewaltigt worden war. Der Agent war verschwunden. Sie blutete, doch sie spürte keinen Schmerz. Sie tastete nach ihrer Kleidung, zog sich mechanisch

36

an und schleppte sich weiter. Inzwischen waren die Geräusche aus dem Zentrum verstummt.

Unbehelligt gelangte sie zum Haus ihrer Tante und klopfte. Als die Alte ihr öffnete, brach sie zusammen.

Später am Tag setzte sich die alte Frau mit kummervollem Gesicht auf ihr Bett. Shenmi starrte an die Decke. ›Bitte‹, dachte sie. ›Bitte jetzt keine Vorwürfe, keine Fragen! Ich will jetzt nicht sprechen!‹ Die Tante schien ihre Gedanken zu erraten. Sie hatte in ihrem langen Leben schon so viel erlebt. Die faltige Hand mit den rheumatischen Fingern strich ihr sanft über die Stirn. »Wie damals, als die Roten Garden kamen«, sagte sie leise. »Kindchen, Hauptsache, du lebst. Alles andere heilt die Zeit.« Shenmi wollte sie dankbar anschauen, aber sie brachte nicht die nötige Kraft dazu auf. Stattdessen drehte sie sich weg und verfiel in ein unkontrollierbares Schluchzen. Die schützende Haut fiel ab und der zutiefst gedemütigte und verstörte Mensch offenbarte sich. Auch sie, das wurde ihr jetzt klar, war in der letzten Nacht gestorben.

Später versuchte sie stundenlang, sich die Erinnerung an die letzte Nacht und die brutale Vergewaltigung abzuwaschen. Man hatte ihr schon oft attestiert, hübsch zu sein, aber nun empfand sie dieses Attribut als Fluch. ›Ich will nicht mehr hübsch sein in einer Welt, deren Fratze so hässlich ist. Ich will nicht mehr weiblich sein in einer Welt, in der Weiblichkeit geschändet wird!‹ Sie nahm eine große Schere und schnitt sich ihre langen Haare ab.

Im Schrank fand sie unter der Kleidung ihres verstorbenen Onkels eine alte schwarze Hose und ein viel zu weites Baumwollhemd.

Die Tante bekam einen Schreck, als sie Shenmi in diesem Aufzug sah: »Du siehst aus wie ein Mann! Warum hast du dir Deine schönen Haare abgeschnitten?« »Was hat mir mein hübsches Gesicht eingebracht, Tante? Jetzt sehe ich aus wie ein Mann und man wird mich draußen nicht mehr belästigen oder angreifen!« Sie drehte sich um ihre Achse und betrachtete ihr Spiegelbild. »Sieht doch gar nicht so übel aus, der junge Mann«, so langsam erwachten ihre Lebensgeister wieder. »Morgen gehe ich als

37

Mann zum Tiān'ānmén Guǎngchǎng und werde nachschauen, wo meine Freunde geblieben sind«, sagte sie trotzig.

Die Tante erbleichte, aber sie wusste, dass es sinnlos wäre, zu protestieren. Shenmi war schon als Kind in der ganzen Familie für ihre Sturheit berüchtigt gewesen. Wenn sie sich etwas in den Kopf gesetzt hatte, setzte sie es auch durch. Ausdauer, Härte, Zähigkeit und ein unbändiger Wille waren schon immer die bestimmenden Tugenden in ihrem Leben gewesen, und jeder in der Familie wusste inzwischen, dass es aussichtslos war, zu versuchen, ihr etwas auszureden. Die Alte erinnerte sich daran, wie Shenmi einst als Fünfjährige ausgerissen war, um sie in Běijīng zu besuchen. Sie hatte sich einfach im Gepäckfach eines Busses versteckt und war so als blinder Passagier in die Hauptstadt gereist, während ihre Eltern in Wǔhàn das ganze Viertel auf der Suche nach ihr auf den Kopf gestellt hatten.

Resignierend sah sie ihre Nichte an. »Kind, mach deiner Mutter das Herz nicht schwer. Und mir auch nicht.«

Aber Shenmi war bereits damit beschäftigt, einen Plan für diesen Ausflug zu entwickeln. Sie würde sich als Mann, der harmlose Einkäufe macht, tarnen. Sie legte sich zwei Plastiktüten mit Lebensmitteln zurecht und fuhr am Morgen des folgenden Tages mit dem Fahrrad los.

Auf den größeren Verkehrsachsen waren fast keine Autos, dafür aber viele Fahrradfahrer unterwegs. Ihr ›Flying Dove‹ spottete im Hinblick auf Gewicht und Übersetzung zwar etwas seines Namens, erfüllte aber seinen Zweck und brachte sie immer näher heran ans Zentrum. Hier sah sie die Verwüstungen der vorletzten Nacht. Zerstörte Autos, notdürftig an die Seite geschleift, standen am Straßenrand, in vielen Fassaden Einschusslöcher, auf den Straßen bräunlich-trockene Blutlachen. Ihr schauderte. Die Posten an den Straßensperren beobachteten die vorbeiradelnden Zivilisten argwöhnisch. Schließlich wurden die Straßen durch die Spuren der Panzerketten so unwegsam, dass sie das Fahrrad zurückließ und zu Fuß weiterging.

An einer Straßensperre winkte sie ein Posten zu sich heran.

38

»Du da! Komm her! Was hast du in deinen Tüten?«, wollte er wissen. Er warf einen forschenden Blick hinein. »Gut. Passieren. Aber da vorne ist Schluss. Der Bereich um den Tiān'ānmén Guǎngchǎng ist weiträumig abgesperrt.« Sie nickte eilfertig und entfernte sich dann schnell.

Tatsächlich. Kurze Zeit später ging es nicht weiter. Sie überlegte und bog dann in eine breitere Straße ein, die sie schließlich zur Cháng'ān Jiē führte, von wo aus sie hoffte, wenigstens einen Blick auf den großen Platz werfen zu können. Da vorne war ein Zebrastreifen, doch plötzlich hörte sie ein so vertrautes wie furchteinflößendes Grollen – etwa fünfzehn Panzer näherten sich vom Tiān'ānmén Guǎngchǎng her in langsamer Fahrt. Sie fuhren in einer Reihe wie bei einer Militärparade. Die breite Straße war ansonsten leer, keine Autos, keine Fahrräder, ja nicht einmal andere Menschen waren zu sehen. Shenmi stand mutterseelenallein am Straßenrand und sah die Panzer auf sich zurollen.

Sie dachte an den kleinen Jungen und seine sterbenden Augen und in diesem Moment verlor sie alle Furcht. ›Jemand muss ihnen Einhalt gebieten, jemand muss diesen Wahnsinn stoppen‹, schoss es ihr durch den Kopf. Ohne zu zögern trat sie auf die Cháng'ān Jiē. Entschlossen schritt sie geradewegs bis zur Mitte der riesigen Prachtstraße und blieb wie angewurzelt dort stehen. Der Führungspanzer rollte geradewegs auf sie zu. Noch 20 Meter. 15 Meter. Der Panzer machte keine Anstalten, die Fahrt zu drosseln. 10 Meter. Sie schloss die Augen. Sie würde hier nicht weggehen, sie würde diesen Panzer nicht freiwillig passieren lassen. ›Ich habe keine Steinschleuder, aber ich bin bereit, zu sterben. Ich gehe hier nicht weg. Ich werde sie demütigen, wie sie mich gedemütigt haben. Ich gehe hier nicht weg.‹ 5 Meter. Ihre Hände umklammerten die Plastiktüten, als wäre in ihnen eine unsichtbare Armee versteckt, die ihr zu Hilfe eilen würde. Jetzt. Alles in ihr krampfte sich zusammen, als sie den Aufprall erwartete. 2 Meter. Plötzlich ging ein Ruck durch den Panzer, als er abrupt anhielt. Sie öffnete die Augen. Auch die anderen Panzer hatten haltgemacht. Der Koloss war verunsichert. Was erlaubte sich dieses kleine Menschlein? Für den Bruchteil von Sekunden geschah nichts. Hier der Panzer, dort Shenmi mit ihren Plastiktüten. Kerzengerade dem Monstrum die Stirn bietend. Dann schrie sie ihre Wut heraus: » Geht weg! Lasst uns in Ruhe, ihr Mörder! Geht weg!« Dabei schleuderte sie drohend ihre Plastiktüten durch die Luft.

Nichts geschah. Die anderen Panzer rückten auf. Sekunden verstrichen. TickTickTick. Nichts. Dann setzte sich der Panzer in Bewegung, doch nicht, um Shenmi platt zu walzen. Er wollte sie umfahren und fuhr nach rechts. Sie spürte die Verunsicherung. »Nichts da, ihr Mörder«, schrie sie zornig und tat schnell ein paar Schritte, mit denen sie die Seitwärtsbewegung des Panzers nachvollzog. Wieder versperrte sie ihm den Weg. »Geht weg! Geht weg!« Der Panzer wollte nun an der anderen Seite an ihr vorbei. Wieder das gleiche Spiel, unterstrichen durch drohend geschwenkte Plastiktüten. Der Panzer nahm wieder Fahrt auf. 1 Meter. Shenmi rührte sich nicht. Wieder stoppte er. Sekundenlang regten sich weder Shenmi noch ihr stählerner Gegner. Aug in Aug standen sie da. Das Mädchen mit den Plastiktüten stand kerzengerade und stolz vor dem todbringenden Koloss.

Dann öffnete sich eine Klappe am Turm des Panzers und jemand rief drohend: »Bist du wahnsinnig? Wenn du nicht sofort verschwindest werden wir dich plattmachen! Hau sofort ab!« »Das werde ich nicht tun, du Mörder!«, antwortete sie und begann ohne zu zögern, auf den wartenden Panzer zu klettern. »Wo bist du? Komm raus, damit ich dir ins Gesicht sagen kann, was du für mich bist! Feigling, komm raus!« Sie kletterte auf dem Geschützturm herum und schrie den Panzer an. Der Richtschütze steckte seinen Kopf aus einer Luke an der Seite: »Bist du vollkommen von Sinnen, Mann? Oh Gott, das ist ja eine Frau!« Er zog den Kopf wieder ein und rief etwas Unverständliches in den Bauch des Panzers. »Was tut das zur Sache? Ist das für dich wichtig, dass ich eine Frau bin, du …? Ich bin vor allem ein Mensch, den eure Anwesenheit hier stört! Verschwinde und

40

nimm deine Kameraden mit, ihr habt schon genug Leid ange-richtet! Schämt ihr euch nicht, auf euer Volk zu schießen? Auf eure Eltern und Großeltern, eure Frauen und eure Kinder? Was seid ihr für Menschen, wenn ihr die tötet, die ihr beschützen solltet?« Die Einstiegsklappe des Panzers wurde geöffnet und der Kommandant schob seinen Oberkörper heraus. Er bellte sie an, sie solle verschwinden, doch sie war bereits wieder herunterge-klettert und stand jetzt neben dem Ungetüm. Als er sah, dass der Weg frei war, verschwand er wieder im Panzer und schloss die Klappe. Shenmi begann wieder, den Panzer anzuschreien: »Wir wollen euch hier nicht! Verschwindet!« Nichts geschah. Dann brüllte der Motor plötzlich auf und eine große Dieselwolke ent-wich dem Auspuff, als er wieder Fahrt aufnahm. Ohne zu zögern lief sie erneut in seine Fahrtrichtung und blockierte abermals die Weiterfahrt der Kolonne. Der Fahrer ließ drohend den Motor aufheulen, doch Shenmi gab nicht nach. »Ich werde hier nicht weggehen! Ihr müsst mich schon töten, wenn ihr weiterfahren wollt!« Wieder öffnete sich die Klappe und der hochrote Kopf des zornigen Kommandanten erschien erneut. »Das werden wir, Fräulein! Warte mal, ich komme jetzt zu dir und dann wollen wir mal sehen, ob du dann immer noch so mutig bist!« Er machte Anstalten, herauszuklettern. Shenmi rührte sich nicht.

Dann nahm sie aus den Augenwinkeln eine Bewegung wahr. Vier Zivilisten lösten sich von einer Häuserwand, liefen auf sie zu und zogen sie mit sich. Die Panzer fuhren weiter.

Auf dem Goldenen Fluss

Die Frau hinter dem Schalter schüttelte den Kopf. Nein, da sei nichts zu machen, alle Züge seien bis zum nächsten Tag restlos ausgebucht. Der etwas abgerissen wirkende junge Mann auf der anderen Seite machte ein verzweifeltes Gesicht. Ein Verlassenes-Waisenkind-Gesicht. Glücklicherweise konnte sie etwas Englisch. »Ich bin total genügsam«, säuselte er. »Ehrlich, ich brauche keinen Sitzplatz, stehen ist auch okay, überhaupt kein Problem!« Jetzt kam das Hilfloser-Schwiegersohn-Gesicht und der Widerstand auf der anderen Seite brach in sich zusammen. »Also gut, aber das Ticket berechtigt wirklich nur zum Mitfahren. Kein Sitzplatz – für einundzwanzig Stunden!« Sie schaute ihn fast mitleidig an, doch er bemerkte ihren Blick nicht, als er voller Freude das Ticket in Empfang nahm, ihr zuzwinkerte und sich dann wieder seinem Seesack zuwendete.

Er war nun bereits ein paar Wochen in China unterwegs und hatte sich daran gewöhnt, dass es sich in diesem riesigen Land etwas anders reiste als im Rest der Welt. Das fing bei den nicht entzifferbaren Straßenschildern an und hörte bei den Einheimischen auf, von denen so gut wie niemand Englisch konnte, die einen dafür aber ständig umlagerten und ohne jegliche Scham anstarrten. Im Moment traf man hier auch recht selten auf andere Traveller oder gar normale Touristen, da die Sache am Tiananmen-Platz gerade mal zwei Monate her war und aktuell noch niemand so genau wusste, wohin die Reise in China politisch ging.

»Scheiß drauf«, sagte er sich. »Ich hab ein Ticket und irgendwie wird die Zugfahrt schon hinhauen. Hauptsache, ich komme bis morgen nach Shanghai, so dass ich rechtzeitig das Schiff erwische.«

Als der Zug einfuhr, wurde ihm jedoch schnell klar, dass er sich die Sache mal wieder etwas zu einfach vorgestellt hatte. Vor jedem Waggon stand ein Schaffner, der streng kontrollierte, ob jemand eine Zugangsberechtigung besaß.

42

In seinem Fall war das offenbar bei keinem der vielen Waggons der Fall und so hetzte er von Schaffner zu Schaffner und wurde immer wieder mit dem gleichen strengen Blick abgewiesen. Während der Seesack immer schwerer wurde und Ströme von Schweiß an seinem Rücken herunterliefen, schlossen sich langsam die Türen und der Zug machte erste Anstalten, weiterzufahren.

Da vorne winkte jemand und im letzten Moment, der Zug rollte schon an, zog ihn der Schaffner zu sich hinauf. Er war völlig außer Atem und wollte dem Schaffner in den Waggon folgen. Leider ging das nicht so einfach – das Bild, das sich ihm bot, war unbeschreiblich: es handelte sich offenbar um einen Hard-Seat-Waggon, also einen, den aus gutem Grund niemand benutzte außer den Ärmsten der Armen. Jeder, der es sich leisten konnte, buchte einen Platz in einem Soft-Seat-Waggon und er war auch schon davor gewarnt worden, einen Hard-Seat zu benutzen, wenn er eine Zugfahrt machen wollte. Jetzt begann er zu ahnen, warum.

Im Abteil herrschten etwa 45 Grad Celsius. Es stank bestialisch nach Exkrementen und Schweiß. Jeder Quadratzentimeter in dem Abteil war bereits buchstäblich übersetzt: die Menschen saßen, standen oder lagen in sämtlichen Körperhaltungen dichtgedrängt und im Wortsinn übereinander auf dem Boden, in den Gepäckablagen oder unter den spärlich vorhandenen Holzsitzen. Kleine Kinder schrien durcheinander und pinkelten oder kackten durch die Schlitze in ihren Hosen bei Bedarf einfach in den Gang und auf die dort liegenden Reisenden. Wenn jemand durch das Abteil musste, so trat er einfach auf die auf dem Boden liegenden Schlafenden, die sich nicht daran störten und noch nicht einmal aufzuwachen schienen.

Jetzt im Moment starrte das ganze Abteil den Neuankömmling an, der mit wachsender Verzweiflung bemerkte, dass er hier definitiv keinen Platz hatte. Zum Sitzen sowieso nicht, aber es war für ihn und seinen Seesack auch kein Platz zum Stehen oder zum Verharren in einer sonstigen beliebigen Körperhaltung vorhanden. Während er, das Gesicht an eine Scheibe gepresst, fieberhaft überlegte, wie er dieser Vorhölle entkommen konnte, bedeutete ihm die gütige Hand des Schaffners von eben, sich zu ihm ins Dienstabteil zu setzen.

Auch hier war leider kein Platz für zwei, sodass er dem freundlichen Schaffner erheblich näherkam, als er es sich gewünscht hätte. »Sardinen!«, fuhr es ihm durch den Kopf, wobei er konstatieren musste, dass das Platzangebot in einer Sardinenbüchse wahrscheinlich erheblich größer war als hier.

Irgendwie gelang es ihm, sein Chinese Phrase Book aus der Tasche zu ziehen und so seiner Dankbarkeit sprachlich einigermaßen Ausdruck zu verleihen. Das Buch hatte ihm ein abreisender Engländer zusammen mit dem hilfreichen Rat geschenkt, gut darauf aufzupassen, weil sich einzig mit seiner Hilfe die Möglichkeit eröffne, mit den meisten Chinesen zu kommunizieren. Nachdem ein paar freundliche Phrasen gewechselt waren und er sich schon darauf eingestellt hatte, hier die nächsten einundzwanzig Stunden im Stehen zu verbringen, steckte ein weiterer Uniformierter seinen Kopf durch die Tür, der den gütigen Schaffner recht unsanft zusammenstauchte. Offenbar passte es dem Oberschaffner nicht, dass dieser einen Gast bei sich aufgenommen hatte.

Es begann nun eine Schreierei, an der sich schließlich der halbe Waggon beteiligte und in deren Verlauf der komische Vogel aus Europa wieder zurück in den Orkus gestoßen wurde und das Dienstabteil verlassen musste.

Glücklicherweise saß eine junge Chinesin in der Sardinenbüchse, die ganz passabel Englisch sprach. Er war überrascht, dass es sich um eine Frau handelte, da sie wie ein Mann gekleidet war und ihre Haare auch so trug, aber als sie das Wort ergriff, bemerkte er rasch seinen Irrtum. Trotz des Gedränges und des unglaublichen Gestanks fiel ihm auf, wie hübsch sie war.

Allerdings hatte er jetzt andere Sorgen, da der Oberschaffner ihn offenbar abrippen wollte. Er sollte für eine rein zufällig entdeckte freie Pritsche in einem luxuriöseren Waggon neun-

44

zig Yuan F.E.C zahlen. An den Oberschaffner, versteht sich. Zusammen mit den bereits für das Ticket gezahlten dreiundvierzig Yuan F.E.C. ein Preis, für den man sich in Peking eine Nacht in einem Luxushotel hätte einmieten können. »No way«, herrschte er den Oberschaffner an. »Lieber gehe ich zu Fuß nach Shanghai!« Die junge Frau übersetzte (offenbar), ließ jedoch wohl die Kraftausdrücke weg, die diesem wütenden Europäer zum Schluss noch entfahren waren, und wider Erwarten gab der Offizielle nach. Barsch gab er dem netten Schaffner irgendeine Anweisung und entfernte sich dann, verdrossen über schlafende Leiber stampfend.

Der Europäer warf dem Mädchen einen dankbaren Blick zu, sie lächelte ihn an und setzte sich dann so anmutig, wie es die Situation zuließ, wieder auf ihren Platz, der inzwischen von einer älteren Dame gegen eine Armee von Interessenten verteidigt worden war.

Dieses Lächeln hatte ihn überrascht. Es wirkte irgendwie fehl am Platz, hier inmitten all des Drecks. Aber vielleicht hallte es gerade auch deshalb in ihm nach, als er sich schwitzend und ächzend hinter dem Schaffner den Weg durch das Gewimmel von Menschen bahnte.

Er war zu Tode erschöpft, als ihm dieser nach einer endlosen Reise durch den halben Zug schließlich vor einer freien Holzpritsche bedeutete, er möge sich dort niederlassen, und ihm die Hand zum Abschied drückte.

Leider übersah er den Wassereimer mit Aalen, der vor der Pritsche stand, so dass er die nächste halbe Stunde damit verbrachte, zusammen mit seinen neuen Reisegefährten glitschige Aale einzufangen, die sich blitzschnell im Waggon verteilt hatten und einen Weg in die Freiheit suchten.

Die Ruhe, die sich schließlich endlich einstellte, währte jedoch nicht lange, da um sieben Uhr morgens im ganzen Zug das Radio in einer Lautstärke eingeschaltet wurde, die den Chinesen nur noch schreiende Konversationen erlaubte.

Schließlich erreichte der Zug den Bahnhof von Shanghai und

45

der nach dieser Fahrt etwas derangiert wirkende Europäer durfte den Styx wieder stromaufwärts segeln.

Trotz seiner Müdigkeit hielt er auf dem Bahnsteig Ausschau nach dem anmutigen Lächeln, aber in dem Gedränge war es aussichtslos, überhaupt jemanden wiederfinden zu wollen.

Er ließ sich mit einem dreirädrigen Taxi zu einem billigen Hotel fahren, buchte ein Bett für zwölf Yuan F.E.C und fiel in einen tiefen, traumlosen Schlaf.

Am nächsten Morgen machte er sich, frisch gestärkt durch eine Schüssel Reis mit undefinierbarer Fleischbeilage, auf den Weg zum Hafen der 11-Millionen-Stadt. Nach einer turbulenten Busfahrt, die ihn irgendwie an seine Zugreise erinnerte, kam er an der Bund, oder wie die Chinesen sagten: Wàitān, an, der Prachtstraße des alten Shanghai am Huang-Po.

An der Bushaltestelle standen zwei traditionell gekleidete Tibeter, die sich gegen Geld von den Chinesen bestaunen ließen. Entlang der die Straße säumenden Kolonialstilbauten bahnte er sich den Weg durch die auch hier imposante Menschenmenge zum CITS-Büro, wo es ihm überraschenderweise auf Anhieb gelang, ein 3.-Klasse-Ticket auf einem alten Seelenverkäufer für die mehrtägige Flussreise nach Wuhan für sagenhafte dreiundvierzig Yuan F.E.C. zu erwerben.

Das Schiff sollte gegen Mittag ablegen, weshalb keine Zeit zu verlieren war.

Nach einem neuerlichen Fußmarsch von etwa einer halben Stunde fand er die Pier, an der der rostige Kahn lag. Ursprünglich war das Schiff mal grün gewesen, hatte sich farblich aber mit der Zeit dem braunen Jangtse-Wasser angepasst und flößte dem Betrachter nur bedingt Vertrauen ein.

Natürlich herrschte auch hier wieder ein unglaubliches Gedränge, aber schließlich war er auf der Gangway und etwas später in seiner Kabine.

In diese etwa drei mal fünf Meter hatte man platzsparend insgesamt zwölf Betten gepfercht, und die elf chinesischen Mitreisenden staunten nicht schlecht, als diese Langnase ihren Kopf

46

durch die Tür steckte und anschließend einen Seesack auf die noch freie Pritsche warf.

Das breite Grinsen des Europäers brach das Eis und die finster starrenden Chinesen verwandelten sich in äußerst freundliche Gesellen, die im weiteren Verlauf der Reise ausgiebige ethnologische Studien an ihrem exotischen Mitfahrer durchführten.

So war zum Beispiel das Rasieren eine echte Show für die Jungs: ganz nah heran kamen sie und schließlich steckte einer seinen Zeigefinger in den Rasierschaum auf der Wange des Europäers, zog ihn wieder heraus und schleckte ihn ab.

Beim Duschen – mit braunem Jangtse-Wasser – beobachteten ihn elf Augenpaare und als er fertig war, pinkelte einer seiner Kabinennachbarn lustvoll in die Duschwanne.

Zur Herausforderung wurde im Verlauf der Reise der morgendliche Stuhlgang: man hockte hintereinander, von seinem Vordermann nur durch ein dünnes Brett getrennt, über einer Rinne, durch die in regelmäßigen Abständen Wasser spritzte. Sobald man es kommen hörte, musste man sich schnellstmöglich aus der Hocke begeben, um keinen Schwall von Exkrementen abzubekommen. Eigentlich gelang ihm das ganz gut – es war allerdings irgendwie seltsam, auch dabei von seinen Zimmergenossen beobachtet zu werden.

Da er aber unter den etwa tausendzweihundert Reisenden der einzige Nicht-Chinese und daher überall an Bord von starrenden Menschen umgeben war, hatte er sich einen gewissen stoischen Fatalismus angewöhnt, der ihm dabei half, die Sache mit Humor zu nehmen.

Der Jangtse oder Cháng Jiāng ist mit 6380 Kilometern der drittlängste Fluss der Welt und der längste Fluss in Asien. Er wird als Schlagader Chinas bezeichnet und teilt das Reich der Mitte in Nord- und Südchina.

Sein Delta ist dreihundertfünfzig Kilometer lang und bis zu achtzig Kilometer breit – der Fluss mündet mit einer Stattlichkeit ins Ostchinesische Meer, die seiner Größe und seiner Bedeutung angemessen ist.

In seinem unmittelbaren Mündungsbereich liegt Shanghai, einst umkämpftes Paris des Ostens und heutige Welthandelsmetropole.

Hier hatte das Schiff abgelegt und tuckerte nun stoisch durch das braune Wasser. Trotz des Gewusels an Bord fand der Europäer auf dem Achterdeck ein ruhiges Plätzchen und einen Stuhl, auf dem er die kommenden Tage überwiegend lesend verbrachte, während die Reisfelder an den Ufern in monotoner Einförmigkeit vorüberzogen.

Obwohl der Zwischenfall vom 4. Juni, wie das Tiananmen-Massaker euphemistisch offiziell genannt wurde, keine zwei Monate zurücklag hatte er auf seiner Reise bislang wenig von der Spannung mitbekommen, die seitdem über dem Land lag. Der große Platz in Peking war abgesperrt gewesen, doch hatte man die unzähligen Einschusslöcher in den rot gestrichenen Betonwänden der Tribünen gut erkennen können. An einigen Stellen hatte er rußgeschwärzte Betonplatten ausgemacht, die aus dem Platz herausgebrochen und aufgestapelt worden waren. Öffentlich ausgestellt waren in der Nähe ein paar ausgebrannte Fahrzeuge, darunter auch ein Linienbus mit einem riesigen Loch in der Mitte. Polizei und Soldaten hatten ihm bei seinen Streifzügen durch die Hauptstadt zwar wiederholt misstrauische Blicke zugeworfen, ihn aber ansonsten nicht behelligt. Es war schon sehr bedauerlich, dass ihn so wenige Menschen hier verstanden, denn er war sich sicher, dass er sonst einige sehr interessante Gespräche hätte führen können. Aber China hatte sich in den Jahren nach der Kulturrevolution nur sehr zögerlich und langsam geöffnet und das war eben auch an den Fremdsprachenkenntnissen der Chinesen auszumachen.

»Hallo!«, die Stimme riss ihn aus seinen Gedanken. Er sah auf und traute seinen Augen nicht. Vor ihm stand – das anmutige Lächeln!

»H ...hallo!«, stammelte er. »Du bist doch das Mädchen aus dem Zug, oder täusche ich mich etwa?« »Nein«, erwiderte sie. »Ich beobachte dich schon eine ganze Weile, aber es ist ja auch

48

kein Wunder, dass ich dich eher gesehen habe als du mich.« Sie zeigte auf das Gewimmel an Deck und lächelte. »Du bist hier inzwischen eine kleine Berühmtheit. Deine Kabinengenossen haben das ganze Schiff über alle Details informiert.« »Na, hoffentlich nicht über alle«, gab er zurück und grinste verlegen.

Sie zog einen unbemannten Stuhl heran, nahm neben ihm Platz und schaute über die Reling. Er betrachtete sie verstohlen von der Seite. Sie war schon verdammt hübsch! Ungefähr sein Alter. Ziemlich selbstbewusst und vor allem: des Englischen mächtig! Endlich konnte er sich mit jemandem unterhalten. Er beschloss, diese Gelegenheit nicht ungenutzt vorüberziehen zu lassen.

»Ich muss mich vorstellen«, begann er. »Ich heiße Max und komme aus Deutschland. Ich bin Student und habe gerade Semesterferien.« Sie sah ihn scharf an: »Und da kommst du nach China, um ein wenig Urlaub zu machen, ja?« Ihr schneidender Tonfall alarmierte ihn. »Naja, Urlaub. Äh schon irgendwie, aber natürlich nicht wie ein typischer Tourist. Ich möchte das Land anders kennen lernen, deshalb reise ich ja auch auf diese Weise. Wieso sagst du das so abfällig?« Sie sah ihn an. Konnte sie ihm vorwerfen, dass er nicht wusste, was sie erlebt hatte?

»Mein Name ist Shenmi«, sagte sie deutlich versöhnlicher. »Ich bin Ärztin und auf dem Weg nach Wuhan, wo ich arbeite.« Sein Gesicht hellte sich auf: »Na sowas, und ich studiere Medizin!« Und dann entschuldigend: »Bei uns dauert das etwas länger mit der Ausbildung. Ich musste vorher Zivildienst machen und hab in der Schule eine Ehrenrunde gedreht. Aber in zwei Jahren bin ich auch soweit. Was bedeutet dein Name? Hat er eine Bedeutung?«

»Shenmi? Das bedeutet so viel wie Geheimnisvolles Mädchen!«, sie lachte hell. »Na, neugierig geworden?« Das war er tatsächlich. Sie gefiel ihm. Sie schien ihm ganz anders zu sein, als viele Frauen, die er kannte. Frauen, die Begriffe wie Emanzipation und Gleichberechtigung in ermüdenden Diskussionen vor sich hertrugen, ohne sie wirklich mit Leben zu füllen.

49

Diese junge Chinesin strahlte eine Kraft und Selbstsicherheit aus, die ihn auf unerklärliche Weise anzog. Versonnen sah er sie an: »So ein Lächeln trifft man nicht alle Tage. Wenn du mich so unchinesisch direkt fragst: ja, schon. Was hast du in Shanghai gemacht, hast du jemanden besucht?«

Sie schaute sich verstohlen um. »Ja, ich habe jemanden besucht, aber nicht in Shànghǎi, sondern in Běijīng. Die Schwester meiner Mutter, mein altes Tantchen.« »Ach dann war das die ältere Dame, die im Zug neben dir saß? Hat sie dich zum Schiff gebracht? Aber Moment mal: warum bist du denn nicht direkt von Peking nach Wuhan zurückgefahren?«

Sie zuckte zusammen: »Du fragst zu viel auf einmal, junger Student aus Deutschland. Jetzt bin ich dran: wo warst du denn bisher in China und wie hat es dir gefallen?«

»Naja, in Peking, wie du ja auch. Dort habe ich mich gewundert, wie relativ normal alles zu sein schien, obwohl das Massaker ja noch gar nicht so lange her ist.« Er sah, wie sich ihr Gesicht wieder verfinsterte, und beeilte sich nachzuschieben: »Also so normal wie ich das von außen beurteilen kann. Ich hatte ja leider keine Gelegenheit, mit Studenten zu sprechen. Ich war zwar auf dem Campus der Universität, aber die meisten Fakultäten waren immer noch geschlossen und der Campus selbst fast menschenleer. Natürlich habe ich auch das Militär und die vielen Polizisten gesehen, die ausgestellten ausgebrannten Autos. Da war auch so ein Bus mit einem riesigen Loch, da will ich gar nicht wissen, was mit dem geschehen ist.« Zu seiner Bestürzung sah er, wie Shenmi um Fassung rang, während ihr eine Träne die Wange herunterlief. ›Ich Idiot!‹, schalt er sich. ›Wenn irgendwo auf einem Fußballplatz ein kleiner Fettnapf steht springe ich rein!‹

Leise sagte er: »Es tut mir leid, Shenmi. Ich wusste nicht …«
Sie legte ihre kleine Hand auf seinen Arm.

In diesem Moment fiel eine Postkarte aus seinem Buch, die ihm als Lesezeichen gedient hatte. Shenmi hob sie auf und wollte sie ihm geben, doch ihre Hand sank wieder herab, als sie das Motiv auf der Karte sah. ›Ein Albtraum‹, dachte sie und erbleichte.

Max fühlte, wie ihm die eigene Hilflosigkeit die Kehle zuschnürte.

Lange saßen sie so am Heck des Schiffes ohne dass gesprochen wurde und blickten in die Ferne. »Weißt du«, sagte sie schließlich, »Du kennst mich nicht. Du weißt nichts von mir. Es muss dir nicht leidtun. Da war dieser Panzer, der durch den Bus fuhr. Und da war dieser kleine Junge ...«, sie schluchzte. Er legte seinen Arm um sie, sie wusste nicht, warum sie es geschehen ließ. Vielleicht, weil sie Vertrauen hatte zu diesem naiven Fremden, den nichts mit dem verband, was sie in den letzten Wochen hatte erleben müssen. Vielleicht, weil er deshalb der erste Fremde war, dem sie glaubte, vertrauen zu können, weil er kein Spitzel sein konnte.

»Du musst deinen Arm wieder wegnehmen, bitte«, flüsterte sie nach einer Weile und fügte hinzu: »Leider. Aber es ist zu auffällig.«

Er sah sich verstohlen um. Niemand nahm von ihnen Notiz. Die Chinesen an Bord hatten sich inzwischen an den langnasigen Fremden gewöhnt und kümmerten sich um ihre eigenen Belange. Niemand starrte zu ihnen hinüber und auch heimliche Beobachter konnte er nicht entdecken.

»Triff mich nach Einbruch der Dunkelheit wieder hier, dann erzähle ich dir, was geschehen ist. Dann sind wir unbeobachtet. Pass auf, dass dir niemand folgt.« Mit diesen Worten stand sie auf und ging.

Erschüttert sah Max ihr nach. Was hatte dieses hübsche Mädchen Furchtbares erlebt? Sie hatte plötzlich so zerbrechlich gewirkt. Er spürte, dass da etwas in ihm wuchs, was er sehr lange vermisst hatte. Lange betrachtete er die Postkarte. Er hatte sie beim Umsteigen auf dem Flughafen in Paris gekauft. Ihr Motiv war in diesen Wochen um die Welt gegangen. Es zeigte einen Mann, der sich mit zwei Plastiktüten mehreren Panzern entgegenstellt.

Max konnte es kaum erwarten, bis die Dämmerung hereinbrach. Er lag auf seiner Pritsche und versuchte, sich zu entspannen,

51

während seine elf Zimmergenossen kartenspielend die Luft im Raum in eine dichte Nebelbank aus Zigarettenqualm verwandelten. Schließlich sprang er auf und ging an Deck. Draußen war es kühler geworden und die Luft war bedeutend besser. Er beugte sich über die Reling und starrte in den braunen Fluss. Wie anders lebten die Menschen hier! In Westdeutschland konnte jeder sagen und schreiben, was er wollte. Da waren nicht nur die Gedanken frei! Es wurde öffentlich gestritten, diskutiert und schließlich nach Lösungen gesucht. Aber er hatte Freunde in der DDR, von denen jetzt ein paar in der Berliner Gethsemanekirche saßen und ebenfalls voller Hoffnung auf Veränderung gegen ein Regime demonstrierten; daher kannte er auch die andere Seite. Er wusste, wie gefährlich es für Menschen auf dieser anderen Seite war, wenn sie nicht nur anders dachten, als das Regime es vorgab, sondern diese Gedanken auch äußerten. Er wusste, dass es Dinge in solchen Ländern gab, die man im wohlbehüteten Westen höchstens während der abendlichen Nachrichtenviertelstunde schaudernd vernahm, um danach sofort zur Bundesliga zu wechseln.

Und ihm war klar, dass die Deutschen in der Gethsemanekirche möglicherweise ein ähnliches Schicksal zu gewärtigen hatten wie ihre Brüder und Schwestern in Peking.

Ein zierlicher Schatten tauchte neben ihm auf. »Wir müssen flüstern und dürfen auch sonst nicht auffällig sein«, flüsterte der Schatten. »Sie überwachen alle Transportwege und sind sicher auch auf diesem Schiff.« Sie setzen sich in eine nicht einsehbare Ecke an der Bordwand. Instinktiv legte er wieder seinen Arm um sie und erneut ließ sie es geschehen. Sie hatte sich schon lange nicht mehr so geborgen gefühlt.

Ihr Flüstern durchbrach nach einer ganzen Weile das Schweigen. Sie erzählte ihm von ihrer Familie, ihrer Ausbildung und den Diskussionen an der Uni. Sie berichtete von dem Gefühl der Freiheit, das sie und ihre Freunde zunehmend verspürt hatten, und von der Hoffnung, die die zaghaften Reformen in ihrem Land und der Regimewechsel in Moskau in ihnen hatten keimen lassen. Hoffnung auf Veränderung. Dann die Aufbruchsstimmung in Běijīng, als ihr klar geworden war, dass sie ihren Teil dazu beitragen wollte, obwohl sie von ihrer Familie vielfach gewarnt worden war. Dann der fatale Abend am dritten Juni, an dem alle Träume zerstört worden waren. Der Panzer. Der kleine Junge. Angst. Verzweiflung. Sie flüsterte und weinte, sie weinte und flüsterte, und Max hielt sie in seinen Armen, und die Welt stand still auf diesem großen Fluss, den sie den Goldenen Fluss nennen. Sie erzählte ihm fast alles, nur den Agenten verschwieg sie, denn sie hatte beschlossen, das für immer in sich zu begraben.

»Und dann habe ich mich auf deiner Postkarte gesehen und mir wurde schlagartig klar, dass sie mich durch die Zeit und bis ans Ende der Welt jagen werden. Als sie mich von dem Panzer wegzogen, habe ich zuerst gedacht, es seien Geheimdienstleute und jetzt wäre es wohl aus mit mir. Aber das war mir egal, ich war so wütend, dass ich nicht mehr klar denken konnte. Erstaunlicherweise sind das aber gar keine Agenten gewesen, sondern Studenten aus Běijīng, die mich retten wollten, denn als der Kommandant zum zweiten Mal aus der Luke stieg, hatte er eine Pistole in der Hand. Ich bin dann in der Menschenmenge untergetaucht und so schnell wie ich konnte heim zu meiner Tante gelaufen. Da habe ich dann versucht, mich so gut wie möglich wieder in eine Frau zu verwandeln und hab das Haus in den folgenden Wochen nicht mehr verlassen. Uns war klar, dass die nun nach mir suchen würden. Schließlich waren wir davon überzeugt, dass etwas Gras über die Sache gewachsen sei, und haben den Fluchtplan mit der Flussfahrt nach Hause geschmiedet.

Jetzt weißt du auch, warum ich den Umweg über Shànghǎi nehmen musste und warum meine Tante mich begleitet hat – es war schlichtweg unauffälliger. Deshalb sind wir auch im Zug in der niedrigsten Reiseklasse gefahren. Dort vermuten sie niemanden, der gebildet ist. Wenn ich zurück in meine Heimatstadt Wǔhàn komme, werde ich erzählen, dass ich zunächst bei meiner Tante in Běijīng und anschließend noch bei Freunden in Shànghǎi gewesen bin.«

Als sie geendet hatte war es wieder lange still. »Shenmi, ich weiß nicht, was ich sagen soll …«, hob Max an. »Nichts, du musst nichts sagen. Halt mich einfach fest, halt mich ganz fest.«

Seine Augen wurden feucht. Er hatte sich noch nie zu einer Frau so hingezogen gefühlt, wie zu Shenmi. Sie war beides: unglaublich stark und ebenso zerbrechlich. Sie war bereit gewesen, für ihren Traum von Freiheit zu kämpfen und alles zu riskieren. Nun lag sie hier in seinen Armen, hatte alles verloren und musste um das kleine Glück fürchten, dass sie sich so hart erarbeitet hatte. Eine Art von Glück, das für ihn, den Westdeutschen, so selbstverständlich war, dass er es bislang überhaupt nicht beachtet hatte.

Er machte einen weiteren Versuch: »In einer anderen Welt würde ich …« »Ich weiß«, unterbrach sie ihn sanft. »Aber wir leben in dieser Welt und wir müssen in und mit dieser Welt klarkommen. Auch ich habe das Gefühl, in dir einen Seelenverwandten gefunden zu haben. Obwohl wir uns erst seit ein paar Stunden kennen glaube ich, dass wir schon vorher miteinander verbunden waren und es vor allem jetzt bis an das Ende unserer Tage bleiben werden. Du wirst in dein Land zurückkehren und ich in meinem bleiben. Aber wir werden wissen, dass es da Tausende von Kilometern entfernt jemanden gibt, der einen wirklich versteht.«

Die Nacht war noch lang.

Kurz bevor am Horizont die Morgenröte erschien, schlichen zwei Schatten heimlich zurück in ihre Kabinen.

Tags darauf legte das Schiff im Hafen von Wǔhàn an. Sie brachte ihn noch zum Taxistand, dann nickten sie sich zu als wären sie zwei flüchtige Bekannte, wie sie es vereinbart hatten, und sie verschwand in der Menge.

Viel später fand er eine schwarze Locke in seinem Seesack, die liebevoll um einen kleinen Buddha aus Jade gewickelt war.

Aus ihrem Koffer fiel beim Auspacken ein kleiner Umschlag heraus. Sie öffnete ihn mit klopfendem Herzen und entdeckte

54

eine Postkarte mit einem Mann, der versucht, mit zwei Plastik-tüten Panzer aufzuhalten. Auf der anderen Seite standen drei Worte: Ich liebe Dich.

Weißer Lotus

Als er fertig war, sank das nackte Mädchen bewusstlos zu Boden. Hatte er es ein wenig zu sehr gewürgt? Egal, er nahm an, dass die Schlampe die Sache schon überleben würde. Und wenn nicht, würde es auch keinen Unterschied machen – schließlich wurde heute Nacht relativ viel gestorben und da würde ein Toter mehr die Statistik nur marginal verändern. Er musste unwillkürlich grinsen. Sein Job brachte gewisse Vorteile mit sich, von denen andere nur träumen konnten. Nachdem er zum Abschluss auf den leblosen Körper der Frau uriniert hatte, verstaute er seinen Schwanz wieder in der Hose, schaute sich vorsichtig um und verschwand in den dunklen Straßen der Stadt.

Er hatte erst vor einigen Wochen seine Ausbildung beendet und war danach dem Ersten Büro des Zhōnghuá Rénmín Gònghéguó Guójiā Ānquánbù, des Ministeriums für Staatssicherheit, zugeteilt worden. Das Erste Büro oder Hauptabteilung Inland hatte in den letzten Monaten verdammt viel zu tun gehabt. Schließlich war es die wichtigste Aufgabe der Inlandsabteilung des Geheimdienstes, die Macht der Partei im Staat abzusichern. Und das war in letzter Zeit angesichts der schnell anwachsenden Protestbewegung ziemlich schwierig gewesen.

Natürlich hatten sie umfangreiche Listen mit Gefährdern erstellt, damit hatte man in kommunistisch regierten Ländern ja allgemein viel Erfahrung sammeln können. In der Anfangsphase hatten sie auch den einen oder anderen Aufwiegler mit Greifkommandos in ihre Gewalt bekommen und in den im Land verteilten Verhörzentren eines Besseren belehrt.

Für ihn hatte sich das als sehr praktisch erwiesen, da er dadurch vor dem Ende seiner Ausbildung die ausgefeilten proaktiven Verhörmethoden in diesen Zentren nicht nur in der Theorie, sondern auch im Hinblick auf ihre praktische Anwendung und Effizienzoptimierung erlernen konnte. Er hatte sich dabei als äußerst gelehriger Schüler der alten Meister erwiesen und musste

56

sich eingestehen, dass er eine gewisse Freude dabei empfand, einem anderen Menschen Schmerzen zuzufügen. Mehr als das faszinierte ihn jedoch das Gefühl der absoluten Macht, das ihn bei diesen Verhören durchströmte und das er auch jetzt wieder verspürt hatte, als er sich des schutzlosen Mädchens bemächtigte.

Der namenlose Schrecken in den Augen der Gepeinigten spiegelte sich in dem rauschhaften Gefühl der unbegrenzten Macht, die er über sein zum willenlosen Objekt seiner grausamen Fantasien degradiertes Opfer ausüben konnte.

Innerhalb kürzester Zeit wurde er zum Mann für schwierige Fälle, weil er niemals versagte. Allerdings hatte er es irgendwann übertrieben, und als die Todesrate bei seinen Verhören weit über dem Durchschnitt lag, war er zu seinem größten Bedauern schließlich von dieser Tätigkeit abgezogen worden. Vielleicht hatte das aber auch daran gelegen, dass es immer schwieriger wurde, die Rädelsführer der um sich greifenden Proteste zu verhaften, da die Protestbewegung immer größer wurde. Das fatale zögerliche Verhalten der Parteiführung, die wohl auch kein zu großes Aufsehen im Vorfeld des wichtigen Staatsbesuches erregen wollte, war im Volk als Schwäche ausgelegt worden. Und da jede Schwäche vom Gegner ausgenutzt wurde, stand man nun vor dem riesigen Gesichtsverlust, den die Aufrührer seinem Land, der Partei und auch ihm selbst zugefügt hatten. Ohnmächtige Wut hatte ihn ergriffen, als er zunehmend tatenlos dabei zusehen musste, wie seine Ideale tagein, tagaus auf dem wichtigsten Platz des Reiches von Leuten in den Dreck gezogen wurden, die sich als kommende Elite verstanden und doch nur der verwöhnte Abschaum der Gesellschaft waren. Der Tiefpunkt war für ihn erreicht, als er im Personenschutz den Tross mit dem gerade gelandeten Staatsgast von dem kleinen Behelfsflugplatz, auf den man wegen der Aufwiegler in der Stadt hatte ausweichen müssen, fast schon auf Schleichwegen durch die Stadt begleiten musste, um den Gast schließlich durch einen Hintereingang in die Rénmín Dàhuìtáng zu lotsen. Vor dem Haupteingang, wo man den Staatsgast mit rotem Teppich und dem ganzen Brimborium eines offiziellen Staatsempfangs hätte beeindrucken können, lungerten die verhassten Studenten und die Verräter aus der Arbeiterklasse herum und machten die geplante eindrucksvolle Zeremonie unmöglich.

Was für eine Demütigung!

Aber als Gorbatschow dann endlich weg war, schlug das Pendel zur anderen Seite aus – da war die Zeit gekommen, Rache zu nehmen und diejenigen mit Stumpf und Stiel auszurotten, die vor aller Welt Schande über das Land und seine Menschen gebracht hatten. Er war fest entschlossen, seinen Teil dazu beizutragen, die Täter angemessen zur Rechenschaft zu ziehen.

»Genosse«, der Offizier legte seine Hand auf die Schulter des Agenten, »als wir in den Tagen des Zwischenfalls vom vierten Juni die Situation in unserer Hauptstadt stabilisieren mussten haben Sie Ihre Sache besonders gut gemacht. In Ihrem Abschnitt waren ja auch leider ein paar Widerstandsnester, die unsere bewaffneten Kräfte ausräuchern mussten ...« Er grinste. »Ausräuchern trifft es besonders gut: So wie man Ungeziefer mit Rauch unschädlich macht, so haben wir diese dekadenten Schmarotzer mit Feuer und Blei ausgemerzt. Und die kläglichen Überreste, die sich wie die Ratten verkriechen wollten, haben Sie und Ihre Leute uns in die Hände getrieben. Dafür danke ich Ihnen im Namen der Partei und aller rechtschaffenen Menschen in diesem Land!«

Der Agent lächelte kühl: »Ich habe nur meine Pflicht erfüllt. Ich gehe davon aus, dass man mich nun dort einsetzt, wo es darum geht, aus diesen Menschen sämtliche Informationen über ihre Hintermänner herauszuholen?«

Der Offizier wendete sich ab und begann, in dem sparsam möblierten Büro auf und ab zu gehen. »Nein, Genosse. Für Sie haben wir einen speziellen Auftrag, von dem wir überzeugt sind, dass Sie der richtige Mann dafür sind.«

Der Agent horchte auf. »Ja«, fuhr der Offizier fort, »wir wollen Sie auf der Rattenlinie einsetzen, also auf der wahrscheinlichen Fluchtroute führender und auch nicht so prominenter Vertreter der schändlichen sogenannten Protestbewegung. Uns fehlen noch so einige Subjekte, die wir nach wie vor auf unseren Listen haben und die voraussichtlich versuchen werden, sich nach Xiānggǎng, oder wie die britischen Besatzer sagen: Hong Kong, durchzuschlagen. Wir haben von unseren Verbindungsleuten Hinweise darauf bekommen, dass sie versuchen könnten, sich mithilfe der Triaden durchschleusen zu lassen. Das Geld dafür kommt von ausländischen Unterstützern, zum Beispiel aus dem abtrünnigen Zhōnghuá Mínguó, das diese Leute Taiwan nennen.« Er schnaubte abfällig. »Sie werden mit unseren Leuten vor Ort Kontakt aufnehmen, die Fluchtpläne vereiteln und die Gesuchten unschädlich machen.« Der Offizier schien den fragenden Blick zu bemerken: »Wenn es irgend geht, lassen Sie die Subjekte am Leben. Primärziel ist es aber wie ich bereits sagte, sie unschädlich zu machen. Sie werden für diese Operation ab sofort einen Decknamen tragen, der auch bereits an unsere Leute in den Triaden kommuniziert worden ist. Er lautet Yue Fei.« Der Agent zog die Augenbrauen hoch: »Yue Fei? Sind Sie sicher?«

»Genosse, ich war mir nie sicherer. Sie können daran, dass Sie diesen ehrenwerten Decknamen bekommen, sehen, welche Erwartungen wir an Sie stellen.«

»Er war der größte Heerführer der Song und maßgeblich an deren Rettung vor den Rǔzhēn-Invasoren beteiligt. Allerdings wurde er zum Schluss von den Song verraten und hingerichtet. Das sollte mir zu denken geben.« Der Offizier machte eine wegwerfende Handbewegung: »Details, Genosse Yue Fei, Details! Sie sollten sich lieber an das halten, was vor diesem Verrat geschehen ist: er hat seinen Herrscher gerettet. Und genau diesen Einsatz erwarten wir auch von Ihnen. Und jetzt aufgepasst: Sie nehmen morgen den Zug nach Shànghǎi und werden dort am Bahnsteig erwartet, wo Sie weitere Instruktionen erhalten. Und halten Sie bereits im Zug die Augen auf!«

Glücklicherweise durfte er als Staatsbeamter in den bequemeren Teil des Zuges einsteigen und musste nicht wie früher mit seinen

59

Eltern eins der ständig überfüllten Abteile besteigen, in denen es schwerfiel, die Frage zu beantworten, ob die Überfüllung, der Lärm oder der Gestank das Schlimmste an dieser Art des Reisens waren.

Beim Einsteigen fiel ihm einer dieser ungepflegten Typen auf, die mit Rucksäcken durch Asien reisten. Der rannte schwitzend von Waggon zu Waggon, wurde aber überall abgewiesen. Höhnisch blickte er ihm nach. Hoffentlich steckten sie diesen weißen Teufel in das dreckigste Loch des Zuges oder ließen ihn am besten auf dem Bahnsteig versauern. Ideen von Freiheit und Demokratie aus solchen Ländern, wo dieser Halunke herkam, hatten die Leute in seinem Land verwirrt. Wenn es nach ihm ginge, würde man sie gar nicht ins Land lassen. Weder in Form von Menschen noch von Ideen.

Die Zugfahrt verlief zunächst ereignislos. Eine eingehende Analyse der Personen in seinem Waggon hatte keine Auffälligkeiten erbracht und so legte er sich gegen Abend zufrieden auf seine Pritsche. Leider war ihm jedoch keine ungestörte Nachtruhe vergönnt, weil irgendein minderbemittelter Hilfsschaffner mitten in der Nacht doch tatsächlich diesen weißen Rucksacktouristen in sein Abteil brachte, um ihm die leere Pritsche unter ihm zuzuweisen. Der Trottel warf dabei einen Wassereimer mit Aalen um und das halbe Abteil versuchte in der nächsten halben Stunde, die Tiere wieder einzufangen. Überall, wo diese Typen auftauchten machten sie nichts als Ärger! Als endlich wieder Ruhe einkehrte, konnte er vor lauter Ärger nicht mehr einschlafen, weshalb es nicht zum Besten mit seiner Laune stand, als der ganze Zug morgens mit lauter Musik geweckt wurde.

Als der Zug endlich in Shànghǎi einfuhr, hatte sich seine Laune wieder gebessert und war einer gewissen Spannung gewichen. Er fragte sich, wie sein Kontaktmann ihn gleich auf dem Bahnsteig erkennen würde. Beim Aussteigen rempelte er den Europäer zur Strafe für die erlittene Unbill ordentlich an, doch dieser schien es gar nicht zu bemerken. Er schien vielmehr jemanden in der Menschenmasse, die nun aus dem Zug quoll, zu suchen, machte aber schließlich ein enttäuschtes Gesicht und verschwand in der Menge.

Suchend sah sich auch Yue Fei um, jedoch leerte sich der Bahnsteig, ohne dass ihn bislang jemand angesprochen hätte.

Lediglich eine korpulente Frau mittleren Alters stand noch, ebenso verlassen wie er, an den Gleisen und schien ihn nicht zu beachten. Als er sich anschickte, enttäuscht in die Bahnhofshalle zu gehen, fiel ihm plötzlich auf, dass die Frau, die ihre besten Jahre schon länger hinter sich gelassen hatte, unvermittelt drei Finger ihrer rechten Hand ausstreckte, während sie den Daumen und den kleinen Finger verbarg. Das war das vereinbarte Zeichen! Er nickte ihr unmerklich zu und beide setzten sich in Bewegung. Er folgte ihr in großem Abstand und auf eine Weise, die es nur einem geübten Beobachter erlaubt hätte, zu bemerken, dass zwischen ihnen eine Verbindung bestand.

Nachdem sie so etwa eine halbe Stunde durch das verwinkelte Herz der Altstadt gegangen waren betrat die Frau eine windschiefe Spelunke. ›Roter Lampion‹ las er auf dem Schild über der Tür, die sich zu speckigen und verrauchten Räumlichkeiten öffnete, in denen man offenkundig alles kaufen konnte, was nicht legal war. Die Frau verschwand hinter einer kaum sichtbaren Tür in einem Hinterzimmer und bedeutete ihm, ihr zu folgen.

Der Raum hinter der Tür war in das fahle Licht einer kleinen Öllampe getaucht, die einsam auf dem einzigen Tisch des Zimmers ihren Dienst versah. Fünf Stühle standen um den Tisch herum, vier waren besetzt, einer noch nicht.

Die Stühle hatten unterschiedliche Farben. Einer war schwarz, einer weiß, einer grün, einer rot und einer war gelb.

Die vier Männer auf den Stühlen verabschiedeten sich mit einer sonderbaren Handbewegung von der Frau, die diese aus dem Zimmer huschend, erwiderte.

Der Älteste bedeutete dem Agenten, sich zu setzen. Niemand sprach ein Wort. Die Männer rauchten langstielige Pfeifen, periodisch wurde der zu bläulichem Rauch gewordene Inhalt in den Raum geblasen, wo er sich lautlos verteilte und aufstieg, um

61

sich unter der Decke des Zimmers zu einer dunkel drohenden Wolke zu vereinen.

»Du kennst den Báiliánjiào«, durchbrach einer der Männer schließlich die Stille. War das eine Frage? Eine Feststellung? Yue Fei war sich nicht sicher und beschloss, vorsichtig zu sein: »Der Weiße Lotus. Ein Geheimbund aus der Zeit der Song, dem man vieles nachsagt. Zumeist, dass er auf der Seite des Volkes stand und immer dann eingriff, wenn das Volk unterdrückt wurde. Aber es wird auch anderes berichtet.« »So?«, erwiderte der Mann. »Was sagt man denn anderes?« Yue Fei verstand, dass er noch vorsichtiger sein musste: »Naja, das sind Gerüchte. Auf Gerüchte gebe ich nichts. Mein Name ist Yue Fei und daran könnt ihr schon sehen, dass ich nicht viel gegen den Báiliánjiào haben kann.« »Yue Fei!«, der Mann pfiff durch die Zähne. »Größer ging's wohl nicht für die Aktenschieber in Běijīng! Also, Yue Fei, was genau willst du von uns?« »Ich habe gehört, dass Ihr mir vielleicht dabei helfen könnt, ein paar Ratten zu fangen, die sich eine Zeitlang versteckt haben und jetzt in ihre Rattennester laufen wollen.« Der Mann stieß den Rauch aus. »Soso, hast du das gehört?« Er wendete sich an die anderen: »Das hat er gehört!« Niemand sprach ein Wort und Yue Fei spürte, wie Wut in ihm aufstieg. Er war die Staatsmacht! Was bildeten sich diese vier Halsabschneider ein, ihn hier in diesem Drecksloch so vorzuführen! Der Mann schien zu erraten, was in ihm vorging. »Du solltest jetzt keinen Fehler machen, Jungchen. Du glaubst vielleicht, du hättest hier was zu sagen, weil sie dich geschickt haben. Aber das ist nicht so, glaube mir. Ein kleiner Wink von uns und du bist Geschichte. Vielleicht haben sie dich ausgewählt, weil du noch jung bist und die anderen es nicht wagen, zu uns zu kommen. Du musst wissen: wir sind seit tausend Jahren hier, wir haben Herrscher kommen und gehen sehen. Wenn sie uns gefielen, haben wir sie unterstützt. Wenn nicht, dann haben wir sie bekämpft. Letztlich sind es wir, die noch da sind, während alle anderen zu Staub zerfallen sind. Wir kämpfen gegen jeden, der die Einheit unseres Volkes infrage stellt und da hast du nach

62

Lage der Dinge Glück. Denn wir sind zu der Überzeugung gelangt, dass ihr die Einheit beschützt, während diejenigen, die nach Demokratie schreien, die Einheit gefährden. Denn Demokratie und widerstreitende Meinungen führen in einem Reich wie China unweigerlich zum Zerfall der Einheit. Und das, dies lehrt unsere Geschichte, muss um jeden Preis vermieden werden. Erst recht, wenn die Gegner unseres Reiches nur darauf warten, Zwietracht zu säen und uns damit zu schwächen.

Also werden wir mit euch zusammenarbeiten, um die Einheit zu schützen.«

Der Agent fühlte, wie seine innere Anspannung langsam wich. »Könnt ihr mir denn helfen?« Der Mann sog erneut an seiner Pfeife und blickte nachdenklich einer weiteren Rauchwolke nach. »Jungchen, es ist keine Frage des Könnens. Wir können alles, wenn wir es wollen und ich sagte ja bereits, dass wir wollen.«

»Wie könnte diese Hilfe denn konkret aussehen?«, fragte Yue Fei forschend. »Nun, es könnte ja tatsächlich so sein, dass in den nächsten Tagen ein paar von den possierlichen Tierchen vorbeilaufen, auf die du es abgesehen hast. Wir könnten dir eine hohle Gasse zeigen, durch die sie laufen müssen, um an ihr Ziel zu gelangen …« Der Blick des Mannes wurde stählern. »Der Rest ist deine Sache. Geh jetzt, wir lassen es dich wissen, wenn es soweit ist.«

Mechanisch grüßend stand Yue Fei auf und fand sich kurz darauf auf der Straße wieder. Sollte er zornig sein angesichts der völligen Respektlosigkeit, mit der er behandelt worden war? Oder eher erstaunt darüber, dass er einen Blick auf einen tausend Jahre alten Organismus hatte werfen können, der offenbar lebendiger und einflussreicher war, als so manchem Mächtigen lieb sein konnte?

Noch während er über diese Frage nachdachte, hielt ein dreirädriges Taxi neben ihm, dessen Fahrer ihm bedeutete, einzusteigen. Ohne dass zwischenzeitlich ein Wort gewechselt worden war, setzte ihn der Fahrer wenig später an einem kleinen Hotel ab. Der ähnlich schweigsame Portier führte ihn in ein recht sauberes Zimmer und gab ihm beim Hinausgehen einen Zettel. Darauf stand nur ein einziges Wort: ›Warten!‹

Am Abend des zweiten Tages klopfte es an seiner Tür. Es war der Portier, der einen weiteren Zettel bei sich trug: ›Heute!‹

Sofort wich die Erschlaffung, die in den vergangenen beiden Tagen des Wartens von ihm Besitz ergriffen hatte, einer Mischung aus Anspannung und freudiger Erregung. Endlich würde es losgehen und er könnte ein paar von den verhassten Ratten fangen, die vielleicht tatsächlich glaubten, sie würden durchkommen mit dem, was sie seinem Land angetan hatten. Vielleicht bereiteten sie sich schon auf eine weitere Agitation aus dem sicheren Ausland vor, um China weiter zu schaden. Das würde er heute Nacht vereiteln! Und noch mehr: er würde die Demütigung seines Landes persönlich rächen! Hatte sein Vorgesetzter denn nicht gesagt, er solle die Verräter unschädlich machen? Unschädlich? Das hörte sich doch eigentlich fast so an wie ›Liquidieren‹, oder? Wenn es ging, würde er sie natürlich lebendig fassen, schon allein, um sie danach verhören zu können. Aber wenn nicht, nun ja, Hauptsache, unschädlich.

Sorgfältig schnallte er das Halfter mit der Armeepistole um, die er gegen den Revolver eingetauscht hatte, weil sie handlicher war und ein größeres Magazin hatte. Außerdem verfügte sie über einen Schalldämpfer und würde ihren Job somit lautlos verrichten. Das Nahkampfmesser steckte er in das Beinholster, den Schlagstock verbarg er unter einer leichten Jacke. Er achtete bei seiner Kleidung auf einen zwar unauffälligen, aber trotzdem funktionellen Stil, der es ihm erlaubte, sich möglichst schnell und geschmeidig zu bewegen.

Dann legte er sich auf sein Bett und wartete.

Gegen 23:00 Uhr klopfte es leise an der Tür. Er öffnete, doch niemand war zu sehen. Am anderen Ende des Ganges bemerkte er eine Hand, die drei Finger ausstreckte, während sie den Daumen und den kleinen Finger verbarg. Dann verschwand die Hand und er setzte sich in Bewegung. Die Jagd hatte begonnen.

Draußen vor dem Hotel tauchten ein paar vereinzelte gelbliche

64

Gaslaternen die Szenerie in ein düsteres Licht. Er sah sich um. Zunächst war keine Menschenseele zu sehen und er befürchtete schon, den Kontakt zu seinem Mittelsmann verloren zu haben. Doch dann bemerkte er einen Schatten, der schnell an den Häuserwänden entlangglitt. Das musste er sein. Atemlos folgte er der zwielichtigen Gestalt im ZickZack durch die engen Gassen. Schließlich bog sie in eine Sackgasse ein, die jedoch erst nach einer kleinen Biegung als solche erkennbar war. Der Schatten hielt an und bedeutete dem Agenten, sich möglichst unauffällig in eine Nische zwischen zwei Hauswänden zu kauern. Er zischte Yue Fei zu: »Warte hier und mach dich bereit. Sie kommen zu viert. Unser Mann an ist der Spitze. Kurz vor der Biegung wird er plötzlich verschwinden und die anderen drei zurücklassen. Dann beginnt dein Spiel.« Mit einem in der Dunkelheit nur undeutlich erkennbaren Handzeichen verschwand die Gestalt.

Yue Fei tat wie ihm geheißen und drückte sich so flach wie möglich in die Nische. Er zog die Pistole aus dem Halfter und vergewisserte sich, dass das Magazin voll war. Dann schraubte er den Schalldämpfer auf und entsicherte die Waffe.

Die Minuten verstrichen. Es stank nach Erbrochenem und Kot. ›Eine miesere Gegend hätten sie sich nicht aussuchen können‹, dachte er. ›Naja, wenigstens gibt es niemanden in diesem Shithole, den es interessieren könnte, was hier demnächst geschieht.‹ Grimmig blickte er in die Richtung, aus der sie kommen würden, die Ratten. Der Zeiger auf seiner Armbanduhr kroch unendlich langsam voran, seine Glieder schmerzten von der unnatürlichen Körperhaltung. Er versuchte, sich ein wenig zu strecken, ohne seine Deckung aufzugeben.

Waren da leise Stimmen zu vernehmen? Ja, jetzt war es deutlicher zu hören – mehrere Leute näherten sich, leise miteinander sprechend. Seine Hände wurden feucht, jeder Muskel seines Körpers spannte sich an wie bei einer Raubkatze vor dem Sprung. Gleich mussten sie in der leichten Biegung erscheinen, die die Straße machte. Doch dann entfernten sich die Stimmen wieder. Die kleine Gruppe war vor der Biegung abgebogen. Waren das die Gesuchten? Sollte er ihnen folgen? Während er noch überlegte, sah er plötzlich mehrere schemenhafte Gestalten am Scheitelpunkt der Biegung auftauchen, die schweigend einer weiteren Gestalt folgten, die nun plötzlich verschwand. Yue Fei zählte drei Personen, die daraufhin unschlüssig stehen blieben und miteinander tuschelten.

Das war das Zeichen – sein Spiel begann.

Offenbar wussten die drei nicht, was von dem plötzlichen Verschwinden ihres Führers zu halten war, entschlossen sich dann aber nach kurzem Wortwechsel, ihren Weg fortzusetzen. Vielleicht hofften sie, den Ortskundigen in der Dunkelheit nur kurz aus den Augen verloren zu haben. Yue Fei drückte sich noch flacher in die Nische, um die durch das plötzliche Verschwinden ihres Führers Verunsicherten passieren zu lassen. Er konnte nun erkennen, dass es sich um drei junge Männer handelte, vielleicht Mitte zwanzig. Ihre Kleidung passte zu dieser Gegend, sie waren gekleidet wie Wanderarbeiter, aber Yue Fei nahm an, dass es sich dabei nur um eine Tarnung handelte. Er war sich sicher, dass es sich bei den drei Gestalten um Studenten handeln musste. Sie bewegten sich nicht wie Wanderarbeiter. Ihren Bewegungen fehlte das Kräftige, Zupackende, das Menschen auszeichnet, die ihr Brot mit harter körperlicher Arbeit verdienen müssen. Was er wahrnahm, war vielmehr das Schreiten von Rädelsführern, von Leuten, die es, privilegiert geboren, gewohnt waren, zu bestimmen, den Ton anzugeben. Mühsam unterdrückte der das Aufkeimen von Neid.

Die Art, wie die Gruppe sich ihm näherte, zog und widerte ihn gleichermaßen an. Das war die Art von Menschen, für die es selbstverständlich war, ihm und seinesgleichen Anweisungen zu erteilen. Die Art von Menschen, die immer oben waren, während er, der Sohn armer Bauern aus Zentralchina, immer unten sein würde. So war es immer schon gewesen und so würde es immer sein. Doch heute Nacht würde er, Yue Fei, sich dafür rächen. Er würde heute der sein, der Befehle und Anweisungen gab. Und der, der die Macht hatte, diesen Leuten Schmerzen zuzufügen.

66

Sprungbereit ließ Yue Fei die drei passieren. Sie bemerkten ihn nicht, während sie flüsternd und ihren Führer suchend an der Nische vorbeiliefen.

Nun saßen sie in der Falle – vor sich die Häuserwand am Ende der Sackgasse, hinter sich den Tod.

Yue Fei löste sich aus der Nische und schlich ihnen hinterher. Noch ein paar Meter, dann bemerkten sie ihren Irrtum und blieben erneut stehen, um zu beratschlagen, was nun zu tun sei.

»Hände hoch und keine Bewegung!«

Erschrocken fuhren die drei herum und starrten in die Mündung der Armeepistole. »Umdrehen! An die Wand und Beine auseinander!«

Mechanisch gehorchten sie und stellten sich nebeneinander an die Hauswand. Yue Fei tastete sie mit geübten Bewegungen ab. Keine Waffen. Vielleicht hatten sie damit gerechnet, kontrolliert zu werden. Schon hob einer an, zu klagen: »Was soll das, wir sind friedliche Wanderarbeiter aus Húběi und haben uns verlaufen. Wir sind keine Verbrecher. Und wir haben auch nichts, was wir dir geben können. Lass uns in Ruhe! … Aaah!«, mit einem zischenden Plopp hatte die Pistole ein Loch in den Schädel des Sprechers gestanzt. Lautlos sackte er in sich zusammen. An der Hauswand blieb ein mit Hirn vermischter Blutfleck übrig, der sich jetzt anschickte, der Schwerkraft gehorchend, langsam seinem Ursprungsort zu folgen und dabei mehrere dünne Rinnsale bildete. Entsetzt starrten die beiden anderen auf die Leiche ihres Freundes. »Nun«, Yue Fei packte den größeren der beiden im Genick und zog sein Ohr an seinen Mund: »Na, mein Sohn, bist du auch so ein friedlicher Wanderarbeiter und willst das Schicksal deines hart arbeitenden Kollegen teilen?« Dabei zog er mit dem Daumen geräuschvoll den Hahn der Pistole zurück und setzte sie an die Schläfe des Mannes. Ein leises Wimmern erklang, während der schmächtige Dritte keinen Laut von sich gab. »Bitte, wir sind arm, wir haben nichts, was wir dir geben können!«, entfuhr es dem zu Tode Geängstigten. Yue Fei spürte, wie kalte Wut in ihm emporstieg: »Du glaubst, ich bin ein Bandit?« Dann schrie er dem Mann ins Ohr: »Sehe ich aus wie ein Bandit?! Rede ich wie ein Bandit?! Auf die Knie, ihr Ratten!« Außer sich vor Zorn trat er dem Mann in die Kniekehlen, so dass dieser mit dem Gesicht gegen die Wand prallte und vor Schmerz aufstöhnte. Yue Fei sprang um seine beiden Opfer herum, fuchtelte wild mit der Pistole und drückte mehrmals so dicht neben den Köpfen der beiden ab, dass die Querschläger sie nur um Haaresbreite verfehlten. »Ich bin also ein Bandit, ja? Ein mieser kleiner Räuber! Ja, das ist es, wofür Leute wie ihr Leute wie mich halten – Geschmeiß! Parasiten! Ha! Aber ich muss euch enttäuschen: ich bin kein Bandit. Nein: ich bin euer schlimmster Albtraum! Ich weiß, wer ihr seid und was ihr getan habt, und ich sage euch: eure Flucht endet genau hier und wenn ihr nicht vollständig und sofort kooperiert, dann endet sie genauso wie die Flucht eures Freundes.« Mit diesen Worten packte er den Größeren der beiden wieder im Genick und schüttelte ihn. Der spürte den stahlharten Griff und begann in Todesangst zu begreifen, dass es aus war. Dennoch wagte er einen weiteren, deutlich zaghafteren Versuch: »Es tut uns leid, es tut uns leid! Wir wollten dich nicht beleidigen! Nichts liegt uns ferner als das! Aber sieh doch, schau uns doch an – wir sind arme und rechtschaffene Bürger …« Weiter kam er nicht. Es ploppte zweimal und die Pistole hatte beide Unterschenkel des Mannes durchlöchert. Ohnmächtig fiel er zur Seite. »Weichei!«, stieß der Agent hervor. »Nun zu dir, Bürschchen. Bist du auch so ein harmloser Zeitgenosse oder könnte es sein, dass du vor ein paar Wochen noch große Reden auf dem Tiān'ānmén Guǎngchǎng geschwungen hast?« Drohend richtete sich die Pistole auf den Kopf des Mannes. Sein Schweigen quittierte Yue Fei mit einem neuerlichen Wutausbruch: »Du Chòubī gibst mir jetzt eine Antwort, verstanden!« Tief stieß er dem Mann seine Pistole in den Mund und spannte wieder den Hahn. »Du solltest jetzt schnell nachdenken: mir genügt einer von euch, um zu erfahren, was ich wissen will. Einer ist schon tot. Ich kann also noch einen weiteren entbehren.« In diesem Moment stieß der Verletzte hinter Yue Fei einen Schrei aus. Der Agent fuhr herum und war für eine Schrecksekunde unaufmerksam. Der unverletzte Mann erkannte sofort seine Chance, sprang auf und lief um sein Leben. »Verdammt!«, entfuhr es dem Agenten. Der Verletzte umklammerte sein Bein, so dass er den Flüchtigen nicht sofort verfolgen konnte. Instinktiv versuchte er, sich loszureißen, aber der Griff des Mannes entsprang der Kraft der Verzweiflung und räumte dem anderen wertvolle Sekunden ein. Es ging nicht anders, Yue Fei musste die Sache mit der Pistole erledigen, wenn er noch eine Chance haben wollte, den Flüchtling zu erwischen. Plopp. Der Griff an seinem Bein lockerte sich abrupt und der Agent wirbelte herum. Die Waffe im Anschlag stürmte er los. Er musste den kleinen Mann erwischen, koste es, was es wolle.

Während er lief, versuchte er angespannt, die Umrisse des anderen zu erkennen. Da vorne kam die kleine Seitenstraße. War er hier hineingelaufen? Oder doch geradeaus? Wohl eher geradeaus in Richtung der größeren Straßen. Er steigerte das Tempo, sprang über Schlaglöcher und Müllhaufen, dann kam eine Querstraße. Menschen. Er steckte atemlos die Waffe in Halfter. Rechts? Links? Vielleicht in Richtung Fluss! Im Dauerlauf kam er schließlich zur Wàitān. Nichts! Enttäuschung verdrängte die Wut und machte sich in dem Maße, in welchem der Adrenalinpegel in seinem Körper sank, in ihm breit. Eine tiefe, unendlich schmerzhafte Enttäuschung. Er hatte versagt. Okay, er hatte zwei der Ratten erwischt, aber die dritte war ihm entkommen. Ein unverzeihlicher Fehler in einem todsicheren Spiel. Er fühlte sich schlecht, wie ein Jäger, dem die sicher geglaubte Beute im letzten Moment entkommt. Selbst in dieser Situation war er von diesen verhassten Leuten noch vorgeführt worden! Und was sollte er seinem Offizier erzählen? Gut, da würde ihm schon was einfallen. Schließlich waren diese Leute gefährlich, das wusste jeder. Da war damit zu rechnen, dass man sich robust verteidigen musste. Das sollte wohl auch seinem Vorgesetzten begreiflich zu machen sein. Schlimmer war jedoch die persönliche Schmach, die die Flucht des dritten Mannes für ihn selbst bedeutete. Das würde er sich nie verzeihen!

In trübe Gedanken versunken trat er den Rückweg zum Hotel an. Die Rezeption war nicht besetzt und so schlich er sich wie ein Dieb in sein Zimmer. Inzwischen war er der Verzweiflung nahe. Was für ein Versager er doch war! Voller Selbstmitleid wusch er sich das Blut seiner Opfer von den Händen und aus seinem Gesicht, reinigte die Pistole und zog frische Kleidung an. Er war unendlich müde, legte sich aufs Bett und schickte sich gerade an, in einen tiefen und erlösenden Schlaf zu fallen, als es wieder an seiner Tür klopfte. Zunächst glaubte er, zu träumen, dann jedoch wurde das Klopfen lauter, drängender und ihm wurde klar, dass tatsächlich jemand vor der Tür stand.

Also quälte er sich wieder hoch und öffnete vorsichtig die Tür. Gähnende Leere im Gang. Er spähte erwartungsvoll zum Ende des Gangs und tatsächlich: da war wieder die Hand mit dem sonderbaren Drei-Finger-Zeichen.

Vielleicht wendete sich das Blatt! Er schnappte sich die Pistole und war mit einem Satz aus der Tür.

Wieder ging es durch die verwinkelten Gassen des alten Shànghǎi, aber dieses Mal kam ihm die Gegend bekannt vor. Warum das so war wurde ihm klar, als er wieder vor dem ›Roten Lampion‹ stand. Wieder wurde er ins Hinterzimmer geführt. Allerdings nahm ihm vorher ein finster dreinblickender Hüne die Pistole und das Messer ab.

Die vier Männer saßen rauchend auf ihren Stühlen, als wären sie nie aufgestanden, seitdem er das letzte Mal hier gewesen war. Auf dem fünften Stuhl saß nun allerdings ein weiterer Mann, auch er rauchend. Alle fünf blickten ihn stumm an. Niemand bot ihm an, sich zu setzen. Minutenlang ließen sie Yue Fei stehend sein Versagen schmecken, während sie ihn gelangweilt anstarrten.

»Nun«, durchbrach der fünfte Mann schließlich das Schweigen. »Yue Fei. Hmm. Du trägst einen Namen, dem du heute hättest mehr Ehre machen können.« Stille. Yue Fei wünschte sich an jeden anderen Ort der Welt. »Ehrwürdige …«, hob er an, doch der Mann machte eine gebieterische Handbewegung, um ihn

70

zum Schweigen zu bringen. Yue Fei senkte den Kopf. »Du bist nicht hier, um zu sprechen, Mann-den-sie-Yue-Fei-nennen. Du bist hier, um deine Aufgabe zu erfüllen. Ich denke nicht, dass man uns vorwerfen wird, dir nicht geholfen zu haben, oder was meint ihr?« Er wendete sich an die anderen, die kurz nickten, um dann lange an seiner Pfeife zu ziehen. Während er dem Agenten den Rauch ins Gesicht blies, blickte er ihn nachdenklich an. »Wir haben dich beobachtet. Weißt du, warum der Mann entkommen konnte? Weil dich deine Gefühle geblendet haben. Dein Hass auf diese Leute war zu stark und hat deine Sinne vernebelt. Ich lese in deinem Gesicht, was Du jetzt denkst: Du denkst ›Wenn ihr mich beobachtet habt, warum habt Ihr den Mann dann nicht aufgehalten?‹ Ich will dir die Antwort geben: weil es deine Aufgabe war. Nicht unsere, sondern deine.« Wieder blies er dem Agenten eine dicke Tabakwolke ins Gesicht. »Wir haben beratschlagt, wie wir damit umgehen, dass du so versagt hast, denn es fällt ja auch auf uns zurück. Andernorts wird man denken, wir hätten etwas mit deinem Versagen zu tun. Dabei haben wir unseren Teil der Abmachung genauestens erfüllt. Und wir versagen niemals. Niemals.« Yue Fei war inzwischen so voller Scham, dass er kurz davor war, die Männer zu bitten, ihn auf der Stelle zu liquidieren. Es lief ja offenbar sowieso darauf hinaus und dann wäre jede Minute, die er mit dieser Schuld noch leben musste, eine zu viel.

»Und wir haben einen Entschluss gefasst«, fuhr der Mann fort. »Wir werden dir noch ein zweites Mal helfen, damit du die Schuld, die du auch uns gegenüber nun hast, tilgen kannst.« Erstaunt blickte Yue Fei die Männer an. »Wir wissen, wohin der dritte Mann will. Wir wissen wo er das Land verlassen will. Wir werden dich dorthin bringen, damit du deine Aufgabe erfüllen kannst.«

71

Scharade am Duftenden Hafen

»Kanton ist neben vielen anderen Dingen auch für seine exotische Küche bekannt. Es gibt hier Gerichte, die für den westlichen Gaumen gewöhnungsbedürftig sind. Da wäre zum Beispiel das ›Dreifache Quieken‹: hierbei handelt es sich um lebende Mäusejunge, die mit einer speziellen Sauce gereicht werden. Zum ersten Mal quieken sie, wenn sie mit den Stäbchen aufgenommen werden. Zum zweiten Mal, wenn man sie in die Sauce tunkt und zum dritten und letzten Mal, wenn sie verspeist werden.« Max sah Henrik entgeistert an. »Willst du mich verarschen, zeig her, das will ich selber lesen!« Henrik gab ihm das Buch und Max erbleichte. Betreten las er weiter: »Eine weitere Spezialität der Region ist Affenhirn. Auch dieses wird mit einer speziellen Technik serviert: während die Gäste um einen runden Tisch herum platziert werden, wird der Kopf eines lebenden Affen in einem ebenfalls runden Loch in der Tischmitte fixiert. Das Affenhirn wird nun in zwei Variationen gereicht. Während in der ersten Variante der Affe von den Gästen mit schweren Löffeln erschlagen und dann das noch warme Gehirn aus dem zertrümmerten Schädel gelöffelt wird, trennt in Variante zwei der Koch dem Affen die Schädeldecke vom Schädel ab und die Gäste löffeln das Hirn, während der Affe – zunächst – noch lebt … Henrik, das steht hier! Steht das hier? Ich muss das nochmal lesen: während in der ersten Variante der Affe von den Gästen …. Nee, echt jetzt, das ist krass! Vielleicht ist das so ein Touristenschocker, der sich besser verkauft? Ich kann nicht glauben, dass es das hier wirklich gibt!«

Max und Henrik saßen im Hof einer billigen Backpackerkneipe und tranken Píjiŭ, genauer gesagt Tsingtao Bier, eine Hinterlassenschaft der Deutschen aus ihrer kurzen Kolonialzeit. Zum Bier hatten sie damals noch das Bierfest beigesteuert, welches inzwischen als zweitgrößtes Oktoberfest der Welt galt. Max nahm einen kräftigen Schluck, setzte die grüne Flasche dann aber abrupt ab, beäugte sie kritisch und sagte: »Meinst du, die brauen das Bier hier auch nach einer ganz speziellen Technik?« Henrik lachte. »Tja, vielleicht. Steht aber drauf, dass die sich an euer Reinheitsgebot halten. Naja, Papier ist geduldig ...« Er grinste und dann stießen sie lachend an. Max hatte Henrik im Zug nach Kanton kennen gelernt. Der Holländer war auf einem Trip durch Asien und ebenso wie er seit wenigen Wochen in China. Da China in der aktuellen Lage von vielen Touristen gemieden wurde war man froh über jeden ›Westerner‹, den man hier traf. Endlich jemand, der einen nicht anstarrte und mit dem man sich mal unterhalten konnte. Die Zugfahrt war erheblich angenehmer gewesen als seine Reise von Peking nach Shanghai, obwohl er wegen des ständigen Lärms auch dieses Mal fast kein Auge zugetan hatte. Oder hatte es daran gelegen, dass ihm das Mädchen nicht aus dem Kopf ging, das er auf dem Goldenen Fluss kennen gelernt hatte? Shenmi. Was mochte sie wohl gerade tun? Sie hatte Schreckliches erlebt, hatte viele Gefährten auf dem Platz des Himmlischen Friedens verloren und war selbst nur knapp dem Tod entronnen. Sie war so zerbrechlich gewesen in dieser sternenklaren Nacht auf dem Achterdeck. Und so tapfer. Er spürte einen Kloß im Hals, als er daran dachte, dass er sie vielleicht nie wieder sehen würde.

»Vielleicht sollten wir mal versuchen, uns von dem Wahrheitsgehalt dieser Kochrezepte zu überzeugen.«, durchbrach Henrik den Schleier aus Trübsal, der sich gerade in Max auszubreiten begann. »Schließlich ist dieses Buch ja sozusagen die Bibel von uns Travellern und ich muss sagen, dass es mich bislang noch nie enttäuscht hat.« Das stimmte, der Lonely Planet steckte in nahezu jedem Rucksack in ganz Asien. Auch Max hatte seinem Exemplar wertvolle Tipps entnommen und so die subtotale Sprachbarriere zwischen sich und den meisten Chinesen zum Teil wieder wettmachen können. »Ich weiß nicht«, gab Max zurück. »Ich will das gar nicht so genau wissen. Es ist ja bekannt, dass in China eigentlich alles gegessen wird, und ich hab mich bei den fliegenden Händlern, die an den Bahnhöfen immer Reis mit XY-Beilagen

73

in diesen aufgeschäumten Boxen anbieten, sowieso schon oft gefragt, was für Tiere da jetzt wohl in meinem Magen landen. Jedes Mal war meine Antwort auf diese Frage, dass ich das eigentlich gar nicht so genau wissen will. Schließlich kann man bei der Art, wie man hier so durchs Land reist, nicht wählerisch sein.« Henrik leerte den letzten Schluck Tsingtao: »Haste auch wieder recht. Ich könnte mir vorstellen, dass man uns sowieso nicht in solche Restaurants lassen würde. Oder wir müssten uns gleich verpflichten, auch an so einem Menü teilzunehmen. Wie das wohl schmeckt? Affenhirn?« Max verzog das Gesicht: »Ich glaube, es wird Zeit für einen kleinen Spaziergang. Ich habe gehört, dass Kanton auch für seinen Tiermarkt sehr bekannt sein soll. Über solche Märkte hört man ja auch so einiges. Wenn du schon investigativ tätig werden willst, dann lass uns doch mal nachschauen, was an diesen Gerüchten so alles dran ist.« »Gute Idee! Heyho, let's go!«, erwiderte Henrik lachend. Wenige Minuten später hatten sie sich in den unendlichen Strom ständig klingelnder Fahrradfahrer eingereiht, die auch in dieser Stadt die Straßen dominierten.

Teil dieses nie endenden Zuges Tausender gemächlich dahingleitender Drahtesel zu sein ließ einen irgendwie kleiner werden. Max kam es so vor, als schwimme er in einem riesigen Fischschwarm im Benguelastrom, als müsse er sich nur treiben lassen mit der Masse, deren metaphysischer Wille ihn schon irgendwann wie von selbst an sein Ziel bringen würde. Das Ganze hatte etwas Entschleunigendes, Meditatives. Das penetrante Dauerklingeln der typischen chinesischen Fahrradglocken erschien ihm wie eine geheimnisvolle Kommunikation der einzelnen Individuen des Schwarms, die auf diese Weise gleichzeitig individuell kommunizierten als auch miteinander zu einem größeren Wesen verschmolzen, in dem sich jegliche Individualität auflöste. Vielleicht war dieses Schwarmwesen so irgendwie auch ein Ausdruck dieses Landes. Ein riesiges Reich mit unendlich vielen Menschen, die, würden sie alle in eine Richtung gelenkt und in ihrer Individualität eingeschränkt, als Schwarm eine unwiderstehliche Macht ausüben könnten.

74

»He, aufwachen, Schlafmütze! Da vorne ist der Eingang zum Wildtiermarkt!« Henriks Stimme riss ihn aus seinen Überlegungen. Sie lösten sich aus dem Strom und schlossen ihre Räder mit schweren Ketten an einen Laternenmast. Dann betraten sie das Reich der Wildtierhändler.

Chinesen, das war allgemein bekannt, hatten im Laufe ihrer langen, auch von vielen Hungersnöten geprägten Geschichte gelernt, nahezu alles, was es an pflanzlichen oder tierischen Lebewesen in ihrem Land gab, zu Speisen zu verarbeiten. Die chinesische Küche war daher eine der reichhaltigsten und abwechslungsreichsten der Welt. Allerdings war sie teilweise, insbesondere für westliche Gaumen, auch sehr gewöhnungsbedürftig. Auf den unzähligen Wildtiermärkten in den Städten Chinas wurden die Zutaten für viele der für den westlichen Menschen eher ungewöhnlichen Gerichte verkauft – zumeist lebendig. Auf Wunsch wurden die Tiere jedoch auch nach Kaufabschuss vom Verkäufer getötet, aufgebrochen und zerwirkt.

Hier in Kanton gab es einen der, wenn nicht den größten Wildtiermarkt in China und er war angesichts seines reichhaltigen Angebotes über die Grenzen des Reiches der Mitte hinaus bekannt.

Max und Henrik stiegen ein paar Stufen hinab und betraten damit eine andere Welt. Eine Welt, die nach Gesetzen funktionierte, die für Fremde nur sehr schwer verständlich waren.

Natürlich herrschte auch hier wieder das übliche rücksichtslose Gedränge. Die Massen schoben sich gegenseitig durch enge Gassen, die von allerlei Behältern und Käfigen gesäumt waren, in denen die zukünftigen Gaumenfreuden ihrer neuen Besitzer harrten. Kleine Käfige standen auf wackeligen Tischen. Größere waren teilweise übereinander zu stattlichen Käfigburgen aufgetürmt. Es gab auch Gewürze und Früchte aller Art, die teilweise in ansprechender Weise drapiert, überwiegend aber recht willkürlich zusammengewürfelt, dem Kunden zum Kauf angeboten wurden. Manche der Händler blickten finster drein, andere bemühten sich um neue Kunden, indem sie lauthals ihre Ware

75

priesen, wieder andere waren in Gespräche mit Kunden vertieft, in denen zumeist um den Preis gefeilscht wurde. Wären nicht die Tiere in den Käfigen, Bottichen, Netzen und Aquarien gewesen, hätte man meinen können, man befände sich auf irgendeinem Markt irgendwo auf der Welt.

Was diesen Markt aber von allen anderen Märkten, die Max bislang besucht hatte, unterschied, was ihn in seinen Augen gleichermaßen faszinierend wie zutiefst abstoßend erscheinen ließ, war zum einen das exotische Angebot von Tieren, die man in Deutschland bestenfalls im Zoo sehen konnte, weil sie streng geschützt waren, und zum anderen und vor allem jedoch die Art und Weise, wie diese Tiere behandelt wurden: aus den Hunderten viel zu kleiner Käfige starrten ihn gebrochene Augenpaare von Hunden, Katzen und Füchsen an. Die Käfige waren zumeist so klein, dass die Tiere sich darin nicht einen Millimeter bewegen konnten. Die Füchse hatte man offenbar mit Tellereisen gefangen, die in Deutschland streng verboten waren. Diese Fangeisen schnappten zu, wenn das Tier darauf trat, und hielten es dann am Bein fest. In seiner Verzweiflung und Angst versuchte es dann, sich loszureißen, was zu schweren Verletzungen an dem gefangenen Bein führte. Offenbar hatten sich die Fallensteller noch nicht einmal die Mühe gemacht, die Fallen zu öffnen, wenn sie das Tier schließlich einsammelten – bei vielen der Füchse sah Max nur noch einen zum Teil bereits schwarz-nekrotisierten Beinstumpf, aus dem manchmal noch ein Knochen herausragte. Die Beine waren einfach abgehackt worden. Kein Hund bellte, keine Katze miaute, die Tiere steckten einfach apathisch in ihren engen Gefängnissen und starrten ihn an. Fassungslos blieb er vor einem der Käfige stehen, bis der Händler heraneilte und ihn ansprach. Wortlos wandte er sich ab, da er fürchtete, sonst etwas zu tun, was er später bereuen könnte. Weiter hinten kreischte eine fette Frau, die sich offenbar über die Preisvorstellungen eines Kunden beschwerte. Neben ihr stand ein prall mit dicken schwarzen Kröten gefülltes Netz, das ihr bis zu den Hüften reichte. Die Kröten im unteren Teil des Netzes waren bereits vom Gewicht ihrer Leidensgenossen erdrückt worden, während die Tiere ganz oben bereits in der prallen Sonne verdorrt waren. Der Gestank war kaum zu ertragen und so beschleunigte Max seinen Schritt. Er kam an Aquarien vorbei, in denen große Fische verzweifelt nach Luft schnappten, da sie kaum noch Wasser enthielten, während ihre Besitzer teilnahmslos danebenstanden. Er sah kleine Käfige mit viel zu großen Affen darin und musste unwillkürlich an die Geschichte mit dem Affenhirn denken. Schließlich beobachtete er, wie eine große Schildkröte ihren Besitzer wechselte. Offenbar wollte die Käuferin aber nur das Schildkrötenfleisch mit nach Hause nehmen. Daher begann der Verkäufer, mit einem scharfen Messer den Panzer an dessen Unterseite von der noch lebenden Schildkröte zu trennen. Sie wurde bei lebendigem Leib aus dem Panzer herausgeschält und starb während der Prozedur. Das Fleisch verschwand schließlich in einer Plastiktüte, während der Panzer achtlos auf einen Müllhaufen geworfen wurde. Max war so erschüttert von dem, was er sah, dass er gar nicht bemerkt hatte, dass Henrik und er im Gedränge getrennt worden waren. Als er sich schließlich suchend umsah, konnte er ihn nirgendwo entdecken. Vielleicht war es besser so, denn Henriks Neigung, alles irgendwie ins Lächerliche zu ziehen, wäre jetzt fehl am Platze gewesen. Das hier war ganz und gar nicht lächerlich! Das war eine Schande! Niemand auf der ganzen Welt hatte aus seiner Sicht das Recht, andere Lebewesen so zu behandeln. Wo blieb die Achtung vor der Schöpfung? Wo der Respekt vor der Kreatur? Wieder wurde ihm bewusst, wie sehr sich die Mentalität und die Kultur der Menschen in China von der seinen unterschieden. Auf den Stufen eines kleinen Brunnens fand er ein wenig Platz im Schatten und nahm aus der mitgebrachten Trinkflasche einen tiefen Zug. ›Die Fische da eben hätten das nötiger gebraucht‹, dachte er, während er durstig trank. Er war so in Gedanken versunken, dass er den alten Mann zunächst gar nicht bemerkte, der sich unweit von ihm auf einer benachbarten Stufe niedergelassen hatte. Schließlich fiel ihm jedoch auf, dass der Mann ihn verstohlen musterte. Sonderbar.

Es war nicht dieses dreiste Starren, das ihn bislang während der ganzen Reise begleitet hatte. Es war eher ein heimliches Abwägen. Ihm war, als versuchte der andere, ihn einzuschätzen, zu klassifizieren, einzuordnen.

Der Mann war sicher schon über siebzig, wobei man sich hier leicht verschätzen konnte. Durch die morgendlichen Tai-Chi-Übungen und möglicherweise – auch wenn ihm dieser Gedanke hier geradezu absurd vorkam – ihre Ernährungsgewohnheiten waren viele Chinesen auch im Alter ziemlich drahtig und wirkten trotz ihrer oft ziemlich verhutzelten Gesichtszüge jünger. Der Mann hatte schlohweiße Haare und einen fingerlangen Kinnbart und erinnerte an einen alten Kung-Fu-Meister aus einem Bruce Lee-Film. Seine Gesichtszüge waren scharf geschnitten, die Haut wettergegerbt. Seine Körperhaltung strahlte auch im Sitzen etwas Strenges, Unerbittliches aus und Max war auch deshalb nicht wirklich in der Stimmung, ein Gespräch zu beginnen. Wahrscheinlich sprach der alte Mann sowieso kein Englisch und so beschloss er, ihn zu ignorieren.

»Harter Tobak hier für dich, oder? Ihr im Westen seid so etwas nicht gewöhnt, ihr fragt nicht so gerne danach, wo euer Fleisch herkommt, stimmt's?« Max verschluckte sich fast, als der Mann ihn in bestem Oxford-Englisch ansprach und musste zunächst überlegen, was er darauf antworten sollte. »Bei euch kommt das Steak irgendwie auf den Teller, die industrielle Tötungsmaschinerie davor ist euch egal«, setzte der Mann nach. Max gefiel der Zungenschlag des Fremden nicht. »Bei uns werden die Tiere zumindest nicht grausam gehalten bevor sie sterben, und wir töten sie so, dass es schnell geht. Außerdem gibt es bei uns viele Tierarten, die wir nicht töten. Ihr habt keinen Respekt vor den Tieren. Ihr quält die Tiere noch nicht einmal, weil es euch Spaß macht, sondern weil sie euch egal sind. Das ist fast noch schlimmer«, gab Max aufgebracht zurück. Der Fremde schien in sich hineinzulächeln. »Entschuldigung, ich war unhöflich und anmaßend«, sein Tonfall hatte sich geändert. »In unserer Kultur hat man es durch bittere Not lernen müssen, alles zu essen und wir haben aus der Not eine Tugend gemacht. Ich gebe zu, dass wir bislang nicht gelernt haben, Notwendigkeit und Grausamkeit ausreichend zu trennen, aber Massentierhaltung und industrielle Tötung sind da aus meiner Sicht auch keine Alternative. Bei uns kommt auch ein anderer Aspekt hinzu: Essen hat immer auch eine rituelle und eine medizinische Komponente. Jedem Tier wird eine bestimmte Bedeutung, eine besondere Kraft zugewiesen und wir glauben, dass diese Kraft auf uns übergeht, wenn wir das Tier nach bestimmten Regeln verspeisen. Zum Beispiel glauben wir, dass unser Gehirn gestärkt wird, wenn wir Affenhirn verspeisen.« Max wusste nicht, ob er hören wollte, was jetzt kam. »Aber diese Geschichte von dem Tisch, in den ein lebendiger Affe gespannt wird, welchem man dann das Hirn bei lebendigem Leib weglöffelt, ist absoluter Quatsch. Ich weiß schon, ihr lest die alle in euren Reiseführern und kommt dann her zum Gruseln und ihr seht dann auf diesem Markt die Bestätigung für eure Vorurteile. Aber fragt euch mal, ob ihr im Westen tatsächlich so viel besser mit euren Tieren umgeht.« Der Alte war jetzt näher an ihn herangerückt und Max konnte zwei Reihen tadelloser Zähne sehen, wenn er sprach. Er überlegte und antwortete dann: »Das sehe ich nicht so. Wie gesagt, tun wir den meisten Tieren nichts zuleide und es gibt bei uns auch sehr strenge Tierschutzgesetze ...« »Die ihr gerne mal vergesst, wenn es wie beim Schächten zum Beispiel um religiöse Gebote geht ...«, der Mann war erstaunlich gut informiert. »Was ist zum Beispiel mit den Nashörnern?«, wollte Max wissen. »Da geht es nicht ums Überleben, ums Essen. Da geht es nur darum, dass eine Tierart ausgerottet wird, weil ihr glaubt, dass man sich mit dem Pulver seines Horns seine Potenz noch ein wenig länger erhalten kann. Man tötet diese Tiere aus purem Aberglauben. Das Nashorn wird von der Welt verschwinden, weil ihr glaubt, dass es euch beim Sex hilft! Warum nehmt ihr keine Pillen oder sonstwas?! Warum maßt ihr euch an, ganze Tierarten für euren Spaß auszurotten? Warum ändert ihr verdammt nochmal nicht stattdessen eure Kultur?!« Max hatte inzwischen ein hochrotes

Gesicht vor Zorn. Der andere blieb kühl: »Was das Ausrotten von Tierarten betrifft, sollte jemand aus dem Westen lieber nicht so laut schreien. Aber du hast recht: wir beide wissen, dass das Nashorn umsonst verschwinden wird. Dennoch geht ihr auch da wieder den falschen Weg, wenn ihr glaubt, es durch ein strenges Verbot des Hornhandels schützen zu können. Das Einzige, was dadurch erreicht wird, ist, dass der Preis steigt und es für viele Chinesen noch erstrebenswerter wird, so etwas zu kaufen. Das ist ein Statussymbol und mit dem steigenden Wohlstand in China wird es immer mehr Chinesen geben, die sich das leisten können. Da kann man so viele Verbote aussprechen, wie man will – das Nashorn wird auf diese Weise sterben. Auch weil ihr zu ignorant seid, um nach praktikableren Lösungen zu suchen.« »Ach ja, und wie sollte es denn deiner Meinung nach sonst funktionieren?« »Es gibt einen Weg, den ich für vernünftiger halten würde, aber dann müsstet ihr euch im Westen auch mal auf andere Ideen als eure eigenen einlassen. Natürlich muss man versuchen, eine Änderung unserer Kultur auf diesem Gebiet herbeizuführen. Aber das wird nur langsam gehen und bis es soweit ist, wird es mit der jetzigen Strategie zu spät sein. Aber, vielleicht weißt Du das nicht, man kann Nashörner sehr gut züchten. Es gibt bereits jetzt schon viele Tonnen von Nashorn-Hörnern in bewachten Lagern in Afrika. Wenn man den Handel freigibt und diese auf den Markt wirft, dann wird zunächst der Preis verfallen und die Wilderei in Afrika unattraktiv machen. Gleichzeitig werden dort viele Farmer sehen, dass es sich lohnt, Nashörner zu züchten. So ein Horn wächst wieder nach, wenn man es abschneidet. Ein Nashorn kann während seines Lebens etwa drei Hörner bekommen, die man ihm schmerzlos abtrennen und verkaufen kann. Es wird sich so ein Gleichgewicht zwischen Angebot und Nachfrage einstellen, während die Zahl der Nashörner zu- statt abnimmt. Und schließlich werden die modernen Entwicklungen in der Medizin und der Verfall als Statussymbol dazu führen, dass die Nachfrage sinkt. Am Ende wird auf diese Weise das Nashorn überleben.«

80

Der Alte blickte Max direkt in die Augen. Max blinzelte. »Ich …
ich, äh, ich weiß nicht, was ich dazu sagen soll. Das ist eine völlig
neue Argumentation, so etwas habe ich noch nie gehört«, brachte
er erstaunt hervor. »Weil du die Welt bisher nur mit deinen westlichen Augen betrachtet hast. Du bist genauso in deiner Kultur
gefangen wie wir in unserer. Aber ich sehe, dass Du Argumenten
gegenüber zumindest aufgeschlossen zu sein scheinst. Gestatten:
Mr. Wú.« Er lächelte zum ersten Mal und hielt Max die Hand
hin. Max ergriff sie zögerlich und war erstaunt über den festen
Händedruck des Alten. »Max. Max Hecker. Ich bin Deutscher.«
Der Alte lächelte. »Ich weiß, das sieht man. Ihr Deutschen seid
anders als die Engländer und Australier, die man hier sieht. Ihr
seid nachdenklicher. Deshalb habe ich dich ja auch angesprochen.« Max begann zu spüren, dass es hier um etwas anderes gehen sollte als um Nashörner oder chinesische Essgewohnheiten
und kratzte sich am Kopf. »Mr. Wú, bei mir gibt's leider nicht viel
zu holen. Müsste man doch eigentlich sehen, oder?« Wú war fast
ein wenig beleidigt: »Glaubst du etwa, ich will dich anbetteln?«
Max wurde erneut rot, diesmal jedoch nicht aus Zorn. »Nein«,
fuhr der Alte fort. »Ich würde gerne wissen, wie du über die
Freiheit denkst.« Bei diesem Wort fiel ihm Shenmi ein. Nachdenklich antwortete Max: »Freiheit? Muss man mit umgehen
können. Ich habe manchmal das Gefühl, dass man das bei mir
zu Hause nicht so kann, wie man müsste. Vielleicht liegt das
daran, dass sie vielen bei uns zu selbstverständlich geworden
ist. Oder daran, dass sie falsch verstanden wird.« »Wie meinst
du das?«, wollte der Alte wissen. »Naja, man muss sie zu schätzen
wissen. Und man muss sich dessen bewusst sein, dass Freiheit
vor allem Eigenverantwortung bedeutet. Man muss sich selbst
seine Freiheit sinnvoll begrenzen. Und man muss sie verteidigen
gegen jene, die sie einem nehmen wollen. Und hier in China«,
setzte er hinzu, »muss man sie sich erst einmal erkämpfen.« Die
Gesichtszüge des Alten hellten sich auf: »Bingo, wusste ich's
doch! Ein Philosoph! Genau der, den ich gesucht habe!« Max
sah ihn fragend an. Der Alte fuhr fort: »Wir Chinesen haben die

Erfahrung gemacht, dass Einigkeit Stärke und Glück bedeutet und Zwietracht Schwäche und Chaos. Eure Demokratie wird daher von vielen bei uns als gefährlich für China wahrgenommen. Viele denken, für den Westen sei das vielleicht die richtige Staats- und Gesellschaftsform, aber für so ein Riesenreich wie China mit so vielen Menschen und der langen Geschichte, in der wir immer wieder durch Zwietracht gefallen sind, sei es das nicht. An dieser Sicht der Dinge ist etwas dran und ich gestehe, dass ich diese Leute sogar verstehen kann. Aber vielleicht habe ich zu lange im Westen gelebt. Meiner Meinung nach müsste man aus euren Ideen und unserer Kultur etwas schmieden können, was unsere Einigkeit erhält und festigt und gleichzeitig den Menschen mehr Freiheit gibt. Ich glaube daran, dass ein solches Modell auch unser Land auch voranbringen würde, weil sich dann jeder Einzelne auch viel besser entfalten und seine Talente zu unserem Gemeinwesen beisteuern könnte. Was hier gerade passiert ist aber das Gegenteil«, setzte er nach einer Pause bitter hinzu. Max sah ihn gespannt an. Er war sich jetzt sicher, dass es heute noch um irgendetwas Größeres gehen würde. »Okay, Mr. Wú, was willst du von mir?«, es war nicht sein Ding, lange um den heißen Brei herumzureden.

Wú senkte jetzt seine Stimme: »Mr. Max, wenn du das wirklich wissen willst, dann folgst du mir jetzt. Aber halte Abstand und achte darauf, dass man nicht sieht, dass du jemandem folgst. Sie haben ihre Augen und Ohren überall …« Mit diesen Worten erhob er sich und verschwand in der Menge, ehe Max sich's versah. Noch tauchte der schlohweiße Schopf des Mannes immer wieder aus der Menge empor und so beeilte sich Max, ihm zu folgen, ehe er ihn aus den Augen verlieren würde.

Unmittelbar am südlichen Rand des Tiermarktes verschwand Wú in einem windschiefen Haus. Max sah sich um. Sollte er ihm folgen? Was, wenn das eine Falle wäre? Geheimdienst? Räuber? Organhändler? Sein Instinkt sagte ihm, dass man dem Alten vertrauen könne, aber was hieß das schon? ›Ach was soll's‹, dachte er. ›No risk, no fun!‹ Er öffnete die kleine knarrende Eingangstür

82

und verschwand in dem Haus. Drinnen herrschte Dämmerlicht, so dass seine Augen sich zunächst daran gewöhnen mussten. Dann sah er den Alten, der angestrengt durch ein Loch in den geschlossenen Fensterläden auf die Straße spähte. Niemand sprach ein Wort, bis Wú nach einer kleinen Ewigkeit zurücktrat und erleichtert sagte: »Alles okay, uns ist niemand gefolgt. Komm mit ins Nebenzimmer!« Er öffnete die Tür des einzigen Möbelstückes in dem Raum, eines alten Schranks, der seine besten Zeiten schon sehr lange hinter sich hatte. In der Rückwand befand sich, kaum wahrnehmbar, eine weitere Tür, die er mit wenigen Handgriffen öffnete. Dann verschwand er in einem Raum, aus dem schwaches Kerzenlicht nach außen drang. Max folgte ihm klopfenden Herzens. In dem Raum befanden sich ein kleiner Tisch, auf dem eine brennende Kerze stand, ein Stuhl und eine speckige Matratze. Erst bei genauerem Hinsehen fiel Max auf, dass auf der Matratze jemand lag. »Psst, Feng, aufwachen!«, flüsterte Wú. »Bist du es Mr. Wú?«, gab der Mann auf der Matratze zurück und erhob sich. Max fiel auf, dass er selbst für einen Chinesen ungewöhnlich klein war. »Nicht erschrecken, ich habe jemanden mitgebracht, der uns helfen kann! Einen Deutschen!« Wú sprach Englisch, wohl aus Höflichkeit Max gegenüber und als vertrauensbildende Maßnahme. ›Helfen?‹, dachte Max. ›In was zum Teufel bin ich denn jetzt hineingeraten?!‹ Der mit Feng angesprochene trat auf Max zu und reichte ihm die Hand. Als Max sie schüttelte, fiel ihm auf, wie klein sie war.

»Setzen wir uns«, Wú machte eine einladende Handbewegung und alle drei ließen sich auf dem Boden nieder. Der Inhalt einer Teekanne wurde auf drei Gläser verteilt. Wortlos nahm jeder einen ersten Schluck. »Darf ich vorstellen: Mr. Max aus Deutschland. Feng, ein überraschender, aber dafür umso geschätzterer Gast.« Die beiden nickten sich nochmals zu. »Max, ich habe dich gar nicht gefragt, aber du kommst ja sicherlich aus Běijīng, oder?« Wú machte ein fragendes Gesicht, Max nickte. »Du weißt, was dort im Juni geschehen ist?« »Ich habe die Überreste gesehen«, gab Max düster zurück. »Mein junger Freund hier, Feng, war da-

83

mals, sagen wir, in etwas herausgehobener Position, dort auf dem Tiān'ānmén Guǎngchǎng, und er war auch bei dem sogenannten Zwischenfall vom 4. Juni dabei. Er konnte mit knapper Not entkommen.« Max musterte Feng. Ein junger Mann, vielleicht so alt wie er, wahrscheinlich ebenfalls Student. Insgesamt wirkte er auf Max eher farblos, aber das mochte auch an seiner schmächtigen Statur liegen. Jetzt ergriff er zum ersten Mal das Wort: »Ich bin einer der Studenten, die die Proteste angeführt haben. Wir haben tatsächlich geglaubt, dass das Regime kompromissbereit sein würde. Anfangs haben wir moderate Forderungen gestellt, aber ein paar von uns wurden zu radikal und haben dann beim Besuch von Gorbatschow bewusst einen Gesichtsverlust für die Regierung herbeigeführt. Ich glaube allerdings inzwischen, dass Dèng und seine Leute niemals wirklich vorhatten, auf uns zuzugehen. Den Ausschlag gab aber wohl, dass sich auch immer mehr Arbeiter und Bauern mit uns solidarisierten. Dèng hatte Angst, dass ihm die Menschen weglaufen würden.« Traurig starrte er sein Teeglas an. »Jetzt ist alles zerstört und viele meiner Freunde sind tot oder in Lagern.« Wú ergriff wieder das Wort: »Tja, so ist das mit der Freiheit, mein junger Freund aus Deutschland. Wie du schon sagtest: Freiheit will erkämpft werden! Um es kurz zu machen, denn Du magst es ja direkter, als wir Chinesen normalerweise sind: Feng ist auf der Flucht vor den Behörden. In Shànghǎi hätte es ihn fast erwischt.« Feng unterdrückte ein Schluchzen: »Zwei meiner besten Freunde wurden dort ermordet. Ich konnte nur um Haaresbreite fliehen.« »So ist es«, fuhr Wú fort. »Und jetzt kommst du ins Spiel. Du bist ja ganz offenbar ein Idealist. Dass du es mit Deinen Idealen ernst meinst, kannst du jetzt beweisen.« Max dämmerte, dass Wú ihn tatsächlich auf dem Tiermarkt durchleuchtet hatte. Er hatte ganz offensichtlich jemanden gesucht, der aus dem Westen kam und dem man schon allein deshalb vertrauen konnte, weil er hier niemanden kannte. Und jemanden, der, da vielleicht selbst Student, große Sympathien für die Studentenproteste hegen würde. Kurz: er hatte so jemanden wie ihn gesucht. »Feng hat nur eine einzige Chance,

84

zu überleben und vielleicht aus dem Ausland die Freiheitsbewegung weiter am Laufen zu halten: er muss über die Grenze nach Hong Kong. Diese, das wissen wir durch Menschen, die mit uns sympathisieren, wird aber jetzt noch viel schärfer bewacht als bisher. Sehr viel schärfer. Sie wissen, dass die Dissidenten, die entkommen konnten, nur diese Chance haben, weil sie in China früher oder später ans Messer geliefert werden.«

»Aber was soll ich denn dazu beitragen?«, fragte Max etwas überfordert. »Soll ich ihn vielleicht über die Grenze schmuggeln?« »Genau das sollst du tun«, erwiderte Wú kühl. »Aber dir muss klar sein, dass auch du in einem Lager verschwinden wirst, wenn sie dich dabei erwischen. Oder Schlimmeres.« Das war der Moment, an dem Max sich wünschte, er hätte nicht diese Idee gehabt, den Tiermarkt zu besuchen. Wie sollte er das anstellen? Im Kofferraum eines Autos, das er nicht hatte? In einem Leichtflugzeug, das er nicht fliegen konnte? In seinem Seesack? In … seinem … Seesack …?? Wú erriet seine Gedanken: »Genau, Mr. Max. Du hast doch sicher einen Rucksack oder sowas. Und du kommst als Europäer – wahrscheinlich – ungeschoren durch die strengen Kontrollen. Sie suchen einen Chinesen nicht im Rucksack eines Europäers. Feng ist relativ klein und leicht. Der Plan ist, dass er in deinem Rucksack die hundertzwanzig Kilometer bis zur Grenze mit dir mitfährt. Wir legen oben ein paar möglichst dreckige Unterhosen von dir drauf, damit sie bei einer – wenig wahrscheinlichen – Kontrolle die Lust verlieren, ihn auszuleeren. Und wenn du drüben bist, verschwindet er in der britischen Botschaft und du ziehst deiner Wege. Mit dem Gefühl, ein wirklich gutes Werk getan zu haben. Du hast dann ein Menschenleben gerettet und ein Stück Freiheit für China bewahrt!« ›Mit solchen Worten werden Soldaten in aussichtslose Schlachten geschickt‹, dachte Max und sah Feng an. Der hatte den Kopf gesenkt und wagte es nicht, ihn anzublicken. Wie wohl so ein Straflager in China sein musste, fragte er sich unwillkürlich. Aber konnte er zulassen, dass dieser arme Kerl hier sein Leben verwirkt hatte, nur weil er sich für die Ideale eingesetzt

85

hatte, die auch die seinen waren? Wurde nicht in Deutschland bei jeder Gelegenheit mit Verweis auf ›Unsere Geschichte‹ gepredigt, man müsse den Rücken gerademachen, auch wenn es gefährlich sei? ›Sonntagsreden‹, dachte er verächtlich. ›Rituelle Sonntagsreden von Leuten, die selbst nicht glauben, was sie da schwätzen!‹ Aber jetzt, in diesem Zimmer, da fühlte er sich wie Petrus, bevor der Hahn krähte. Schiller mit seiner Bürgschaft fiel ihm ein. Die Ode – Männerstolz vor Königsthronen! Dann dachte er an Shenmi. Was würde sie machen? Er war sich sicher, dass sie keinen Moment gezögert hätte. Dann hörte er sich sagen: »Okay, ich mach's.«

Am nächsten Morgen bekam er keinen Bissen herunter. Er hatte die ganze Nacht nicht geschlafen und sah schlecht aus. »Was ist dir denn für eine Laus über die Leber gelaufen?«, wollte Henrik wissen. »Hat dich der Tiermarkt so mitgenommen? Freu dich doch auf Hong Kong! Ist eine andere Welt. Der Vorposten des Kapitalismus. Sieht aus wie eine dieser amerikanischen Wolkenkratzer-Städte und du wirst sehen, dass die dortigen Chinesen dich abgerissenen Halunken nicht mit dem Arsch ansehen. Das tut ein wenig weh, vor allem angesichts der vielen hübschen Mädels dort. Außerdem ist man das nach dem ganzen Gestarre hier ja gar nicht mehr gewöhnt! Aber da drüben zählt nur die Kohle und dass du keine hast sieht man fünf Kilometer gegen den Wind! Weißt du eigentlich, was der Name Hong Kong bedeutet? Duftender Hafen! Sehr prosaisch für so eine Stadt, in der es nur ums Geld geht. Und das duftet ja bekanntlich nicht! Hong Kong ist die drittgrößte Finanzmetropole der Welt nach New York und London und die Rotchinesen lecken sich schon die Finger danach, es 1997 endlich in ihre selbigen zu bekommen. Die Frage wird dann sein: wird Festlandschina wie Hong Kong oder wird Hong Kong wie China? Oder gibt es irgendwas dazwischen? He Max, hörst du überhaupt zu?«

Tat er nicht. Er dachte daran, dass er den heutigen Abend möglicherweise eben nicht in Hong Kong, sondern in einer Zelle

86

oder vielleicht gar nicht erleben würde. Er sah auf die große Wanduhr, auf der eine schwarze Spinne ihr Netz webte. ›Spinnweben werden gewebt, wenn die Zeit stehen bleibt‹, dachte er und wünschte sich, dass der unaufhörlich vorankriechende Minutenzeiger einfach innehielte. Noch zehn Minuten. Er zwang sich ein paar Bissen hinein, trank seinen Tee und verabschiedete sich etwas zu kühl von Henrik. Adressen hatten sie keine ausgetauscht. Das tat man zu Beginn einer solchen Reise, aber je länger man unterwegs war, umso mehr wurde einem klar, dass man die meisten der zufälligen Begegnungen sowieso nicht wiedersehen würde, sie nicht wiedersehen wollte. Diese Menschen traf man nur einmal und sie waren untrennbar mit dieser Reise und ihrer Geschichte verbunden. Es wäre auch gegenüber dem Erlebten nicht fair gewesen, sie irgendwo anders zu treffen, wo man dann vielleicht bei einem Dia-Abend in der Vergangenheit schwelgte. Nein, Traveller lernten sich kennen und gingen ein Stück des Weges miteinander, um sich dann auf Nimmerwiedersehen zu trennen. Das war das ungeschriebene Gesetz, das diese Leute nebst vielem anderen von gewöhnlichen Reisenden unterschied. Henrik nahm es gelassen. Sie umarmten sich und wünschte sich gegenseitig alles Gute und dann stand Max mit seinem Seesack alleine vor dem Eingang des Hostels und sah dem nimmermüden Zug der klingelnden Fahrräder dabei zu, wie er sich in die Stadt wälzte. Ein rascher Blick auf die Uhr. 10:00 Uhr. Plötzlich hielt ein dreirädriges Taxi neben ihm, die Beifahrertür öffnete sich. Er sah hinein und erkannte den Fahrer: am Steuer saß Mr. Wú. »Steig ein Mr. Max. Den Seesack kannst du auf die Rückbank werfen!« Max schob die Lehne seines Sitzes nach vorn und bemerkte Feng im Fond, der sich dort zusammengekauert hatte. Mechanisch legte er sein einziges Gepäckstück auf die Rückbank. Ein Gepäckstück, das nach so vielen Kilometern in heruntergekommenen Zügen, Bussen und Lkws ziemlich abgewetzt, verdreckt und ölverschmiert war, dadurch aber ganz gut zu seinem Besitzer passte. »Steig ein!«, wiederholte Wú und dann gab es kein Zurück mehr.

87

Während Wú begann, dem Taxi einen Weg durch die Fahrradlawine zu bahnen, begann der Plan, zur Tat zu werden. Feng öffnete den Seesack und entleerte ihn auf der Rückbank. Dann kroch er in den Sack hinein. Max hatte vorher ein paar besonders dreckige Kleidungsstücke ausgesucht, mit denen Feng den Seesack nun von innen auspolsterte, wobei er darauf achtete, dass eine dicke Schicht zwischen ihm und der einzigen Öffnung des Sackes entstand. Als er fertig war, verschloss Max den Sack wieder, wobei er sich größte Mühe gab, die Knoten sehr fest zu ziehen. Er wollte den Grenzern die Lust daran nehmen, den Seesack zu öffnen, falls es doch einer versuchen sollte.

Die aussortierten Reste seines spärlichen Besitzes stopfte er in bereitgelegte Plastiktüten. Wú würde sie aufbewahren, bis Max aus Hong Kong zurück war. Falls er zurückkommen würde …

Am Bahnhof zahlte er für die Fahrt und lud seinen Seesack aus. Das Zugticket hatte Wú ihm auf der Fahrt zugesteckt. Ohne Händedruck verabschiedeten sie sich wie ein Taxifahrer seinen Gast verabschiedet und dann schulterte Max den Sack, wie er das schon so oft getan hatte. Zu seiner Überraschung war er nicht viel schwerer als sonst auch und er war froh, dass Feng so zierlich gebaut war.

Problemlos ließ ihn der Schaffner in sein Abteil und wies ihm den reservierten Sitz zu. Den Seesack hievte er auf die Gepäckablage. Was für ein Unterschied zu den bisherigen Zügen! Sitzpolster! Kein Gedränge! Keine verdreckten Gänge! Das Abteil entsprach tatsächlich europäischen Standards, was wahrscheinlich daran lag, dass es Reisende nach Hong Kong bringen sollte, der britischen Kronkolonie, in der eben auch die Züge britischen Vorstellungen zu entsprechen hatten.

Heimlich musterte Max seine Mitreisenden. Er war zwar ein Greenhorn im Agentengeschäft, doch glaubte er, dass er einen Spitzel erkennen könnte. Die Leute waren vergleichsweise gut gekleidet, einige lasen Zeitung. Nichts Auffälliges. Er versuchte, sich zu beruhigen, aber sein Fluchtinstinkt drohte, übermächtig zu werden. Wenn er jetzt schnell diesen Zug verlassen würde, in letzter Minute, dann könnte er vielleicht noch der namenlosen Gefahr an der Grenze ausweichen. Man würde dann allerdings seinen Seesack mit Inhalt finden. Seine Adresse stand in schiefen Lettern auf der Innenseite der Öffnungsklappe. Er könnte behaupten, er sei ihm gestohlen worden. Wäre das glaubhaft? Oder würde man ihn entlarven und zur Strafe jahrelang in ein Lager stecken? Er begann zu schwitzen. Zunächst unmerklich, dann immer schneller setzte sich der Zug in Bewegung. Zu spät. Kein Aufenthalt mehr vor der Grenze. Er dachte an Shenmi, was ihn etwas beruhigte. Wer war er, dass er aus dem wohlbehüteten Schoß seiner Familie in Deutschland für ein paar Wochen ausgebrochen war, um in einem Land ein paar kleine Abenteuer zu erleben, in dem die Menschen, Studenten wie er, um ihre Freiheit oder jetzt ums nackte Überleben kämpfen mussten? Nein, es musste sein. Er würde keiner dieser schlaffen Sonntagsredner sein, die anderen Leuten sagten, sie sollten den Rücken gerade machen, während sie selbst das wahrscheinlich noch nie getan hatten! Diese Heerscharen von Wichtigtuern, die sich darin gefielen, Vergangenes wieder und wieder zu beschwören, um ihre Süppchen darauf zu kochen. Die nur mutig waren, wenn sie gegen Tote aufstanden, während sie nach der Flöte der Tyrannen tanzen würden, wenn diese noch lebten. Wer von diesen Maulhelden würde das Richtige tun, wenn es etwas kostete? Wer würde noch den Rücken gerade machen, wenn es gefährlich sein könnte? Wer von all den Laffen hätte es gewagt, in die dargebotene Hand von Mr. Wú einzuschlagen?

Nein. Er wollte keiner sein von denen. Er wollte sich selbst beweisen, dass er aus einem anderen Holz geschnitzt war. Das Schicksal hatte ihm unverhofft die Möglichkeit geboten, den Beweis dafür anzutreten. Jetzt galt es.

Während sein Adrenalinpegel stetig stieg begann er, sich besser zu fühlen. Ja, er würde dem armen Teufel da oben in der Gepäckablage helfen. Vielleicht war er einzig aus diesem Grund hier in China.

Er sah auf die Uhr. Demnächst mussten sie die Grenze erreichen. Er hatte gelesen, dass die Grenzanlagen ähnlich schwer befestigt waren wie die innerdeutschen und der Gedanke daran beunruhigte ihn wieder. Vor ein paar Jahren hatten er und sein Vater Bekannte in Wismar besucht. Er konnte sich gut daran erinnern, wie sein Vater ihm in strengem Ton genau erklärt hatte, was dort verboten sei. Vor allem Bücher, Zeitschriften und Tonträger müssten unbedingt zu Hause gelassen werden. An der Grenze war ihm sein Vater dann ganz klein vorgekommen. Überall Stacheldraht, Wachtürme und Flutlicht. Schwer bewaffnete Grenzsoldaten mit riesigen Schäferhunden und hartem Blick hatten Befehle gebellt. Sie hatten den Unterboden mit einem Spiegel abgesucht und eine Sonde in den Tank gesteckt. Misstrauisch hatten sie seinem Vater alle möglichen Fragen gestellt, während der sich an das Lenkrad geklammert hatte, immer in der Angst, sie würden ihn zur Seite winken und das Auto auseinandernehmen.

Der Zug verlangsamte seine Geschwindigkeit und fuhr in den Grenzbahnhof ein. Max versuchte, sich zu beruhigen. Ein Strandurlaub an der Ostsee fiel ihm ein. Sonne, Strandburgen, Kinderlachen. Weit weg. Draußen Hundegebell. Wachtürme. Stacheldraht. Was, wenn die Hunde den Flüchtling witterten? Es war jetzt ziemlich schwierig, den Rücken gerade zu machen. Die Türen öffneten sich, Soldaten mit Schnellfeuergewehren bestiegen den Zug. Max war ein Kind, ein hilfloses Kind. Er hatte keinen Rücken zum Gerademachen. Er wollte einfach nur am Strand in der Sonne spielen. Sah man ihm die Panik an, die zunehmend von ihm Besitz ergriff? Er blickte verstohlen zu seinem Gegenüber. Der Mann las in der Zeitung. Gleich würde er aufspringen und auf ihn zeigen: »Da! Da ist er, der Verbrecher, der versucht, einen imperialistischen Spion nach Hong Kong zu schmuggeln!« Schwere Stiefel im Nachbarabteil, unverständliche, abgehackt klingende Befehle. Die Tür sprang auf und es war zu spät. Keine Sonntagsreden. Keine Ausflüchte mehr. Jetzt oder nie.

Ein relativ junger Mann in Zivil betrat das Abteil und musterte

90

argwöhnisch die Reisenden. Hinter ihm mehrere Bewaffnete. Max fiel auf, dass die Jacke des Mannes auf der linken Seite ausgebeult wirkte – Schulterholster. Er versuchte, so unbeteiligt wie möglich auszusehen. Der stechende Blick des Mannes wanderte langsam von einem zum nächsten, kam näher wie ein unaufhaltsamer Lavastrom, der ihn, den Staatsfeind, in wenigen Sekunden verbrennen würde. Schließlich fiel er auf Max. ›Weiter, weiter, schau Dir den Mann mit der Zeitung an‹, Max versuchte verzweifelt, den Willen des anderen zu beeinflussen, während er größte Mühe hatte, den Anschein eines normalen Touristen zu wahren. Aber der Blick des Mannes blieb an ihm hängen. Er bohrte sich in Max hinein, drohend, Unheil verheißend. Der Mann kam näher, blieb vor ihm stehen. »Du!« ›Strand! Sonne! Kinderlachen!‹ »Du!«, die Stimme des Mannes passte zu seinem Blick. »Ich kenne dich!« ›Sonne! Strand! Was?!‹ »Entschuldigung«, hörte Max sich sagen. »Woher kennen Sie mich denn?« Unverständlicherweise erschien auf dem Gesicht des Mannes jetzt ein breites Grinsen. »Du bist doch der Trottel, der kürzlich den Eimer mit den Aalen im Zug von Běijīng nach Shànghǎi umgeworfen hat!« Er sagte etwas auf Chinesisch zu den Soldaten und zeigte auf Max. Alle lachten. »Du hast mir damit ziemlich die Nachtruhe versaut, aber es war wirklich witzig, wie ihr dann versucht habt, die glitschigen Viecher wieder einzufangen!« Plötzlich verschwand das Grinsen wieder und der Mann wies die Soldaten an, das Gepäck zu filzen. Bei der Geschichte mit den Aalen hatte Max versucht, möglichst wie ein Trottel zu wirken, und ebenfalls gelacht. Oder es wenigstens versucht. Jetzt aber wurde es ernst. Die Soldaten öffneten jeden Koffer und jede Kiste und wühlten darin herum. ›Sonne! Strand! Freiheit! Rückgrat! Rückgrat!‹ Sollte er jetzt aufstehen und dem Mann sagen ›Herr Kommandant, ich habe hier jemanden in meinem Seesack, den können Sie haben! Nehmen Sie den, ich habe ihn für Sie mitgebracht! Bitte hier, verhaften Sie ihn! Sie können auch den Seesack haben. Aber bitte, bitte lassen Sie mich weiterfahren, ja? Ich schwöre, dass ich kein Rückgrat habe und dass mir auch niemals eines wachsen wird!‹ »Was hast du da in dem dreckigen Sack da? Ist das überhaupt deiner?« Der Mann sah ihn scharf an. »Äh, Kleidung. Könnte mal wieder gewaschen werden. Waschzeug. Alles, was man halt so braucht auf so einer Reise.« Ruhig bleiben, ruhig! Der Mann sah ihn lauernd an. Wenn man Angst wittern würde, dann wäre er jetzt dran. Konnte man Angst wittern? Konnte dieser Mann seine Angst wittern? »Soll ich ihn aufmachen?«, Max spürte, wie sich alles in ihm auf diese eine Frage konzentrierte. »Soll ich ihn für Sie öffnen?« Langsam erhob er sich und begann, nach dem Seesack zu greifen. Das Blut rauschte in seinen Ohren, sein Herzschlag hämmerte durch seine Gefäße. Kerzengerade stand er jetzt vor seinem Seesack. »Ich hole ihn aus der Gepäckablage, dann können Sie ihn durchsuchen.« Während er das sagte, fragte er sich, warum er das tat. Instinkt? Eingebung? Der Mann sah ihm direkt in die Augen. Dann wendete er den Blick ab und musterte den Seesack. Die Sekunden krochen dahin und Max dachte an die Spinne im Hostel. Sie würde zehn Netze weben können, so langsam verstrichen die Sekunden. Dann machte der Mann eine wegwerfende Handbewegung: »Ach lass es! Du hast sicher nur ein paar stinkende Aale in deinem schmutzigen Sack! Und ein paar verschissene Unterhosen! Das will doch keiner sehen! Oder gar riechen!« Er schüttete sich aus vor Lachen und übersetzte seinen Witz für die Soldaten, was allgemeines Gelächter hervorrief.

Immer noch schallend lachend verließen sie das Abteil.

Wenige Minuten später rollte der Zug wieder an und überquerte die Grenze.

Schneckenpost

Liebe Shenmi,

verzeih mir, dass ich Dir erst jetzt schreibe. Es ist schon einige Wochen her, dass wir uns auf dem alten Seelenverkäufer kennen gelernt haben, aber es verging kein Tag, an dem ich nicht an unsere viel zu kurze Begegnung gedacht habe. Ich weiß jetzt, was das Wort Sehnsucht wirklich bedeutet und ich gäbe alles dafür, wenn ich wieder mit Dir zusammen auf diesem rostigen Kahn in den Sternenhimmel blicken könnte, der das riesige Land, das der Fluss so majestätisch durchmisst, überspannt. Viel zu kurz war das Stück gemeinsamen Wegs, das wir zusammen gegangen sind, doch habe ich seitdem das Gefühl, dass ich damals mein Yin getroffen habe. Den Menschen, mit dem ich ein Ganzes bilde.

Ich weiß, Du hast mir zum Abschied nicht viel Hoffnung gemacht, dass das Yin jemals zu seinem Yang finden könnte, und doch fällt es mir schwer, das zu akzeptieren. Weil ich weiß, dass Dein Herz etwas anderes will. Shenmi, wenn das Schicksal es gut mit uns meint werden wir uns wiedersehen, dann werden der schattige Ort und die sonnige Anhöhe sich zu einem Paradies vereinen, in dem es nur uns geben wird.

Ich hoffe und wünsche von ganzem Herzen, dass es Dir gut geht zu Hause in Wuhan und dass Du Dich von den Strapazen Deiner Reise gut erholt hast. Du weißt, was ich meine, und ich will das hier nicht weiter ausführen, weil ich nicht weiß, wer diesen Brief außer Dir zu Gesicht bekommt.

In meinem Land haben sich in der Zwischenzeit ebenfalls unglaubliche Dinge ereignet. Nach meiner Rückkehr aus China habe ich einen Schulfreund in West-Berlin besucht. Wir sind über die Grenze nach Ost-Berlin und waren dort mit Bekannten in einer Kirche, wo wir mit vielen Menschen gesprochen haben, die dort friedlich für mehr Freiheit und gegen die Grenze innerhalb unseres Landes demonstriert haben. Viele waren zutiefst erschüttert über das, was in China geschehen ist, und die Angst war allgegenwärtig, dass es hier ebenfalls so eine Reaktion des Staates auf die Proteste, die inzwischen in vielen größeren Städten stattfanden, geben könnte. Die Kirche trägt den Namen des Ortes, an dem Jesus Christus die letzte Nacht vor seiner Kreuzigung verbrachte, und ich hoffte bei unserem Besuch, dass dies kein böses Omen sein möge. Es kam dann später auch zu Verhaftungen vieler Menschen, die zum Teil auch sehr schlecht behandelt wurden, aber wenige Wochen später geschah dann das, was ich fast für ein Wunder halte: die Grenze wurde geöffnet, die Mauer in Berlin wurde niedergerissen. Ich weiß nicht, ob man bei Euch auch die Bilder von den vielen glücklichen Menschen sehen konnte, aber wenn man einmal vor dieser Mauer gestanden hat, dann ist es fast unbegreiflich, dass dieses Bauwerk, das für die Ewigkeit geschaffen schien, dieses zu Stein gewordene Symbol der Unterdrückung, so sang- und klanglos fiel, als schon keiner mehr damit gerechnet hatte. In Ost- und Westdeutschland reden viele davon, dass jetzt alles möglich ist. Manche glauben sogar an eine Vereinigung unserer beiden deutschen Staaten und hoffen, dass diejenigen, die das gestalten würden, dann so weise wären, dem neuen Staat eine Verfassung zu geben, die das Beste aus beiden Teilen miteinander vereint und durch eine Volksabstimmung demokratisch legitimiert wäre. Ich weiß nicht, ob es soweit kommt, aber es wäre eine Riesenchance für uns, ein neues, freies und von mündigen Bürgern selbst gestaltetes Land zu erschaffen. Es würde dabei sicher auch viele Probleme gerade durch die unterschiedliche Wirtschaftsleistung geben, aber wenn wir es schaffen, diese Aufbruchstimmung zu erhalten, die im Moment hier herrscht, dann können wir alle Probleme lösen. Und vielleicht könnten wir dann auch ein Modell für andere Länder sein, die im Umbruch begriffen sind und deren Bewohner sich ebenfalls nach Freiheit sehnen.

Shenmi, ich hoffe, dieser Brief erreicht Dich in nicht allzu ferner Zukunft – ich habe keine Ahnung, wie lange ein Brief von Deutschland nach China braucht – und findet Dich in allerbester

Verfassung vor! Ich stecke mein Herz mit in den Briefumschlag, damit es wieder bei Dir sein kann.

In Liebe, Dein Max

Ehrenwerter Genosse,
leider müssen wir Ihnen mitteilen, dass Sie unsere in Sie gesetzten Erwartungen nicht erfüllt haben. Sie haben nahezu auf ganzer Linie versagt. Ihr Auftrag lautete, die drei aufrührerischen Subjekte zu verhaften. Wir haben Sie mit weitreichenden Vollmachten ausgestattet und unsere besten V-Leute und Kontakte aktiviert, um Ihnen optimale Bedingungen zur Erledigung dieses Auftrags zu schaffen.

Im Ergebnis waren zwei der Subjekte tot und konnten nicht befragt werden, so dass es nun schwerlich gelingen wird, weiter in das Spionagenetzwerk vorzudringen, das den Zwischenfall vom 4. Juni vorsätzlich und skrupellos herbeigeführt hat.

Weitaus schwerer wiegt jedoch, dass das dritte Subjekt durch Ihre Schuld in ein westliches Drittland entkommen konnte und nun von dort aus weiter gegen uns agitieren kann.

Das ist unverzeihlich.

Daher haben wir beschlossen, dass Sie degradiert und in Zukunft im Wachpersonal unserer Auslandsvertretungen arbeiten werden.

Sie haben sich unverzüglich bei Ihrem Vorgesetzten zu melden, um weitere Instruktionen zu erhalten und werden unmittelbar im Anschluss das Land verlassen, um Ihren Dienst anzutreten.

Gezeichnet
Erstes Büro
Zhōnghuá Rénmín Gònghéguó Guójiā Ānquánbù

Lieber Max,
Verzeih, dass nun so viel Zeit verstrichen ist, bis ich Dir auf Deinen liebevollen und interessanten Brief antworte. Das hat mehrere Gründe. Zum einen kam Dein Brief erst viele Wochen, nachdem er von der Post in Deinem Land abgestempelt worden

95

war, bei mir an. Er war außerdem nicht ganz unversehrt, wenn Du verstehst, was ich damit meine. Zum anderen war der Inhalt des Briefes zum Teil sehr schön (ich komme gleich dazu), zum Teil aber auch nicht ganz unproblematisch für mich, da er einige politische Äußerungen enthielt, die ich für gefährlich halte – vor allem dann, wenn so ein Brief nicht ganz unversehrt bei mir ankommt. Daher muss ich Dich bitten, in Deinen Briefen keine politischen Gedanken mehr zu äußern.

Lieber Max, auch ich fand die Nacht mit Dir auf dem Fluss wunderschön. Ich habe noch nie einen Mann getroffen, der so empfindsam ist wie Du. Auch ich hatte in Deinen Armen das Gefühl, bei meinem Yang zu sein, und die Tage nach unserer Trennung waren einerseits erfüllt von dem Glück, Dich kennengelernt zu haben, und andererseits von dem Schmerz darüber, dass Du so unerreichbar für mich bist.

Ich habe leider lernen müssen, dass Träume manchmal brutal zerstört werden. Vielleicht bin ich deshalb ein wenig realistischer als Du. Wir sollten unsere Begegnung als das in Erinnerung behalten, was sie war: ein wunderbarer Zauber, der uns eine unvergessliche Nacht geschenkt hat. Eine wunderschöne Erinnerung, die wir für immer in unseren Herzen bewahren werden.

Eine Begegnung zweier Menschen, die miteinander seelenverwandt sind, obwohl sie aus weit voneinander entfernten und völlig unterschiedlichen Kulturen kommen.

Max, lass uns Freunde für die Ewigkeit sein!

Und lass uns unsere Leben leben, ohne dass wir auf jemanden warten, der für uns unerreichbar ist.

Ich werde jetzt in der Abteilung für Kinderkrankheiten arbeiten. Der kleine Junge, der in meinen Armen starb, lässt mich einfach nicht mehr los – vielleicht kann ich andere Kinder retten und heile so auch die Wunde in meiner Seele.

Wie man liest werden sich die beiden deutschen Staaten jetzt tatsächlich zusammenschließen. Ich freue mich für Euch Deutsche und wünsche mir für mein Land, dass wir uns eines baldigen Tages ebenso erfolgreich mit unseren anderen

96

beiden Landesteilen – Hong Kong und Taiwan – vereinigen können.

Ich umarme Dich!

Deine Shenmi

Ehrenwerter Lehrer,

verzeihen Sie, wenn ich Ihnen schreibe, aber ich möchte Sie bitten, meiner alten Mutter diesen Brief vorzulesen. Wie Sie wissen, kann sie weder lesen noch schreiben und ist seit dem Tod meines Vaters sehr einsam. Sie sind ein guter Mensch und ich weiß, dass Sie mir diesen Wunsch erfüllen werden, da Sie schon so viel Gutes für unsere Familie getan haben. Ohne Sie und Ihren Glauben an mich wäre auch ich heute ein Bauer oder ein Wanderarbeiter, der nicht lesen und schreiben kann.

Liebe Mutter,

verzeih, dass ich Dich nun nicht mehr besuchen kann, wie ich es eigentlich geplant hatte. Aber meine Dienststelle hat mich für unbestimmte Zeit ins Ausland abkommandiert, wo es meine Aufgabe sein wird, wichtige Personen zu beschützen. Man sagte mir, diese Personen seien in Gefahr und daher sei es unerlässlich, dass ich sofort aufbräche, da nur ich ein Unglück verhindern könne. Du verstehst es sicher, dass ich nicht nein sagen darf, wenn mein Land mich ruft – schließlich wart Ihr, Vater und Du, es, die in mir den Funken der Liebe zu unserem Land entfacht haben. Du kannst Dich darauf verlassen, dass ich immer treu meine Pflicht gegenüber China erfüllen werde und dabei natürlich nie vergesse, meine Eltern so zu ehren, wie es sich gehört.

Ich werde mich bei Dir melden, sobald es meine Aufgabe erlaubt, und Dich besuchen, sobald ich wieder in China bin, wobei ich jetzt noch nicht sagen kann, wann das sein wird.

Geliebte Mutter, bleib gesund und zuversichtlich! Wenn Du etwas brauchst sage es bitte unserem alten Dorflehrer, der Dir diesen Brief vorliest. Er wird Dir in meinem Namen helfen!

Natürlich werde ich Dir auch weiterhin Geld schicken!

In Liebe, Dein Sohn

Liebe Shenmi,

ich habe Deinen Brief nun so viele Male gelesen und doch fällt es mir immer noch schwer, zu akzeptieren, dass Yin und Yang nun nie zueinanderfinden sollen. Ich bin sehr traurig.

Aber ich verstehe und akzeptiere das, was Du schreibst. Wir leben in verschiedenen Welten und Du hast Angst, Dein Leben damit zu verbringen, auf jemanden zu warten, der niemals kommen wird. Ich würde Dich gerne davon überzeugen, dass das nicht stimmt, aber in der wirklichen Welt kann ich das im Moment nicht.

Vielleicht hast Du recht und wir sollten unsere Beziehung zueinander lieber von vorherein auf ein anderes Gleis stellen, damit sie dann vielleicht auch hält. Und vielleicht, eines Tages … Wichtig ist zunächst, dass wir uns nicht aus den Augen verlieren und da ist Briefeschreiben wohl im Moment der einzige Weg.

Deine Bemerkungen zu politischen Äußerungen haben mich beschämt. Verzeih! Ich war sehr naiv und werde in Zukunft keine derartigen Bemerkungen mehr machen.

Die Euphorie bezüglich der Wiedervereinigung ist bei uns sowieso weitgehend verflogen. Es wird nur noch über Geld geredet und man hat nicht das Gefühl, dass versucht wird, aus zwei Systemen das Beste zusammenzufügen. Es ist eher so, als ob der Sieger den Verlierer schluckt. Ich glaube nicht, dass dadurch Bürger hervorgebracht werden, die sich mit ihrem Gemeinwesen identifizieren. Im Gegenteil: es entstehen Gräben und man hat das Gefühl, das große Möglichkeiten verspielt wurden. Warum? Arroganz? Dummheit? Angst vor der Vergangenheit? Gier? Vielleicht von allem ein bisschen.

Tja, so ist das wohl mit den historischen Momenten – es kommt oft anders, als man denkt!

Shenmi, ich wünsche Dir, dass Du Deinen Frieden mit Deinen Erinnerungen machst!

Dein Max

Ehrenwerter »Yue Fei«,

ich habe soeben von Ihrem Missgeschick und den Konsequenzen erfahren, die dieses nun für Sie zeitigt. Ich möchte, dass Sie wissen, dass ich das zutiefst bedaure. Ich als Ihr Ausbilder bin mir völlig darüber im Klaren, was für ein brillanter Agent Sie sind. Daher bin ich mir sicher, dass es eine Erklärung dafür gibt, warum der dritte Mann entkommen konnte, obwohl wir mit Ihnen unseren besten Mann dort an der Grenze eingesetzt haben. Sie werden jetzt nach der üblichen Vorgehensweise an verschiedenen Vertretungen unseres Landes in unterschiedlichen Staaten eingesetzt werden. Ich werde mich dafür verwenden, dass es Länder sind, die in der Welt eine gewisse Rolle spielen, so dass Sie eine Chance bekommen werden, sich zu rehabilitieren. Sie sollten diese Zeit dazu nutzen, das Wesen der Menschen in diesen Ländern zu studieren. Wenn die Zeit reif ist und sie wieder zum Geheimdienst zugelassen werden, dann können Sie Ihre Erfahrungen einbringen, um uns so Vorteile gegenüber den Geheimdiensten konkurrierender Mächte zu verschaffen. Auch Ihnen wird bewusst sein, dass wir China so schnell wie möglich weiter entwickeln müssen, um nach innen und nach außen bestehen zu können. China muss seinen angestammten Platz als erstes Land unter allen Ländern dieser Welt wieder einnehmen, und auf diesem Weg ist das Studium unserer Gegner einer der wichtigsten Bausteine. Nutzen Sie also die Gelegenheit und fassen Sie Ihre Entsendung ins Ausland nicht als Strafe, sondern als Chance auf.

Ich weiß, dass Sie Ihre Sache gut machen werden, und werde Sie, wo immer ich kann, unterstützen.

Denn ich hatte nie einen fähigeren Schüler in meiner Zeit als Ausbilder.

Bleiben Sie hungrig!

Ihr Ausbilder Wang

Purpurroter Tod

Eigentlich hatte sie sich darauf gefreut, ihren Teil dazu beitragen zu können, die Wiedervereinigung der Kronkolonie mit der angestammten Heimat zu unterstützen. Als ihr Chef sie gefragt hatte, ob sie bereit sei, für ein Jahr in das Queen-Elizabeth-Krankenhaus von Hong Kong zu gehen, um dabei mitzuhelfen, die medizinischen Standards in der Volksrepublik und der britischen Kolonie anzugleichen, war sie sofort Feuer und Flamme gewesen.

Shenmi war es in den letzten Jahren gelungen, nach dem Zwischenfall vom 4. Juni wieder recht gut mit ihrem Leben klarzukommen. Sie war Assistentin in der Kinderklinik von Wǔhàn und hatte sich mit Fleiß und Enthusiasmus zur rechten Hand ihres Chefs hochgearbeitet. Über ihre Erlebnisse in Běijīng und auf dem Goldenen Fluss hatte sie mit niemandem gesprochen und auch ihre alte Tante hatte es niemandem in der Familie anvertraut. Sie musste sich eingestehen, dass sie im Verdrängen eine echte Meisterin war. Sie hatte eine andere Möglichkeit gefunden, um mit dem Erlebten fertig zu werden, indem sie sich kranken Kindern widmete. In jedem dieser Kinder sah sie die Augen des kleinen Jungen von damals und sie kämpfte wie eine Löwin um jedes einzelne der ihr anvertrauten kleinen Leben. Sie war im Krankenhaus allgemein bekannt dafür, dass sie niemals aufgab und auch in aussichtslosen Situationen oftmals noch das Ruder herumreißen und den kleinen Patienten retten konnte.

Bislang hatte sie jedoch nicht daran gedacht, zu heiraten und vielleicht selbst für ein Kinderlachen zu sorgen, wie das nach und nach die gleichaltrigen Frauen in ihrem Umfeld taten. Einerseits hatte sie nach der traumatischen Erfahrung an der Barrikade eine tief sitzende Angst vor körperlicher Nähe, andererseits dachte sie immer noch ein wenig zu oft an den jungen Mann, dem sie damals auf dem Schiff ihr Herz geöffnet hatte. Ihr Verstand hatte ihr zwar recht schnell signalisiert, dass sie sich das besser aus dem Kopf schlagen sollte, und das hatte sie ihm ja auch mitgeteilt. Aber manchmal ist es schwer, bei so einer Entscheidung auch das Herz mitzunehmen. Ihre Eltern hatten bereits mit den bohrenden Fragen aufgehört und sich damit abgefunden, dass sie mit ihrem Beruf verheiratet war. Und eigentlich fehlte ihr auch nichts – außer, manchmal, die sanfte Stimme vom Goldenen Fluss.

Nun war sie also hier in dieser hochmodernen Klinik, einem der größten Krankenhäuser in Hong Kong, und hatte bereits einige Monate Zeit gehabt, die westliche Medizin zu studieren. Sie musste sich eingestehen, dass das Versorgungsniveau der Patienten hier in Hong Kong dem in Wǔhàn um ein Vielfaches überlegen war. Hier hatte man so viel mehr von allem: Training, Wissen, Geräte, Medikamente, wissenschaftlichen Austausch mit anderen Kollegen. Ihr wurde schmerzlich bewusst, mit wie wenig sie in Wǔhàn bislang um Gesundheit und oft auch Leben der Kinder hatte kämpfen müssen.

›Standards zwischen uns und ihnen angleichen – pfft!‹ Sie stand vor einem brandneuen Ultraschallgerät und versuchte gerade, dessen Funktionsweise zu verstehen. ›Wohl eher: uns technisch und auch sonst schon mal auf den aktuellen Stand zu bringen, bevor es zu peinlich wird! Wir haben nichts und die haben alles! Aber ich muss froh sein, dass ich hier sein darf und als eine der Ersten lernen kann, wie man heute im Westen ärztlich tätig ist.‹ Sie hantierte mit dem Schallkopf und drückte die Tube mit dem Ultraschallgel auf dem kleinen Bauch ihres Patienten aus. »Na, kleiner Mann, wie geht's uns denn heute?« Der Bub versuchte, zu lächeln. »Doktor, ich bekomme so schlecht Luft«, gab er schwach zurück. Shenmi machte ein sorgenvolles Gesicht. Nach all den Jahren in der Pädiatrie wusste sie nur zu genau, wenn es schlecht um ein Kind stand. Sie legte den Schallkopf zur Seite, zog ein Stethoskop aus der Kitteltasche und begann, die Lungen des Kindes abzuhören. Das Ergebnis ließ sie erstarren: statt der üblichen Geräusche, die in den Lungen beim Aus- und Einatmen entstanden, hörte sie nur blubbernde

Geräusche – auf beiden Lungen in allen Abschnitten. Hektisch griff sie zum Pulsoxymeter, einem kleinen Gerät, mit dem sie die Sauerstoffsättigung im Blut des Patienten messen konnte: der Wert war so niedrig, dass sie zuerst annahm, das Gerät sei defekt. Doch auch mit einem anderen Gerät änderte sich nichts. ›Der Junge muss sofort intubiert werden‹, dachte sie und lief auf den Flur, um eine Krankenschwester zu finden, die ihr dabei assistieren konnte. Der ganze Fall war extrem ungewöhnlich. Der Bub war erst vor wenigen Tagen eingeliefert worden. Hohes Fieber, schlechter Allgemeinzustand und starke Kopfschmerzen hatten sie zunächst an eine Grippe denken lassen, obwohl das in dieser Jahreszeit – es war Mai – etwas ungewöhnlich war. Der kleine Patient hatte anfangs nur ein diskretes Rasseln beim Ab-hören der Lunge gezeigt, das aber trotz der eingeleiteten Maß-nahmen ständig stärker geworden war. Heute früh hatte er über Bauchschmerzen geklagt, weshalb sie ihn nun eigentlich mit dem Ultraschallgerät hatte untersuchen wollen. Doch sein Zustand hatte sich derart rasant verschlechtert, dass die Bauchschmer-zen inzwischen sein geringstes Problem waren. Der kleine Junge drohte an der Flüssigkeit in seinen Lungen zu ersticken. Und zwar mit einer Geschwindigkeit, die Shenmi Angst machte. Als sie das Zimmer wenige Minuten später mit der Krankenschwes-ter und den notwendigen Gerätschaften zum Intubieren wieder betrat, war der Bub bereits bewusstlos. Sein Puls raste, war je-doch nur noch ganz schwach zu ertasten. »Oh mein Gott!«, rief die Schwester entsetzt. »Wir verlieren ihn!« Shenmi zwang sich, ruhig zu bleiben. Schließlich war sie für Situationen wie diese trainiert worden. Situationen, in denen man unter äußerster Anspannung und extremem Zeitdruck die aufsteigende Panik unterdrücken und mit kühlem Kopf entscheiden musste. »Nein«, gab sie kühl zurück. »Wir kämpfen.«

Sie überstreckte den kleinen Kopf und begann mit der Intuba-tion. Als sie den warmen Körper in ihren Händen spürte, kniete sie wieder einmal auf der Barrikade und versuchte, die große Wunde im Bauch des kleinen Menschen in ihrem Schoß zuzu-

102

drücken. »Wir kämpfen«, hörte sie sich sagen und dann begann ein verzweifelter Kampf, in dem Spritzen, Ampullen und Apparate ihre Verbündete waren. Verbündete im Kampf gegen etwas, das immer mehr von dem kleinen Körper Besitz ergriff, ihn regelrecht sein Leben aushauchen ließ. Verbündete gegen einen Gegner, von dem sie bereits ahnte, dass er sie besiegen würde. Aber sie stemmte sich mit aller Macht dagegen. Sauerstoff, Ambubeutel, Herzdruckmassage. Bald war ihr Körper so schweißnass wie der des Kindes. Des Kindes, das da in ihren Armen lag und dessen einzige Verbindung zum Leben diese Arme noch waren. Die Schwester saß bereits schluchzend auf dem Stuhl in der anderen Ecke als Shenmi immer noch versuchte, dem Tod mit professionellen Schachzügen und all ihrem in den letzten Jahren angehäuften Wissen ein Schnippchen zu schlagen. »Frau Doktor«, stieß sie hervor. »Er ist tot, wir können nichts mehr für ihn tun.« Die Worte schnitten sich mit brutaler Härte durch den Kokon aus rasenden Überlegungen zu medizinischen Daten und Handlungsoptionen, der Shenmi umgab. Sie spürte, wie dieser Satz ihr die Kraft nahm, wie ihre Bewegungen langsamer und unkoordinierter wurden. Dann sank sie neben dem Bettchen zusammen. Ja, der Bub war tot. Er war ihr unter den Händen weggestorben. An einer Grippe. Im Mai.

So einen Fall hatte sie in all den Jahren noch nie erlebt. Der kleine Patient war so unaufhaltsam, so schnell und gleichzeitig so von vornherein unrettbar ein Opfer dieser Erkrankung geworden, dass sie zutiefst erschüttert war.

Sie brauchte ein wenig, um wieder einen klaren Kopf zu bekommen, beschloss dann aber, der Ursache dieses brutalen Todes auf den Grund zu gehen. Da es sich den Symptomen nach zumindest anfangs um eine grippeähnliche Erkrankung gehandelt hatte, nahm sie von der kleinen Leiche mehrere Rachenabstriche, die sie in das Labor des Krankenhauses schickte. Später zwang sie sich, der Obduktion beizuwohnen, die angesichts der unklaren Todesursache unter strengen Sicherheitsvorkehrungen durchgeführt wurde. Auch die Pathologen standen vor einem

Rätsel: die Lungen des toten Kindes waren wie Schwämme mit Blut gefüllt und auch in anderen Körperhöhlen fanden sie Hinweise auf teils massive Blutungen unklarer Ursache.

Das Laborergebnis der Abstriche ließ Shenmi ein weiteres Mal aufhorchen: es handelte sich tatsächlich um Influenza-Viren, die die Erkrankung des Kindes ausgelöst hatten. Der Laborarzt rief persönlich bei Shenmi an und sagte etwas ratlos: »Ich kann mir das nicht erklären. Es ist definitiv Influenza, aber diesen Subtyp kenne ich nicht. Ich habe alle bekannten Virenstämme durchgemustert, aber das hier passt zu keinem einzigen. Ich schlage vor, dass wir das Material an Speziallabors in England und den USA schicken. Vielleicht können die was damit anfangen.«

Inzwischen hatten sich auch die Gesundheitsbehörden von Hong Kong eingeschaltet und genau das angeordnet. Mit Spannung erwartete Shenmi das Ergebnis, doch die Virologen im Westen schienen ebenfalls ihre Probleme mit dem unbekannten Virusstamm zu haben – es dauerte länger als üblich, bevor die Antwort aus den USA kam. Und die war alles andere als beruhigend: den Virologen dort war es gelungen, den genetischen Code des Virus zu entschlüsseln. Es handelte sich um H5N1.

Die Experten waren so besorgt, dass sie anboten, mehrere Seuchenbekämpfungsexperten nach Hong Kong zu schicken. Shenmi musste sich zunächst etwas in die Materie einlesen, erfuhr dabei jedoch ebenso Erstaunliches wie Beunruhigendes: H5N1 war eine sehr aggressive Variante der Vogelgrippe, die man auch Geflügelpest nannte. Dieser Virusstamm wurde vor allem durch Wildvögel verbreitet und war extrem leicht übertragbar. Allerdings nur unter Vögeln. Dass dieser Stamm nun bei einem Menschen zum Tode geführt hatte, bewies, dass er die Artenschranke überwunden hatte. Sollte er nun in einem Menschen so mutieren, dass eine Übertragung auch von Mensch zu Mensch möglich wäre, dann bestünde die Gefahr einer Epidemie oder gar einer weltweiten Pandemie. Da das menschliche Immunsystem diese Virusvariante noch nicht kannte, würde

104

sich das Virus sehr schnell ausbreiten und dabei extrem viele schwere Erkrankungen hervorrufen.

Shenmi mochte gar nicht daran denken, was eine Pandemie mit einem derart aggressiven Virus bedeuten könnte. Nachforschungen wurden angestellt und sämtliche Kontaktpersonen des Jungen unter Quarantäne gestellt. Ausnahmslos alle Hühner auf dem elterlichen Bauernhof wurden getötet und verbrannt.

In den folgenden Tagen herrschte angespannte Aufmerksamkeit, aber zum Glück traten keine weiteren atypischen Grippefälle auf.

Shenmi hatte jedoch inzwischen begonnen sich weiter in das Thema einzulesen. Dabei war sie immer wieder über einen Virusstamm gestolpert, der als besonders gefährlich galt: H1N1.

Diesem Virusstamm war bereits gelungen, was man bei H5N1 dieses Mal noch hatte verhindern können: er hatte eine weltweite Pandemie ausgelöst, eine Seuche, die auf der ganzen Welt Millionen von Menschen dahingerafft hatte. Eine Seuche, die einen derartigen Schrecken unter den Menschen verbreitet hatte, dass sie noch heute als die Mutter aller Pandemien galt: den ›Purpurfarbenen Tod'.

Shenmi hatte ein paar Tage Urlaub, lieh sich einen Stapel Bücher zu diesem Thema aus der Krankenhausbibliothek und begann zu lesen.

Da war ein junger Farmer in Kansas namens Albert Gitchell. Es war Krieg. Weltkrieg. Der Erste. Der Farmer wurde zur Armee eingezogen, genauer gesagt in ein Trainingscamp der Armee, in dem Rekruten für den Kriegseinsatz in Europa ausgebildet wurden. Dummerweise war ihm kurz zuvor das zugestoßen, was dem kleinen Jungen im Queen-Elizabeth-Hospital passiert war: einem Vogelgrippe-Virus, das eines seiner Hühner befallen hatte, war der äußerst unwahrscheinliche Sprung in einen Menschen gelungen. Und dieser Mensch, Mister Gitchell oder Mister Patient Zero, transportierte das Virus nun, ohne es zu wissen, an einen Ort, wo es viele andere Wirte fand, die sich, dichtgedrängt an der Essensausgabe in Camp Funston, Kansas,

105

für einen zu Ende gehenden Krieg trainierend, in rasender Geschwindigkeit gegenseitig ansteckten. Denn dort stand GI Gitchell und füllte morgens, mittags und abends das Essgeschirr der Männer. Und verbreitete das Virus als erster Superspreader des 20. Jahrhunderts. Während dieser Reise durch die Körper der Soldaten mutierte das Virus ständig und wurde dadurch immer ansteckender und aggressiver. Man schrieb den März 1918. Waren außer einigen schweren Verläufen zunächst zumindest keine Toten zu beklagen gewesen, traten nach einigen Tagen die ersten ungewöhnlichen Todesfälle auf. Während Gitchell Glück hatte und nur leicht erkrankte, starben andere wie die Fliegen – junge kräftige Männer, alle mit seltsamen purpurnen Flecken im Gesicht und blutigem Auswurf. Ordnungsgemäße Meldungen wurden gemacht und versandeten auf irgendeinem Schreibtisch. Und so wurden die Soldaten an die Ostküste transportiert und von dort nach Europa verschifft. Und mit ihnen das Virus. Erkrankte an Bord der Schiffe wurden vielfach für Simulanten gehalten, die sich vor dem Einsatz drücken wollten. Und so sorgte der Krieg dafür, dass sich das Virus in Siebenmeilenstiefeln verbreiten konnte. Kansas – Ostküste – Frankreich – Deutschland – England. Nach 40 Tagen hatte die erste Welle der Infektion bereits Hunderttausende infiziert und viele von ihnen innerhalb von zwei bis drei Tagen qualvoll verenden lassen. Nach 100 Tagen hatten sich 130 Millionen Menschen angesteckt. 200.000 Menschen waren gestorben. Nach 180 Tagen, als die erste Welle der Infektion im Sommer 1918 abklang, waren es 150 Millionen Infizierte und 250.000 Tote.

Shenmi war es, als werfe sie einen Blick in die Hölle. Atemlos las sie die Berichte von Dr. James Niven, dem Amtsarzt von Manchester, der verzweifelt versucht hatte, sich der Infektion durch Dokumentation der Ausbreitungswege, Aufklärung der Bevölkerung und die Anordnung verschiedener Maßnahmen entgegen zu stemmen. Niven vermutete einen unbekannten Erreger, der sich über die Atemluft verbreitete und versuchte folgerichtig, die sozialen Kontakte der Menschen einzuschränken.

106

Dennoch wurde auch in Manchester massenhaft gestorben. Vor allem junge Menschen im Alter zwischen 20 und 40 Jahren fielen der Erkrankung nach nur wenigen Tagen zum Opfer – die Lungen blutgefüllt und nicht mehr zum Gasaustausch fähig, livide Flecken im Gesicht, verursacht durch den Sauerstoffmangel, erstickten sie in ihren eigenen Körpern mit der stummen Frage auf den Lippen, was sie so plötzlich hatte aus dem Leben reißen können.

Dann, nach einer viel zu kurzen Pause, in der die Welt noch gar nicht begriffen hatte, was geschehen war, brach die zweite Welle über die Menschheit herein. Hatten die Menschen angesichts der vielen Toten während der vergangenen Monate an eine Geißel Gottes gedacht, wurden sie nun eines Besseren belehrt: die Geißel Gottes kam jetzt, und zwar in Gestalt einer weiteren Virusmutation. Einer Virusmutation, die das Virus noch wesentlich aggressiver hatte werden lassen. Am Tag 210 seit Ausbruch der Pandemie waren ihr etwa 1,4 Millionen Menschen zum Opfer gefallen, am Tag 240, im November 1918, war es bereits eine zweistellige Millionenzahl an Toten. Genau zählen konnte man die Toten inzwischen sowieso nicht mehr. Die medizinische Versorgung brach vielerorts zusammen und die Leichenberge wurden schließlich nur noch hastig in Massengräbern verscharrt. Ärzte, Krankenschwestern und Totengräber arbeiteten bis zur völligen Erschöpfung.

Als die zweite Welle endlich abflaute, waren an Tag 500 mindestens 50 Millionen Menschen an der Erkrankung gestorben, manche Quellen sprachen von bis zu 100 Millionen Toten und 500 Millionen Infizierten. Das war die Bilanz der Pandemie, die man den ›Purpurfarbenen Tod‹ nannte. Bei einer Weltbevölkerung von damals 1,8 Milliarden Menschen.

Natürlich hatte man während der Erkrankungswellen fieberhaft nach der Ursache gesucht. Man hatte Auswurf untersucht und massenhaft blutige Lungen obduziert. Aber die Wissenschaft war noch nicht soweit gewesen, Viren entdecken oder gar bekämpfen zu können. Und so war man dazu verdammt

107

gewesen, mit sehr überschaubarem Erfolg lediglich gegen die Symptome der Erkrankung vorzugehen.

Erst ab Juli 1919 verlor der Purpurfarbene Tod durch die Zunahme der Herdenimmunität und durch weitere weniger aggressive Mutationen des Virus allmählich seinen Schrecken, schließlich brannte auch die Mutter aller Pandemien aus. Die besonders tödlichen Subgruppen des Virusstammes verschwanden vor allem deshalb, weil ihre Opfer, die Wirte, die sie weiter hätten übertragen können, viel zu schnell starben.

Die Erinnerung an diesen Schrecken, der erheblich mehr Todesopfer gefordert hatte als der gesamte Erste Weltkrieg, wurde zwar in vielen Ländern durch die Folgen des Krieges verdrängt, dennoch gab es neben vielen Trauernden auch Menschen, die es sich zur Aufgabe gemacht hatten, die Ursache dieser unsichtbaren Bedrohung zu finden.

Bereits im späten 19. Jahrhundert hatten Forscher in Europa und den USA versucht, die Ursache für verschiedene Erkrankungen zu finden, die nicht durch die damals schon bekannten Bakterien ausgelöst worden sein konnten. Es musste ein deutlich kleinerer Organismus sein, der zum Beispiel für die Mosaikkrankheit der Tabakpflanze oder die Tollwuterkrankung verantwortlich war. Da aber die technischen Möglichkeiten insbesondere beim Mikroskopieren noch nicht so ausgereift waren, dass man derart kleine Erreger sehen konnte, versuchte man, mit Experimenten auf indirektem Weg weiter voran zu kommen.

Das Wort ›Virus‹ bezeichnete seit alters her noch bis in die Mitte des 19. Jahrhunderts hinein lediglich etwas Unbekanntes, Krankheitsauslösendes, irgendeine Materie, die, warum auch immer, bestimmte Krankheiten auslösen konnte. Der Russe Iwanowski bezeichnete dann mit dem Begriff ›Virus‹ die noch nicht direkt sichtbaren Erreger und Paul Löffler ordnete den Erreger der Maul- und Klauenseuche dann kurz darauf dieser Kategorie zu.

Die Größe vieler Viren konnte mit neuen Techniken wie der Ultrafiltration erst in den 1930er Jahren bestimmt werden. 1930 wurde mit dem Erreger der Schweinegrippe zum ersten Mal ein Influenzavirus entdeckt, zwei Jahre später konnte man Influenzaviren aus menschlichen Rachenabstrichen gewinnen. Allerdings konnten diese außerhalb ihrer Wirte nur durch die künstliche Infizierung von Frettchen und Mäusen am Leben erhalten werden. Im Reagenzglas oder auf der Petrischale starben sie ab.

Mit der Zeit erkannte man, worin die größten Unterschiede zwischen den frisch entdeckten Viren und den bekannten Bakterien bestanden: während sich Bakterien durch einen eigenen Stoffwechsel auszeichneten und sich selbstständig vermehren konnten, war dies bei den Viren nicht der Fall. Als ›Virion‹ wurde ein infektiöses Partikel bezeichnet, das durch Übertragung zum Beispiel in der Atemluft verbreitet wurde, sich aber erst nach dem Eindringen in die Zellen seines Wirtes vermehren konnte, da es keinen eigenen Stoffwechsel besaß. Daher galten diese Partikel strenggenommen nicht als Lebewesen. In der Wirtszelle befahl das nun Virus genannte Partikel dem Gehirn der Zelle, der DNS, mithilfe der zelleigenen Stoffwechselorgane die Virusvermehrung durchzuführen. Das Virus machte die Wirtszelle sozusagen zu einem willenlosen Zombie, der seine Befehle ausführen musste, auch wenn er sich dabei selbst gefährdete. Die sich so vermehrenden Viren infizierten dann exponentiell andere Zellen des Wirtsorganismus.

Natürlich rief eine solch feindliche Übernahme die körpereigene Immunabwehr auf den Plan, und es begann nun ein Kampf des Wirtskörpers gegen das Virus, der manchmal auch zu einem Kampf des Immunsystems gegen die eigenen – vom Virus befallenen – Zellen wurde, die als Zombies erkannt und angegriffen wurden.

Je mehr Zellen nun befallen waren, umso größere Bereiche des Körpers wurden von der eigenen Abwehr angegriffen.

Das könnte, so las Shenmi, auch die Ursache für die hohen Todesraten bei relativ jungen und gesunden Personen im Rahmen der H1N1-Pandemie gewesen sein: Menschen zwischen 20 und 40 haben eine voll ausgebildete, kräftige Immunabwehr.

Daher ist die Immunantwort bei einer Infektion dieser Altersgruppen mit einem für sie bislang unbekannten Erreger möglicherweise nicht nur sehr heftig, sondern zu heftig. Es könnte bei diesen Menschen zu einem gewaltigen Sturm von Zytokinen, den Substanzen, die bei Entzündungsprozessen eine wichtige Rolle spielen, gekommen sein. Einer massiven Überreaktion, die so zerstörerisch war, dass die Zombiezellen und deren Blutversorgung, aber auch viele gesunde Zellsysteme angegriffen und zerstört wurden. Die dadurch ausgelösten inneren Blutungen hätten dieser Theorie zufolge dann zum Tode geführt. Bei sehr jungen oder alten Menschen sei das Immunsystem noch nicht oder nicht mehr so gut ausgeprägt, daher sei die Infektion innerhalb dieser Alterskohorten glimpflicher verlaufen.

Die Gefährlichkeit von Viren für den Menschen wurde, so fand man durch die Forschungen an verschiedenen Viren heraus, unter anderem von zwei Faktoren beeinflusst: zum einen war es entscheidend, dass der Mensch mit den Viren oder deren Vorläufern bereits Kontakt gehabt und diesen überlebt hatte. Dadurch entstand eine Art immunologisches Gedächtnis, das heißt, das Abwehrsystem konnte Truppen ausbilden, die bereit standen, falls das Virus oder eine Virenart mit ähnlichen Eigenschaften versuchen sollte, einzudringen. Dieses Gedächtnis wurde offenbar auch teilweise von Generation zu Generation vererbt, weshalb es viele Viren gab, die anfangs zwar gefährlich gewesen, mit der Zeit aber eine Koexistenz mit dem Menschen eingegangen waren, die diesen nicht vital gefährdete. Rund 8% des menschlichen Erbgutes, so las Shenmi erstaunt, stammten von Viren, die im Laufe der Entwicklungsgeschichte des Menschen integriert worden seien und dort vor allem Vorgänge des Immunsystems steuerten.

Diese Erkenntnisse flossen in die Impfstoff-Forschung ein, denn man versuchte mit zunehmendem Erfolg, durch die vorsätzliche Einschleusung ungefährlicher Virenstämme in den Körper das Immunsystem auf eine Infektion mit gefährlicheren Varianten vorzubereiten.

Zum anderen war entscheidend, wie das Virus sich veränderte. Man nannte diesen Vorgang ›Mutation‹, und er bezeichnete nichts anderes als eine Veränderung der Eigenschaften der Viren. Sie konnten sich so verändern, dass sie harmloser wurden, doch konnten sie auch gefährlicher – ansteckender, tödlicher – werden. Es gab, so fand man viel später heraus, viele verschiedene Arten von Viren, die sich zum Teil in Bezug auf die Speicherung ihrer genetischen Informationen unterschieden. Die RNA-Viren, zu denen die Influenzaviren gehörten und deren Erbinformationen auf relativ kleinen Speichern lagen, wiesen wegen dieser kleinen Speicher eine sehr hohe Mutationsfreudigkeit auf. Dadurch konnten sie der Immunantwort ihres Wirtes besser ausweichen, wodurch auch die Gefahr stieg, dass unter all den Mutationen eine besonders gefährliche Form entstehen würde.

Beide Faktoren hatten offenbar bei der Pandemie des Purpurfarbenen Todes eine wichtige Rolle gespielt.

Je mehr man über die Viren und deren äußerst komplexe Welt dazulernte, umso mehr war man auch bestrebt, das Virus zu finden, das damals die große Pandemie ausgelöst hatte.

Shenmi stieß nun auf den Namen Johan Hultin. Hultin war ein Schwede, der 1949 in die USA ausgewandert war und im Laufe seines langen Lebens viele erstaunliche Dinge tat. Unter anderem begann er als junger Arzt bereits sehr früh, vor den Gefahren des Bioterrorismus zu warnen, womit keine ökologisch wertvollen Tötungsmethoden gemeint waren, sondern Angriffe mit biologischen Waffen wie Viren auf viele Menschen.

Geboren 1924, hatte er auch als junger Arzt noch sehr genau in Erinnerung, mit welchem Schrecken die Erwachsenen in seinen Kindertagen vom Purpurfarbenen Tod gesprochen hatten. In den USA begann er mit Nachforschungen zur Ursache dieser Pandemie, da sie ähnliche Ausmaße hatte, wie sie ein bioterroristischer Angriff möglicherweise haben würde.

Im Zuge seiner Recherchen stieß er auf das Kirchenbuch des kleinen Nests Teller Mission in Alaska. Der Pfarrer dieses gottverdammten Ortes am Ende der Welt hatte so akribisch wie verzweifelt die Todesfälle vermerkt, die im Rahmen der Pandemie in dem Ort aufgetreten waren. Von ursprünglich 80 Bewohnern waren am Ende noch 8 übrig geblieben – unter ihnen auch der Pfarrer, weshalb das Kirchenbuch die Pandemie überdauert hatte. Der Ort war durch die Erkrankung nahezu vollständig ausgelöscht worden und die wenigen Überlebenden hatten die vielen mit purpurfarbenen Flecken übersäten Toten schließlich nur noch in einem Massengrab beerdigen können.

Das Besondere daran war, dass sich dieser Ort in einem Gebiet befand, dessen Boden niemals auftaute: im Permafrost. Hultin nahm daher an, dass zumindest einige der Leichen noch nicht verwest waren und erwirkte im Jahre 1951 die Erlaubnis, das Massengrab zu öffnen. Er reiste also nach Alaska und begann mit den Erdarbeiten, die sich in dem eisigen Boden schwierig gestalteten. Außerdem musste er äußerste Vorsicht walten lassen, da er nicht genau wusste, ob der unsichtbare Erreger durch die Exhumierungen möglicherweise wieder freigesetzt werden konnte.

Als er schließlich auf die Leichen der Pandemieopfer stieß, stellte er zufrieden fest, dass diese tatsächlich noch recht gut erhalten waren. Als er einige aber dann unter strengen Sicherheitsvorkehrungen sezierte, entdeckte er zwar die üblichen und bereits vielfach beschriebenen Anzeichen des Pandemie-Todes, aber es sollte auch ihm nicht gelingen, den Erreger zu entdecken.

Auch im Jahr 1951 war man technisch noch nicht so weit, Virusfragmente isolieren zu können.

Schließlich stieß Shenmi auf einen brandneuen Artikel, der gerade erst im aktuellen Science Magazine veröffentlicht worden war. Ein US-Forscherteam hatte neueste Forschungsergebnisse zu den Ursachen der großen Pandemie veröffentlicht. Die Forscher hatten in einem Lager der US Army alte Paraffinblöcke mit Gewebeproben von insgesamt 77 damals verstorbenen Soldaten entdeckt und diese mit modernsten Methoden untersucht. Schließlich waren sie im Gewebe von Private Roscoe Vaugh, verstorben am 26. September 1918 an einer unbekannten Grippeerkrankung, fündig geworden. Sie hatten Fragmente eines bis

112

dahin unbekannten Influenza-Subtyps – H1N1 – gefunden. Es war den Forschern tatsächlich gelungen, einen Teil des genetischen Codes des Virus zu entschlüsseln. Demnach schien sich der Verdacht nun endlich zu bestätigen, dass es sich um eine hochaggressive und für den Menschen neue Influenzavirus-Variante gehandelt hatte. Allerdings stand den Forschern offenbar zu wenig Material zur Verfügung, sodass der genetische Code des Virus nur in Fragmenten wiederhergestellt werden konnte. Dennoch hatten sie beschlossen, ihre Ergebnisse zu publizieren.

Shenmi war zutiefst beeindruckt. Fasziniert war sie in die Welt der Virologie eingetaucht. Und je mehr sie darüber las, desto klarer wurde ihr, dass diese sie nicht mehr loslassen würde.

War es wirklich möglich, ein organisches Wesen wiederauferstehen zu lassen, wenn man seinen genetischen Code entschlüsselt und reproduziert hatte?

Konnte man mithilfe modernster Technik den Schrecken vergangener Zeiten wieder aufleben lassen?

Falls das möglich sein sollte: was ergab sich daraus? Militärs und Politiker würden sich natürlich dafür interessieren, wodurch die Gefahr bestand, dass man die Welt mit einem weiteren Schrecken würde bedrohen können. Es war vielleicht aber auch möglich, rechtzeitig Gegenmittel zu entwickeln, die man in Zukunft nutzen könnte, um die Viren effektiver zu bekämpfen und eine Pandemie im Keim zu ersticken.

Sie dachte an den kleinen Buben. Wieder ein kleiner Mensch, der in ihren Armen gestorben war. Vielleicht hätte man seinen Tod verhindern können, wenn man ein Gegenmittel gehabt hätte, das von Forschern im Labor vorher entwickelt worden wäre.

Hätte. Könnte. Wäre. Ein Konjunktiv brachte den Kleinen nicht mehr zurück. Sie hatte es so satt, manchmal so hilflos zu sein. Sie spürte, dass es ihr nicht mehr reichte, in vorderster Front zu versuchen, das Schlimmste abzuwenden. Sie wollte mehr. Sie wollte dabei mithelfen, die Medikamente zu entwickeln, mit denen so ein kleines Menschenleben gerettet werden könnte.

113

Als ihr Urlaub zu Ende ging stand ihr Entschluss fest: sie wollte ihrem Leben eine neue Wendung geben.

Zunächst war sie allerdings noch bis zum Jahresende in Hong Kong und erlebte hier das endgültige Einholen des Union Jack am 30. Juni 1997 im Beisein von Gouverneur Patton und Prinz Charles, sowie der neuen chinesischen Machthaber.

Die Bewohner Hong Kongs hatte Shenmi bis zu diesem Datum als viel materialistischer, aber auch sehr viel selbstbewusster erlebt als ihre Landsleute in der Volksrepublik. Aber sie nahm auch die Angst wahr, die viele Einwohner vor der Wiedervereinigung hatten. Angst davor, dass die Devise ›Ein Land, zwei Systeme‹, mit der die Partei die Skeptiker beruhigen wollte, nur eine leere Versprechung sei. Angst davor, nun von einem System unterjocht zu werden, das acht Jahre zuvor eine Bewegung blutig niedergeschlagen hatte, die genau die Freiheiten und Werte eingefordert hatte, die in Hong Kong gelebt wurden. Noch.

Die erstaunlich offenen Gespräche mit ihren Kollegen im Queen-Elizabeth-Hospital rissen längst vernarbte Wunden bei ihr auf und daher beschloss sie, sich noch mehr auf ihre Arbeit zu konzentrieren. Zu schmerzhaft war die Konfrontation mit ihrer Vergangenheit. Sie hatte ihren Frieden gefunden, indem sie sich ganz und gar ihrer Arbeit widmete. Mit den großen Fragen der Menschheit hatte sie damals zu tun gehabt und diese Erfahrung hatte ausgereicht.

Nach der – wider Erwarten erstaunlich ruhigen – Übergabe der Kronkolonie an China traten im Herbst erneut verdächtige Infektionen in Hong Kong auf. Insgesamt wurden 18 Menschen mit ähnlichen Symptomen wie bei dem verstorbenen Jungen in die örtlichen Krankenhäuser eingeliefert und es war schnell klar, dass es sich um den gleichen Influenza-Subtyp handelte: H5N1. Dass der Erreger nach wie vor hochgradig aggressiv war, zeigte sich auch daran, dass ein Drittel der Erkrankten an den Folgen der Infektion verstarb.

Die Gesundheitsbehörden waren froh darüber, dass Shenmi anbot, im Rahmen der erneut ausbrechenden Seuche bei der Koordinierung der Kontaktverfolgungen und der weiteren Gegenmaßnahmen zu helfen. Sie war es auch, die unter dem Eindruck ihres neu erworbenen virologischen Wissens unermüdlich auf die Gefahren einer schweren durch diesen Virussubtyp ausgelösten Pandemie hinwies und drastische Maßnahmen forderte. Die Ergebnisse ihrer Nachforschungen führten dazu, dass die Behörden in Hong Kong zu äußerst drastischen Maßnahmen griffen: neben strengen Quarantäneauflagen für sämtliche Kontaktpersonen der Erkrankten wurden insgesamt 1,2 Millionen Hühner und 400.000 Wildvögel gekeult und verbrannt.

Diese Maßnahmen waren hart und verursachten bei Mensch und Tier sehr viel Leid, aber in Shenmis Augen war das der einzige Weg, um die sich anbahnende Seuche im Keim zu ersticken und so womöglich einen zweiten Purpurfarbenen Tod zu verhindern.

Der weitere Verlauf schien ihr recht zu geben, denn es traten zunächst weder bei Vögeln noch bei Menschen weitere Erkrankungen auf.

Während Shenmi sich im folgenden Frühjahr wieder nach Wǔhàn begab, im Gepäck viele Proben aus den Labors von Hong Kong, saß irgendwo in Iowa ein alter Mann, den sie den ›Indiana Jones der Wissenschaft‹ nannten, am Küchentisch und las einen Artikel in einer nicht mehr ganz frischen Ausgabe des Science Magazine. Er dachte an das Massengrab in Teller Mission und daran, dass er damals an den technischen Unzulänglichkeiten seiner Zeit gescheitert war. Dann nahm er ein Blatt Papier und begann zu schreiben: »Es gibt nur zwei Dinge, die die Menschheit kurzfristig bedrohen können. Das eine ist ein Influenzavirus, das andere ein Atomkrieg. Sie haben offenbar einen sehr großen Schritt in eine Richtung gemacht, in der man die erstgenannte Bedrohung vielleicht besser kontrollieren kann. Es scheint jedoch so, als kämen Sie nun nicht weiter, da Sie nicht genug Material haben. Ich kann Ihnen helfen, denn ich kenne einen Ort, an dem es noch mehr Material gibt.«

115

Afrikanische Nächte

›United Nations Avenue …‹, Yue Fei spuckte verächtlich auf die staubige Straße. ›Am-Arsch-der-Welt-Boulevard träfe es wohl besser.‹ Er hasste diese Straße. Er hasste die Menschen, die sich mit ihren beschissenen Eselskarren und dämlichen Rostlauben im Schneckentempo auf dieser Straße fortbewegten. Er hasste die Frauen, die die Waren, die sie in der Stadt feilboten, auf dem Kopf transportierten. Auf dem Kopf! Er hasste das Gebäude, in dem er Dienst tun musste, und seine bräsigen Landsleute darin, die er wovor auch immer beschützen sollte. Am allermeisten jedoch hasste er sich selbst. Aber eigentlich war es abgrundtiefe Verachtung, die er für sich selbst empfand. Er hatte kläglich versagt, damals in Shànghǎi und dann nochmals und final an der Grenze. Hatte dort auch die zweite Chance vergeigt. Irgendetwas war damals schief gelaufen. So schief, wie es nur möglich war. Spätestens als er das Gesicht dieses Feng auf CNN gesehen hatte, war ihm das klar geworden. Wie hatten sie ihn gefeiert, diesen Feng! Das Gesicht der Opposition! Freiheitskämpfer! Diese Bilder hatten ihm das Genick gebrochen und seine vielversprechende Karriere ruiniert. Obwohl das jetzt viele Jahre zurücklag, spürte Yue Fei jeden Tag aufs Neue die lodernde Flamme, die sein Herz verzehrte. Aber es half nichts, man hatte ihn danach zumindest nicht völlig vernichtet. Dafür hatte sein Mentor und Ausbilder Wang gesorgt. Der hatte ihm den ersten Posten im Ausland beschafft und gesagt: »Genosse, jetzt tauchen Sie erst mal ab und lassen Gras über die Sache wachsen. Ich bin davon überzeugt, dass Ihre Zeit noch kommen wird, aber in Běijīng sind sie im Moment, äh, sagen wir: nicht so gut auf Sie zu sprechen. Ich werde sehen, was ich tun kann und zu gegebener Zeit hole ich Sie dann wieder nach Hause.«

›Zu gegebener Zeit!‹ Bitterkeit stieg in ihm auf. Außer einem flüchtigen Gruß zum jeweiligen Neujahrsfest hatte Wang sich seitdem nicht mehr bei ihm gemeldet. Die Jahre waren vorbeigezogen und in Běijīng hatte man ihn offenbar vergessen. Er existierte nicht mehr, war eine Unperson, ein lebender Toter, der irgendwo in den miesesten Gegenden der Erde kleine Klitschen zu beschützen hatte, die sich Botschaften nannten und in denen kleine Wichtigtuer mit kleinen Geistern herumstolzierten, die meinten, ihm Befehle erteilen zu dürfen.

Immerhin hatte er mit der Zeit ein weiteres Betätigungsfeld gefunden, das ihn wenigstens etwas an seine frühere Tätigkeit als Agent erinnerte.

In seiner Heimat hatten sie endlich erkannt, wie man verhindern konnte, dass das amerikanische Kalkül aufging, nach dem mehr Wohlstand automatisch dazu führen würde, dass die Menschen auch mehr Freiheit einforderten: man gab ihnen eine Vision, die genau diese beiden Begriffe in ein Spannungsverhältnis setzte – mehr Wohlstand geht nur mit Einigkeit. Und die braucht eine starke Führung. Eine Führung, die diese Einigkeit nach außen und innen beschützt. Und zu viel Freiheit stört diese Einigkeit. Und damit gefährdet sie den Wohlstand. So einfach war das, man musste das Gericht nur entsprechend servieren. Allerdings hatten die tonangebenden Kreise in der Partei ebenfalls erkannt, dass man dieses Prinzip auch umdrehen konnte: nur durch einen ständigen Zuwachs an Wohlstand konnte man den Chinesen klarmachen, dass es sich lohnte, auf Nebensächlichkeiten wie ein liberales Gesellschaftssystem zu verzichten. Da man ja mit dem Wohlstandsversprechen auf sehr niedrigem Niveau angefangen hatte, war es zunächst ausreichend gewesen, die Werkbank der Welt zu werden. Viele westliche Betriebe, die ihre Gewinnspanne auf Kosten der Löhne erhöhen wollten, ließen inzwischen in China produzieren. Damals hatte die Zeit der Glücksspirale für die Chinesen begonnen: wenn Betriebe einer Branche ihre Produktion nach China verlegt hatten und viel billiger produzieren konnten als ihre Konkurrenten, dauerte es meist nicht lange, bis Letztere ebenfalls nachzogen. Obwohl diese Phase noch andauerte, wussten die Strategen in Běijīng, dass mit dieser Taktik irgendwann eine Plateauphase erreicht sein würde. Die rasante Wohlstandsentwicklung würde abflauen, Unzufriedenheit und damit womöglich politische Instabilität wären die Folge. Um das Abflachen der Wohlstandskurve zu verhindern, mussten neue Märkte erschlossen und möglichst viel Know-how aus dem Westen abgesaugt werden. Natürlich würde man damit irgendwann auch in einen ernstzunehmenden Konflikt mit dem Westen geraten, aber bis dahin würde es noch so lange dauern, dass man sich darüber noch keine Gedanken machen musste. Schnell war den Weichenstellern in China klar geworden, dass ein Schlüssel des Aufstiegs in der Sicherung der weltweiten Rohstoffreserven lag.

Und Yue Fei hatte ebenso schnell durchschaut, dass darin seine Chance bestehen könnte, diesem elenden Leben als Dreckslochbeschützer zu entfliehen. Wo zum Teufel gab es denn diese Reserven? Die lagerten doch zum größten Teil in Ländern, in denen der Westen jahrzehntelang je nach Gusto politische Systeme gestützt und gestürzt hatte, um angeblich den Kommunismus zu bekämpfen, seine wunderbaren Ideale feilzubieten und ganz nebenbei unbeschränkten Zugriff auf die Ressourcen dieser Länder zu erhalten – also in Ländern, in denen die meisten Menschen von den verlogenen Idealen und der Heuchelei des Westens zutiefst enttäuscht waren! Yue Fei hatte in den letzten Jahren viel Zeit gehabt, um über diese Dinge nachzudenken. Und er hatte auf seinen Stationen in diversen Ländern auf diversen Kontinenten viel über die menschliche Psyche gelernt. Er wusste, dass die Vision des Westens verbraucht und diskreditiert war. Und er hatte das Gefühl, dass es Zeit war für eine neue Vision: die chinesische Vision, die man besonders gut in solche Länder exportieren konnte, zumal man in diesen oft nur eine kleine Führungsschicht und nicht ganze Völker überzeugen musste. Und genau das hatte sich zu seiner Spezialität entwickelt: er war ein Überzeuger geworden. Er war der Mann, den der Botschafter inoffiziell an bestimmte Türen klopfen ließ, um zu sondieren, welchen Preis die Person hinter der Tür hatte. Ging es um Geld? Sex? Luxusgüter? Oder vielleicht auch mal darum, einen missliebigen Konkurrenten aus dem Weg zu räumen? Kein Problem, er regelte das. Er hatte es inzwischen zu einer beachtlichen Expertise in dieser Schattenwelt der Korruption gebracht, was sich regelmäßig dadurch bemerkbar machte, dass die Zahl der Verträge, die zwischen China und seinem jeweiligen Stationierungsort abgeschlossen wurden, ziemlich rasch stieg, sobald er sich einschaltete. Leider hatten es die Botschafter bislang jedoch immer verstanden, sich selbst die Lorbeerkränze dafür aufzusetzen, so dass in Běijīng offenbar gar nicht bemerkt wurde, wer eigentlich dafür verantwortlich zeichnete.

Jetzt war er wieder an dem Punkt angelangt, an dem er die aufsteigende Verzweiflung zurückdrängen musste. Wenn das so weiterging, dann würde er irgendwann irgendwo in einem dieser Hinterhofländer eines einsamen Todes sterben!

Er riss sich zusammen. Scheiß-Selbstmitleid! Nein, er würde sich und der Welt beweisen, zu was er fähig war! Er würde es allen zeigen, die ihn verraten oder vergessen hatten! Verdammt nochmal, es musste einen Weg geben, das zu erreichen, was einem Mann mit seinen Fähigkeiten, einem Mann mit seinem glühenden Einsatz für sein Land und die Partei zustand!

Heute hatte er eine Besprechung mit einem der Provinzfürsten Zambias. Es würde darum gehen, was er zu bieten hatte, damit China den Zuschlag für den Bau einer wichtigen Straße bekam.

»Na endlich!«, unwirsch herrschte er den Fahrer des Geländewagens an, der neben ihm angehalten hatte. »Sie sind dreißig Minuten über der Zeit!« Der Fahrer sah ihn an und zuckte gleichgültig mit den Schultern, als wolle er sagen ›Wir sind in Afrika, Mann!‹ Das war es, warum er diese Länder so hasste, wobei er sich noch nicht entschieden hatte, was schlimmer war: diese Ineffizienz oder die Gleichgültigkeit ihr gegenüber. Ohne ein weiteres Wort zu verlieren, stieg er ein und knallte wütend die Tür zu. Nach gut drei Stunden Fahrt auf immer staubigeren und holprigeren Straßen wusste er zumindest, wie wichtig das Projekt war, um das es jetzt gehen würde.

In einem ebenfalls staubigen Nest hielten sie vor dem größten

Haus und Yue Fei wurde von einem Diener in Livree empfangen, was ihn daran erinnerte, das afrikanische Potentaten gerne die Gebräuche der längst verflossenen Kolonialherren imitierten. Der Diener bat ihn in einen Empfangsraum und hieß ihn, auf einem der eine Spur zu dick gepolsterten Sessel Platz zu nehmen. Zur Überraschung Yue Feis betrat der Hausherr nur eine halbe Stunde später den Raum. Ein kleiner feister Mann mit Nickelbrille und wichtigtuerischer Miene. Yue Fei taxierte den Mann kurz und begann dann, sein übliches Programm abzuspulen. Nach dem hier üblichen Vorgeplänkel ließ er zunächst den Gouverneur kommen: »Werter Mister Yue, Sie wollen mir also ein Angebot machen. Hmm, hmm. Sie wissen ja, dass Zambia ein bedeutendes afrikanisches Land ist. Wir haben viele Rohstoffe und sind auch ein Teil des äußerst wichtigen Kupfergürtels. Die Weltbank hat berechnet, dass wir in der Lage wären, ganz Afrika mit Lebensmitteln zu versorgen …« »Sehr richtig«, fiel Yue Fei ihm ins Wort. »Wären. Konjunktiv. Das Problem ist jedoch, dass zunächst die Voraussetzungen dafür geschaffen werden müssen. Vor allem die logistischen, also vernünftige Straßen. Und dabei möchten wir Ihnen gern helfen. Wir möchten dabei behilflich sein, dass Zambia seinen natürlichen Platz in der Staatengemeinschaft einnimmt. Und natürlich möchten wir auch dabei behilflich sein, dass die fähigen Führer Ihres wunderbaren Landes die eher nicht so fähigen ablösen.« Der Gouverneur stutzte kurz und blinzelte ihn durch seine Brille an. ›Wie viele Dioptrien die wohl hat?‹ fuhr es Yue Fei durch den Kopf. ›Der fette Sack kann ohne die Brille wahrscheinlich gar nichts sehen.‹ »Äh, wo war ich?«, der Gouverneur fuhr unbeirrt fort. »Natürlich sind wir auch mit Vertretern anderer Staaten im Gespräch. Es liegen mir bereits sehr interessante Angebote vor, die ich gerade eingehend prüfe. Sollten Sie ein Angebot machen wollen, käme das recht spät, ja fast schon zu spät.« Er räusperte sich und sah Yue Fei erwartungsvoll an. Kunstpause. Der Gouverneur begann, fast unmerklich auf seinem Sessel herumzurutschen.

»Exzellenz«, er gab sich Mühe, den verschwörerischen Unterton möglichst gut zu treffen. »Selbstverständlich weiß ich, dass viele andere Länder auch daran interessiert sind, mit Ihnen ins Geschäft zu kommen, und ich will Ihnen auch gar nicht verhehlen, dass wir natürlich nicht nur daran interessiert sind, diese Straße zu bauen. Selbstverständlich möchten wir diesen Vertrag auch mit weiteren Verträgen Ihre Rohstoffe und den bilateralen Handel betreffend koppeln. Wir sind uns natürlich auch im Klaren darüber, dass dies seinen Preis haben wird.« Pause. Auf der Stirn des Dicken waren jetzt ganz deutlich Schweißperlen zu erkennen. Die verrieten seine Anspannung, obwohl er sich die größte Mühe gab, gelassen zu wirken. »Ach ja? Nun, was hätten Sie sich denn so vorgestellt?«

»Ich will es mal so formulieren: wir beide wissen doch, was von den anderen Angeboten zu halten ist. Wir beide wissen, dass Firmen, die Ihnen diese Angebote vorgelegt haben, von ihren Regierungen permanent Knüppel zwischen die Beine geworfen bekommen. Das betrifft vor allem die kleinen Gefälligkeiten, die Männer wie Sie dafür verdient haben, dass sie so Großes für Ihre Länder leisten! Uns beiden ist doch bewusst, dass diese Angebote also entweder gar nicht ernst gemeint sein können, in den Ländern, in denen die Firmensitze liegen, illegal sind oder zumindest, sagen wir, preislich eher teurer sein müssen. Denken Sie nur an die Antikorruptionsgesetze der EU! Oder die Arbeitsschutzgesetze! Kinderarbeitsverbot! Ich bitte Sie! Bevor Sie andere Angebote prüfen, die schlechter sein müssen als unseres, sollten Sie sich das anhören, was ich zu sagen habe. Exzellenz, was ist Ihr größter Traum? Ich erfülle ihn? Kommen Sie, was würden Sie sich von mir wünschen? Jetzt? Hier?« Der andere starrte ihn mit offenem Mund an. Er hatte ja schon davon gehört, dass die Chinesen sehr offensiv vorgingen, aber eigentlich hatte er hier einen zurückhaltenden Asiaten erwartet und nicht so einen Dampfhammer. Aber gut, er wollte da nicht zurückstehen. Er setzte an, doch Yue Fei kam ihm zuvor: »Wissen Sie was Exzellenz, Sie haben recht! Wir sollten zunächst eine vertrauensbildende Maßnahme durchführen, sozusagen als Symbol unserer Freundschaft: morgen Früh steht hier vor Ihrer Haustür ein nagelneues Mercedes G-Modell, V8, 422 PS. Schwarz, denn ich weiß, dass das Ihre Lieblingsfarbe ist! Was sagen Sie? Wäre das ein bescheidener Anfang?« Der Gouverneur rang um Fassung: »Äh, das wäre, das ist ja ...! Also, äh, ja, das wäre ein hervorragender Anfang! Aber sprechen Sie weiter, ich bin ganz Ohr!«

Yue Fei lächelte verschmitzt: »Sehen Sie, ich weiß doch, was einem Mann wie Ihnen zusteht! Was die Straße betrifft, sichere ich Ihnen Folgendes zu: sie wird schneller gebaut werden, als es Ihnen der Schnellste unserer Konkurrenten verspricht. Sie wird besser gebaut werden und sie wird erheblich billiger sein als die Angebote der anderen. Und wenn Sie bei Ihrer Regierung noch ein gutes Wort für uns einlegen und wir die erwähnten Rohstoff- und Handelsverträge abschließen, bekommen Sie selbstverständlich eine Provision, sagen wir 3% des gesamten Vertragsvolumens, die wir Ihnen diskret auf ein Konto Ihrer Wahl überweisen.«

»5%!«

»Kein Problem, 5%, damit haben Sie eine gute Entscheidung getroffen Exzellenz. Und jetzt freuen Sie sich schon mal auf morgen Früh – was meinen Sie, wie Ihre Untertanen staunen werden, wenn Sie mit so einem Gerät durch Ihre Provinz heizen!«

Hatte er wirklich ›Untertanen‹ gesagt? Ja, hatte er, und der andere hatte es mit einem huldvollen Lächeln quittiert. Die beiden Männer gaben sich die Hand und Yue Fei hatte einen weiteren Lokalfürsten des Landes für China eingekauft.

Es lief immer auf die gleiche Weise ab: man musste das Land gewinnen, um die Stadt zu umzingeln. Wenn man genügend kleine Könige auf seiner Seite hatte, dann fiel irgendwann auch der große König.

Und die Konkurrenz aus Europa und Amerika schaute einmal mehr in die Röhre. Sollten sie den Machthabern in solchen Ländern ruhig mit ihren Menschenrechten und mit ihren Antikorruptionsgesetzen kommen. Damit machten die Regierungen im Westen es nur unmöglich für Firmen aus diesen Ländern, mit seinem Land mitzuhalten. Moral? Das war aus seiner Sicht etwas für Schwächlinge und Verlierer. Mit Moral kam man nicht weit auf der Welt. Man konnte mit Moral zwar einen schönen Tod sterben, aber kein gutes Leben führen. Außerdem hatte der Westen seine Moral schon viel zu lange als Feigenblatt benutzt, um diese Länder knallhart auszubeuten, als dass dies die Menschen hier nicht längst erkannt hätten. Was war eine Moral wert, die nur dann galt, wenn man ein Lakai des Westens war? War Freiheit, waren die Menschenrechte nicht universal? Komisch, dass diese offenbar nur für die Vasallen der USA galten! Die Moral des Westens war lediglich eine verlogene Variante des Imperialismus, mit dem der Stärkere seit jeher den Schwächeren zu seinem Sklaven machte. Sie war ausgebrannt, hatte sich in so vielen Kriegen und unterdrückerischen Maßnahmen selbst verzehrt und hatte nun begonnen, ihn, den Westen, schließlich selbst zu zerstören.

›Schwächlinge‹, sagte er sich, ›deren Zeit zu Ende ist. Jetzt kommen wir und werden der Welt eine neue Vision geben. Und wir geben ihr nicht nur eine Vision, die aus leeren Versprechungen besteht. Wir setzen sie auch um. Weil wir uns nicht mit Phrasen aufhalten.‹

Er hatte heute seinen Teil erfüllt, nun würden die Flaschen von der Botschaft den Rest erledigen und es hoffentlich nicht versemmeln. Und am Ende würde wieder ein Botschafter mehr einen Orden bekommen und er, Yue Fei, würde leer ausgehen.

Er sah aus dem Fenster. Die afrikanische Abendsonne hatte den Himmel in glutrote Farben getaucht. Bald würde die lange afrikanische Nacht hereinbrechen mit all ihren seltsamen Geräuschen. Er würde sich wie immer das Kreuz des Südens anschauen und ein Zambesi Lager trinken. Ein Tsingtao wäre ihm lieber gewesen. Vielleicht würde es davon nach dem Bau der Straße wieder mehr in der Botschaft geben. Daran, dass sie von seinen Landsleuten gebaut würde, hatte er keinen Zweifel.

Keine dreihundert Kilometer entfernt saßen zwei Männer auf einer Veranda in Zimbabwe und tranken bereits Zambesi Lager, während sie schweigend den glutroten Himmel bewunderten.

»Ich glaube, die Chinesen machen auch dieses Mal wieder das Rennen«, brach der eine schließlich das Schweigen. »Was meinst du?«, fragte der andere zurück.

»Ach, du weißt doch, dass meine Firma gerade in Zambia Straßen baut. Deshalb fahre ich ja hoch. War jetzt auch ganz praktisch, hier in Karoi eine Pause zu machen. Der Weg aus Pretoria ist einfach zu weit und zu unwegsam, um das in einer Tour zu fahren. Aber natürlich besuche ich dich auch gerne hier, das weißt du ja.« Der andere nickte und nahm einen kräftigen Schluck. Das kühle Bier tat gut nach dem heißen und anstrengenden Tag. »Und?«

»Tja, ich soll das für meine Firma verhandeln. Da sind zwar auch viele andere, Italiener, Deutsche, Engländer, Amerikaner – eigentlich alles, was Rang und Namen hat. Aber am Ende werden die Chinesen wieder das Rennen machen. Wir anderen können machen, was wir wollen, aber die sind einfach immer deutlich günstiger als wir. Und effizienter. Die sind das, was ihr Deutschen früher einmal gewesen seid.« »Aber warum gelingt ihnen das denn immer?« »Warum? Weil die sich einen feuchten Dreck um diese ganze Korruptionsscheiße scheren. Wenn ich den Lokalfürsten vor Ort solche Geschenke machen würde wie die Chinesen, dann wäre ich bereits mit anderthalb Beinen im Kittchen. Außerdem machen die einfach unschlagbare Angebote. Weißt du, Max, ich gehe in solchen Verhandlungen angesichts der Konkurrenz immer bis fast unterhalb der Schmerzgrenze. Aber die Chinesen bauen zu Preisen, die ich selbst dann nicht erreichen kann. Ich habe mich lange gefragt, wie die das machen, weil man für diese Preise selbst in Afrika einfach keine Straßen bauen kann. Ich bin Südafrikaner, ich kenne mich hier aus. Und schließlich habe ich auch herausgefunden, wie das läuft. Du wirst es nicht glauben: in den Verträgen, die wir in Zambia abschließen, ist auf ausdrücklichen Wunsch der zambischen Regierung eine Klausel enthalten, die besagt, dass wir grundsätzlich nur mit Arbeitskräften aus Zambia bauen dürfen. Das ist auch okay so, denn die Leute vor Ort sollen ja auch was davon haben.

Aber solche Arbeitskräfte kosten natürlich Geld, auch wenn es nicht mit euren Löhnen in Deutschland vergleichbar ist. Auch die Chinesen müssen diese Klausel unterschreiben. Aber während wir diese Verträge brav einhalten, fliegen die einfach mal ein paar Arbeitskolonnen aus ihren Straflagern ein und lassen die Arbeit von denen machen. Klar, dass man billiger anbieten kann, wenn man die Arbeit von Gefangenen ausführen lässt, die dafür kein Geld bekommen!« Er lachte bitter. »Echt jetzt? Und was sagen die Zambier, wenn das rauskommt?« »Tja, natürlich wurden sie darüber informiert und haben auch mit dem Zeigefinger gedroht. Passiert ist aber nichts, außer dass dort wahrscheinlich jetzt irgendwo ein mit Gold überzogener Zeigefinger herumläuft.« Sie schwiegen wieder und Max versuchte, sich an ein Gesicht zu erinnern, dessen Konturen inzwischen recht undeutlich geworden waren. China. Wie lange das jetzt her war! Er hatte schon sehr lange nichts mehr von ihr gehört. Zuletzt hatte sie ihm geschrieben, dass sie in die Forschung wechseln und sich mit Krankheitserregern beschäftigen wolle.

»Aber genug gejammert. Wie geht's dir den hier so? Zimbabwe ist ja ganz schön auf dem absteigenden Ast. Den sie sich übrigens auch von China vergolden lassen. Kommst du klar, Max?« »Naja«, gab der zurück. »Entwicklungshilfe ist ein schwieriges Geschäft. Ich hab mir das auch mal anders vorgestellt. Barmherziger Samariter und so. Wollte helfen, die Not auf der Welt zu lindern! Und weißt du, was der hiesige Gesundheitsminister gesagt hat, als er kürzlich unserem District Hospital einen Besuch abstattete? Ich habe ihn gefragt, ob man denn nicht etwas machen könnte, um die zimbabwischen Ärzte, die hier eine sehr gute Ausbildung in den beiden Unis durchlaufen, davon zu überzeugen, lieber im eigenen Land zu arbeiten, als ins besser zahlende Südafrika zu gehen. Ob man nicht wenigstens eine zeitlich befristete Pflicht zur Arbeit im eigenen Land einführen könnte angesichts des massiven Ärztemangels hier im Land.« »Nein, was hat er denn gesagt?« »Er hat mich gefragt, warum er das denn bitte machen solle. Schließ-

125

lich gebe es doch genug europäische Ärzte, so wie mich, die in seinem Land umsonst arbeiten würden!«

»Scheiße, das tut weh!« »Ja Mann, das tut es. Und es lässt einem das eigene Tun manchmal so sinnlos erscheinen. Ich hab einen Kumpel unten in Masvingo. Kommt ursprünglich aus Freiburg und ist schon ein paar Jahre da. Ich hab ihn letztens besucht, da hat er mir erzählt, dass er sich hier mit HIV angesteckt hat. Hatte eine Wunde an der Hand. Hier sterilisieren sie die Handschuhe x-mal, weil es nicht genug davon gibt. Dadurch werden sie brüchig und reißen leicht während der OP. Ich ziehe mir seitdem immer drei übereinander an.« Gert, der Südafrikaner, sah ihn sorgenvoll an. »Du, wenn du mal rausmusst nehme ich dich auf dem Rückweg mit nach Pretoria und wir machen einen Pub Crawl. Weißt du noch, wie du beim letzten Mal ins Taxi gekotzt hast?« Max lächelte müde. »Vielleicht keine schlechte Idee. Aber keine Sorge, ich bin nur ein wenig ausgepumpt. Jeden Morgen stehen hundertfünfzig Leutchen vor der Ambulanz, die teilweise viele Tage brauchen, um aus dem Busch hierherzukommen. Dazu kommen noch die stationären Fälle und die Operationen. Mein letzter hiesiger Kollege hat sich kürzlich ohne ein Wort nach Südafrika verabschiedet, sodass ich eigentlich immer Dienst habe. Ein Glück, dass die Pfleger und Schwestern hier auch ärztliche Tätigkeiten übernehmen, sonst wäre ich aufgeschmissen.« »Das hört sich ja fürchterlich an!« »Naja, ich kann noch damit leben. Entwicklungshilfe sollte man nur leisten, wenn man auch ein wenig das Abenteuer sucht. Sonst gehst du sehr schnell baden. Diese Moraltypen, die sich damit einen runterholen, dass sie der Menschheit helfen würden, merken sehr schnell, wie undankbar die Menschheit sein kann. Und wenn das die einzige Motivation war, dann ist der Frust vorprogrammiert. Hier im Distrikt gibt es noch einen Holländer, der war schon überall auf der Welt. Baut Brunnen. Hat mir erzählt, dass er mit viel Mühe und monatelanger Wartezeit endlich genug Teile zusammenhatte, um einen Brunnen für ein ganzes Dorf zu bauen. Er wusste, dass dieser Brunnen das Leben im Dorf schlagartig verändern würde.

126

Die Frauen müssten nicht mehr stundenlang mit Krügen auf dem Kopf zum Fluss latschen, immer auf der Hut vor Nilpferden und Krokodilen. Als der Brunnen endlich fertig war, haben alle Dorfbewohner das frenetisch gefeiert und alle haben begeistert Wasser aus dem Brunnen geschöpft. Am Abend war der Brunnen kaputt und ganze Teile der Hebeanlage waren verschwunden. Da hat der Holländer wieder monatelang auf Ersatzteile gewartet und ihn nochmal aufgebaut. Jetzt ist der Zugang zum Brunnen aber vergittert und wer Wasser holen will, muss sich den Schlüssel zu der schweren Stahltür bei ihm abholen. Er lebt ganz allein in einer Hütte mit vielen CDs und vielen Batterien. Strom gibt es nicht. Für mich war er ein moderner Eremit, der sich für die Menschen aufopfert, bis ich ihn auf die Brunnengeschichte angesprochen habe. Da hat er dann mit einem einzigen Satz meine Illusionen zerstört. Er hat gesagt ›Weißt du, Max, ich mach das hier schon 15 Jahre. Überall auf der Welt. Du bist ja relativ neu im Geschäft, deshalb sage ich dir jetzt mal, was man nach so vielen Jahren in der Entwicklungshilfe denkt. Bei uns alten Hasen gibt es da einen Spruch, der es recht gut trifft, und der geht so: wer als Entwicklungshelfer in Südamerika war, kommt als Revolutionär nach Europa zurück, wer in Asien war, kommt als Erleuchteter zurück, und wer in Afrika war als Rassist. Und genau so ist es auch.‹ Ich hab ihn dann gefragt, warum er das dann überhaupt noch mache. Er hat nicht geantwortet. Ich glaube, er weiß nach so vielen Jahren einfach nicht, was er sonst machen soll. Das ist alles.«

»Und Max, warum machst du das?«, wollte Gert wissen. Max überlegte. Dann sagte er leise: »Weil es jemand machen muss. Gestern habe ich einen alten Mann mit einem offenen Unterarmbruch versorgt. Der ist drei Tage durch den Busch mit einem Arm gelaufen, aus dem der Knochen herausschaute. Als er endlich hier war, war der Kochen schon schwarz. Der Mann wusste, dass er hier Hilfe bekommt. Ohne diese Hilfe wäre er heute schon tot. Verstehst du, Gert, mir haben sie schon in der Schule immer erzählt, wir müssten gut sein, Schwachen helfen, teilen, uns einsetzen für das Gute, Richtige. Als ich dann älter wurde, habe ich die Heuchelei dahinter erkannt und sie hat mich abgestoßen. Die wenigsten von denen, die uns das gepredigt haben, haben das tatsächlich selbst so gelebt, wenn sie an der Reihe waren. Alles Moral-Maulhelden, die schön im warmen Deutschland saßen und sich's gut gehen ließen. Reden kann man immer viel. Ich wollte mir selbst immer beweisen, dass es auch Menschen gibt, die es ernst meinen. Die Wort und Tat miteinander in Einklang bringen. Mir ist es egal, was andere von mir denken. Ob sie das gut finden oder ob sie dankbar sind. Ich mache das, um wahrhaftig zu sein. Um das zu tun, woran ich glaube. Ich bin ja nicht umsonst Arzt geworden. Wenn ich nicht hier bin, dann stirbt der alte Mann.«

»Aber du kannst nicht überall dort sein, wo alte Männer sterben.«

»Ich weiß, aber irgendwer muss versuchen, irgendwo einen Unterschied zu machen.«

Gert schaute nachdenklich zur Milchstraße empor, die sich majestätisch am Nachthimmel Afrikas abzeichnete. »Fantastisch, oder?« Er deutete nach oben. »Vielleicht nehmen wir uns alle zu wichtig. Ich glaube daran, dass jeder das Recht hat, glücklich zu werden. Du solltest auch mal daran denken, eine Frau zu finden, eine Familie zu gründen. Das macht einen zwar nicht immer glücklich«, er grinste. »Aber meistens. Du kannst nicht immer ein Heiliger sein.«

»Ich weiß«, Max blickte in seine Flasche und dachte an den Goldenen Fluss. »Irgendwann ist es vielleicht soweit.« Er gab sich einen Ruck. »Und bis dahin werden noch ein paar Abenteuer erlebt. Habe ich dir eigentlich schon von meinem Ausflug in den Hwange-Nationalpark erzählt?«

Gerts Miene hellte sich auf. Er war froh, dass Max nun offenbar beschlossen hatte, die Schwermut für den Rest des Abends runterzuspülen.

Er machte sich ein wenig Sorgen um seinen Freund, der hier seit Monaten einsam auf verlorenem Posten gegen das Chaos

128

ankämpfte. Aber er wusste auch, dass Max ein zäher Bursche war, und war sich sicher, dass er weggehen würde, wenn er die Nase voll hatte.

Er war dankbar dafür, diesen Mann zum Freund zu haben.

»Nein Mann, hast du noch nicht. Aber bevor du das jetzt tust, will ich dir noch eines sagen: ich glaube an dich und ich bin froh, dass es solche Menschen wie dich gibt. Ihr gebt einem den Glauben an die Menschheit zurück. Aber vergiss nie, auch an dich selbst zu denken!«

»Keine Sorge«, erwiderte Max und holte zwei weitere Zambesi Lager aus dem Kühlschrank.

Die Verhältnisse zum Tanzen zwingen II

Die Männer in dem abhörsicheren Raum des VBA-Gebäudes in der Fuxing-Strasse wussten immer noch nicht, worauf der ehrenwerte Wang Zhǔxí hinauswollte.

Nach einer kurzen Pause, während der er sich abseits der anderen angeregt mit dem unbekannten Fremden unterhalten hatte, trat Wang Zhǔxí wieder ans Rednerpult und setzte seinen Vortrag fort: »Wir haben soeben eine Reise durch unsere fünftausendjährige großartige Vergangenheit unternommen. Warum erzählte ich Euch von der Vergangenheit, wenn es doch eigentlich um unsere Zukunft gehen soll? Lassen wir unseren Großen Meister Konfuzius diese Frage beantworten: Erzähle mir die Vergangenheit und ich werde die Zukunft erkennen.

Nun, zwischen der Vergangenheit und der Zukunft steht die Gegenwart. Wo stehen wir?

Betrachtet man die Zeitspanne, die seit der Gründungsphase unserer Volksrepublik vergangen ist, so wird deutlich, dass wir unser Land zunächst nach innen befrieden mussten. Das hat sicher auch einige Opfer gekostet, aber rückblickend müssen wir uns demütig vor den überragenden Leistungen unseres Großen Vorsitzenden verbeugen – zumal in diese Phase der inneren Konsolidierung auch die endgültige Wiedereingliederung von Xīzàng – im Westen Tibet genannt – in unser Reich und der äußerst verlustreiche Abwehrkampf gegen die US-amerikanischen Imperialisten in Korea fielen.

Mit dem Aufstieg zur Nuklearmacht wurde außerdem der wichtigste Grundstein zum Aufbau einer modernen militärischen Macht für den Schutz unserer Nation gelegt.

Es gab, und das muss man selbstkritisch anmerken, auf dem Weg des Wiederaufstiegs auch Irrwege. Der gefährlichste war der, den Hú Yàobāng und später Zhào Zǐyáng in den 1980er Jahren eingeschlagen hatten – es war der Weg der Schwäche und der Nachsicht gegenüber jenen, die die Moral der Partei

130

und unserer Volksrepublik untergruben. Freiheiten wurden denen zugestanden, die sich ihrer nicht als würdig erwiesen, und schließlich löste Hú noch durch seinen Tod ein Ereignis aus, was alle rechtschaffenen Chinesen zutiefst demütigte: vor den Augen der Welt versammelten sich Verwirrte, Konterrevolutionäre und Agenten des Westens ausgerechnet vor dem Mausoleum unseres Großen Vorsitzenden auf dem Tiān'ānmén Guǎngchǎng und forderten lautstark ›mehr Rechte und Freiheiten'. Ja, sie scheuten nicht davor zurück, vor der Großen Halle des Volkes eine Kopie der amerikanischen Freiheitsstatue aufzubauen und auch rechtschaffene Arbeiter in ihr gefährliches Treiben hineinzuziehen. Wir konnten damals nur durch entschlossenes Eingreifen die Stabilität unserer Nation sichern. Der Gesichtsverlust war unbeschreiblich schmerzhaft für die meisten von uns, zumal die ganze Sache dem Westen einen Vorwand dafür lieferte, uns erneut wie einen Paria zu behandeln.

Nachdem es uns aber schließlich gelungen war, die innere Einheit unseres Volkes wiederherzustellen und die Stellung der Partei noch fester im Volk zu verankern, setzte der schlaue Dèng die wirtschaftlichen Reformen behutsam fort. Es wurde mit verschiedenen Optionen in speziell dafür ausgewiesenen Sonderwirtschaftszonen so lange herumexperimentiert, bis man die für China beste Kombination aus kommunistischen und marktwirtschaftlichen Essenzen herausdestilliert hatte – oberstes Ziel dabei war es, die innere Stabilität nicht ein weiteres Mal zu gefährden, weshalb unsere Sicherheitsorgane parallel zum wirtschaftlichen Aufstieg weiter ausgebaut wurden.

Dies war vor allem deshalb wichtig, weil wir verhindern mussten, dass gemäß den Wünschen und Vorstellungen des Westens die wirtschaftliche Besserstellung von Millionen Chinesen zwangsläufig in der Forderung nach mehr politischen Freiheiten münden würde. Wir mussten dies verhindern, weil die Partei die einzige Kraft ist, welche die Einheit Chinas gewährleisten kann.

Es brach für uns nun eine Zeit des Lernens und, ja, das auch: der erneuten Demütigungen an.

Made in China war im Westen das Synonym für Billigwaren ohne Qualität und ich erinnere mich noch gut daran, wie uns die Autobauer anderer Länder verspotteten, als wir vor zwanzig Jahren unsere ersten chinesischen Modelle auf den großen Automessen vorstellten.

Wir haben ihnen damals schon gesagt: ›jetzt lacht ihr noch, aber in ein paar Jahren werden wir den Markt dominieren. Dann wird euch das Lachen vergehen!‹ Und heute? Heute gehören uns einige der Automarken, deren Manager damals am lautesten gelacht haben, wie Volvo. Bei anderen sind wir die größten Anteilseigner und wieder andere betteln darum, ihre Autos bei uns produzieren oder verkaufen zu dürfen, was wir ihnen aber nur erlauben, wenn sie uns in die Geheimnisse ihrer Technologien einweihen – damit wir am Ende bessere Autos bauen und diese dann in ihren Ländern verkaufen.

Diese Entwicklung wird wunderbarerweise durch unsere Konkurrenten selbst beschleunigt:

da die Europäer, allen voran die Deutschen, ja gerade dabei sind, viele ihrer Kernkompetenzen aus Klimaschutzgründen zu zerstören, wird das Land, in dem Mercedes, BMW oder Audi in Zukunft gebaut werden, sehr bald nicht mehr Deutschland heißen, sondern China. Aber dazu später mehr.

Wir sind auf dem besten Weg, das zu erreichen, was die Deutschen vor über hundertzwanzig Jahren geschafft haben: damals war die Bezeichnung ›Made in Germany‹ von den Briten erfunden worden, um Produkte aus Deutschland zu diskreditieren. Diese waren aber so gut, dass dieser scheinbare Schmähbegriff alsbald zu einem weltweit und heute immer noch begehrten Gütesiegel wurde.

Durch unsere Initiative ›Made in China 2025‹ haben wir bereits 2015 das Ziel formuliert, unsere Wirtschaft in allen Bereichen so zu restrukturieren, dass wir im Jahr 2025 die Qualitäts- und Innovationsstandards der führenden Industrienationen nicht nur erreicht haben, sondern sogar übertreffen werden.

Aber bleiben wir noch ein wenig bei Deutschland. Die Geschichte ist geprägt vom Auf- und Abstieg von Nationen und Imperien und davon, wie mächtige Reiche versuchten, den Aufstieg ihrer Rivalen zu verhindern. Das Beispiel Deutschland ist in dieser Hinsicht für uns sehr lehrreich, weshalb wir es sehr aufmerksam studiert haben. Dies umso mehr, als dass unsere Gegner von heute damals auch die der Deutschen waren.

Deutschland war, wie wir, ein Reich der Mitte und daher im Verlauf seiner Geschichte vielen Begehrlichkeiten ausgesetzt. Immer wieder war es Schauplatz von Kriegen ausländischer Mächte, lokaler Herrscher und auch von Bürgerkriegen – der verheerendste von ihnen vor vierhundert Jahren ist in seinen Auswirkungen durchaus vergleichbar mit dem Taiping-Aufstand. Die Phasen der Einigkeit währten nicht lange und nach dem erwähnten Bürgerkrieg versank das Land sehr lange in Agonie. Schließlich gelang es, einen großen Teil des Landes zu einen und ihm eine starke Führung zu geben. Durch diese innere Einheit fand das Land zu der Stärke, militärisch, aber vor allem wirtschaftlich, die in ihm geschlummert hatte. Man kann wahrscheinlich mit Recht sagen, dass es die moderne Welt ohne die vielen Erfindungen, die damals in Deutschland gemacht wurden, nicht geben würde – die Welt kam damals nach Deutschland, um zu lernen, und noch heute, selbst nach zwei verlorenen Weltkriegen, genießt die deutsche Industrie einen einmaligen Ruf in der Welt.

Aus einem zersplitterten Gebilde wurde ein kraftstrotzender Gigant, der hinsichtlich der Industrieproduktion 1913 – ein Jahr vor dem Ersten Weltkrieg – die damalige Weltmacht Großbritannien überflügelte. Nur gut vierzig Jahre nach seiner Gründung forderte das Deutsche Reich damit die Weltmacht heraus, friedlich wohlgemerkt.

Was war die Antwort der Weltmacht?

Nun ja, die Geschichte schreibt der Sieger und die Wahrheit ist ein scheues Reh. Aber aus unserer Perspektive ist es wichtig, zu erkennen, dass durch diesen Krieg der weitere Aufstieg Deutschlands verhindert wurde. Spätestens der 2. Weltkrieg erwies sich aber als Pyrrhussieg für die alte Weltmacht England, denn während diese sich an ihrem vermeintlichen Hauptrivalen abarbeitete, übernahm die Flügelmacht im Hintergrund die Welt – die USA. Diese hatten schon vor dem 1. Weltkrieg aufgrund ihrer Größe und Einheit die weltweit größte Industrieproduktion und sahen in Deutschland, aber auch in England zwei Haupthindernisse auf dem Weg zur Weltherrschaft. Wie praktisch, dass diese sich gegenseitig erledigten.

Was sollten wir für uns und die heutige Welt daraus lernen?

Nun, die USA sind zwar immer noch die prägende Weltmacht, aber ihre wirtschaftliche Macht verglimmt genauso wie ihre kulturelle Prägekraft. Einzig durch ihre militärische Potenz und ihre Währungsdominanz gelingt es ihnen bislang noch, sich als Führungsmacht zu behaupten. Noch.

Heute haben wir die Rolle eingenommen, die Deutschland vor dem Ersten Weltkrieg innehatte, heute sind wir der junge Tiger und auch wir sehen die zunehmende Wut des alternden Tigers angesichts unserer steigenden Kraft.

Aber anders als das damalige Deutschland wissen wir, wie gefährlich unser Gegner ist. Wir wissen um seine Skrupellosigkeit und darum, dass unser Gegner durchaus fähig und willens sein könnte, einen Krieg auszulösen, um uns in den Orkus zu stoßen und seine Macht gewaltsam zu sichern.

Natürlich wussten die Deutschen damals auch, dass wir in einer Welt leben, in der wirtschaftliche Macht militärisch abgesichert werden muss. Allerdings haben wir heute diesbezüglich ganz andere Möglichkeiten.

Ich hatte schon unsere Entwicklung zur Nuklearmacht erwähnt, die der erste und wichtigste Schritt auf diesem Wege war. Aber das reichte nicht. Anfangs hatten wir eine schlecht ausgerüstete Massenarmee von bis zu fünf Millionen Mann. Im Korea-Konflikt konnten wir gegen die USA bestehen, weil ihre konventionelle Technik nicht gegen unsere Menschenmassen siegen konnte.

In modernen Kriegen mit ihren konventionellen Massenvernichtungswaffen funktioniert diese Taktik nicht mehr, und wir haben vor allem im ersten Golfkrieg der USA eindrucksvoll gesehen, mit welcher Geschwindigkeit die amerikanische Militärmaschine eine der damals größten Armeen der Welt pulverisiert hat.

Auch deshalb haben wir seitdem, vor allem aber nach dem Amtsantritt unseres Überragenden Führers Xi, unsere Militärmacht radikal umstrukturiert. Heute haben wir mit über zwei Millionen Mann zwar eine deutlich kleinere Armee als früher, sie ist allerdings noch immer die größte Armee der Welt. In den letzten zehn Jahren sind unsere Ausgaben für das Militär um achtzig Prozent gestiegen und wir haben es geschafft, alle Waffengattungen zu modernisieren und auch in der virtuellen Welt unsere Feinde abzuschrecken.

Wir haben einen langen Weg in sehr kurzer Zeit zurückgelegt. So mussten wir noch vor zwanzig Jahren unseren ersten Flugzeugträger, die Liaoning, der damals als unvollendetes Wrack aus den Zeiten der untergegangenen Sowjetunion im Schwarzen Meer dahinrostete, über eine VBA-Tarnfirma kaufen. Ein Agent gab vor, ein schwimmendes Casino in Macao aus dem Wrack machen zu wollen, da die Amerikaner den Kauf sonst vereitelt hätten. Immer wieder mussten wir so tun, als ob wir an dem Schiff kein militärisches Interesse hätten, um Sabotageakte zu verhindern. Aber dann, 2012, erfuhr die Welt, dass wir mit der Liaoning unseren ersten hochmodernen und kampfbereiten Flugzeugträger gebaut hatten. Das elende Versteckspiel war nötig gewesen, um den alten Tiger nicht zu wecken. Nun ist er wach, aber er kann nichts mehr tun. Inzwischen haben wir mit der Shandong bereits einen zweiten Flugzeugträger.

Unsere Marine ist inzwischen so stark, dass wir unsere berechtigten Ansprüche im Chinesischen Meer gegenüber allen anderen Mächten zur Geltung bringen können.

Wir haben aber erkannt, dass ein Hauptgrund für Chinas zyklische Niedergänge die starke Fixierung auf dessen lokale geostrategische Lage war. Mit anderen Worten: wir waren zu Ich-bezogen.

Unsere neue Agenda geht daher davon aus, dass wir uns nur dann an die Spitze der Nationen setzen und uns auch da behaupten können, wenn wir einen globalen geostrategischen Ansatz verfolgen. Daher wurde die Armee so umgebaut, dass viele Einheiten auch global agieren können. Außerdem haben wir mit verschiedenen Ländern Abkommen geschlossen, durch die wir parallel zum Ausbau unserer Neuen Seidenstraße wichtige Militärbasen errichten und so unsere Handelsrouten absichern konnten.

Ein Beispiel dafür ist das Horn von Afrika, Djibouti. Hier haben wir auch in den Kampf gegen die dort noch vor zehn Jahren wuchernde Pest der Piraterie eingegriffen, der immer wieder Handelsschiffe zum Opfer fielen. Während die zahnlosen Europäer damals versuchten, das Problem mit Lösegeldzahlungen zu lösen, und es dadurch nur verschlimmerten, ist es um die Piraten nach unserem Eingreifen recht ruhig geworden. Denn wir haben ihnen gezeigt, was sie erwartet, wenn wir uns mit ihnen befassen.

Wir sind also im Moment militärisch so aufgestellt, dass wir zunehmend global agieren und Angreifer überall auf der Welt attackieren könnten. Kurz: es ist bereits jetzt für jede Macht einschließlich der USA sehr, sehr risikoreich, uns anzugreifen.

Das Beispiel Deutschland lehrt jedoch auch, dass selbst die stärkste Militärmacht der Welt nicht gegen eine Übermacht von Alliierten bestehen kann, wenn es zum Krieg kommt.

Der Schlüssel liegt darin, die eigene militärische Macht zur Abschreckung so auszubauen, dass der alternde Tiger es nicht wagen kann, den jungen anzugreifen oder angreifen zu lassen, zugleich aber seinen Willen zum Angriff bereits im Vorfeld durch Strategie und Diplomatie so zu schwächen, dass dieser verkümmert. Das Ziel muss es sein, dass es für ihn bereits zu spät ist, wenn er bemerkt, wohin die Reise führt. Zu spät für einen militärischen Konflikt.

Die Basis dieser Überlegungen bildete eine grundlegende und ständig überarbeitete Analyse unseres Hauptgegners, der USA.

Die USA haben seit ihrer Gründung mehr als zweihundert offene oder verdeckte Kriege geführt – zunächst, um sich zu konsolidieren, später aber immer mehr, um ihre Vormachtstellung zu erreichen und zu behaupten. Das ist fast ein Krieg pro Jahr ihres Bestehens – gelinde gesagt ist ein solch kriegerisches Engagement etwas merkwürdig für eine Nation, der es angeblich nur darum geht, Frieden und Freiheit in der Welt zu verbreiten. Nebenbei bemerkt waren sie diesbezüglich auch schon bei uns aktiv – im sogenannten Boxeraufstand.

Während unsere Nation sehr homogen ist – Chinas Bevölkerung besteht zu 92% aus Han-Chinesen, der Ethnie mit den engsten genetischen Verwandtschaftsgraden von allen Völkern der Welt – ist die US-amerikanische extrem inhomogen. Während wir also als nahezu homogener Machtblock von 1,3 Milliarden Menschen auftreten ist die ethnische Zusammensetzung unseres Gegners sehr divers. Obgleich er es bislang verstanden hat, die Vorteile dieser Inhomogenität zu nutzen, treten nun mit großer Dynamik die Fliehkräfte und Gegensätze auf, die eine multikulturelle Gesellschaft zwangsläufig besitzt und diese zunehmend paralysiert.

Nach dem Ende des Kalten Krieges sahen einige amerikanische Denker schon das Ende der Geschichte anbrechen und eine Welt heraufdämmern, die auf ewig von der ›guten Macht‹ USA dominiert werden würde. Francis Fukuyama heißt der bekannteste Verfechter dieser Denkschule, welche die US-Politik bis vor zehn Jahren nachhaltig beeinflusst hat. Doch deutete der US-Sicherheitsberater Brzeziński in seinem wegweisenden Buch ›Die einzige Weltmacht‹ bereits an, dass die USA aufgrund ihrer inneren Gegensätze immer weniger fähig sein würden, eine konsistente Außenpolitik zu verfolgen. Heute möchte man hinzufügen: das gilt auch für die Innenpolitik.

Die USA beschäftigen sich zunehmend mit sich selbst und diese Entwicklung hat unter dem aktuellen Präsidenten Trump massiv an Fahrt aufgenommen, oder besser: sie ist unter diesem deutlicher zutage getreten. Innere Zweifel und Schuldgefühle schwächen und zerfressen die bis dato scheinbar so erfolgreiche missionarische Kraft der Amerikaner. Katalysiert wird dieser Vorgang durch den wirtschaftlichen Niedergang einst stolzer und reicher Landesteile, nicht zuletzt auch deshalb, weil die Produktion von dort sehr oft in unser Land verlegt worden ist. Money talks – nirgendwo ist das wahrer als in den USA. Profit ist der oberste Wert der amerikanischen Eliten. Nicht Freiheit oder Demokratie und schon gar nicht der Schutz ihres eigenen Landes.

Das ist es, was unsere Analysten bereits vor Jahren erkannt haben.

Die USA waren immer dann erfolgreich, wenn sich die finanziellen Interessen der Eliten mit denen der Nation deckten.

So drängte der US-Bankensektor den amerikanischen Präsidenten Wilson, in den Ersten Weltkrieg einzugreifen, obwohl dieser seinen Wählern zuvor versprochen hatte, dies nicht zu tun. Warum? Weil die Banken Angst davor hatten, im Falle eines deutschen Erfolges ihre Kredite zu verlieren.

Für uns war es deshalb von allergrößter Wichtigkeit, die gesellschaftlichen Fliehkräfte zum Beispiel durch verdecktes Eingreifen in die Diskussionen in den neuen Medien – Stichwort Künstliche Intelligenz – zu verstärken, vor allem aber die Interessen der US-Eliten von denen der amerikanischen Nation abzukoppeln und diese Eliten dazu zu bringen, letztlich gegen die Interessen ihres Landes zu handeln.

Wir mussten die Wirtschaft einsetzen, um die Regierung unter Druck zu setzen.

Dennoch durften und dürfen wir unseren Gegner niemals unterschätzen. Ein Beispiel soll dies illustrieren: als sich nach der Jahrtausendwende die Europäer anschickten, mit ihrem Euro den Dollar als Leitwährung abzulösen, kam es 2008 zur globalen Finanzkrise – ausgelöst in den USA –, die vor allem in

Europa Verheerungen solchen Ausmaßes verursachte, dass der Kontinent und dessen Währung als Rivalen für die USA und den Dollar dauerhaft ausgeschaltet wurden.

Und wir wissen ja, was mit Oberst Gaddafi und Libyen geschah, als er mit dem Dinar-Gold den Dollar als Leitwährung ablösen wollte.

Die US-Kriege werden niemals nur mit Waffen geführt.

Gerade jetzt im Niedergang wird der alternde Tiger zum gefährlichen Gegner.

Symbolisch dafür steht der aktuelle US-Präsident: einerseits spielt uns sein, sagen wir unkonventionelles Verhalten in die Hände: so konnten wir sehr viel Boden in internationalen Gremien wie der WHO gutmachen, weil wir das Vakuum ausfüllen konnten, das der amerikanische Rückzug dort hinterlassen hatte. Damit konnten wir diese Gremien in unserem Sinne formen. Außerdem trieb er durch sein ruppiges Auftreten reihenweise kleinere Staaten in unsere Arme. Aktuell stehen wir in Verhandlungen mit vielen pazifischen Anrainerstaaten, um die größte Freihandelszone der Welt zu schaffen, und ich bin zuversichtlich, dass wir diese zu einem Erfolg führen können, nachdem wir die Inder hinausgedrängt haben. In diesem Verbund werden wir die Führungsmacht sein und die Amerikaner in dieser Funktion zunächst im Pazifikraum ablösen.

Außerdem sind unter dem und durch den Polarisierer Trump, wie gesagt, die extremen Risse im Fundament der amerikanischen Gesellschaft nicht nur zutage getreten, sondern weiter vertieft worden. Linke kämpfen gegen Rechte, Schwarze gegen Weiße, Frauen gegen Männer, Arme gegen Reiche – kurz: alle kämpfen in den USA immer brutaler gegen irgendetwas und letztlich gegen sich selbst. Alle kämpfen gegen alle. Und wir helfen dabei immer auch ein wenig nach und stützen verdeckt mal diesen und mal jenen der Akteure.

Was meint ihr, Genossen, wie lange wird ein so zerrissenes und uneiniges Land in der Lage sein, uns gegenüber seine Machtansprüche aufrecht zu erhalten?

Andererseits ist Trump aber auch der erste US-Präsident, der ernsthaft damit begonnen hat, uns dort zu bekämpfen, wo es uns am meisten wehtut: beim Handel. Mittel- und langfristig wird dadurch die Gefährdung unseres Aufstieges größer sein als der Nutzen, den dieser Präsident für unseren Aufstieg hat.

Wir täten also einerseits gut daran, die weitere Spaltung der amerikanischen Gesellschaft zu fördern, andererseits sollten wir versuchen, Trump loszuwerden, um einen moderateren Präsidenten zu bekommen, der sich uns geopolitisch nicht mehr so kompromisslos in den Weg stellt.

Ich will euch nun schildern, wie wir den alten Tiger einlullen konnten und wo wir jetzt stehen.«

Das Licht wurde gedimmt und der Beamer an der Decke nahm seine Arbeit auf. »Genossen!«, fuhr Wang fort. »Ihr seht hier eine Karte der Welt, wie sie sich uns heute geografisch, aber vor allem geopolitisch darstellt.« Auf der Wand hinter Wang erschien eine Weltkarte, auf der die Welt in ihren politischen Grenzen abgebildet war. Fast alle Länder waren grau schraffiert, nur China war in Rot hervorgehoben.

»Dies war die Ausgangssituation: Wir gegen den Rest der Welt. Nun gut, nehmen wir Nordkorea und vielleicht auch noch Vietnam hinzu, dann sieht es nicht ganz so trübe aus.« Zwei sehr kleine Punkte auf der Karte färbten sich rot.

»Wir verfolgten eine Strategie, die wir ›Das Land einsetzen, um die Stadt zu umzingeln‹ nennen. Die Stadt heißt Washington, das Land ist der Rest der Welt. Nachdem wir 1989 die Konterrevolution auf dem Tiān'ānmén Guāngchǎng niedergeschlagen und dann die von mir vorhin beschriebene Phase der wirtschaftlichen Experimente erfolgreich abgeschlossen hatten, folgte 1997 die Wiedervereinigung mit Xiānggǎng, im Westen Hong Kong genannt, die wir dem Westen aus strategischen Gründen als ›Ein Land – Zwei Systeme‹ verkauften. In Wirklichkeit benutzten wir den großen wirtschaftlichen Einfluss, den Xiānggǎng damals in der Welt hatte, um uns weiter in die Welt der Amerikaner hineinzudenken und das System zu verstehen, mit dem sie die

140

Welt beherrschten, während wir das politische System dort zunehmend gleichschalteten.

Wir mussten bei all dem sehr umsichtig vorgehen, denn der Zerfall der Sowjetunion, des jahrzehntelangen Gegenspielers der USA, hatte uns alarmiert – wir wussten, dass eine zu konfrontative Strategie zum Scheitern verurteilt war.

Die Amerikaner wiederum glaubten, dass wir uns auch politisch ›öffnen‹ würden, sobald es gelänge, den Wohlstand unseres Volkes deutlich anzuheben. Politische Öffnung bedeutet für die Amerikaner immer ›Demokratie‹, wie sie diese verstehen. Nämlich als System, in welchem sie, die USA, mitspielen und durch die Stärkung mal des einen, mal des anderen Akteurs jedes in diesem Sinne demokratische Land manipulieren und kontrollieren können. Politische Öffnung ist für sie der Weg, in anderen Ländern Macht auszuüben und letztlich ihre eigene Herrschaft zu zementieren.

Wir ließen sie nicht nur in dem Glauben, sondern bestärkten sie sogar darin – während wir zeitgleich die Macht unserer Partei nach innen und nach außen maximal ausbauten. Es gibt heute, und darauf können wir sehr stolz sein, keinen einzigen Lebensbereich eines Chinesen im In- und im Ausland, den wir nicht kontrollieren. Neben modernster digitaler Überwachungs- und Manipulationstechnologie, in die wir selbst die angeblich so freiheitsliebenden US-Konzerne im Silicon Valley einbezogen haben – ihr erinnert euch: Money talks – haben wir unzählige Gremien, Vereine, Institute, Gesellschaften, Büros und sonstige Organisationen, die alle Lebensbereiche der Chinesen kontrollieren.

Dabei hilft uns auch unser famoses Sozialkreditsystem, das unsere Kontrolle auf alles ausdehnt, was unsere Landsleute tun, nachdem sie morgens aufgestanden sind bis zu dem Zeitpunkt, an dem sie sich abends wieder ins Bett legen.

Aber unser Arm reicht noch viel weiter: jeder Ausländer, der in irgendeine Beziehung zu uns treten möchte, wird umfassend überprüft und kategorisiert. Geschäftsleute und ausländische

Firmen werden lückenlos überwacht und dürfen nur dann bei und durch uns Geld verdienen, wenn wir mit ihrem Verhalten und ihren Äußerungen über uns zufrieden sind.

Natürlich gibt es Abweichler und Aufwiegler. Diese werden aber sehr effektiv unschädlich gemacht, sobald wir sie bemerken. Und das dauert nie sehr lange.

Um eine Entkoppelung von wirtschaftlichen und nationalen Interessen wie in den USA zu verhindern, setzen wir auf eine sehr umfangreiche patriotische Schulung unserer Jugend, die bereits sehr früh beginnt und die auch im Erwachsenenalter fortgeführt wird. Zentral in diesem Konzept sind gleichermaßen die Unterweisung in die Lehren und die zentrale Bedeutung der Kommunistischen Partei Chinas, KPCh, für Chinas Wohlergehen wie auch die richtige Ausprägung dessen, was es heißt, ein Chinese zu sein und für seine Nation wirken zu dürfen.

Sehr wichtig ist es auch, unserem Volk aufzuzeigen, wie sehr die westlichen Werte wie individuelle Freiheit, Demokratie und die westliche Form der Menschenrechte andere Staaten beschädigen und letztlich in den Untergang treiben.

Insgesamt ist es uns so gelungen, in unserem Volk den Glauben daran tief zu verwurzeln, dass nur die KPCh unserem Volk zu Wohlstand und unsere Nation zu dem verdienten Platz unter den Nationen führen kann, und dass westliche politische Freiheiten in den Abgrund führen würden.

Deshalb ließen wir es vor fast zwanzig Jahren zu, dass die Amerikaner uns zum Beitritt zur Welthandelsorganisation ›überredeten‹. Sie taten dies, weil sie uns korrumpieren wollten, wir ließen es zu, weil wir wussten, dass dies nicht geschehen würde.

Wir wussten vielmehr, dass sie uns durch diesen Zutritt zu den Heiligen Hallen der Weltwirtschaft, ohne es zu ahnen, die Möglichkeit gegeben hatten, sie zu schlagen.

Unser Trojanisches Pferd hieß Eindämmung.

Nach dem Beitritt zur WTO beschleunigten wir auf allen Feldern unsere Handelsaktivitäten.

142

Wir brachten zunächst viele der rohstoffreichen Länder unter unsere Kontrolle, um die sich der Westen bislang nicht gekümmert hatte. Nehmen wir beispielsweise die Seltenen Erden, die man für alle modernen Schlüsseltechnologien, insbesondere für die Elektromobilität, benötigt. Auf unserem Staatsgebiet, genauer in Nèi Měnggǔ oder der Inneren Mongolei, wie man im Westen sagt, lagern die weltweit größten Reserven an Seltenen Erden. Unser Anteil an der Produktion von Seltenen Erden liegt weltweit bei etwa 70% und beinahe wäre er noch viel größer geworden, wenn die australische Regierung vor ein paar Jahren nicht in letzter Minute den Kauf der zweitgrößten Produktionsstätte, des Mount Weld in Australien, verhindert hätte. Aber wir haben andere Minen in anderen Ländern unter unsere Kontrolle gebracht und dominieren diesen Markt somit ohnehin. Und damit beherrschen wir die Elektromobilität als Schlüsseltechnologie der Zukunft. Deshalb versuchen wir auf allen Ebenen, die alte Motorentechnologie, in der andere besser sind als wir, zu diskreditieren, um so der Technik, die wir auch rohstoffmäßig beherrschen, zum Aufstieg zu verhelfen. Das ist auch ein Hauptgrund, warum wir mit 1,8 Milliarden Dollar bei dem größten US-Hersteller von Elektroautos eingestiegen sind, und zugleich die Hauptursache, warum wir die klimapolitischen Strömungen in den westlichen Ländern unterstützen, die uns unwissentlich dabei helfen, dieses Ziel zu erreichen. Finales Ziel ist es, die alten Industriezweige zu zerstören und die kommenden, neuen zu dominieren. Von Anfang an.«

Auf der Karte färbten sich langsam viele Staaten in Afrika und Südamerika rot.

»Wie schon erwähnt, bauten wir neben unseren Handelsaktivitäten auch unsere Militärpräsenz in den entsprechenden Ländern vorsichtig aus.

Dann kam die ebenfalls schon genannte sogenannte Bankenkrise, ausgelöst in den USA, die neben diesen vor allem auch die Europäer mit ihrem Euro empfindlich traf. Dieser hat sich wie gesagt seither, ganz im Sinne der Amerikaner, nicht mehr wirklich erholt. In der Folge kam es auch durch die wirtschaftlichen Unterschiede in der Eurozone zu großen Verwerfungen, die bis zum heutigen Tage anhalten.

Die Bankenkrise war ein weiterer Katalysator unseres Aufstiegs, da unsere bis dahin aufgebauten großen Finanzreserven nun dazu dienten, strauchelnde Firmen, Regionen und teilweise auch ganze Länder aufzukaufen. Ich nenne hier nur das Beispiel von Piräus, wo es uns gelang, im Zuge der Krise einen der größten Mittelmeerhäfen unter unsere Kontrolle zu bringen.«

Weitere Länder auf der Karte färbten sich rot – diesmal auch in Europa.

»Je mehr wir besaßen, umso schneller nahmen unser Einfluss und auch unser Wohlstand zu. Natürlich mussten wir deshalb sehr genau darauf achten, wie Washington darauf reagierte. Glücklicherweise war man dort in den ersten Jahren des neuen Jahrtausends immer noch davon überzeugt, ›die einzige Weltmacht‹ zu sein, und davon, ihre Mission nun in verschiedenen islamischen Ländern geltend machen zu müssen. Man war also abgelenkt. Und man überdehnte seine militärischen und wirtschaftlichen Möglichkeiten.

Außerdem wuchs unser großes Netzwerk mit ausländischen politischen und wirtschaftlichen Entscheidungsträgern rasant und war sehr effizient.

Unsere Verbindungsorganisationen waren und sind in nahezu allen Staaten der Welt und in allen Regionen der wichtigen Staaten präsent und bestens miteinander vernetzt. So haben wir unsere Leute in allen US-Staaten und umzingeln durch wirtschaftliche, politische und kulturelle Einflussnahme auf dem Land die Stadt.

Aber auch in der Stadt, Washington, haben wir Freunde. Im Prinzip funktioniert das sehr einfach: wir identifizieren aktuelle oder zukünftige Entscheidungsträger und versuchen, sie für unsere Kultur zu interessieren sowie Verständnis für unsere Interessen zu wecken.

Nach diesem Schritt machen wir ihnen das Angebot, bei uns

zu investieren. Da der Profit für einen Amerikaner an erster Stelle steht – das gilt aber auch für die meisten anderen Länder des Westens – wird er das Angebot zumeist nicht ausschlagen.

Bei sehr wichtigen Entscheidungsträgern ist natürlich zu bedenken, dass sie sich dem Vorwurf der Korruption aussetzen könnten. Auch hierfür haben wir eine einfache Lösung, die ich am Beispiel von Joe Biden, einem der Präsidentschaftskandidaten der nächsten US-Wahl aufzeigen will: wir wenden uns in diesen Fällen nicht an den Entscheidungsträger selbst, sondern an enge Familienmitglieder. Im Fall Biden an dessen Sohn Hunter – wir haben diesem vor ein paar Jahren die Möglichkeit eröffnet, bei uns einen Investmentfonds zusammen mit unserer Bank of China zu gründen, obwohl er gar keine Erfahrung in diesem Geschäft mitbrachte. Er schlug natürlich zu und weiß seitdem, dass seine Interessen mit unseren Interessen kongruent sind.

Sicher wird er seinen Vater entsprechend beraten, wenn es nötig sein sollte.«

Während er sprach, färbten sich weitere Regionen auf der Weltkarte rot. Diesmal auch auf dem nordamerikanischen Teilkontinent.

»Sehr wichtig war es für uns, die Finanzzentren der Welt, vor allem in New York und London in unserem Sinne zu beeinflussen. Speziell in New York wird ja die amerikanische Politik seit jeher maßgeblich bestimmt. Wir mussten diese Finanzzentren also davon überzeugen, dass sich ihre Interessen mit unseren decken und sie dies im Zweifelsfall ihren Regierungen auch klar machen. Im Prinzip gingen wir immer nach demselben Schema vor: Wir offerierten den wichtigsten Banken und Investmentfonds, zu unseren Bedingungen im größten Binnenmarkt der Welt, in China, zu investieren. Selbstverständlich besetzten wir die chinesischen Niederlassungen dieser Unternehmen mit unseren Leuten, zumeist gut ausgebildete Nachkommen von verdienten Parteigenossen, die im Westen abfällig Prinzlinge genannt werden. So konnten wir einerseits riesige Mengen sensibler Informationen abgreifen, andererseits die Geschäftspolitik dieser Unternehmen in unserem Sinne beeinflussen.

Das Ziel war es, zu erreichen, dass die großen Player der Finanzindustrie die sich anbahnende Konfrontation nicht wie im Fall Deutschland befeuern, sondern dass sie im Gegenteil die US-Regierung daran hindern würden, härter zu agieren, weil sie andernfalls befürchten müssten, ihre guten Geschäfte bei uns zu verlieren.«

Die Männer im Raum wurden unruhig, als sich nun weitere Teile der USA rot verfärbten.

Ungerührt fuhr Wang fort: »Was die großen US-Konzerne betrifft – und da ist es egal, ob man die klassische Industrie oder Big Tech im Silicon Valley betrachtet – so nahmen ausnahmslos alle unsere Einladung an, bei uns viel billiger zu produzieren als im eigenen Land und so ihre Profite weiter zu maximieren. Apple ist der wertvollste Konzern der Welt? Wir haben ihn dazu gemacht! Und wer glaubt, dass die Konzernstrategen das nicht ganz genau wissen?! So lief das natürlich auch mit Schlüsselindustriezweigen in vielen anderen Staaten des Westens.

Und während wir in jeder Phase darauf achteten, dass wir alles von ihnen lernten, nahmen wir demütig den Status des belächelten Billiglohnlandes hin – und konnten so über drei Billionen Dollar an Devisenreserven anhäufen. Dreimal mehr als Japan auf Platz zwei.

Allein dieser riesige Schatz ist eine immense Waffe in unseren Händen, mit der wir die Amerikaner wieder ein Stück mehr unserer Hand haben und mit der wir jedes Unternehmen der Welt über eine unserer Tarnfirmen kaufen können. Wie Ihr wisst, gibt es bei uns keinen Wirtschaftsführer, der nicht in der Partei ist oder von ihr gesteuert wird.

Und während immer mehr Firmen bei uns produzierten, weil sie so ihren Profit maximieren konnten, verloren all diejenigen im Westen ihre Jobs und ihre soziale Stellung, die das dort vorher gemacht hatten.

In den USA waren das genau die Menschen, die an ›Freiheit

146

und Demokratie‹, an die amerikanischen Werte glaubten. So vertiefte sich in den USA die Kluft zwischen den Eliten und ihrem Volk und das schwächte unseren größten Gegner weiter.

Auch in anderen Ländern kam es durch ähnliche Entwicklungen zu Spannungen. Die dauerhafte Finanzkrise verschärfte diese noch und der zunehmende Migrationsdruck der armen Länder des Südens auf den reichen Westen tat sein Übriges.

Aufgrund seines Wertesystems, das er für überlegen hält, ist der Westen weder in der Lage, diesem Migrationsdruck angemessen zu widerstehen, noch den Veränderungen unserer Umwelt so zu begegnen, dass er sich nicht selbst beschädigt.

Für jedes Problem der Welt fühlt er sich verantwortlich und seine Moralvorstellungen machen ihn anfällig für Schuldgefühle. Schuldgefühle sind aber ein schlechter Ratgeber, wenn man Probleme lösen will. Allerdings kann man mit entsprechender Propaganda und Massenmanipulation erreichen, dass die Völker des Westens ihren Abstieg hinnehmen, weil sie glauben, sie hätten ihn verdient. Das haben im Westen auch viele Entscheidungsträger erkannt und versuchen so, ihren Völkern den Abstieg ihrer Länder als gerecht und gut zu verkaufen.

Glücklicherweise gibt es vor allem in Europa, aber auch zunehmend in den USA immer mehr von diesen politischen Entscheidungsträgern, die hier in unserem Sinne agieren: Schlüsselindustrien werden inzwischen nicht nur aus Profitgier zu uns verlagert oder gar zerstört, sondern auch aus ideologischen Gründen. In ihrer Arroganz, der Welt immer zeigen zu müssen, wie es geht, zerstören sie zum Beispiel ihre Energie- und Autoindustrie, weil sie glauben, das Klima damit beeinflussen zu können, so dass wir mit ihrem Know-how dort weitermachen können, wo sie aufgehört haben.

Gleichzeitig wird ebenfalls aus ideologischen Gründen, der Zustrom von Menschen gefördert, die die Sozialstrukturen dieser Länder weiter belasten. Das führt zu einem immer explosiveren Gemisch, das sich nur durch zunehmenden Gegendruck kontrollieren lässt. Ironie der Geschichte: der Freie

Westen bewegt sich dadurch immer mehr in unsere autoritäre Richtung.

Selbstverständlich haben wir auch in Brüssel und anderen Hauptstädten unsere Möglichkeiten ausgebaut, diese Sorte von Politikern in unserem Sinne zu beeinflussen und zu fördern.

Sie sind sehr nützlich, weil sie durch ihr Wirken den Abstieg ihrer Länder und unseren Aufstieg fördern.

Die politischen Systeme vieler Länder des Westens werden also zunehmend instabil, und es gab und gibt dort immer mehr Intellektuelle, die beginnen, unser System für überlegen zu halten.

Und überall dort, wo die Verhältnisse begannen, sich zu bewegen, erschienen wir, boten unsere Hilfe an und kauften, was es zu kaufen gab. Firmenanteile, Land, Immobilien, ja ganze Schlüsseltechnologien. Gleichzeitig boten wir unsere eigenen Produkte an, die mit der Zeit immer besser geworden waren. Die Firma Huawei ist dafür ein gutes Beispiel – gerade auf dem Schlüsselfeld der Digitalisierung sind wir oft bereits besser als die anderen und können dem Westen nun unsere Waren verkaufen. Ganz nebenbei können wir durch diese Technologien unseren Einfluss auf andere Staaten radikal ausweiten. Das gefällt manchen dort nicht, aber unser Einfluss ist vielerorts inzwischen so groß, dass die Entscheider es sich zumeist gar nicht mehr leisten können, unsere Angebote abzulehnen.

Die durch die Veränderungen entstandenen Spannungen haben nun in den USA ein solches Ausmaß erreicht, dass dort ein Außenseiter wie Trump zum Präsidenten gewählt werden konnte.

Er ist der Mann, den die Amerikaner gewählt haben, die in dem erwähnten Transformationsprozess die Verlierer, aber gleichzeitig auch die Träger des amerikanischen Nationalgefühls sind.

Er ist vielleicht die letzte Chance für die USA als ›Einzige Weltmacht‹, diese Stellung noch zu behaupten. Damit ist er, trotz aller erwähnten Vorteile für uns, letztlich eine Gefahr für unseren Aufstieg.

Die Intensität, mit der die alten Eliten und Teile der Wirtschaft dort ihn bekämpfen, zeigt vor allem auch, wie groß unser Einfluss in den USA inzwischen geworden ist.

Trotz des immensen Widerstandes im eigenen Land versucht er gegenwärtig unbeirrt, uns genau dort zu treffen, wo wir am sensibelsten sind: in unseren Handelsaktivitäten. Ihr alle kennt das von unserem Überragenden Führer Xi formulierte Ziel, dass wir spätestens 2049 die USA als einzige Weltmacht ablösen wollen.

Wir waren bislang sehr optimistisch, dieses große Ziel durch unsere vielfältigen Aktivitäten auch zu erreichen – man denke nur an die bereits erwähnte großartige Initiative der ›Neuen Seidenstraße‹, der inzwischen bereits viele Länder beigetreten sind, oder das ebenfalls erwähnte asiatisch-pazifische Freihandelsabkommen.«

Weitere Teile der Weltkarte färbten sich rot, inzwischen war die Karte deutlich mehr rot als grau.

»Doch nun, mit diesem Präsidenten Trump«, er ballte die Faust und fuhr zornig fort, »sind wir in Gefahr, dauerhaft zurückgeworfen zu werden! Leider hat dieser Präsident in seinem Land trotz seines wirren Politikstils so große wirtschaftliche Erfolge erzielt, und zwar zumeist auf unsere Kosten, dass er wahrscheinlich noch einmal gewählt werden wird.

Sollte das geschehen, dann wird er uns noch härter angehen und uns genau in der Phase, die für unseren Aufstieg die entscheidende sein wird, daran hindern.

Vielleicht ist er sogar dazu fähig, unsere lautlose Eroberung durch einen kriegerischen Konflikt zu stoppen, der viele Ländern der Welt, unabhängig von seinem Ausgang, davon abschrecken könnte, sich uns anzuschließen.

Das, werte Genossen, muss um jeden Preis verhindert werden. Und genau deshalb seid ihr hier in diesem Raum.«

Er blickte lauernd in die Runde. Angespanntes Schweigen. Eine zu Boden fallende Stecknadel hätte einen Höllenlärm verursacht.

Worauf wollte Wang hinaus?

Lucy Eisbrecher

65°20'3"N' 166°29'35"W'.

Wenn es einen Ort gab, den man als das Ende der Welt bezeichnen konnte, dann hatte er ungefähr diese Koordinaten. Nicht weit von hier endete der amerikanische Kontinent, gleich danach kam die schmale Beringstraße, die ihn von Russland trennte.

Dies war eine Gegend, in der die Bevölkerungsdichte unwesentlich höher war als am Nordpol.

Weiße verirrten sich äußerst selten hierher, es gab lediglich einen norwegischen Pfarrer, der

versuchte, den christlichen Glauben unter seinen wenigen Schäfchen zu verbreiten und ihnen das beizubringen, was man damals gemeinhin unter Zivilisation verstand. Ansonsten gab es eigentlich nur Menschen, die das mit dem rauen Klima verbundene harte Dasein seit Generationen gewohnt waren. Diese Menschen nannten sich Iñupiat und gehörten zu den Inuit, den indigenen Eskimovölkern, die diese Gegend seit Menschengedenken als Halbnomaden auf der Jagd nach Robben durchstreiften.

Der Ort wurde damals Teller Mission genannt, jetzt hieß er Brevig Mission, zu Ehren des einsamen Pfarrers aus Norwegen. Er lag im äußersten Nordwesten Alaskas und diese Lage hatte die Bewohner dieses kleinen Zipfels des riesigen Kontinents lange vor fremden Einflüssen geschützt. Dadurch war es ihnen noch möglich gewesen, ihre Lebensweise zu erhalten, als viele andere indigene Völker Amerikas bereits von den Siedlern aus Europa unterworfen worden waren. Diese Unterwerfung ging nicht nur mit Feuer und Schwert einher, sondern vor allem auch mit Krankheitserregern, die die weißen Eroberer unwissentlich mitschleppten und die in der neuen Welt auf Immunsysteme trafen, die ihnen völlig wehrlos ausgeliefert waren, weil sie noch nie etwas von diesen Erregern gehört hatten. Vor allem die Blattern hatten unter den Menschen, die man Indianer nannte, einen sehr hohen Tribut gefordert: Vielerorts starben daran mehr Menschen als durch die direkten Tötungsmaßnahmen der neuen Herren.

Von all dem wussten die Iñupiat nichts. Sie lebten ihr einsames Leben in der eisigen Welt der Arktis, das bestimmt war vom Zug der Robben. Bis die Weißen auch an diesen Ort kamen. Auch die Iñupiat hatten trotz ihrer durch die Lebensbedingungen stahlharten Konstitution diese eine Schwachstelle, die sie mit den Ureinwohnern des Südens teilten: ihre Körper kannten die Erreger nicht, die die Europäer mitbrachten. Deshalb wurden viele bereits durch

sehr harmlose Grippeviren ernsthaft krank.

Dann aber tauchte ein Virus auf, gegen das selbst die weißen Menschen nichts mehr ausrichten konnten. Ein Virus, das überall auf der Welt Millionen von Menschen dahinraffte. Während es aber bei den Europäern trotz allem viele gab, die überlebten, tötete das Virus die Iñupiat mit grauenhafter Präzision überall dort, wo sie ihr nomadisches Dasein aufgegeben hatten. Zum Beispiel in Teller Mission, wo fast alle indigenen Einwohner innerhalb von wenigen Tagen starben.

$65°20'3''N'$ $166°29'35''W'$.

Wer verirrt sich schon in solch eine Gegend? Zum Beispiel ein paar Wissenschaftler und ein Grabungstrupp mit Spezialgerät, die es sich zur Aufgabe gemacht hatten, den unsichtbaren Tod, der diesen Ort knapp achtzig Jahre zuvor nahezu ausgelöscht hatte, aus dem ewigen Eis des Permafrostbodens herauszuholen, um ihm mit modernsten Labortechniken auf die Spur zu kommen.

Shenmi hatte in den letzten Jahren mit äußerster Spannung jede neue Veröffentlichung der

Wissenschaftler verfolgt, die sich auf Geheiß von Indiana Jones Hultin nach Alaska begeben hatten, um dort die fehlenden RNA-Bruchstücke des tückischen Purpurfarbenen Todes zu finden. Sie hatten sich eine Genehmigung besorgt, um das Massengrab mit den am Virus verstorbenen Iñupiat erneut öffnen zu können, und waren tatsächlich fündig geworden. Der Permafrostboden vergisst nichts und warum sollten Menschen hier verwesen, die vor noch nicht mal hundert Jahren begraben worden waren, wenn man doch noch halbwegs intakte Mammuts aus der Urzeit in ihm entdecken konnte?

Die Forscher entschieden sich für eine korpulente Dame, die sie auf den Namen Lucy tauften, da die Leichen in einem Massengrab namenlos sind.

Fast fünfzig Jahre nach Johan Hultins vergeblichen Versuchen, die Ursache des Massensterbens zu entdecken, was angesichts seiner beschränkten Möglichkeiten keine Schande gewesen war, gelang es ihnen nun, seine Theorie zu beweisen: Lucy hatte so viele Fragmente der Virus-RNA in ihren Lungen, dass erstens klar war, dass auch sie an dem Purpurfarbenen Tod verstorben war, und zweitens, dass man nun vielleicht das komplette Genom des Virus sequenzieren konnte.

Shenmi war überwältigt: sollte es tatsächlich möglich sein, einen Erreger, der die Welt bereits in seiner so tödlichen Urform verlassen hatte, im Labor wieder auferstehen zu lassen?

War es tatsächlich möglich, diesen Virusstamm nicht nur genetisch zu entschlüsseln, sondern ihn damit auch sozusagen wieder zum Leben zu erwecken?

»Was die da machen, ist nicht in Ordnung«, brummte Shenmis Vater. Als Offizier der Volksbefreiungsarmee a.D. schätzte er klare Worte und ebensolche Verhältnisse. »Vater, du verstehst das nicht!«, Shenmi hatte einen hochroten Kopf. Sie versuchte immer wieder, den alten Mann davon zu überzeugen, dass die Arbeit im Institut faszinierend war. Aber so froh er auch darüber war, dass sie ihre jahrelange Bedrücktheit gegen eine fast kindliche Begeisterung für ihre Arbeit eingetauscht hatte und endlich wieder so herzhaft lachen konnte wie das kleine Mädchen, das sie vor vielen Jahren einmal gewesen war, so wenig konnte er nachvollziehen, dass sie sich derart für diesen ganzen Laborkram interessierte. Das waren doch alles Kinkerlitzchen, die man noch nicht einmal sehen konnte! »Kleine Teilchen, große Wirkung!«, pflegte sie lachend zu antworten, wenn er sie wieder einmal damit aufzog, dass sie ihr Leben mit Unsichtbaren verbrachte. Die beiden waren seit dem Tod der Mutter sehr eng zusammengerückt und ihr Vater war für Shenmi auch der beste Freund. Daher war ihr sehr daran gelegen, dass er sie verstand. »Wenn es gelingt, dieses Virus zu rekonstruieren, dann lernen wir mehr über die Vorgänge, die dazu geführt haben, dass es diese Katastrophe ausgelöst hat. Und dann können wir auch Medikamente entwickeln, die ähnliche Katastrophen im Keim ersticken – im wahrsten Sinne des Wortes!« Sie freute sich über das Wortspiel. Doch er blieb skeptisch. »Die spielen Dr. Frankenstein und holen etwas auf die Erde zurück, das diese zum Glück bereits vor langer Zeit verlassen hat. Ich finde, das ist ein Spiel mit dem Feuer. Wer sagt denn, dass es nicht doch irgendwann aus diesen Reagenzgläsern entkommt, in die es von denen gesteckt wurde? Und wenn man bis dahin kein Gegenmittel gefunden hat, dann wird es erneut eine Katastrophe auslösen. Es ist nicht recht, etwas Totes, das so gefährlich war, wieder zum Leben zu erwecken.«

Shenmi machte einen weiteren Versuch: »Genau genommen ist es ja gar kein Lebewesen, weil es keinen eigenen Stoffwechsel hat. Aber ich verstehe, was du meinst. Natürlich muss man mit einer so sensiblen Sache verantwortungsvoll umgehen. Aber in Amerika haben sie die höchsten und besten Sicherheitsstandards und ich bin überzeugt davon, dass man das alles unter Kontrolle halten kann.«

»Aber was ist, wenn das Militär ein Wörtchen mitreden will? So etwas kann man auch als Waffe einsetzen. Zum Beispiel, wenn man einen Impfstoff gefunden hat, den man dann nur seinen eigenen Leuten gibt!«

»Ach Vater, du bist eben zu sehr Soldat. Nein, das wird nicht passieren. Deshalb teilen die Wissenschaftler ja auch ihr Wissen in den internationalen Fachzeitschriften. Wir sind eine länderübergreifende Gemeinschaft und wir wollen mit solchen Forschungen helfen und nicht zerstören ...«

»Aber ihr spielt auch mit dem Feuer!«, unterbrach er sie insistierend. »Und ihr betreibt die Wissenschaft schon auch um ihrer selbst willen: Ihr wollt eben sehen, was möglich ist. Und es gibt bei euch zu viele, die erst hinterher danach fragen, was sie vielleicht damit angerichtet haben. Die Gefahren sind konkret, der Nutzen, den so etwas vielleicht mal haben kann, dagegen nicht. Denk doch mal an die Entwicklung der Atombombe! Außerdem bleibe ich dabei: es ist nicht recht, dass der Mensch etwas, das abgestorben ist, wieder zum Leben erweckt.«

Seine Worte hatten sie gekränkt, aber sie ließ sich nichts anmerken. Schließlich wusste sie, was für ein sturer Bock ihr Vater sein konnte. Und sie kannte seine Meinung zu diesen Dingen zur Genüge.

»Ist schon gut, Vater«, sagte sie daher liebevoll. »Vielleicht kann ich dir eines Tages ja beweisen, dass unsere Forschungen der Menschheit helfen. Wir können uns ja zumindest darauf einigen, dass wir es mit Dingen zu tun haben, mit denen man sehr verantwortungsbewusst umgehen muss.«

Er nickte und sah sie prüfend an. Eigentlich war er sehr stolz auf sie. Sie war sein einziges Kind – er und seine Frau hätten sich auch noch mehr Kinder vorstellen können, aber es hatte einfach nicht mehr geklappt. Schließlich hatten sie es auch nicht mehr versucht, auch deshalb, weil Kinderreichtum in China zunehmend kritisch gesehen worden war. Dass sein einziges Kind ausgerechnet ein Mädchen war, hatte ihn zunächst geschmerzt, dann aber hatte sich dieses Kind den besten Platz in seinem Herz ausgesucht und diesen bis heute nicht mehr verlassen. Und was hatte sie bisher nicht alles erreicht (wahrscheinlich, weil sie seine Sturheit geerbt hatte)! Inzwischen arbeitete sie sogar an eigenen Projekten und hatte viele Kontakte zu Forschern in aller Welt. Und sie ehrte ihn, wie sich das gehörte. Nein, es machte ihm nichts aus, dass sie in manchen Punkten nicht einer Meinung waren.

154

»Du bist ein gutes Kind«, sagte er sanft und strich ihr über das Haar.

Gut 800 Kilometer weiter südlich raste zur gleichen Zeit ein Krankenwagen von Héyuán nach Guǎngzhōu. Der schwerkranke Patient auf der Liege hatte sich selbst vor ein paar Tagen mit Atembeschwerden in das örtliche Krankenhaus eingewiesen. Trotz umfangreicher Behandlungsmaßnahmen hatte sich sein Zustand so rapide verschlechtert, dass die behandelnden Ärzte sich schließlich keinen anderen Rat gewusst hatten, als ihn in das Zentralkrankenhaus nach Guǎngzhōu zu verlegen. Der Krankenwagenfahrer konnte im Rückspiegel beobachten, wie die Besatzung des Wagens um das Leben des Patienten kämpfte und fragte sich, ob sich die Fahrt überhaupt lohnen würde. Tatsächlich schafften sie es, den Kranken lebend in der Notaufnahme zu übergeben, ohne dass sie hätten ahnen können, dass sie sehr bald das Schicksal ihres Schützlings teilen würden.

Dr. Zhāng hatte eigentlich schon die Nase gestrichen voll – 24 Stunden war er jetzt schon auf den Beinen gewesen und hatte unermüdlich Patienten versorgt – er rannte zwischen den Normalstationen, der Intensivstation und der Notaufnahme hin und her und hatte bisher kaum Zeit gehabt, um sich zwischendrin mal eine kleine Pause zu gönnen. Es sollte noch weitere 12 Stunden dauern, bis der Dienst vorbei wäre, und er würde sich einmal mehr fragen, wie lange sein Körper diese Tortur noch mitmachte.

Nun trat er zwischen den speckigen Paravents, mit denen die vielen Patienten in der großen Halle der Notaufnahme wenigstens optisch voneinander getrennt wurden, hindurch an die Liege, auf die man den frisch eingelieferten Koch aus Héyuán gelegt hatte. Der Mann war schwer krank, das sah er sofort. Offenbar litt er an einer schweren atypischen Lungenentzündung. Das ging zumindest auch aus dem Übergabeprotokoll der Kollegen hervor. Da er auf keines der üblichen Antibiotika angesprochen hatte und sich sein Zustand immer weiter verschlechterte hatte man ihn nun zu den Großen Jungs nach Guǎngzhōu verlegt. ›Okay, dann sei mal ein Großer Junge und lass dir was einfallen!‹. Müde begann er mit seiner Untersuchung und stellte fest, dass der Gasaustausch in der Lunge massiv eingeschränkt war. Ein Atemgeräusch war kaum noch zu vernehmen. Stattdessen schien die Lunge voller Flüssigkeit zu sein. Ein eilig angeordnetes CT bestätigte den Befund nicht nur, sondern zeigte sogar eine nahezu vollständig zerstörte Lunge. Beim Blick auf die Bilder entfuhr dem entsetzten Kollegen aus der Radiologie: »Mein Gott, wie bekommt der Mann denn überhaupt noch Luft, ich sehe gar kein Lungengewebe mehr. Die Lunge ist komplett mit Flüssigkeit gefüllt. Das sieht aus wie bei einem ARDS, das ist eine Schocklunge!« »Der Mann muss sofort maschinell beatmet werden, schnell!«, rief Dr. Zhāng und gab anschließend verschiedene Anweisungen, die zur Folge hatten, dass sich eine ebenso hektische wie professionelle Betriebsamkeit um den Patienten herum entfaltete. Am Ende seines 36-Stunden-Dienstes hatten Zhāng und sein Team den Zustand des Patienten stabilisiert, wenn auch auf niedrigem Niveau. Todmüde, aber zufrieden verließ er das Krankenhaus und fiel zu Hause in einen tiefen und traumlosen Schlaf. So bekam er nicht mit, dass der Koch aus Héyuán den Kampf um sein Leben schließlich doch verlor, wunderte sich lediglich, nachdem er nach ein paar Stunden wieder aufgewacht war, ein wenig darüber, dass er leichte Kopfschmerzen hatte. Er hatte eigentlich nie Kopfschmerzen und schrieb diese daher schließlich dem ungewöhnlich harten Dienst zu, den er gerade hinter sich hatte. Außerdem hatte er jetzt Besseres zu tun, als sich mit Kopfschmerzen aufzuhalten: er war zur Hochzeit der Tochter seines besten Freundes eingeladen. Der war nach dem Studium plastischer Chirurg in Hong Kong geworden und hatte sich dort bei wohlhabenden Damen, die sich ihrer zunehmenden Alterserscheinungen entledigen wollten, einen gewissen Ruf erarbeitet. Das versetzte ihn in die Lage, seiner Tochter nun in einem der besten Hotels am Platz eine dem Anlass und seiner Stellung angemessene Feier ausrichten zu können.

Dr. Zhāng freute sich auf das Fest – wann konnte man schon einmal in einem solch noblen Hotel übernachten und feiern? Deshalb setzte er sich trotz der Kopfschmerzen, die nun auch mit einer etwas erhöhten Temperatur einhergingen, in den vollbesetzten Zug nach Hong Kong. Im Hotel angekommen, nahm er an der Bar einen Whisky. Er hoffte, dass er sich danach etwas besser fühlen würde. Zwei Kanadier prosteten ihm zu und er bestellte sich noch einen zweiten, um mit ihnen anzustoßen. Außerdem konnte man auf einem Bein schließlich nicht stehen.

Der Liftboy brachte ihn in einem überfüllten Fahrstuhl in den 6. Stock und zeigte ihm sein Zimmer. Die Hochzeit sollte am nächsten Tag stattfinden, genug Zeit, um noch ein wenig im berühmten Stadtteil Jiānshāzuǐ zu bummeln. Zumindest war das eigentlich der Plan gewesen. Jetzt jedoch verspürte Zhāng den unwiderstehlichen Drang, sich wieder hinzulegen. Lag es am Whisky? Seine Glieder waren schwer, sein Kopf drohte, zu zerspringen. Er musste nun doch erst einmal ein Nickerchen machen. Als er nach ein paar Stunden aufwachte und nach Luft rang, wusste er, dass es wohl eher nicht am Whisky lag. Plötzlich fiel ihm der Koch aus Héyuán wieder ein und Panik steig in ihm auf – was, wenn er sich mit dieser furchtbaren Lungenentzündung angesteckt hatte?! »Bitte rufen Sie mir ein Taxi – ins Kwong Wah Hospital!« Der Liftboy sah ihn erschrocken an und beschloss, den Gast lieber zum Taxistand zu begleiten, da er sich nicht ganz sicher war, ob er es allein schaffen würde.

Während nun im Kwong Wah Hospital erneut um ein Leben gekämpft wurde – dieses Mal um das Leben des Dr. Zhāng – bestiegen die beiden Kanadier ein Flugzeug, das sie zurück in ihre Heimat bringen würde. Beide hatten leichte Kopfschmerzen. Auch einige andere Gäste des Hotels, das für sein internationales Flair bekannt war, machten sich mit leichten Kopfschmerzen auf den Weg, um in ihre jeweiligen Heimatländer zurückzureisen.

Sie alle hatten, obwohl sie sich zum größten Teil nie begegnet waren, etwas gemeinsam: sie nahmen einen unsichtbaren blinden Passagier mit auf die Reise, ein kugelförmiges kleines Partikelchen mit einem Durchmesser von 125 Nanometern. Und während in den nächsten Tagen die Ärzte auch den Kampf um das Leben des Dr. Zhäng verloren, trat dieser ungebetene Gast eine Reise an, die ihn auf alle Kontinente führte, und in vielen Ländern ratlose Ärzte vorfand, die nicht wussten, wie man der Symptome, die diese 125 Nanometer hervorriefen, Herr werden sollte.

Die meisten Toten verzeichnete allerdings China. Die chinesischen Behörden waren durch die periodischen Ausbrüche seltener Infektionserkrankungen, die teilweise von Tieren auf Menschen übersprangen, sensibilisiert und so dauerte es nicht lange, bis die Maßnahmen anliefen, die zur Eindämmung solcher Ereignisse vorgesehen waren.

Auch Shenmi wurde benachrichtigt. Irgendwo schien man sich daran erinnert zu haben, was für eine Rolle sie vor ein paar Jahren in Hong Kong gespielt hatte. Außerdem hatte sie durch ihre Forschungen einen zunehmenden Bekanntheitsgrad erreicht und man traute der Genossin Li daher durchaus zu, die Ursache der rätselhaften Erkrankung zu finden.

»Ich werde für ein paar Tage oder Wochen in Hong Kong arbeiten, Vater«, informierte sie den alten Herrn. »Ich habe schon gelesen, dass es wieder etwas gibt, das sich bei uns und auf der Welt rasant auszubreiten scheint. Wenn das sogar bei uns in der Zeitung steht muss es ernst sein. Sei vorsichtig, ja?« Er wirkte beunruhigt. »Keine Sorge Vater, du kennst mich doch. Vielleicht kann ich dir ja jetzt beweisen, dass es segensreich sein kann, sich mit den Unsichtbaren zu beschäftigen!« Sie zwinkerte ihm zu. »Ach Shenmi, ich weiß doch, dass du es sonst nicht machen würdest. Und ich will, dass du weißt, dass ich an dich glaube. Wenn jemand mit so etwas fertig werden kann, dann du. Ich bin sehr stolz auf dich!«

Sie errötete, gab ihm schnell einen Kuss und wandte sich dann ab, damit er ihre feuchten Augen nicht sehen konnte. So weich hatte sie ihren Vater noch nie erlebt.

Ein paar Tage später ließ sie sich in den Sitzungsräumen des

158

Virologischen Labors in Hong Kong über die aktuelle Lage informieren. »Also, es scheint sich bei der Ursache der schweren und oft tödlichen Lungenerkrankung nicht um Bakterien zu handeln«, der Leiter des Krisenstabs schaute durch dicke Brillengläser sorgenvoll in die Runde aus Experten, die aus dem ganzen Land zusammengezogen worden waren. »Wir haben Meldungen aus aller Welt darüber, dass keines der bekannten Antibiotika anspricht. Wir nehmen daher an, dass es sich um irgendein Virus handelt, vielleicht eine Mutation, die von einem Tier auf einen Menschen übergesprungen ist. Die Infektionskette haben wir bis zu einem Koch aus Héyuán zurückverfolgen können. Der hat dann seinen behandelnden Arzt in Guǎngzhōu angesteckt. Dieser ist dann wiederum in Hong Kong zum Superspreader geworden. Ich persönlich mag das Wort nicht, aber es trifft ganz gut den Vorgang, der dadurch in Gang gesetzt wurde.

Von Hong Kong aus hat sich die Erkrankung in der Welt, vor allem in Asien, verbreitet. Kein Wunder, denn Hong Kong ist als internationale Drehscheibe für so etwas prädestiniert. Wir hatten auch einen Massenausbruch in Amoy Gardens, der offenbar etwas mit den dort herrschenden unhygienischen Verhältnissen zu tun hat. Wie Sie wissen, hat die WHO inzwischen weltweiten Pandemie-Alarm ausgelöst und die USA haben eine Reisewarnung für Teile Asiens ausgesprochen. Die Lage ist äußerst ernst. Vor allem, weil wir immer noch nicht wissen, mit was wir es zu tun haben. Daher können wir nur präventiv tätig werden. Quarantäne, Bewegungseinschränkungen, Reisewarnungen, Desinfektion großer Stadtgebiete, Atemschutzmasken. Bei Erkrankten versuchen wir, mit Medikamenten zu arbeiten, die eine Virusvermehrung eindämmen sollen. Dennoch haben wir weltweit schon mehrere Hundert Tote. Blindflug, Kollegen, Blindflug! Helfen Sie uns, wir müssen schleunigst die Ursache finden, um das Geschehen eindämmen zu können!«

Jemand begann, laut nachzudenken: »Vielleicht Paramyxoviren, die befallen doch die Lunge?« ›Idiot‹, dachte Shenmi, ›erst reden, dann denken.‹ Dann warf sie ein: »Wir sollten keine voreiligen Schlüsse ziehen! Ich schlage vor, wir schließen uns mit den Zentren zusammen, die sich mit diesem Problem beschäftigen. Auf internationaler Ebene. Ein weltweites Problem benötigt weltweites Expertenwissen.«

Der Vorschlag leuchtete den Anwesenden ein und Shenmi verbrachte die nächste Zeit damit, das Netzwerk aufzubauen.

Inzwischen hatte die unbekannte Krankheit auch einen Namen: SARS – Severe Acute Respiratory Syndrome. Schweres Akutes Atemwegssyndrom, das war letztlich nur die Beschreibung dessen, was durch den unbekannten Erreger hervorgerufen wurde, und damit eigentlich nicht ausreichend. Influenza nannte man ja auch nicht Kopfschmerz oder Fieber. Nein, man musste den Erreger finden. Natürlich nicht wegen des Namens, sondern, um diese Erkrankung endlich therapieren zu können.

Beim Blick in den Spiegel kam es ihr so vor, als würden sich ihre Augenringe von Tag zu Tag in immer dickere Wagenräder verwandeln. Kein Wunder, an Schlaf in den letzten Tagen und Wochen nicht zu denken gewesen. Zumindest nicht an ausreichend Schlaf. Sie hatte ihre Tage und Nächte vorwiegend im Labor verbracht, wo sie alles daran setzte, dem Unsichtbaren auf die Spur zu kommen.

Ständig im Austausch mit Kollegen auf der ganzen Welt stehend, hatten sie gemeinsam Virusfamilie um Virusfamilie ausgeschlossen, die in Frage gekommen wäre.

Dann, eines Nachts Ende März, kam der Durchbruch: die aus den Proben eines Erkrankten sequenzierten Gene ließen nur einen Schluss zu – es musste sich um ein neuartiges, irgendwie mutiertes Coronavirus handeln. Shenmi hatte eine sehr lange RNA-Sequenz gefunden, die für diese Virusfamilie typisch war . Zeitgleich war es in Hamburg mit einem extrem leistungsstarken Elektronenmikroskop gelungen, den Unsichtbaren sichtbar zu machen: er hatte ein kugeliges Aussehen und seine Hülle war mit kleinen Stacheln bedeckt, die den Betrachter sofort an den Kranz aus Sonnenstrahlen denken ließ, der in der Astronomie Corona genannt wird.

160

»Wir haben ihn!«, Shenmi war außer sich vor Freude. »Wen?«, fragte ihr Vater etwas verständnislos am anderen Ende der Telefonleitung. »Na den Unsichtbaren! Es handelt sich um ein Virion namens Corona. Das sind Virione, die aussehen wie die Sonne, weil die mit so einem stacheligen Kranz umgeben sind. Die Familie ist riesig, aber die meisten dieser Viren sind für den Menschen eher harmlos. Man kennt sie seit den 60er Jahren und vermutet, dass sie bislang für eher leichte Entzündungen der Atemwege oder auch leichtere Magen-Darm-Erkrankungen verantwortlich waren. Für den Menschen infektiös sind eigentlich nur die Gattungen Alpha- und Betacoronaviridae, die anderen infizieren eher Tiere.« »Soso«, antwortete ihr Vater. »Aber das hier scheint mir ja nicht mehr ganz so harmlos zu sein, oder? Schließlich gibt es viele Tote und jetzt muss sogar unser Gesundheitsminister deshalb zurücktreten!« »Das ist es ja, das ist ja das Komische! Wir haben es hier ganz offenbar mit etwas Neuem zu tun. Mit einem Stamm, der sich ganz offenbar so verändert hat, dass er zu einer großen Gefahr für den Menschen geworden ist. Die Frage ist nun: woher kommt er? Was macht ihn so aggressiv? Und wie können wir ihn in den Griff kriegen?« Der Alte fragte nach einer Pause: »Was denkst du, Shenmi? Wie ich dich so kenne hast du doch sicher schon eine Theorie dazu, oder?« »Ja, aber eine, die ich nur dir anvertraue!«, lachte sie. »Du weißt doch, wie ich Menschen verabscheue, die einfach drauflos plappern. Davon gibt's zu viele auf der Welt!« »Also?«, fragte er ungeduldig. »Ich glaube, dass es sich um einen Virustyp handelt, der in einem Tier – vielleicht in einem Vogel oder einem kleinen Säugetier – mutiert ist, der also seine genetischen Eigenschaften so verändert hat, dass er schließlich den Sprung von der einen Art – dem Tier – auf die andere Art – den Menschen – geschafft hat. Wir wissen von anderen Viren, zum Beispiel der Influenzafamilie, dass so etwas möglich ist. Meistens mischen sich die verschiedenen Virenstämme in so einem Tier durch die sogenannte Rekombination. Das geschieht, wenn eine Wirtszelle durch zwei verschiedene Virenstämme infiziert wurde, die dann ihr genetisches Material mischen. So entsteht dann ein neues Virus mit neuen Eigenschaften. Das passiert zum Beispiel bei den Influenza-A-Viren, die deshalb auch so schwer beherrschbar und ansteckend sind. Die erfinden sich sozusagen immer wieder neu, und das in rasender Geschwindigkeit. Daher ist auch die Impfstoffentwicklung bei diesen Viren so schwierig. Es ist immer ein Wettlauf, den am Ende meist das Virus gewinnt.«

»Und du glaubst, so etwas ist jetzt auch mit so einem Coronavirus passiert?«

»Ja, ich vermute es. Und dann hat es sich weiter verändert und sich seinem neuen Wirt derart angepasst, dass es innerhalb der neuen Art immer schneller übertragen werden und neue Wirte finden konnte. Gleichzeitig konnte es seine Opfer deshalb so schädigen, weil deren Immunsysteme eben im Gegensatz zu den harmloseren Coronaviridae mit diesem speziellen Stamm keinerlei Berührungspunkte gehabt hatten. Daher konnten die Immunsysteme diesem Angreifer auch nichts entgegensetzen. Das ist aber nur eine Theorie und es wird noch lange dauern, bis ich die beweisen kann. Wir stehen da erst am Anfang, aber die Erfahrungen mit Lucy aus Alaska haben uns ja gelehrt, dass man sehr hartnäckig und ausdauernd sein muss, um auf diesem Gebiet zum Erfolg zu kommen. Das Schlimme ist, dass wir, je mehr wir wissen, immer weniger zu wissen scheinen. So komplex ist das.«

Der alte Soldat kannte seine Tochter und ihm war die Begeisterung nicht entgangen, mit der Shenmi von ihrer Hypothese gesprochen hatte. Er hatte das unbestimmte Gefühl, dass seine Tochter ihr Lebensthema gefunden habe.

Und obwohl die Pandemie in den nächsten Monaten abklang und schließlich verschwand, ohne dass es zu den Horrorszenarien gekommen wäre, die einige Kassandrarufer bereits prophezeit hatten, gab es unter den Experten einige, die das Gefühl hatten, dass es sich vielleicht nur um ein Menetekel gehandelt haben könnte. Ein Präludium in Moll, das einen Vorgeschmack auf ein düsteres, noch in der Zukunft verborgenes Ereignis gegeben hatte.

In den ersten Monaten nach der Pandemie wurden in vielen Staaten nationale Pandemiepläne entworfen. Es gab auch suprastaatliche Gremien bei der WHO, die Vorschläge erarbeiten sollten, wie man zukünftige Pandemien verhindern könnte. In Europa wurde eilig das European Center for Disease Control, ECDC, ins Leben gerufen, um die Verhütung und die Kontrolle infektiöser Erkrankungen zu verbessern.

Doch während diese Gremien in den darauffolgenden Jahren durchaus passable Pandemiepläne entwickelten, flaute das Interesse der Politiker, die dort empfohlenen Präventionsmaßnahmen umzusetzen, recht schnell wieder ab. Insbesondere in der westlichen Welt, die größtenteils glimpflich davongekommen war, kam man offensichtlich zu der Überzeugung, dass dieses Pandemiegedöns eher ein asiatisches Problem sei.

Shenmi war anderer Meinung. Ihr war nicht entgangen, dass Influenza A/H5N1, der Subtyp, dem sie vor ein paar Jahren in Hong Kong zum ersten Mal begegnet war, inzwischen einen unvergleichlichen Siegeszug angetreten hatte: auf der ganzen Welt war es seitdem und in steigendem Maße zu massiven Ausbrüchen der Vogelgrippe bei Vögeln gekommen, die auch immer wieder vereinzelt Menschenleben gekostet hatten. Man hatte inzwischen herausgefunden, dass der Subtyp auch über Wildvögel auf ihren Vogelflugrouten verbreitet wurde, so dass die Verantwortlichen bei der WHO schließlich eingestehen mussten, dass sie die Kontrolle darüber verloren hatten. Aufflackernde Herde wurden lokal mit der Keulung ganzer Vogelbestände bekämpft, wodurch die Probleme zwar oft vorübergehend, aber nie dauerhaft gelöst werden konnten. Das Ganze ähnelte einem Guerillakrieg gegen einen unsichtbaren Gegner. Das Problem war in Shenmis Augen vor allem, dass jeder dieser lokalen Ausbrüche das Potenzial haben konnte, eine weltweite Pandemie unter den Menschen auszulösen.

Und sie wurde durch die kontinuierlichen Veröffentlichungen der Forschergruppe, die Lucy untersucht hatte, in ihren Befürchtungen bestärkt.

Nachdem diese H1N1 genetisch rekonstruiert hatten, sahen sie sich in ihrer Vermutung bestätigt, dass dieses direkt von einem Vogelgrippe-Virus abstammen müsse.

Versuche mit Mäusen und Hühnerembryonen zeigten, dass das zum Leben erweckte Virus äußerst aggressiv war. Anders als bei den meisten anderen Influenzaviren wurden die Embryonen sofort nach der Infektion abgetötet und auch die meisten Mäuse überlebten die Versuche nicht. Es fiel außerdem auf, dass es noch nicht einmal besonders modifiziert werden musste, um die Mäuse zu infizieren. Es zeigte auch eine besonders ausgeprägte Vermehrungsfreudigkeit, vor allem im menschlichen Lungengewebe, die vielleicht auch damit zusammenhing, dass es nicht wie andere Influenzaviren auf bestimmte Enzyme angewiesen war, um sich zu vermehren.

Insgesamt wurde durch die Forschungsergebnisse der Verdacht bestätigt, dass es sich bei dieser Virusvariante tatsächlich um eine hochaggressive Form des Influenza-A-Virus handelte. Einen Mutanten, der achtzig Jahre zuvor aufgrund dieser Aggressivität für ein namenloses Grauen gesorgt hatte. Einen Mutanten, den man aus dem eisigen Permafrostboden von Alaska gezerrt und wieder zum Leben erweckt hatte.

Die Forschungen der Wissenschaftler konzentrierten sich im Folgenden darauf, zu erfahren, wie das Virus den artübergreifenden Sprung von einem Vogel auf den Menschen hatte meistern können. Das war wichtig, um abschätzen zu können, wie wahrscheinlich eine Wiederholung der Katastrophe von damals sein könnte.

Zunächst vermuteten sie, dass für die genetische Veränderung, die diesen Sprung ermöglicht hatte, ein Vorgang ursächlich war, den man Rekombination oder Reassortment nannte: zwei Viren unterschiedlicher Stämme infizierten eine Wirtszelle, mischten

164

in dieser Zelle ihre genetischen Informationen und bildeten so ein neues Virus mit teilweise neuen Eigenschaften innerhalb der Influenza-A-Viren. Schließlich wusste man, dass diese Gattung dies besonders häufig tat. Sie vermuteten, dass bereits bekannte Stämme der menschlichen Variante durch Rekombination diese neue und hochaggressive Variante gebildet hätten.

Allerdings stellten sie fest, dass das rekonstruierte Virus, das den Purpurfarbenen Tod ausgelöst hatte, sich nur in wenigen Sequenzen von bekannten Vertretern des Vogelgrippevirus unterschied. Damit war eine Rekombination unwahrscheinlich und die spontane Mutation, die dadurch für den Menschen infektiös wurde, trat als Ursache in den Vordergrund. Für die hohe Sterblichkeit, die durch das Virus verursacht worden war, wurde ein Virusprotein angeschuldigt, das nur aus wenigen Aminosäuren bestand.

Shenmi stockte der Atem, als sie diese Veröffentlichung las. Wenn das stimmte, dann war es extrem wahrscheinlich, dass sich ein derartiges Ereignis wiederholen würde. Je einfacher solche Proteine strukturiert waren, umso leichter waren Veränderungen durch Mutationen möglich, die zu gravierenden Funktionsveränderungen führten. Veränderungen, die keine Rekombination von bereits im Menschen befindlichen Viren erforderten.

Außerdem waren Rekombinationen eher selten, weil dafür eben eine gleichzeitige Infektion des Wirtes mit zwei Viren nötig war. Schließlich entstanden aus solchen Rekombinationen sehr häufig auch Viren, die nicht oder nur sehr eingeschränkt vermehrungsfähig und somit nicht sehr infektiös waren.

Wenn der Purpurfarbene Tod also nicht durch Rekombination, sondern durch irgendeine spontane Mutation eines Virus in irgendeinem Vogel entstanden war, dann war es umso wahrscheinlicher, dass sich Vergleichbares wiederholen könnte.

Die Autoren des Papers waren offenbar derselben Meinung, denn der Artikel schloss mit der dringenden Warnung, sich auch angesichts der weltweiten Vogelgrippe-Ausbrüche auf eine ähnliche Pandemie bestmöglich vorzubereiten. Die Forscher vermuteten, dass sich ein ähnliches Ereignis schon sehr bald wiederholen könnte. Ein Ereignis, dass den Purpurfarbenen Tod aufgrund der im Vergleich zu damals um ein Vielfaches erhöhten internationalen Reiseaktivitäten und Kontakte zwischen den Menschen deutlich in den Schatten stellen würde.

Shenmi wusste nicht recht, was sie von der Ankündigung der Wissenschaftler halten sollte, das Virus zur weiteren Erforschung auch anderen Wissenschaftlern von Labors der Schutzstufe BSL-3 zur Verfügung zu stellen. Einerseits fand sie als Wissenschaftlerin die Vorstellung faszinierend, vielleicht irgendwann auch einmal an dem wiederauferstandenen Purpurfarbenen Tod forschen zu können. Andererseits dachte sie an die vielen Diskussionen mit ihrem Vater. Bislang war dieses Virus in einem Hochsicherheitslabor der CDC in Atlanta sicher verwahrt worden. Zum Schutz der Menschheit vor der alten Gefahr aus dem Eis. Nun wurde es an andere Labors verschickt. Gut, zugegeben, die hatten dieselben Standards. Aber wurden diese tatsächlich überall auf der Welt auch mit der gleichen Gewissenhaftigkeit eingehalten? Was, wenn auf dem Transport ein Unfall geschähe? Es genügte schließlich eine einzige kleine Unachtsamkeit, um den Geist aus der Flasche zu lassen und die Welt in eine Katastrophe zu stürzen. Ihr Vater hatte nicht ganz unrecht, wenn er immer wieder beklagte, dass man zwar endlos über Atomwaffen redete, aber eigentlich nie über das, was in diesen Labors geschah.

Überwog der Nutzen wirklich die Gefahren dieser Forschungen? Sie wusste, dass diese Zweifel sie auch in Zukunft begleiten würden. Aber sie war fest entschlossen, den eingeschlagenen Weg weiter zu gehen. Sie wollte beweisen, dass die Forschungen an diesen gefährlichen Partikeln der Menschheit letztlich von Nutzen wären.

Das neu entdeckte Virus, welches so sehr an die Sonne erinnerte, erschien ihr besonders geeignet, um diesen Beweis anzutreten.

166

Vergeltung

Yue Fei starrte ungläubig auf den Briefumschlag, der vor ihm auf dem Tisch lag. Es dauerte immer ein wenig, bis die Diplomatenpost auch das verschlafene Nest erreichte, in dem er seit ein paar Monaten stationiert war. Eigentlich war Ouagadougou mit seinen über zwei Millionen Einwohnern kein Nest und verschlafen war es auch nicht. Aber irgendwann hatte er beschlossen, dass es eigentlich nur in China möglich war, zivilisiert zu leben, nicht jedoch auf diesem elenden Kontinent, von dem er seit Jahren einfach nicht mehr wegkam. Überall dasselbe Kauderwelsch, dieselben grinsenden Gesichter, dieselben merkwürdigen Sitten. Und überall Korruption. Wobei das seinen Neigungen eigentlich wieder entgegenkam. Wenn er ehrlich zu sich selbst war, hatte er sich fast schon damit abgefunden, dass man ihn entsorgt hatte. Man hatte ihn lebendig begraben, um ihn für sein Versagen damals nach dem Zwischenfall für immer loszuwerden. Dabei war das jetzt schon so lange her und die Dinge hatten sich für seine Heimat trotz allem auf eine Weise entwickelt, wie man es sich damals nicht hätte erträumen können. Sein sehnlichster Wunsch war es jahrelang gewesen, den Verantwortlichen daheim beweisen zu können, dass er nicht der Versager war, für den ihn alle hielten. Doch langsam war das Feuer in ihm verglüht. Er hatte sich seinem Schicksal ergeben und den letzten Rest von Selbstachtung zusammen mit seinem Kummer in den Bars der Orte, an die es ihn verschlug, ertränkt. Zunächst nur ertränkt, später, als das nichts mehr half, hatte er zusätzlich inhaliert, geschluckt und gespritzt, was der Kontinent so hergab an Dingen, die beim Vergessen halfen. Und er hatte geliebt. Selbstverständlich nur körperlich und gegen Geld, zu mehr war er nicht imstande, da er ja nicht einmal sich selbst lieben konnte. Aber er war auf seine Kosten gekommen und hatte sich wenigstens nicht mit HIV oder den anderen netten Dingen infiziert, die man sich hier bei so einem Lebenswandel leicht holen konnte.

Inzwischen war er zwar nicht mehr der Jüngste und auch sein Lebenswandel begann so langsam, seinen Tribut zu fordern. Doch versuchte er aus alter Gewohnheit, sich fit zu halten, sodass er eigentlich noch ganz passabel in Form war. Heute Morgen war er wieder neben so einer Schlampe aufgewacht, die für ein paar Dollar alles für ihn getan hatte, was man sich wünschen konnte, hatte sie recht unsanft rausgeschmissen und stand nun in der Küche, um sich seinen ersten Drink zu mixen. Und da lag plötzlich dieser Brief. Wie kam der dahin? Hatte er ihn gestern übersehen? Unmöglich, eigentlich war er relativ nüchtern gewesen, als er mit der Schlampe seine Wohnung betreten hatte. Andererseits: sie hatte schon einiges im Repertoire gehabt, so dass er vielleicht doch abgelenkt gewesen war. Egal, nun war er eben da, der Brief. Was ihn zutiefst erstaunte, ja fassungslos machte, war nicht die Tatsache, dass er Post bekommen hatte. Obwohl diese Tatsache an sich sehr bemerkenswert war, da er nie Post bekam, seitdem auch seine Mutter gestorben war. Nein, das eigentlich Erstaunliche war der Absender. Er nahm den Brief prüfend auf und besah sich genau die Schrift. Ein offizieller Brief war das, ein Brief einer Behörde. Einer sehr wichtigen Behörde. Es war ein Brief mit dem offiziellen Stempel des Zhong Chan Er Bu, des Militärgeheimdienstes der chinesischen Volksbefreiungsarmee. Das Erstaunlichste aber war der Name, der unter dem Stempel stand: er hielt einen Brief von seinem alten Ausbilder Wang in den Händen.

Mit einem Schlag wich die Benommenheit aus seinem Kopf und er riss den Brief mit zitternden Händen auf. Die Nachricht war denkbar knapp. Er las: »Genosse Yue Fei. Es ist soweit. Feng ist in London. Melden Sie sich dort so schnell wie möglich in der Botschaft für weitere Instruktionen. Wang.«

Er musste sich setzen. Gedanken rasten durch seinen Kopf. Konnte es wahr sein, dass sich Wang nach all den Jahren doch noch seiner erinnert hatte? Ein Lichtstrahl schien in seinen Kerker zu dringen und blendete ihn. War es tatsächlich möglich, dass sein elendes Leben jetzt, da er schon damit abgeschlossen

168

und bereits mehrmals überlegt hatte, ob er sich einen goldenen Schuss setzen sollte, eine ungeahnte Wendung nehmen würde? War das seine Chance? Seine Chance, es allen zu zeigen, die ihn verraten hatten? Bislang war er Edmond Dantès gewesen, allein, verlassen in einem Loch seinem Ende entgegen dämmernd. Konnte er jetzt tatsächlich seinem Château d'If entfliehen und vielleicht wie ein rächender Graf von Monte Christo irgendwann wieder nach Hause zurückkehren? Triumphierend und alle eines Besseren belehrend?

Eine ganze Weile saß er in Gedanken versunken auf dem Stuhl. Dann kippte er den Drink in die Spüle und gab sich einen Ruck: er würde in London seine Insel Monte Christo finden. Er würde die Scharte von damals auswetzen. Er würde allen zeigen, dass sie damals einen Fehler gemacht hatten.

Ein paar Tage später landete ein Flieger aus Burkina Faso auf dem Flughafen Heathrow. In den letzten Tagen hatte es hier unentwegt geschneit, was auch in London selten, wenn auch etwas wahrscheinlicher war als dort, von wo das Flugzeug kam.

Es war kalt und der Schnee überraschte ihn, schließlich hatte er in den letzten zwanzig Jahren keine einzige Schneeflocke gesehen. Noch auf dem Flughafen kaufte er sich ein paar warme Kleidungsstücke und machte sich dann mit einem der berühmten Black Cabs auf zur chinesischen Botschaft. »Portland Place Nummer 49-51, bitte!«

Der Pförtner musterte ihn argwöhnisch, ließ ihn aber passieren, nachdem er seinen Dienstausweis gezeigt hatte. Als er das Gebäude betrat, bemerkte Yue Fei aus den Augenwinkeln, wie der Pförtner zum Telefon griff und eine Nummer wählte.

Nachdem er ein paar Minuten in der Lobby gewartet hatte, öffnete sich eine Tür und ein alter Bekannter trat mit gewinnendem Lächeln auf ihn zu. »Herzlich willkommen in London, herzlich willkommen zurück im Leben! Ich habe Ihnen ja geschrieben, dass ich Sie nicht vergesse. Es hat zwar zugegebenermaßen etwas gedauert, aber Rom ist auch nicht in einem Tag erbaut worden, wie man hier sagt!« Wang war etwas gealtert, hatte aber die gleiche Spannkraft wie früher. Er strahlte jetzt noch mehr Autorität aus und hatte etwas Unbedingtes an sich, das Yue Fei sofort in seinen Bann schlug. »Genosse Wang«, stammelte er etwas überrascht. »Ich bin erfreut, Sie hier zu sehen. Hocherfreut, wenn ich das so sagen darf!« Dann erinnerte er sich an die alten militärischen Gepflogenheiten und salutierte. Wang machte eine wegwerfende Handbewegung und entgegnete lachend: »Lassen Sie das mal, das ist schon zu lange her und sieht auch etwas seltsam aus! Sie sind aus der Übung nach all den Jahren in Afrika. Sie haben sicher geglaubt, wir hätten Sie vergessen. Aber mir und auch anderen ist nicht entgangen, dass sich die Wirtschaftsbeziehungen in den Ländern, in denen wir Sie stationiert hatten, regelmäßig deutlich verbesserten. Das hat bei verschiedenen Leuten Eindruck gemacht und so haben Sie sich nach und nach rehabilitiert, bis ich es wagen konnte, Sie erneut für den operativen Dienst vorzuschlagen. Hat ein bisschen gedauert, aber jetzt ist es endlich soweit. Und ich habe gleich eine ganz besondere Aufgabe für Sie! Kommen Sie mit, wir gehen am besten mal in mein Büro, da sind wir ungestört.«

Die beiden Männer betraten ein Zimmer im Seitenflügel des großen Gebäudes. ›Er hat es immer noch‹, dachte Yue Fei. Wang hatte den Blick des anderen bemerkt. »Ja, ganz recht. Das Jiàn begleitet mich überallhin. Sie kennen es noch von früher, nicht wahr?« Yue Fei nickte. Er hatte das traditionelle chinesische Schwert schon immer bewundert. »Es ist etwa zweitausend Jahre alt und aus mehreren Lagen verschiedener Stähle geschmiedet, was es extrem belastbar macht. Schauen Sie sich an, wie dünn trotzdem die Klinge ist! Wie makellos es aussieht, obwohl es in zweitausend Jahren sicher viele Männer getötet hat. Eine perfekte Waffe, die für mich unsere großartige Kultur verkörpert. Eine perfekte Waffe, mit der Menschen wie wir unsere Heimat gegen ihre Feinde verteidigen und ihr zu der Macht verhelfen, die ihr zusteht.« Er blickte Yue Fei direkt in die Augen. »Und du, Yue Fei, wirst von nun an meine perfekte Waffe sein. Geschmiedet in Feuer und Schmerz wirst du mein Jiàn sein und gemeinsam

170

werden wir die Feinde unserer Heimat vernichten. Willst du das für mich, für deine Heimat, tun?«

Yue Fei war überwältigt! Ihm wurde klar, dass er sein ganzes Leben lang nur auf diese wenigen Worte gewartet hatte. Plötzlich ergab das alles einen Sinn. Er war nie lebendig begraben worden. Er war geschmiedet worden. Geschmiedet mit der gleichen unendlichen Geduld und Kunstfertigkeit, mit der der Waffenschmied des Gelben Kaisers das Ur- Jiàn geschmiedet hatte. Und jetzt war es soweit: der Schmied hatte sein Werk beendet. Yue Fei war eine tödliche Klinge. Eine Klinge, so tödlich wie keine zweite. Er lag in den Händen des Mannes gegenüber und war bereit, es mit jedem Gegner aufzunehmen, jeden Feind zu töten. Er war das Jiàn und Wang war sein Meister.

Yue Fei wich dem Blick nicht aus. »Ja, Meister. Ich will das für dich tun. Ich will Dein Jiàn sein.«

Wood Lane Station. Yue Fei öffnete die Tür und betrat den Bahnsteig der U-Bahnstation der ältesten U-Bahn der Welt, die man auch Underground nannte. Die letzten Wochen hatte er damit verbracht, etwas eingerostete Fähigkeiten zu trainieren und neue zu erlernen, deren perfekte Beherrschung bei operativen Einsätzen im Feld den Unterschied ausmachen würde.

Kampftraining mit verschiedenen Waffen und bloßen Händen. Neue Kommunikationstechniken, neue Überwachungsmethoden – er war erstaunt darüber, wie sehr sich die Geheimdienstwelt auch in diesem Metier in den letzten zwanzig Jahren verändert hatte. Nach all den Jahren hätte man vielleicht befürchten müssen, dass er zu alt und unbeweglich wäre. Aber er war ein Jiàn. Er war DAS Jiàn. Und er war in seinem Element. Wang war zufrieden, als er seinem Schützling gestern Abend die Freigabe für die Operation erteilt hatte. Er war sich sicher, dass Yue Fei nun keinen Fehler mehr machen würde. Der Auftrag war klar, Yue Fei würde ihn ausführen. Ohne zu zögern. Mit tödlicher Präzision. Punkt.

Als er mit der langen Rolltreppe die Oberfläche erreicht hatte, empfing ihn der immer noch allgegenwärtige Schneematsch – es wurde wieder einmal gestreikt und heute waren offenbar die Schneeräumer an der Reihe. Yue Fei vergewisserte sich, dass sein Presseausweis gut zu sehen war und ging mit festen Schritten auf den Main Block des BBC Television Centre zu. Der Pförtner blickte gelangweilt über den Rand einer zerknitterten Zeitung: »Sie wünschen?« ›Yellow Press. Natürlich.‹, dachte Yue Fei und setzte ein verbindliches Lächeln auf: »China Daily. Ich möchte gerne zur Pressekonferenz der ›Liga für Demokratie in China‹.« »Die Liveübertragung? 5. Stockwerk, Studio zwei!«. Das Gesicht des Pförtners verschwand wieder hinter der Zeitung.

Als Yue Fei das Studio betrat stellte er zufrieden fest, dass der Saal bereits gut gefüllt war. Er wollte möglichst spät und unauffällig irgendwo Platz nehmen, da er nicht wusste, ob seine Zielperson ihn wiedererkennen würde. Die Wahrscheinlichkeit war zwar gering, denn schließlich war es damals in Shànghǎi stockdunkel gewesen, und außerdem war das über zwanzig Jahre her. Aber er wollte absolut sicher gehen, dass sein Plan aufging. Ein Scheitern dadurch, dass er zu früh erkannt wurde, war unbedingt zu vermeiden.

Er setzte sich auf einen der wenigen noch freien Plätze. Es waren einige Pressevertreter anwesend, vor allem aus Europa und den USA. Die meisten Besucher der Veranstaltung waren allerdings Chinesen. In London gab es eine große Gemeinde von Auslandschinesen, die, auch wenn sie sich selbst zum Teil als Briten verstanden, von der chinesischen Regierung als Chinesen betrachtet wurden. Dementsprechend unverhohlen wurde versucht, über verschiedene zentral gesteuerte Vereine und Vereinigungen Einfluss auf diese Leute auszuüben. Es gab Wirtschaftsverbände, Freundschaftsvereinigungen und Institute, die sich speziell mit den Belangen der Auslandschinesen beschäftigten und zum Ziel hatten, die gut 40 Millionen Landsleute, die überall auf der Welt in der Diaspora lebten, für die Interessen der Heimat einzuspannen. Besonderes Augenmerk wurde dabei auf Vereinigungen gelegt, die versuchten, ihre Unabhängigkeit zu bewahren, und womöglich gegen die Regierung Chinas agitierten. Hier versuchte man, die führenden Köpfe umzudrehen oder so zu diskreditieren, dass sie in der Versenkung verschwanden. Infiltrieren und zersetzen – auch die chinesischen Dienste setzten sehr erfolgreich auf diese Techniken.

Heute nun sollte ein Lieblingskind des liberalen Europas, die Liga für Demokratie in China, mit viel Tamtam aus der Taufe gehoben werden. Obwohl die Vorbereitungen dafür zunächst im Verborgenen angelaufen waren, hatte der Geheimdienst natürlich recht schnell Wind davon bekommen und versucht, seine Leute entsprechend zu platzieren. Allerdings war der führende Kopf der Liga offenbar mit allen Wassern gewaschen und hatte jeden Versuch, den Verein im Vorfeld zu unterwandern, vereitelt. Er selbst genoss den Ruf, absolut unbestechlich zu sein, weshalb auch diese Karte von den Diensten nicht ausgespielt werden konnte. Kein Wunder, denn der Mann war eine Legende. Er nannte sich nur Feng und war damals auf dem Tiān'ānmén Guǎngchǎng einer der führenden Köpfe gewesen. Zunächst war er nach der Niederschlagung der Proteste für tot erklärt worden, dann aber irgendwann wiederaufgetaucht und hatte sich seitdem immer wieder zu Wort gemeldet, wenn es um Menschenrechte in China ging.

Wang hatte in den letzten Monaten gestreut, dass Feng labil sei und unter einer psychischen Erkrankung leide und die Kanäle, auf denen diese Nachricht ihre Adressaten in Politik und Medien erreichte, hatten ganze Arbeit geleistet. Möglicherweise war das Interesse an der heutigen Gründungsveranstaltung der Liga auch deshalb so groß, weshalb dass die BBC sich schließlich entschlossen hatte, diese live zu übertragen. Vielleicht wollten sie der Welt zeigen, dass es Feng gut ging. ›Sie' – Yue Fei war sich sicher, dass die CIA ihre Finger im Spiel hatte. Der rasante Aufstieg Chinas führte zu einer zunehmenden Beunruhigung des Westens. Die logische Konsequenz war, dass in den Schaltzentralen der etablierten Macht fieberhaft überlegt wurde, wie man den weiteren Aufstieg des Reiches der Mitte behindern oder zumindest so einhausen könnte, dass ihre Stellung nicht gefährdet würde. Da kam ein Mann wie Feng mit seinen Ideen gerade recht. Mit so einem konnte man Unruhe und Zwietracht säen und letztlich den Gegner schwächen. Auch deshalb, darauf konnte man wetten, wurde die Sache jetzt sogar im Fernsehen übertragen.

Während Yue Fei nun eingekeilt zwischen einem nervösen Amerikaner und einer ältlichen Chinesin darauf wartete, dass es losging, betrat eine hübsche Blondine die Bühne vor den Kameras und begann mit der Anmoderation. Sie schwadronierte von Freiheit und Menschenrechten und der amerikanische Reporter neben Yue Feng stenografierte beflissen mit.

Unglaublich, womit die Menschen im Westen sich so beschäftigten! Menschenrechte! Er verzog verächtlich das Gesicht. Dann, nach einer Pause, betrat ein zierlicher Mann die Bühne. Yue Fei straffte sich – das war er. Ja, das war der Mann, der ihm damals entkommen war, zweimal, und der dadurch all sein Elend verursacht hatte. ›Hab ich dich, Bürschchen‹, dachte er grimmig. ›Dieses Mal entkommst du mir nicht!‹ Er zwang sich zur Ruhe. Er wusste, dass er sich dieses Mal keinen Fehler erlauben konnte. Keine Emotionen!

Feng war ein sehr talentierter Redner. Mit glühenden Worten beschrieb er seine Vision für China. Wie damals auf dem großen Platz riss er seine Zuhörer mit und selbst Yue Fei musste sich eingestehen, dass dieser kleine Mann ein derart bestechendes rednerisches Talent hatte, wie es nicht häufig vorkam. ›Gute Redner können sehr gefährlich werden‹, fuhr es ihm durch den Kopf. Er beobachtete seine Nachbarn. Die alte Dame neben ihm hing an den Lippen des Redners und der Journalist auf der anderen Seite war von Fengs Ausführungen so sehr gefesselt, dass er schließlich vergaß, mitzuschreiben. Als Feng geendet hatte brandete lang anhaltender Applaus durch den Saal. Die Moderatorin stellte noch ein paar Fragen und schließlich wurde theatralisch die Gründungsurkunde der Liga unterzeichnet.

Kurz vor dem Ende der Veranstaltung verschwand Yue Fei so unauffällig, wie er gekommen war. Er wusste, dass Feng mit

174

einem Black Cab zu seiner Wohnung fahren würde. Sein aktueller Aufenthaltsort war Wang nicht bekannt gewesen, Feng war vorsichtig und wechselte oft seinen Unterschlupf. Deshalb hatte er Yue Fei zu der Veranstaltung geschickt. Er wusste, dass dieser Feng dort abpassen und zu seiner aktuellen Wohnung verfolgen konnte.

Die Minuten verstrichen, dehnten sich ins Endlose. Ein beißender Wind fegte durch die Straßen und Yue Fei ertappte sich dabei, wie er eine gewisse Wehmut bei dem Gedanken an Afrika empfand, als er begann, seine Zehen nicht mehr zu spüren. Ab und zu verließen Gruppen diskutierender Menschen den Main Block. Schließlich kam eine größere Gruppe heraus, blieb kurz stehen und zerstreute sich dann, wohl aufgrund der Kälte, rasch. Zwei Männer begleiteten einen weiteren recht zierlichen Mann zum Taxistand. Yue Fei duckte sich – das musste er sein. Nach einem kurzen Wortwechsel öffnete der Kleine die Tür eines Taxis und ließ sich auf den Rücksitz fallen. Der Motor wurde gestartet und Yue Fei drückte dem Fahrer eines anderen Black Cab eine Zwanzigpfundnote in die Hand. »Folgen Sie dem Wagen!« Das ließ sich der Fahrer nicht zweimal sagen. Wahrscheinlich träumten alle Taxifahrer davon, einmal von einem Fahrgast diese Anweisung zu bekommen. Die beiden schwarzen Autos schoben sich durch die Rushhour des winterlichen London, um schließlich den Stadtteil Marylebone in der City of Westminster zu erreichen. Als das erste Auto in die Baker Street einfuhr musste Yue Fei unwillkürlich grinsen: ›Hoffentlich ist Sherlock Holmes nicht zu Hause. Den kann ich jetzt nicht gebrauchen!‹ Schließlich hielt Fengs Taxi vor einem viktorianischen Gebäude und der kleine Mann stieg aus. Yue Fei ließ den Fahrer halten und beobachtete, wie Feng in dem Haus verschwand. Der Fahrer machte gerade Anstalten, sich umzudrehen, um einen plumpen Witz anzubringen, als er plötzlich den Nadelstich in seinem Rücken spürte. Er öffnete den Mund, um einen stummen Schrei auszustoßen, glotzte Yue Fei empört an und sackte dann lautlos in sich zusammen. Friedlich sah er aus, und der flüchtig in den

Wagen schauende Fußgänger würde sich nichts dabei denken. Hier schlief ein müder Fahrer zwischen zwei Fahrten einen verdienten Schlaf.

Yue Fei zog den Schlüssel ab, glitt aus dem Wagen und huschte zur Tür, hinter der Feng verschwunden war. Die Tür war kein Problem. Ab hier lief alles wie geplant. Einen Fahrstuhl gab es nicht und der Schnee verriet ihm, welche Tür die richtige war. Er brauchte nur den Wasserflecken zu folgen, die der Schnee an Fengs Schuhen im Treppenhaus hinterlassen hatte. 1. Stock. Er schlich den zierlichen Flecken hinterher. 2. Stock. Nun bogen die Spuren ab und führten ihn bis zu einer Tür am Ende des Ganges. Hier musste es sein. Er blieb stehen und lauschte. Fließendes Wasser, vielleicht nahm Feng ein Bad oder er duschte sich, um sich seine verräterische Seele reinzuwaschen. ›Yue Fei‹, ermahnte er sich selbst. ›Keine Emotionen!‹

Das Schloss würde für den Lockpicker ein Leichtes sein, doch hoffentlich war von innen keine weitere Verriegelung angebracht. Er hatte Glück: Feng hatte die Tür von innen nicht verriegelt. Während er die Tür langsam öffnete, wurde das Geräusch lauter. Feng nahm eine Dusche.

Aus dem Wohnzimmer drang gedämpfte Musik in den Flur. Händel. Wassermusik. Passte ja zum Duschen. Feng schien bester Laune zu sein und summte unter der Dusche mit. Yue Fei vergewisserte sich zunächst davon, dass Feng allein war. Die Wohnung hatte hohe, mit Stuck verzierte Decken und war für eine Person recht großzügig bemessen. Allerdings war jeder Quadratzentimeter der Wände mit Bücherregalen belegt. Statt Bildern gab es ein Meer von Büchern und Akten, in denen Feng offenbar Zeitungsartikel sammelte. Küche und Wohnzimmer waren spartanisch eingerichtet. Nur das Nötigste für einen Mann, der selten anwesend war. Ein aufgeklapptes Laptop stand auf dem Esstisch, damit würde man sich später noch ausführlicher beschäftigen.

Das Wasser wurde abgestellt, im Wohnzimmer war man bei HWV 350/19 angekommen. ›Ein Menuett‹, dachte Yue Fei. ›Dann wollen wir mal ein Tänzchen wagen'.

176

Er schlich zur Badezimmertür und beobachtete, wie Feng begann, sich abzutrocknen. Ein Wimpernschlag und Feng würde seine Beute sein. Ein berauschendes Gefühl unbegrenzter Macht durchströmte ihn. Dann schlug er zu.

Der kleine Mann hatte keine Chance. Mit einem Satz war Yue Fei im Bad und verpasste ihm einen wuchtigen Kehlkopfschlag, der ihn zu Boden streckte. Röchelnd lag Feng vor der Toilette und rang nach Luft. Er schien zunächst gar nicht zu realisieren, was geschehen war, und versuchte, sich aufzurichten. Yue Fei beugte sich über sein Opfer, knebelte es, um Schreie zu unterbinden, und bearbeitete dann seine Leber. Hart und präzise trafen die Schläge die Leberkapsel und ließen Feng einen furchtbaren, bisher ungekannten Schmerz spüren. Die Lederhandschuhe verursachten bei jedem Schlag ein klatschendes Geräusch auf seiner Haut. Yue Fei nahm sich nun die Nieren vor. Jeder Hieb löste in Tausenden von Rezeptoren einen Orkan aus, der sich zu einem Wahnsinn aus Schmerz zu steigern schien und Feng keinen klaren Gedanken fassen ließ. Nach einer gefühlten Ewigkeit ließ Yue Fei von seinem zuckenden Opfer ab, setzte sich auf einen Stuhl und betrachtete das Häufchen Mensch, dass seine Schläge aus Feng gemacht hatten. Er war zufrieden. Das war die Pflicht gewesen, jetzt kam die Kür. Während Feng bewusstlos am Boden lag, ließ sein Peiniger Wasser in die Badewanne ein. Seelenruhig nahm er wieder auf dem Stuhl Platz und wartete. Es würde ein Weilchen dauern, bis die Wanne ausreichend gefüllt war. Nach ein paar Minuten kam Feng langsam zu sich und begann zu realisieren, was geschehen war. Seine angsterfüllten Augen starrten Yue Fei an. »Na, du Stück Dreck, erinnerst du dich noch an mich?«, fragte der Agent mit drohender Stimme. Feng schüttelte ängstlich den Kopf. »Dann will ich dir mal auf die Sprünge helfen. Ich denke da an eine Nacht in Shànghǎi. Ist schon ein paar Jahre her, aber du erinnerst dich vielleicht noch daran, dass du dort mit mehr Gästen ein- als ausgecheckt hast …«. Yue Fei fühlte eine unbeschreibliche Genugtuung beim Betrachten des Mienenspiels auf Fengs Gesicht. Der erinnerte sich. Natürlich tat er das. Und er erkannte nun auch, wer dort in seinem Badezimmer saß und ihn so hämisch betrachtete. »Machen wir es kurz«, fuhr der Agent fort. »Wegen dir Drecksack war ich in den letzten zwanzig Jahren lebendig begraben und habe mir jeden verschissenen Tag vorgestellt, was ich mit dir machen würde, wenn ich dich in meine Finger bekäme. Was soll ich sagen? Jetzt ist es soweit.« Feng begann, zu hyperventilieren. Der Speichel rann ihm am Knebel vorbei aus dem Mund. »Nein, Feng, du Hund. Du und ich haben eine kleine Rechnung miteinander, aber ich werde dich nicht so schnell töten wie deine Freunde damals. Denn du wirst mir vorher noch ein paar Dinge verraten.« Das Wasser hatte inzwischen fast den Rand der Badewanne erreicht. Gemächlich stellte er es ab und drehte Feng dabei den Rücken zu als hoffe er, dass dieser ihn angreifen würde. Aber sein Opfer blieb reglos auf dem Boden liegen. Offenbar hatte es erkannt, dass es keine Chance hatte. »Feng, du bist ja ein richtiger Waschlappen!«, höhnte Yue Fei. »Dann wollen wir dich mal ein wenig nass machen!«. Er packte ihn und zog ihn an den Haaren zur Badewanne. Feng bäumte sich nun doch auf und versuchte sich zu wehren. Ein erneuter harter Leberhaken brach den Widerstand. Dann wurde Fengs Kopf unter Wasser gedrückt. »Einundzwanzig, zweiundzwanzig, dreiundzwanzig, hmm, wie lange wollen wir ihm denn beim ersten Mal den Kopf waschen?« Fengs Füße zappelten wild durcheinander, dann wurde die Spannung seines Körpers schwächer, wurde zu Gummi und erschlaffte langsam. Yue Fei riss den Kopf seines Opfers aus dem Wasser und nahm den Knebel aus dem Mund. Feng bekam einen massiven Hustenkrampf und schnappte nach Luft wie ein Fisch auf dem Trockenen. Kaum war die Bläue dabei, aus seinem Gesicht zu weichen, wurde sein Kopf wieder unter Wasser gedrückt. Beide Männer spürten, wie Armeen von Adrenalin, allerdings aus unterschiedlichen Gründen, ihre Körper durchfluteten. Während der eine um sein Leben kämpfte, befand sich der andere im Tötungsrausch. Nach dem vierten Mal beschloss der Agent, zu prüfen, ob der Widerstand des anderen endgültig gebrochen war. »Die

Namen deiner Helfer!«, befahl er ihm. »Wie bist du damals entkommen? Das Passwort für dein Laptop!« Feng war kein Held. Ein guter, Redner, ja. Gesegnet mit messerscharfer Intelligenz. Aber ein Held? Den Helden spielen konnten andere besser. Deshalb hatte er ja auch überlebt. Bis jetzt. Hoffte er, sein jämmerliches Leben doch noch retten zu können? »Aufhören, bitte!«, stammelte er. »Ich sage dir alles, was du wissen willst, aber bitte hör auf und lass mich am Leben!« Das war zu einfach. Yue Fei sah ihn angewidert an. Das war der Mann, der ihn besiegt, der ihm das alles angetan hatte? Ein Häufchen Elend, eine Memme, die gleich am Anfang schon umknickte? Er spuckte Feng ins Gesicht. ›Keine Emotionen!‹

»Also: wie bist du damals entkommen?« Und Feng begann, zu erzählen. Stockend und mit brüchiger Stimme zunächst, doch dann brach es förmlich aus ihm heraus, fast wirkte er befreit. Er erzählte vom alten Wú, der ihn in Guǎngzhōu versteckt und den deutschen Touristen dazu gebracht hatte, ihn in einem Seesack über die Grenze zu schmuggeln. Er gab Namen preis, viele Namen. Und das Passwort seines Laptops, auf dem Yue Fei noch mehr Namen fand. Er verriet seine Freunde und viele, die ihm geholfen hatten. Auch die Hintermänner der Liga diktierte Feng in das Aufnahmegerät Yue Feis. ›CIA, natürlich, wusste ich's doch!‹. Nach über einer Stunde war Yue Fei vollständig über das im Bilde, was er wissen wollte. Er stoppte die Aufnahme. Feng sah ihn an wie strebsame Schüler einen strengen Lehrer ansehen. Erwartungsvoll. Duckmäuserisch. Hoffte er wirklich, dass dieser Mann ihn laufen lassen würde?

Yue Fei grinste ihn an. »Brav hast du das gemacht, kleiner Mann. Dafür habe ich auch eine ganz besondere Belohnung für dich.« Im nächsten Moment spürte Feng einen Stich und verlor das Bewusstsein. Das Propofol versah unerbittlich seinen Dienst. Der Agent schleifte sein Opfer ins Wohnzimmer und rollte es in den Teppich ein. Dann ließ er das Wasser in der Badewanne ab und beseitigte akribisch seine Spuren. Als er den Teppich schultern wollte, streifte er ein Bücherregal. Ein Buch fiel zu Boden, klappte auf und gab den Blick auf ein Foto frei, das Feng offenbar auf die Innenseite des Schutzumschlags geklebt hatte. Yue Fei ließ den Teppich fallen, hob das Buch auf und sah sich das Foto an. Es zeigte eine Frau mit kurzen Haaren. Die Frau erinnerte ihn an irgendjemanden. Er riss es aus dem Buch und sah es prüfend an. Nein, er musste sich geirrt haben. Auf der Rückseite stand nur ein Wort auf Guānhuà: Danke. Einer Eingebung folgend steckte er das Bild in seine Jackentasche. Dann nahm er den Teppich wieder auf, vergewisserte sich, dass das Treppenhaus leer war und schlich aus der Wohnung. Leise schnappte die Tür hinter ihm ins Schloss. Auch die Straße war menschenleer. Dieses Wetter war selbst für die hartgesottenen Londoner zu unwirtlich. Er verstaute den Teppich auf dem Rücksitz des Black Cab, wuchtete den toten Fahrer auf den Beifahrersitz und startete den Motor.

Während der Fahrt begann der Teppich ab und zu, sich zu bewegen. Dann hielt er kurz an und legte ihn wieder schlafen.

Inzwischen hatte die Verkehrsdichte deutlich abgenommen, sodass der Wagen sich zügig den Außenbezirken näherte. Nach einer Weile kam ein Bahndamm in Sicht. Er sah auf die Uhr. Noch fünfzehn Minuten. Eilig parkte er das Auto in einiger Entfernung zu den Gleisen, zog den Teppich heraus und befreite den bewusstlosen Feng daraus. ›Jetzt kommt das Beste‹, freute er sich und spürte, dass er nun bald der Graf von Monte Christo sein würde. Er schleifte ihn auf den Bahndamm und legte ihn auf den Schienen ab. Noch zehn Minuten. Er zog eine kleine Ampulle aus seiner Tasche und war sich sicher, dass er Fengs Gewicht gut geschätzt hatte. Die Dosis würde genau ihren Zweck erfüllen. Langsam begann Feng, sich wieder zu regen. Gut so. Er musste ja schließlich sein volles Bewusstsein wiedererlangen, bevor es losging. Yue Fei zog die Nadel auf und begann mit der Injektion. Mit jedem Herzschlag Fengs verteilte sich das Curare in seinem Körper und begann, seine Acetylcholinrezeptoren zu blockieren. Das würde eine absolute Erschlaffung seiner Muskulatur bewirken. Bei vollem Bewusstsein. Yue Fei durfte nur nicht so

180

viel spritzen, dass es zu einem Atemstillstand kam. Allmählich kam Feng wieder zu sich. »Was … machst …?« Der Agent unterbrach die Injektion. Ihm war das Foto in dem Buch eingefallen. Er zog es aus seiner Jackentasche, hielt es Feng vors Gesicht und fragte ihn barsch: »Wer ist das?« Feng hatte Todesangst, denn er spürte seinen Körper nicht mehr. Seine Sprache war verwaschen als er antwortete: »Tank Man. Kein Mann. Frau. Hab ich gerettet. Damals …« Dann brach er ab. Seine Zunge gehorchte ihm nicht mehr. Yue Feng steckte das Foto wieder ein und injizierte den Rest. »Du bist doch depressiv, oder? Labil in letzter Zeit! Hast deinem Leben ein Ende gesetzt. Aber ausgerechnet mit einem Zug? Ist das nicht … ein wenig zu brutal für dich?« Er grinste ihn hämisch an, während Feng zu realisieren begann, was mit ihm geschehen sollte. Yue Fei sah auf die Uhr. »Noch zwei Minuten mein Freund, dann wirst du in drei Teile geteilt. Warte, ich drehe deinen Kopf in die Richtung, aus der der Zug kommt. Dann kannst du ihn kommen sehen und dich darauf freuen!« Die Schienen hatten bereits begonnen, leicht zu vibrieren. In der Ferne sah man ein kleines Licht, das rasch größer wurde. »Mach's gut, Verräter und grüß mir die anderen beiden. Sag ihnen, auch wenn es ein wenig gedauert hat: Yue Fei hat seinen Job erledigt!«

Das Letzte, was Feng in diesem Leben sah, waren zwei große Räder, die auf ihn zurasten.

Morgen würde in der Zeitung stehen, dass sich der Gründer und Vorsitzende der Liga für Demokratie in China offenbar der Bürde der neuen Verantwortung nicht gewachsen gefühlt und daher noch in der Gründungsnacht den Freitod gesucht hatte. Und am anderen Ende der Stadt würde die Polizei einen toten Taxifahrer in einem ausgebrannten Black Cab finden. Schon wieder einer dieser Raubmorde an einem wehrlosen Taxifahrer!

Yue Fei aber würde nachdenklich das Foto einer Frau betrachten und an die letzten Worte Fengs denken. Irgendetwas sagte ihm, dass mit diesem Foto ein Geheimnis verbunden war, dass auch ihn selbst betraf. Er beschloss, die Fährte weiterzuverfolgen. Unerbittlich. Bis er das Rätsel gelöst hatte.

Glücksbringer

Seit Stunden krochen sie nun schon in der ewigen Dunkelheit herum. Wenn die Lichtkegel der Helmlampen nicht gewesen wären, hätten sie keine Chance, jemals wieder die Oberfläche zu erreichen. Hier unten war die Luft warm und nicht so feucht wie oben. Dennoch war es eine Tortur, die ihnen körperlich viel abverlangte. Die Ausrüstung war schwer und musste immer wieder durch enge Felsspalten bugsiert werden, durch die sich ein Erwachsener nur bäuchlings hindurchschlängeln konnte. ›Nichts für Leute mit Platzangst‹, dachte Shenmi, während sie sich wieder und wieder den Schweiß von der Stirne wischte. Was die Sache zusätzlich erschwerte war die Atemschutzmaske, die auf strikte Anweisung der Expeditionsleitung permanent getragen werden musste.

Die Expedition hatte zunächst wie ein harmloser Touristenausflug begonnen. Vor zwei Monaten hatte sie von der Institutsleitung die Erlaubnis erhalten, ein Team von Forschern zu begleiten, das von einer inzwischen international renommierten Kollegin geleitet werden sollte, die sich ebenfalls mit der Erforschung von Coronaviren beschäftigte. Ziel der Expedition war der Südwesten Chinas, genauer das Grenzgebiet zu Vietnam, Laos und Myanmar. Die Gegend dort war berühmt für ihre Karstlandschaften, die man auch Steinwälder nannte – unter- und oberirdische Kalksteinformationen, die sich durch ein weitverzweigtes unterirdisches Flusssystem auszeichneten. Durch das unterirdische Wasser waren zahlreiche Höhlen entstanden, viele von ihnen noch gar nicht erforscht, die nicht unwesentlich dafür verantwortlich waren, dass sich ein ständiger Strom von Touristen in diese Gegend ergoss. Die Forschergruppe war zunächst auf den ausgetretenen Pfaden der Ausflügler in das Gebiet vorgestoßen. Dabei hatte Shenmi die bizarren oberirdischen Felsformationen bewundert. In den Himmel ragende pagodenartige Formationen wechselten sich mit Felsen ab, die

182

an verschiedene Tiere oder auch an Menschen in bestimmten Körperhaltungen erinnerten. An der Grotte, die ›Merkwürdiger Wind‹ genannt wurde, hatte die Gruppe den starken Windstoß abgewartet, der zwischen August und November in steter Regelmäßigkeit alle 30 Minuten aus der Grotte blies. Schließlich hatten sie die Touristenstrecke verlassen und waren immer tiefer in das nun sehr dicht bewachsene Gebiet eingedrungen. Der einheimische Führer gehörte zu der Minderheit der Sani, die in dieser Gegend lebte. Er kannte nicht nur diese Landschaft wie seine Westentasche, sondern hatte viele der Höhlen auf eigene Faust erkundet und schien zu wissen, in welcher Höhle die Forscher die größten Erfolgschancen haben würden. Nach stundenlangem Marsch durch das Dickicht hatte er die Gruppe schließlich anhalten lassen und auf eine Felswand gezeigt, in der sich den Wissenschaftlern erst bei genauer Betrachtung eine fast zugewachsene Öffnung offenbarte. Durch diese waren sie vor etwa drei Stunden in die Unterwelt hinabgestiegen.

Sie waren jetzt bereits tief im Inneren des Höhlensystems, hatten aber noch keine Anzeichen dafür finden können, dass sich das Objekt der Begierde hier auch aufhielt. Shenmi spürte, dass sie nicht die Einzige war, die neben ihren Kräften so langsam den Mut verlor. Würden sie hier tatsächlich noch finden, was sie suchten? Der Führer strahlte jedoch eine derart ungebrochene Zuversicht aus, dass noch niemand wagte, zu murren. Also kroch auch Shenmi weiter in die Tiefe, immer auf der Suche nach Hinweisen auf die Existenz von Rhinolophidae.

Denn die Gruppe wollte hier das Missing Link finden, mit dessen Hilfe man in ihrem Labor eine Theorie zur Entstehung der SARS-Pandemie beweisen wollte. Vor einiger Zeit hatten Forscher bei Wildtierhändlern in der Provinz Guǎngdōng festgestellt, dass diese sich offenbar bei Larvenrollern mit dem SARS-Coronavirus angesteckt hatten. Larvenroller galten in China als Delikatesse und wurden deshalb in ihren Verbreitungsgebieten erbarmungslos gejagt. Allerdings mutmaßten die Forscher recht schnell, dass die nachtaktiven Schleichkatzen dem Virus nur als

Zwischenwirt gedient hatten. Das eigentliche Erregerreservoir wurde woanders vermutet. Zwei Gründe sprachen für diese Annahme: in den Neunzigerjahren hatte es zwei Vorfälle gegeben, bei denen Viren, die bei Früchte fressenden Fledermäusen bekannt waren, von Pferden respektive Schweinen auf den Menschen übergesprungen waren. Die Säugetiere hatten lediglich als Zwischenwirte und Abschussrampen in Richtung Mensch gedient. Der eigentliche Wirt war eine Fledermaus gewesen. Der zweite Grund dafür, dass auch der Ursprung des SARS-Coronavirus bei Fledermäusen vermutet wurde, lag darin, dass diese sich mit den Larvenrollern einen Lebensraum teilten und es daher viele Berührungspunkte zwischen diesen Tierarten gab. Diese Nähe machte es wahrscheinlich, dass Viren den Sprung von Fledermäusen auf Larvenroller geschafft hatten. Auf Larvenroller, die dann von Jägern getötet oder gefangen und nach Guāngdōng gebracht worden waren.

Daher war die Gruppe nun aufgebrochen, um in den Karsthöhlen bei Kunming nach Beweisen für diese Theorie zu suchen. Frühere Expeditionen, bei denen untersucht worden war, inwieweit die Menschen dieser Region bereits mit – zumeist harmlosen – Fledermaus-Coronaviren in Berührung gekommen waren, hatten bereits gezeigt, dass es auch in den entlegensten Bergdörfern Menschen gab, bei denen man Antikörper gegen solche Viren hatte feststellen können. Dies galt allgemein als Beleg dafür, dass es diese Viren bei großer Nähe zu dem Hauptwirt Fledermaus tatsächlich schaffen konnten, die Artenbarriere zu überwinden.

Die Expedition suchte nach Rhinolophus sinicus, einer bestimmten Fledermausfamilie aus der Gattung Rhinolophus, der Hufeisennase oder Rhinolophidae, da man wusste, dass Vertreter dieser Familie besonders häufig Träger von Coronaviren waren. Ziel war es, eine Coronavirus-Variante zu finden, die dem SARS-Coronavirus genetisch sehr ähnlich war. Fände man so eine Variante, dann wäre es nahezu sicher, dass auch das SARS-Virus ursprünglich einer Fledermaus zugeordnet werden konnte.

184

Während Shenmi durch die verwinkelte Karsthöhle kroch, dachte sie über die Physiognomie des Tieres nach, das sie suchten. Von allen Fledermäusen und Flughunden, die sie kannte, war die Hufeisennase mit Abstand die sonderbarste: sie hatte eine Nase, die von mehreren Hautlappen umgeben war und deren unterer Anteil aussah wie ein Hufeisen. Dieses Hufeisen bedeckte die Oberlippe, schlang sich um die Nasenlöcher herum und hatte in der Mitte eine Einbuchtung. Oberhalb der Nase formten sich die Hautlappen zu bizarren blattförmigen Strukturen. Wissenschaftler hatten lange gerätselt, warum die Natur diese Geschöpfe so entstellt hatte, und waren schließlich zu der Ansicht gelangt, dass es sich bei dem seltsamen Gesichtserker am ehesten um eine Art Satellitenschüssel handeln müsse, mit welcher die Echoortung durch die Nase ermöglicht werde. Andere Fledermausfamilien nutzten ihr Maul zur Orientierung, die Hufeisennasen jedoch ihre zum Hochleistungsempfänger umgebaute Nase.

›So seltsam wie genial‹, dachte sie und war dabei weit entfernt davon, sich vor dem ungewöhnlichen Aussehen der Tiere zu grausen. In China galten diese Tiere anders als in vielen Ländern des Westens nicht als unheimliche Kreaturen. Während es in Europa Geschichten über grausame Blutsauger gab, die sich wahlweise in bösartige menschenähnliche Wesen oder in Fledermäuse verwandeln konnten, und man diese Tiere dort wohl auch angesichts ihrer Lebensweise zumeist mit Düsternis und dunklen Bedrohungen assoziierte, war in China das Gegenteil der Fall. Eine Fledermaus galt allgemein als Glücksbringer. Es gab viele alte Geschichten über verheißungsvolle Begegnungen mit Fledermäusen und so fand man das Tier zum Beispiel auch sehr häufig als Schnitzerei in Eingangstüren oder Portalen alter Tempel. Eine in eine Münze beißende Fledermaus symbolisierte Wohlstand und Gesundheit und ein Kranker tat gut daran, ein derartiges Symbol ins Fenster zu hängen, wenn er seine Genesung beschleunigen wollte.

In der chinesischen Kunst fand man oft Fünfergruppen von

Fledermäusen – wie zum Beispiel auf alten Tellern des Kaiserhauses – sie verkörperten hier das, was ein glückliches Leben ausmachen sollte: ein langes Leben, Gesundheit, Wohlstand, Tugendhaftigkeit und einen friedlichen, natürlichen Tod. Den recht profanen Hauptgrund für die Verehrung der Fledermaus in der chinesischen Kultur fanden Linguisten in der sprachlichen Nähe der chinesischen Wörter für Glück und Fledermaus: das chinesische Wort für Fledermaus, **Biānfú**, klingt wie **biàn fú**, was man als glücklich oder wohlhabend werdend übersetzen könnte. Das chinesische Zeichen für Fledermaus ist dem für Glück sehr ähnlich. Deshalb freuen sich die Chinesen, anders als viele Europäer, wenn sie eine Fledermaus zu Gesicht bekommen.

›Ich bin gespannt, ob wir den Beweis dafür finden, dass Fledermäuse außer Glück auch noch etwas anderes bringen können, das vielleicht nicht ganz so erstrebenswert ist‹, dachte Shenmi, während sie sich durch einen schmalen Spalt zwängte, als sie ein leises Zischen des Führers hörte: »Psst! Leise, wir sind gleich da!« Sie hatte sich bereits vor einiger Zeit gefragt, woher der zunehmende Gestank kam, jetzt bemerkte sie, aus ihren Gedanken gerissen, dass dieser inzwischen äußerst penetrant geworden war. Nachdem sie durch den Spalt gerobbt war, fand sie sich mit den anderen in einer Art unterirdischer Grotte wieder. Sie ließ das Licht ihrer Helmlampe über den Boden gleiten. Der Boden der Höhle war über und über mit Kot bedeckt. Als der Lichtkegel die Wände absuchte und schließlich die Decke erreichte, stieß sie einen überraschten Laut aus: die Höhlendecke war schwarz vor Tausenden dort kopfüber schlafenden Fledermäusen. Der Führer hatte recht gehabt: dies war tatsächlich die große Fledermaushöhle, nach der sie gesucht hatten. Eilig machten sich die Forscher daran, Kotproben zu sammeln und die Fledermausart zu bestimmen, die hier vorherrschend war. Es war Rhinolophus sinicus, die chinesische Hufeisennase. Natürlich wurden die Atemschutzmasken auch hier permanent getragen, obwohl sie das Arbeiten nicht gerade erleichterten. Schließlich war man potenziell gefährlichen Erregern auf der Spur und wenn die Theorie stimmte, dann musste man sich gerade hier davor schützen, solche Erreger zu inhalieren. Da die Grotte zu hoch war, um schlafende Tiere zu fangen, entschieden die Forscher, nach den Ausgängen zu suchen, die die Fledermäuse für ihre nächtlichen Jagdflüge nehmen würden. Der Sani-Führer erklärte jedoch, auch diese Ausgänge zu kennen, und so beschloss die Leitung der Expedition, den Rückweg anzutreten, um rechtzeitig die mitgebrachten Netze vor die Ausgänge spannen zu können.

Als sie Stunden später wieder an die Oberfläche kamen und sich erleichtert die Atemschutzmasken von den Gesichtern rissen, dämmerte es bereits. Der Führer drängte zur Eile. Nach einem kurzen Gewaltmarsch entlang einer schroffen Felswand deutete er auf ein Loch, das den Kalkstein der Wand in etwa zwei Metern Höhe durchbrach. Eine halbe Stunde später war das reusenartige Netz vor dem Loch installiert. Gespannt wartete das Team darauf, dass es endlich losginge. Die Hufeisennasen ließen sich nicht lange bitten und das Netz füllte sich in dem Maße, in dem die zunehmende Dunkelheit vom Steinwald Besitz ergriff.

Als sie es einholten konnten sie sich über reiche Beute freuen: Hunderte der zierlichen Tiere zappelten und flatterten in der Fangvorrichtung. Die Forscher nahmen von jedem ihrer kleinen Probanden Blutproben und gewannen Speichel über Nasen-Rachen-Abstriche, katalogisierten sie und ließen sie anschließend wieder frei.

Auf dieser Expedition sollten die Wissenschaftler noch viele weitere Proben von unzähligen Tieren nehmen, katalogisieren und archivieren, bevor sie nach Wǔhàn zurückkehrten.

Die eigentliche wissenschaftliche Arbeit begann jedoch erst im Labor. Die Proben wurden zunächst nach Genmaterial von Coronaviren untersucht.

Im Rahmen früherer Expeditionen hatten die Wissenschaftler bereits herausgefunden, dass viele Proben überhaupt kein derartiges Material enthielten. Allerdings hatten auch die Proben ohne direkten Erregernachweis auf Tests angesprochen, die mithilfe von Diagnosekits durchgeführt wurden, mit denen man normalerweise menschliche Antikörper gegen Coronaviren nachweisen konnte. Daraus hatten die Forscher den Schluss gezogen, dass die Viren in vielen Fledermäusen offenbar nur zeitweise vorhanden waren, während man die Immunantwort des Körpers noch sehr viel länger nachweisen konnte. Die Wissenschaftler hatten in den letzten Jahren mithilfe der Antikörpertests ihre Suche nach den Pandemieviren immer enger eingrenzen können und waren nun auf die Höhle im Steinwald als wahrscheinlichen Ursprungsort der SARS-Coronaviren gestoßen. Deshalb war diese Expedition vielleicht auch die wichtigste dieser Art, die das Team in den vergangenen Jahren durchgeführt hatte. Und deshalb fühlte sich Shenmi auch besonders geehrt, als man sie gefragt hatte, ob sie daran teilnehmen wolle.

»Okay, dann wollen wir mal mit dem Sequenzieren beginnen!«, der Laborleiter blickte etwas belustigt auf das übermüdete Häufchen Wissenschaftler im Raum. »Sie sehen ja alle etwas mitgenommen aus, aber glauben Sie mir: ich war auch schon mal bei einer dieser Expeditionen dabei – ich weiß, wie kräfteraubend das ist. Dann auch noch die lange Heimreise und jetzt noch Labor. Tja, die Wissenschaft ist eine grausame Geliebte. Aber wir sollten das Material untersuchen, solange es noch einigermaßen frisch ist. Also: an die Arbeit! Genossin Li: Sie übernehmen die Proben mit den Nummern eins bis zwanzig!«

Dass diese letzte Expedition die Erwartungen der Wissenschaftler erfüllen würde, deutete sich an, als nach ein paar Tagen immer mehr Teammitglieder beim Laborleiter erschienen und Funde von Coronaviren meldeten. Es wurde deutlich, dass man hier auf ein Reservoir von Hunderten von Coronavirus-Stämmen gestoßen war. Die Forscher arbeiteten wie besessen und auch Shenmi vergaß ihre Müdigkeit, während sie in den ihr zugeteilten Proben immer mehr Viren ausfindig machte. Nun galt es, die Erbinformationen der gefundenen Viren mit jenen zu vergleichen, die man bei den Wildtierhändlern von Guǎngdōng gefunden hatte. Probe um Probe wurde von den Wissenschaftlern durchgemustert, aber bisher waren die Unterschiede bei allen zu groß, als dass man die Theorie hätte beweisen können. Siebzehn ihrer Proben hatte Shenmi bereits untersucht. Dann verglich sie Probe 18 mit dem SARS-Virusgenom. In dieser Probe zeigte sich genetisches Virusmaterial, das sich von den anderen Proben signifikant unterschied. Es handelte sich offenbar um einen Coronaviren-Stamm, der ein paar Eigenarten hatte, die es bei den anderen bislang gefundenen Stämmen nicht gab. ›Sonderbar‹, dachte Shenmi. ›Dieser Stamm ist irgendwie anders.‹ Während sie nun die SARS-Variante mit dem Material von Probe 18 verglich fiel ihr auf, dass sich im Gegensatz zu den anderen Proben viele Gensequenzen ähnelten. ›Viele‹, überlegte sie. ›Sehr viele. Fast alle!!‹ Gespannt kontrollierte sie das Ergebnis. Tatsächlich: 97% der Gensequenzen stimmten miteinander überein. Aufgeregt rief sie den Laborleiter an. Er eilte herbei und nahm nochmals eine Kontrolle vor. Schließlich setzte er sich schweißgebadet auf einen Laborstuhl. »Kein Zweifel«, sagte er schließlich mit zitternder Stimme. »Wir haben in Probe 18 den Beweis dafür gefunden, dass unsere Theorie stimmt. Den Beweis dafür, dass das Coronavirus, welches die SARS-Pandemie ausgelöst hat, ursprünglich von einer Fledermaus aus dieser Höhle stammt.«

Der alte Offizier starrte in die kleinen Wasserdampfwölkchen, die aus dem Teeglas in seiner Hand emporstiegen. »Na herzlichen Glückwunsch, Shenmi! Ich wusste doch, dass du deine Sache gut machen würdest!« Mit hochrotem Kopf hatte ihm seine Tochter von der Entdeckung erzählt und saß ihm nun erwartungsvoll gegenüber. Sie hoffte so sehr, dass er ihre Arbeit nun endlich anerkennen würde. Der Alte war wirklich stolz auf seine Tochter. Sehr stolz. Immerhin hatte sie Probe 18 untersucht und damit den Beweis für die Fledermaus-Theorie gefunden. Andererseits hatte er in seinem langen Leben schon so viel erlebt, dass er bei Erfolgsmeldungen instinktiv auch immer nach dem Haken in der Geschichte suchte. »Aber sag mal«, fuhr er fort. »Wie geht es denn jetzt weiter. Gut, ihr habt jetzt also quasi bewiesen, dass die SARS-Pandemie in der Fledermaushöhle bei

Kunming ihren Anfang nahm. Irgendein Larvenroller hat sich bei einer Fledermaus angesteckt, wurde gefangen und hat sich dann bei seinem Schinder dadurch gerächt, dass er das Virus an diesen weitergegeben hat. Und jetzt? Soll man die Höhle versiegeln? Soll man alle Fledermäuse ausrotten? Und alle Larvenroller? Wenn ihr nicht um der Forschung willen forschen wollt dann müsst ihr doch jetzt irgendwo ansetzen, um schließlich irgendeinen Nutzen für die Menschheit daraus zu ziehen. Wie geht es also jetzt weiter?« Shenmi unterdrückte ein Stöhnen. Das war ihr alter Herr – wenig Lob, viel Kritik. Und immer bohrende Fragen. Aber gut, sie würde ihm sagen, wie es nun weiter ging: »Unser Team wird nun untersuchen, worin sich die beiden Virenstämme unterscheiden. Wir haben bereits herausgefunden, wie sich das SARS-Coronavirus nach einer Infektion verhält: ein Virus muss ja, weil es keinen eigenen Organismus besitzt, in eine Wirtszelle eindringen, der es dann befehlen kann, Viren herzustellen. Das hatte ich dir ja schon erklärt. Zunächst muss das Virus also an eine Zelle andocken. So ein Coronavirion hat dafür eine Art Stachel, das sogenannte Spike-Protein, früher auch Peplomer genannt. Das Coronavirion ist mit Proteinen dieser Art bedeckt, weshalb es unter dem Elektronenmikroskop auch so aussieht, als hätte es einen Kranz um sich herum. Wir wissen, dass die Viren mit diesen Peplomeren oder Stacheln mit einem Trick in die Zelle eindringen.« »Ein Trick?«, brummte der Alte. »Was ist das für ein Trick?« Shenmi war ganz in ihrem Element: »Das funktioniert so wie in der Geschichte mit dem Trojanischen Pferd. Troja ist die Zelle und Odysseus ist das Virion. Um nach Troja hineinzukommen, versteckt sich Odysseus im Pferd und hofft, dass er so in die Stadt gelangt.« »Die Geschichte habe ich schon mal gehört, aber was hat das jetzt mit dem Virus zu tun?«, fragte er verblüfft. »Naja, das Virion bindet sich mit seinen Spikes an ein Enzym und wird von diesem in die Zelle geschleust. Enzyme sind Stoffe, die biochemische Prozesse beschleunigen oder bremsen, die tagtäglich im Körper ablaufen und die in vielen Zellsystemen zum Beispiel zur Regulierung des Blutdrucks be-

190

nötigt werden. Es dockt mit den Spike-Proteinen also an das Enzym an, es versteckt sich sozusagen in diesem und bringt die Zelle so dazu, es hineinzulassen. Die Zelle erkennt nur das Enzym und lässt das Virus auf diese Weise passieren. Und mit ihm dann die tödliche Bedrohung. Genialer Trick. Wie damals in Troja.« »Hmm, was sind denn das für Zellen, die dieses Enzym brauchen? Die müssen sich ja wohl vor allem in der Lunge befinden, da SARS ja vor allem eine Lungenkrankheit ist, oder?« Shenmi war beeindruckt: »Messerscharfer Verstand! Hab ich hoffentlich geerbt! Genau so ist es, Vater. Das Enzym, man nennt es übrigens ACE2, wird zwar, wie gesagt, in vielen Zellsystemen gebraucht. Besonders häufig kommt es allerdings in der Lunge vor, weshalb diese auch bevorzugt von dem Virus befallen wird. Übrigens haben alte Menschen und Menschen mit bestimmten chronischen Erkrankungen mehr von diesen Rezeptoren, sodass dann bei ihnen mehr Viren andocken können. Das führt dann zu einer deutlich schwereren Infektion, die oft gleichzeitig auch noch durch ein aufgrund des Alters oder eben andere Erkrankungen eingeschränktes Immunsystem begünstigt wird.

Bei der Infektion kommt es in jeder befallenen Zelle sowohl zur massenhaften Virusvermehrung und damit zur weiteren Ausbreitung der Infektion als auch zu einem Kampf des Abwehrsystems gegen die Eindringlinge. Dieser Kampf ist es auch, der die Symptome hervorruft und je schwerer die Infektion, desto schwerer der Kampf und desto kränker der betroffene Mensch. Bei manchen Menschen kommt es dann auch noch zu einer Überreaktion des Immunsystems, wodurch zusätzlich, wie bei einer allergischen Reaktion, massive Probleme hervorgerufen werden können. Übrigens ist das auch eine Schwierigkeit bei der Impfstoffentwicklung gegen Viren: bei manchen Viren führen bestimmte Impfstoffe zu einer noch massiveren Immunantwort, die alles nur verschlimmert, statt den Virusbefall zu unterbinden.«

»Du schweifst ab, Shenmi. Ist ja alles ganz interessant, aber die Frage war doch, wie ihr eure Ergebnisse nun zum Wohle der

191

Menschheit einsetzen wollt!«, der Alte wirkte etwas ungehalten. »Dazu komme ich gleich, aber zuvor musste ich dafür etwas weiter ausholen, sonst kann man das als Laie nur schwer verstehen.« Ihr Vater schnaubte verächtlich. »Wir wollen nun ergründen, ob die Coronaviren, die wir in den Fledermäusen gefunden haben, andere Säugetiere und den Menschen infizieren können. Wie gesagt liegen 97% Gemeinsamkeiten mit dem SARS-Coronavirus vor. Wir müssen nun herausfinden, wo die Unterschiede liegen. Wenn wir zum Beispiel herausfinden würden, dass die Fledermausviren keine Menschen infizieren können, könnten wir in einem zweiten Schritt versuchen, die unterschiedlichen Gensequenzen zu finden, die dafür verantwortlich sind. Da es sich dabei eigentlich nur um maximal 3% desgesamten Erbgutes handeln kann, besteht die Vermutung, nein die Befürchtung, dass es sich nur um sehr wenige Erbanlagen handeln wird. Je geringer aber dieser Anteil ist, umso wahrscheinlicher ist es dann aber auch, dass es hier zu Mutationen kommen kann, die die Infektiosität verändern. Da wir wissen, dass Viren im Allgemeinen und Coronaviren im Besonderen sehr gerne mal mutieren, würde das eine erneute Pandemie sehr wahrscheinlich werden lassen. Das heißt: um Schlüsse daraus zu ziehen, WAS getan werden muss, um so etwas zu verhindern, müssen wir zunächst herausfinden, WIE die Mechanismen sind und ob unsere Theorie stimmt. Und in dieser Hinsicht ist uns in der unterirdischen Grotte ein erster Durchbruch gelungen!« Herausfordernd blickte sie ihren Vater an. Der trank einen großen Schluck Tee und überlegte lange, bevor er antwortete. Als alter Militär war er es gewohnt, zunächst alles zu durchdenken, bevor er handelte. »Gut, ich habe verstanden, dass ihr, dass du mit eurer Expedition einen großen Schritt auf dem Weg gegangen seid, die Ursachen der SARS-Pandemie zu erforschen und damit vielleicht eine weitere Pandemie zu verhindern. Wie gesagt: mir war schon immer klar, dass du deinen Weg machen wirst, sobald du etwas gefunden hast, wofür du brennst. Und: ja, ich bin stolz auf dich. Sehr sogar. Aber deine letzten Worte erinnern mich sehr an eine Diskussion, die wir bereits vor vielen Jahren einmal hatten. Damals ging es darum, dass ich befürchtete, dass vielen Wissenschaftlern die Gefährlichkeit ihrer Forschungen nicht bewusst ist. Natürlich muss man forschen, um weiterzukommen. Aber der Nutzen ist nur eine Seite der Medaille. Die Kehrseite ist die Gefahr. Es ist sehr gefährlich, sich mit solchen Viren zu befassen, gerade wenn man nach dem Grund dafür sucht, warum sie so gefährlich sind. Bist Du sicher, dass alle in Eurem Labor um diese Gefahr wissen und sich entsprechend verhalten? Bist du sicher, dass euer Labor überhaupt die Sicherheitsstandards erfüllt, die es für derartige Forschungen aufweisen muss?«

Dem Alten war einfach nicht beizukommen. Einer seiner bestimmenden Wesenszüge war seit jeher die kritische Analysefähigkeit, die bisweilen in einen Zwang auszuarten schien. Während seiner beruflichen Laufbahn war er dafür gleichermaßen gefürchtet wie respektiert worden. Seiner Karriere hatte es schließlich nicht besonders genützt, da er sich dadurch zu viele Feinde gemacht hatte, aber das war ihm immer gleichgültig gewesen. Auch in einem Gesellschaftssystem wie in China musste es seiner Ansicht nach kritische und aufrechte Geister geben, die notwendige Korrekturen einzufordern bereit waren. Shenmi kannte ihren Vater zu gut, als dass sie sich nun auf weitere Diskussionen einlassen würde. Schließlich wusste sie auch so, dass er sie liebte. Und sie liebte ihn. Daher sagte sie sanft. »Mach dir da mal keine Sorgen, Vater. Du weißt doch, wie viel Geld die Regierung in das Labor gesteckt hat. Außerdem sind wir doch auch Teil unserer Armee und dafür ist immer Geld da. Im Übrigen weiß ich, dass gerade mit den Franzosen darüber verhandelt wird, ob wir im Rahmen einer Zusammenarbeit das erste P4-Hochsicherheitslabor in Asien bekommen können. Die Franzosen sind zusammen mit den Amerikanern weltweit führend in diesen Dingen. Ach ja: die Amerikaner unterstützen unsere Forschungen ebenfalls mit sehr viel Geld. Du siehst also, dass wir Mittel genug haben, um uns die beste Sicherheitstechnik leisten zu können.«

Ein paar Monate später erschien eine Studie des Teams um den Laborleiter in einem renommierten amerikanischen Fachblatt, die vor allem auch innerhalb Chinas viel Staub aufwirbelte und dem Laborleiter und seinem Team zu nationaler Bekanntheit verhalf.

Die Wissenschaftler hatten Bt-SLCoV Rp3, so der nüchterne wissenschaftliche Name des Virusstamms, den Shenmi in Probe 18 gefunden hatte, mit SARS-CoV SZ3 und SZ16, der Larven-roller-Variante des SARS-Coronavirus, verglichen und waren zu erstaunlichen Resultaten gekommen.

Zunächst hatte man herausgefunden, dass der Fledermaus-stamm menschliche Zellen nicht infizieren konnte. Anders als der SARS-Stamm besaß er nicht die Fähigkeit zur Bindung an menschliche ACE2-Rezeptoren.

In weiteren Versuchsreihen hatte man erkannt, dass die Unter-schiede der Virusstämme sich vor allem auf das Spike-Protein bezogen. Hier gab es zwischen der Fledermausvariante und der SARS-Variante gravierende Abweichungen, die dazu führten, dass die Fledermausvariante im Laborversuch nicht in mensch-liche Zellen eindringen konnte. Umgekehrt konnte die SARS-Variante keine Fledermauszellen mehr infizieren.

Im nächsten Schritt war es den Wissenschaftlern gelungen, die Aminosäuresequenzen zu identifizieren, die die Bindungs-fähigkeit des Spike-Proteins an die ACE2-Rezeptoren genetisch steuerten. Überraschenderweise waren es nur sehr wenige Se-quenzen, die dafür verantwortlich waren. Man vermutete nun, dass es offenbar nur sehr weniger Veränderungen dieser kurzen Aminosäurensequenz bedurfte, um das Spike-Protein des Fle-dermausstamms infektiös für den Menschen zu machen.

Um diese These zu untermauern, hatten die Forscher künstlich eine Chimäre hergestellt: sie bauten die Spike-Protein-Amino-säuresequenzen des SARS-Stamms in den Fledermausstamm ein und untersuchten, ob dieser Stamm nun menschliche Zellen infizieren konnte. Das Virus-Mischwesen erfüllte alle Erwartun-gen der Forscher: durch die geringe künstliche Veränderung des

194

Fledermausstamms war dieser hochinfektiös für menschliche Zellen geworden. Er hatte dadurch die Fähigkeit zur Bindung an menschliche ACE2-Rezeptoren bekommen.

Die Wissenschaftler hatten bewiesen, dass das Virus sich nur geringfügig verändern musste um von einer Hufeisennase auf einen Menschen überspringen zu können. Und dass es ganz und gar nicht unwahrscheinlich war, dass es auch in Zukunft zu solchen geringen Veränderungen kommen könnte.

Und während sich der alte Offizier Li fragte, ob der Mensch mit einer Technik, die Monster erschaffen konnte, verantwortungsbewusst umgehen würde und sich andernorts Leute, die noch nicht außer Dienst waren, darum bemühten, den militärischen Nutzen dieser Technik zu ergründen, starrte in London ein gewisser Yue Fei auf ein Foto der China Daily und versuchte, sich zu erinnern. Das Foto zeigte ein Forscherteam aus der Heimat, das offenbar gerade einen Durchbruch in der Virusforschung erzielt hatte. Ganz vorne waren der Laborleiter und sein Führungsstab abgebildet. In der zweiten Reihe fanden sich ein paar nachgeordnete Weißkittel. Man konnte in ihren Gesichtern Freude und Stolz über ihre Entdeckung lesen. Sein Blick aber war an einer Frau in mittleren Jahren hängen geblieben. Er war sich sicher, dass er dieses Gesicht schon einmal gesehen hatte. Sein Instinkt sagte ihm, dass sie etwas mit irgendeinem Ereignis in seiner Vergangenheit zu tun hatte. Aber was? Womit? Der Bluthund hatte Witterung aufgenommen und würde der Fährte folgen.

Auf der Fährte

»Noch mal!« Der barsche Tonfall duldete keinen Widerspruch. Also wurde die Passage zum vierten Mal hintereinander abgespielt: » … dann kam der Deutsche in den Raum … nein, nicht! Aaah! Er, er wirkte freundlich, etwas verunsichert und ziemlich naiv … Wú hatte … hatte ganze Arbeit geleistet. Er war perfekt. Am nächsten Tag versteckte ich mich im Gepäck des Deutschen, so ein großer Sack war das …. ich, ich hatte große Angst an der Grenze, aber der Deutsche hatte Nerven aus Stahl … er hat die Grenzer perfekt getäuscht … aah … aah …!« Einige dumpfe Schläge waren zu hören, dann das Krachen von berstenden Rippen. »Wer sagten Sie, hat das Verhör durchgeführt? Yue Fei? Was ist das für ein Name, ist hier einer von unseren großen Kriegern wiederauferstanden? Hört sich ja fast so an!« Die anderen grinsten verstohlen. »Nein, Genosse General, das muss ein Agent des Zhong Chan Er Bu sein. Die geben ihre Identität nicht preis. Auch nicht uns gegenüber. Wir müssen froh sein, dass die uns die Aufnahme überlassen haben!« Der fette Mann in der Uniform eines Generals der Hauptabteilung Ausland wurde zornig: »Genosse Oberst, wir sind das Zweite Büro des Zhōnghuá Rénmín Gònghéguó Guójiā Ānquánbù, des Ministeriums für Staatssicherheit! Wir sind keine Almosenempfänger, die über irgendeinen Krümel froh sein müssen, den andere fallen lassen! Merken Sie sich das!« »Jawohl Genosse General!« Erschrocken wich der Angesprochene zurück. »Ich meinte ja nur …« »Sie meinten ja nur, Genosse Oberst?«, wurde er brutal unterbrochen. »Sie sollen gefälligst nicht meinen, sondern wissen! Wissen! Das ist unsere Aufgabe! Und zwar mehr als die anderen! Sie werden jetzt unverzüglich an die Arbeit gehen und herausfinden, wer dieser Deutsche war, der dem Verräter zur Flucht verholfen hat! Verdammt nochmal, jetzt schauen Sie mich nicht so dämlich an! Ich weiß auch, dass es damals noch kaum Überwachungskameras, GPS-Tracking und den ganzen modernen Schnickschnack gab! Aber,

Sie Hornochse, es gab auch damals schon Visaabteilungen und Archive, in denen wir die Reisebewegungen der Ausländer in unserem Land gespeichert haben. Und Sie können ganz sicher sein, dass wir vor allem in den Monaten nach dem Zwischenfall besonders genau hingeschaut haben, wer unser Hoheitsgebiet betritt und wieder verlässt. Vor allem an der Grenze zu Hong Kong! Also auf geht's: finden Sie einen Namen, eine Adresse et cetera und dann werden wir davon ausgehend herausfinden, was dieser Mann heute so macht und wo er steckt. Ich will wissen, ob er heute noch gegen uns agitiert! Wir sind das Zweite Büro und wir sind dafür zuständig – niemand sonst! Ich erwarte in spätestens zwei Tagen Ihren Bericht!«

Wie auf Kommando erhob sich die Gruppe Männer, demütig die Köpfe senkend, und verließ den Raum. Der General ballte die Faust. Schon wieder so ein ausländischer Teufel, der seinem Land geschadet hatte. Er hoffte, dass man ihn dafür vielleicht noch würde zur Rechenschaft ziehen können. Und wer würde sich besser dazu eignen als die Agenten der Hauptabteilung Ausland?

»Herr Doktor, Sie müssen mir helfen! Ich muss doch noch arbeiten mit diesen Händen!« Das alte Mütterchen zählte sicher deutlich über 70 Lenze. Max schaute auf die rheumatischen Fingergelenke der betagten Frau, die so aussahen, als ob sie bereits viele Jahre harter Arbeit hinter sich hatten. »Sie sind eigentlich in einem Alter, in dem man sich ein wenig ausruhen sollte. Müssen Sie denn wirklich noch so viel arbeiten?« Die Frau zuckte mit den Schultern: »Wissen Sie, es geht nicht darum, dass ich in den Urlaub fahren oder schick Essen gehen muss. Ich brauche einfach das Geld, um meine Miete und Lebensmittel zu bezahlen. Ich brauche das Geld, damit ich ein Dach überm Kopf und etwas zu essen habe.« Max blickte betroffen in das verhutzelte Gesicht der Frau »Aber Sie bekommen doch sicher eine Rente, das sollte doch eigentlich reichen, oder?« »Naja«, gab die Frau zurück. »Ich habe mein Leben lang als Verkäuferin gearbeitet und saß viele Jahre an der Kasse. Natürlich habe ich da auch jahrelang meine

Rentenbeiträge gezahlt. Als ich Ende fünfzig war gab es diesen Jugendwahn, wo man überall gedacht hat, dass man die Älteren loswerden muss. Da habe ich meine Arbeit verloren. Danach habe ich nichts mehr gefunden – wer stellte damals jemanden in so einem Alter ein?! Und deshalb ist meine Rente jetzt eben noch schmaler, als sie es sowieso schon gewesen wäre, und ich muss mit Putzen etwas dazu verdienen, damit ich über die Runden komme. Die Renten sind sicher – fragt sich nur, in welcher Höhe! Meine ist zum Sterben zu hoch und zum Leben zu niedrig und daher muss ich eben so lange arbeiten, bis ich nicht mehr kann. Wenn ich meine Finger nicht mehr bewegen kann, sieht's schlecht aus. Können Sie denn gar nichts für mich tun?«

Max hatte viel Leid gesehen, damals in Afrika. Als er nach Deutschland zurückgekommen war hatte ihn die bräsige Anspruchshaltung vieler seiner Mitmenschen zunächst angewidert, bis er begriffen hatte, dass es hinter der deutschen Hochglanzfassade bereits ziemlich bröckelte. Während viele seiner Mitmenschen lediglich konsumierten – Meinungen, Sport, Events, Reisen, zwischenmenschliche Beziehungen und all den Kleister, mit dem man im Westen gemeinhin versuchte, die zunehmenden Fliehkräfte einzuhegen – und andere, vor allem jüngere Wohlstandskinder, sich darin gefielen, vermeintlich mutige Haltungen durch das virtuelle Drücken von Like-Buttons zu simulieren, ohne zu bemerken, dass sie immer mehr zu einem manipulierten Herdenpöbel degradiert wurden, gab es eine immer größere Anzahl von Menschen, die sich an den Rändern dieser zerbröckelnden Gesellschaft wiederfanden. Während Politik und Medien immer schriller hehre Werte und Zusammenhalt propagierten, obwohl ihre Vertreter oft das Gegenteil dessen vorlebten, gab es immer mehr Menschen, deren Stimmen zu leise waren, um gehört zu werden, oder einfach unterdrückt wurden. Vielleicht fiel es ihm auch deshalb so auf, weil er so lange weg gewesen war, aber er hatte seit seiner Rückkehr nach Deutschland immer mehr das Gefühl bekommen, dass sich die Gesellschaft dort nicht zu

198

ihrem Vorteil verändert hatte und dass es auch hier, im satten Land, immer mehr Menschen gab, denen man wirklich helfen konnte, ja musste. ›Ich hätte nie gedacht, dass ich einmal darüber nachdenken würde, ob es sinnvoller ist, in Afrika oder in Deutschland zu arbeiten‹, dachte er wieder einmal, als er in die bittenden Augen der alten Dame blickte.

Er hatte vor einiger Zeit eine Landarztpraxis übernommen, irgendwo im Nirgendwo. Sein Vorgänger hatte so lange gearbeitet, bis die Metastasen seines Darmkrebses ihn ins Bett und dann ziemlich schnell unter die Erde gezwungen hatten. Der Bürgermeister des kleinen Nests war dann eine kleine Ewigkeit auf der Suche nach einem Nachfolger gewesen, doch hatte sich trotz schließlich ausgelobter Prämie niemand für den Job begeistern können. Ärzte waren rar und die Verlockungen der Städte und Ballungszentren groß. Irgendwann war Max über die Anzeige im Ärztekurier gestolpert. ›Wir suchen: einen wahrhaftigen Arzt, der diesen Beruf gewählt hat, um zu helfen. Wir bieten: Alles, was sich so ein Arzt wünscht. Vor allem Wertschätzung.‹ Klar, dass jemand wie Max sich für so eine Anzeige interessieren musste. Man war sich ziemlich schnell einig geworden und so schuftete er nun vierzehn Stunden am Tag plus Nacht- und Wochenenddienst im Busch, der zwar kein afrikanischer mehr war, dafür seiner aber nicht minder bedurfte.

Die medizinische Arbeit war nicht so herausfordernd wie in Afrika, da das Gesundheitssystem in Deutschland sehr viel besser war und schwere Erkrankungen viel früher erkannt und besser behandelt werden konnten. Dennoch war er zufrieden, denn er spürte, dass die Menschen hier seine Arbeit tatsächlich wertschätzten, dass sie froh waren, dass er da war.

Die Leiden seiner Patienten waren zumeist nicht so offensichtlich wie die der Menschen in Afrika, aber sie waren sehr häufig nicht minder bedrückend. Hinter materiellem Wohlstand verbargen sich nicht selten Einsamkeit und ihr Zwilling, die Traurigkeit. Es gab viele Probleme, die man nicht einfach mit Medikamenten oder einem Skalpell beseitigen konnte, und es gab eben auch den sozialen Abstieg, den viele ältere Menschen mit und ohne Arbeit verkraften mussten.

»Ich verspreche Ihnen, dass ich alles tun werde, um Ihre steifen Finger wieder fit zu kriegen. Wie bei einer Zwanzigjährigen wird's vielleicht nicht mehr sein, aber ich denke, wir können da schon noch was herausholen. Außerdem höre ich mich mal um, ob wir nicht was für Sie finden können, wo Sie ein wenig einfacher ein bisschen Geld dazuverdienen können als mit Putzen. Ich habe gehört, dass in der Bücherei jemand gesucht wird. Wäre das nicht was für Sie, Sie lesen doch so gerne?« Die müden Augen der Alten blitzten hoffnungsvoll auf. »Herr Doktor, wenn Sie das für mich tun könnten, das wäre …, das wäre ja …!« Sie musste schlucken, während sie nach einem Taschentuch suchte. »Nun lassen Sie mal, ist schon gut Frau Willemsen. Hauptsache, Sie schauen wieder ein wenig zuversichtlicher aus der Wäsche!«

Er sah auf die Uhr. Die Zeit drängte, er hatte nachher noch einen etwas ungewöhnlichen Termin und musste sich dafür vorher umziehen.

Er hatte eine Anfrage von der Uni bekommen. Eine Medizinstudentin hatte sich bei ihm gemeldet und nachgefragt, ob es möglich sei, eine Famulatur bei ihm zu absolvieren.

Zunächst hatte er an eine Verwechslung geglaubt, denn die Studenten machten diese im Studium vorgeschriebenen Praktika eigentlich lieber in Krankenhäusern oder den schicken Arztpraxen der Fachärzte in den Städten. Aber die Studentin hatte, sehr hartnäckig, mehrmals bekräftigt, dass sie gerne in einer, in seiner Landarztpraxis famulieren wollte und so hatte er sich heute mit ihr verabredet, damit man sich mal kennenlernte.

Pünktlich um 18:00 Uhr betrat eine zierliche junge Frau mit zu einem Dutt hochgesteckten langen schwarzen Haaren die Praxis. Die Arzthelferinnen waren schon auf dem Heimweg, so dass das Empfangskomitee nur aus Max bestand. »Hallo, Sie müssen Frau Kollegin Chén sei, oder?« Lächelnd ging er ihr entgegen. »Genau, ich bin Jane Chén. Und Sie sind Dr. Hecker! Vielen Dank, dass Sie Zeit für mich gefunden haben, Sie haben sicher viel zu tun!«

200

Sie streckte ihm die Hand entgegen und überraschte ihn mit einem Händedruck, der ein wenig zu fest war.

»Und Sie wollen wirklich eine Famulatur hier auf dem flachen Land machen, Frau Kollegin?« Sie nickte heftig. »Na, dann kommen Sie erst mal richtig rein und schauen sich den Laden hier mal an!«

Nach einer ausgiebigen Besichtigungsrunde bat er sie in eines der Arztzimmer. »Ich habe leider nicht viel, was ich Ihnen anbieten kann, aber wie wär's mit einem Glas Wasser oder einer Tasse Tee oder Kaffee?« »Vielleicht ein Wasser«, antwortete sie, während sie ihre Handtasche öffnete und begann, darin herumzukramen. Während er aus dem Zimmer ging, um ihr den Getränkewunsch zu erfüllen, fischte sie einen Lippenstift und einen kleinen Taschenspiegel aus den Tiefen der Tasche und zog ihre Lippen nach, bevor er wieder zurück war. »Danke Dr. Hecker, das ist sehr aufmerksam von Ihnen! Es ist überhaupt sehr nett, dass ich hier eine Famulatur machen darf!« »Sagen Sie bloß, Sie wollen immer noch, obwohl sie jetzt die Praxis gesehen haben?«, er gab sich Mühe, den Erstaunten zu spielen, musste dabei aber so grinsen, dass auch sie anfing, zu lachen. ›Sie hat makellose Zähne‹, dachte er.

»Natürlich, jetzt erst recht!«, gab sie zurück und sie einigten sich darauf, dass sie zu Beginn der folgenden Woche anfangen sollte. Beide waren sich sicher, wenn auch aus unterschiedlichen Gründen, dass es interessante vier Wochen werden würden. Die gemeinsame Zeit ließ sich gut an – die junge Studentin entpuppte sich als gelehrige Schülerin: sie war wissbegierig, gut vorbereitet und ergriff, wo immer es ging, Eigeninitiative. Max beobachtete, wie gut sie mit den Patienten und dem Praxispersonal umzugehen verstand und ertappte sich dabei, wie er anfing, sie insgeheim sogar ein wenig zu bewundern. Hatte er eine solch professionelle und ausgereifte Persönlichkeit gehabt, als er selbst noch Student gewesen war? Wahrscheinlich nicht. Umso mehr freute er sich darüber, dass er nun ein wenig an der Ausbildung eines vielversprechenden Nachwuchstalentes mitwirken konnte.

Was ihn ganz besonders freute, war, dass die Studentin von all seinen Patienten, egal ob jung oder alt, als junge Ärztin akzeptiert und respektiert wurde, obwohl sie ganz offensichtlich keine ethnische Deutsche war. Aus ihrem Lebenslauf ging hervor, dass ihre Eltern Chinesen waren, die nach Deutschland eingewandert waren, als Jane noch ein kleines Kind war. Als Geburtsstadt hatte sie Hong Kong angegeben.

Eines Tages, nach vielleicht zwei Wochen gemeinsamer Arbeit, saßen die beiden auf der Terrasse des Dorfkruges unter einer schattenspendenden alten Linde und tranken nach getaner Arbeit eine After-Work-Halbe. »Du hast ja einen ganz schönen Zug am Leib, Jane!«, entfuhr es Max als er sah, wie forsch sie das Glas leerte. »Ich hab eben Durst, war ja auch wieder ganz schön intensiv, der Tag! Sag mal, Max, du hast mich noch nie auf meine Herkunft angesprochen. Auch die Patienten und die anderen aus der Praxis haben das noch nie getan. Ich dachte immer, dass die Leute auf dem Land Vorurteile gegen Ausländer haben, aber das scheint hier überhaupt kein Thema zu sein! Das erstaunt mich total!« Max schaute in sein Glas: »Auf der Vorurteilsskala hast du dann wohl die meisten Punkte, oder? Die Leute hier sind froh, dass jemand da ist, der ihnen hilft. Ob der grün oder blau ist, ist denen erstmal piepegal. Und außerdem würde ich mich an deiner Stelle nicht als Ausländerin bezeichnen. Gut, du bist ethnisch vielleicht eine Chinesin, aber du bist hier aufgewachsen und sozialisiert und im Prinzip eine ganz normale Deutsche, die kulturell zu ihren deutschen Wurzeln auch noch welche aus China hat. Wo ist das Problem?« Jane sah ihn an: »Kein Problem. Nur wäre das umgekehrt in China so nicht denkbar. Dort unterscheiden die Menschen sehr genau zwischen Chinesen und den anderen und dort wärst du an meiner Stelle natürlich noch ein Ausländer.« »Das ist nach meinen Erfahrungen in nahezu allen anderen Ländern und Regionen der Welt so, nur eben hier nicht …« »Obwohl«, unterbrach sie ihn »ihr euch immer für die größten Rassisten und Nazis auf der ganzen Welt haltet!« »Naja«, gab er zurück. »Es gibt hier schon auch noch Menschen, auf die das zu-

202

trifft, aber du hast recht: das Thema wird ziemlich aufgebauscht und für politische Zwecke instrumentalisiert. Vielen von den Rassismusbekämpfern geht es auch gar nicht darum, sondern sie wollen mithilfe ihrer permanenten Warnungen und Erziehungsmaßnahmen ein anderes Gesellschaftsmodell erschaffen. Die Linken und Kommunisten haben eben, nachdem ihnen die Arbeiter von der Fahne gegangen sind, die ›Ausländer‹ und auch andere Minderheiten als Vehikel entdeckt, mit dem sie ihre Ziele erreichen und Macht ausüben können. Sie werden sie am Ende genauso verraten wie die Arbeiter.« Jane sah ihn an. »Hört sich nicht so an, als würdest du dir viele Illusionen machen, oder? Du bist doch eigentlich ein klassischer Gutmensch und die sind doch immer links, oder nicht?« Sie begann zu sticheln, aber er ließ sich nicht aus der Reserve locken. »Echt jetzt? Die Tour? Ich hab dafür vielleicht einfach zu viel gesehen. Illusionen sind oft gefährlich, und viele sogenannte Menschheitsvisionen sind es auch. Irgendwer hat mal gesagt, wer Visionen hat soll zum Arzt gehen. Ich bevorzuge es, zu versuchen, die Welt und die Menschen realistisch zu sehen. Die Welt sehen, wie sie ist, und dann das Beste daraus machen. Die Linken sehen die Welt immer so, wie sie sie haben wollen. Das führt dann zu Umerziehungslagern und sehr viel Leid. Hatten wir doch in den letzten Hundert Jahren zur Genüge. Im Prinzip geht es darum, dass die Menschen sich evolutionär weiterentwickeln und nicht revolutionär. Und sobald es wieder anfängt, dass Menschen mit Macht anderen Menschen vorschreiben wollen, was diese zu denken haben, bin ich raus aus der Nummer. Ich bevorzuge es, meinen eigenen Verstand zu gebrauchen. Das ist ja in China ziemlich schwierig, aber auch hierzulande wird es einem immer schwerer gemacht. Hier sind auch viele zu bräsig, um sich dagegen zu wehren. Die lassen sich lieber in der Tagesschau erzählen, was sie zu meinen haben, und bekommen dann gratis das gute Gefühl dazu, auf der richtigen Seite zu stehen. Du glaubst gar nicht, wie unglaublich ermüdend es ist, mit Leuten, die Meinen mit Wissen verwechseln und sich dann auch noch im Besitz der einzigen Wahrheit wähnen, zu diskutieren. Das endet immer auf die gleiche Weise – man hat sich nichts mehr zu sagen und geht sich aus dem Weg. Ich habe es inzwischen aufgegeben, über viele Themen mit fremden Menschen zu sprechen, weil es mich eigentlich traurig macht, wohin sich dieses Land in den letzten Jahren entwickelt hat. Hier gibt es nur noch Gewinner und Verlierer und nichts mehr dazwischen. Und damit meine ich nicht nur den Wohlstand, sondern auch das, was man zu denken und zu glauben und wofür man einzutreten hat.« Er holte tief Luft und nahm einen kräftigen Schluck aus seinem Glas. »Am Ende des Tages muss man dann eben den Weg gehen, den man für sich als richtig erkannt hat. Es gibt diesen Spruch von Erich Kästner, den ich mir da zu eigen mache: ›Was immer auch geschieht, nie dürft ihr so tief sinken, von dem Kakao, durch den man euch zieht, auch noch zu trinken‹.« Jane lehnte sich zurück und starrte in den Himmel: »Über den Wolken …. Tja. Freiheit. Meine Eltern sind damals aus Hong Kong weg, als die Freiheit dort in Gefahr war. Sie wollten nicht, dass ihre Kinder in einem unfreien System aufwachsen.« »Du meinst damals bei der Wiedervereinigung mit Festlandchina?« »Genau. Sie sind damals explizit hierhergekommen, weil sie in Freiheit leben wollten. Es ist daher besonders traurig für mich, wenn du so etwas sagst. Warst du schon mal in China?«

Er straffte sich. »Ja, war ich. Ist schon ziemlich lange her, das war noch lange vor der Hong Kong-Sache und auch lange vor deiner Geburt.« Er grinste sie schelmisch an. Sie verdrehte die Augen. »Klar, ich Küken, ich! Ich meine, du redest von Freiheit und beschwerst dich darüber, dass es hier immer weniger davon gibt. Aber wenn du schon mal dort warst, dann weißt du doch auch, dass es dort viel schlimmer ist, oder?« Er bemerkte den lauernden Unterton nicht. »Klar, aber nur, weil es woanders noch schlimmer ist, heißt das doch noch lange nicht, dass es hier gut läuft! Gerade weil ich weiß, wie es woanders ist, weil ich ein wenig herumgekommen bin, sehe ich vielleicht Tendenzen, die dorthin führen könnten, besonders kritisch. Im Prinzip geht es mir einfach auf den Sack, dass die Menschen bei uns nicht begreifen, dass man sich alles, was man hat, täglich wieder neu verdienen muss. Und dafür muss man eben auch mal Opfer bringen, sich bemühen, kämpfen. Like-Button-Drückerei und Maulheldentum reichen da eben nicht!« »Aber was denkst du denn so über China?« Sie ließ nicht locker. »Tja, ist schon lange her, dass ich dort war«, sagte er nachdenklich. »Aber ich habe immer noch sporadisch Kontakt zu einer alten Freundin. Wir schreiben uns manchmal, früher oldschool per Post, jetzt per E-Mail. Nichts Politisches, denn es wird ja alles zensiert, und ich will sie nicht in Gefahr bringen. Daher weiß ich gar nicht mehr so genau, wie sie eigentlich diesbezüglich denkt. Aber ich habe so vielleicht etwas direkter den kometenhaften Aufstieg Chinas miterlebt als andere Menschen hierzulande. Ich war 1989 in China, etwa zwei Monate nach der Tiananmen-Sache.« Sie horchte auf: »Ach ja, dann kennst du ja noch das Alte China. Hat sich ziemlich verändert seitdem.« »Das glaube ich«, antwortete er. »Früher musste man die Autos zwischen den vielen Fahrrädern suchen. Heute ist es wohl umgekehrt. Interessant war es, zu beobachten, wie die Partei es geschafft hat, den Wunsch nach Freiheit durch den Wunsch nach Wohlstand zu ersetzen und die Leute davon zu überzeugen, dass gerade das Gegenteil von dem, was der Westen unter Freiheit versteht, zu mehr Wohlstand führen würde. Dieses Gegenteil wurde und wird von der Partei verkörpert, sodass letztlich nur die Partei und ihre Herrschaftsmethoden den ersehnten Wohlstand garantieren können. Es führt natürlich in letzter Konsequenz dazu, dass auch anderen Ländern eine realistische Alternative zum westlichen Denken offeriert wird, wenn dieses Modell Erfolg hat. In den letzten Jahren hat China sich immer mehr auch in anderen Weltregionen engagiert und ist dabei immer als Konkurrent des Westens aufgetreten – nicht nur wirtschaftlich, sondern auch gesellschaftspolitisch. In vielen Weltgegenden wird genau beobachtet, welches System mehr Wohlstand verspricht und inzwischen ist gar nicht mehr ausgemacht, dass der Westen das Rennen machen wird. Das trifft sich dann mit dem, was meiner Meinung nach hier passiert oder eben auch nicht passiert. Anstatt sich träge auf den Leistungen früherer Generationen auszuruhen und Weltrettungs-Wolken-kuckucksheime zu bauen, sollten wir endlich mal merken, dass wir uns mehr anstrengen müssen, wenn wir dieses Rennen nicht verlieren möchten. Denn ich persönlich schätze die Freiheit sehr, die wir uns im Westen unter größten Opfern erkämpft haben, und ich möchte nicht, dass das einfach so verschleudert oder sang- und klanglos zu den Akten gelegt wird. Mir gefällt die Alternative Freiheit oder Wohlstand nicht.«

»Wie meinst du das?« Jane hörte äußerst gespannt zu. »Naja, nimm doch mal das Sozialkredit-System, das der Staatsrat in China beschlossen hat: da werden also nun je nach Verhalten Punkte verteilt oder abgezogen. Wie man sich richtig verhält, legt die Regierung fest. Wenn man sich gemäß diesen Vorgaben falsch verhält und einen Punkteabzug bekommt, wird man be-straft: man darf nicht mehr ins Kino, nicht mehr reisen, findet keinen Job mehr oder geht schließlich ins Gefängnis.« »Wo ist das Problem? Schließlich gibt es auch hier Strafen für bestimmte Delikte!« Max zog die Augenbrauen hoch. »Man könnte mei-nen, du verteidigst das! Natürlich muss es in einer Gesellschaft Regeln geben. Aber erstens müssen diese Regeln von gewählten und auch abwählbaren Vertretern des Staatsvolkes im Konsens mit der herrschenden Kultur erlassen werden. Zweitens müssen sie sich auf ein notwendiges Maß beschränken und dürfen nicht in sämtliche Lebensbereiche vordringen, in denen ein Staat nicht unbedingt etwas zu suchen hat. Und drittens müssen dabei ge-wisse Grundsätze wie zum Beispiel die Freiheit der Rede gewähr-leistet sein. So ein System wie in China führt, zusammen mit der Durchdigitalisierung und ihren Möglichkeiten, zur totalen Überwachung aller Lebensbereiche und wird insbesondere Mei-nungen und Handlungen bekämpfen, die sich gegen die herr-schende Kaste richten. Womit wir bei einem totalitären Überwa-chungsstaat wären, dem Gegenteil eines freien Gemeinwesens.

Wusstest du, dass in China zurzeit etwa 10% der männlichen Bevölkerung in einer Gendatenbank erfasst werden? Die gehen dafür sogar in Schulen und nehmen Blut ab – da wird oft gar nicht gefragt, ob man damit einverstanden ist.«

»Na und?«, Jane wirkte etwas ungehalten.

»Na und?! Mit einem genetischen Datensatz von 10% der männlichen Bevölkerung kannst du mithilfe der STR-Analyse-Methodik die anderen 90% über Verwandtschaftsgrade ermitteln. Das heißt, dass damit im Prinzip alle 700 Millionen Männer Chinas genetisch erfasst und bei Bedarf relativ einfach zu ermitteln sind. Wenn du das mit den eben erwähnten Machtmitteln kombinierst, hast du den allmächtigen Überwachungsstaat, einen Staat, der alle Bereiche des Lebens reguliert und überwacht und dem niemand mehr entkommen kann.

Und wenn wir schon dabei sind: ich habe mich mal ein wenig mit der Vita von Präsident Xi beschäftigt. Der Mann hat eine Machtfülle, die noch nicht einmal der amerikanische Präsident besitzt. Er gebietet über einen Einparteienstaat, in dem es keine Opposition gibt. Er herrscht über das größte Volk der Erde und ist Oberbefehlshaber der zahlenmäßig größten Armee der Welt und deren Atomwaffenarsenal. Und er wird demnächst auf Lebenszeit gewählt. Bei so einer Machtfülle ist es schon interessant, mal darüber nachzudenken, was das für ein Mann ist. Wusstest du, dass er als Kind ein Prinzling war, ein Nachkomme des Roten Adels? Sein Vater war ein ganz hoher Funktionär unter Mao und so hatte die Familie alle nur denkbaren Privilegien. Dann aber kam die Kulturrevolution, sein Vater fiel in Ungnade und mit ihm die ganze Familie. Sie wurden maximal gedemütigt und verstoßen und während Xi in der Verbannung auf dem Land sieben Jahre lang in einer Höhle lebte, hungerte und täglich von den niedersten Halsabschneidern schikaniert wurde, brachte sich eine Schwester von ihm um, weil sie es nicht mehr ertrug. Wie reagierte Xi nun darauf? Man könnte meinen, er hätte damit angefangen, die Leute zu hassen, die ihm das antaten. Die Partei und ihre Kader. Nein, er tat genau das Gegenteil: je mehr sie ihn quälten, umso mehr schwenkte er auf Maos Linie ein. Es war, als wolle er die vermeintlichen Verfehlungen seines Vaters durch besondere Linientreue wieder gutmachen. All die Jahre hielt er Dinge aus, die die allermeisten Menschen nicht ertragen hätten, und überholte seine Peiniger dafür noch hinsichtlich des ideologischen Eifers. Schließlich wurde der Vater rehabilitiert und mit ihm die Familie. Xi durfte sogar wieder in die Partei eintreten und revanchierte sich damit, dass er sie alle ideologisch überholte. Unaufhaltsam stieg auf und verstand es geschickt, Strippen zu ziehen, ohne dabei besonders aufzufallen. Dann, auf dem denkwürdigen 18. Parteitag, wählte man ihn zum Generalsekretär – als Kompromisskandidaten, weil sich zwei Lager gebildet hatten, die ihre jeweiligen Spitzenkandidaten gegenseitig blockierten. Kaum gewählt, begann er Leute, die ihm gefährlich werden konnten, zum Beispiel mit Korruptionsprozessen aus dem Weg zu räumen, bis seine Macht so gefestigt war, dass er ein halbes Jahr später zum Staatspräsidenten gewählt wurde. Der Mann ist der klassische unterschätzte Politiker, der sich kompromisslos an die Spitze setzt, wenn er seinen knallharten Machtinstinkt ausleben kann. Seitdem er an der Macht ist, benutzt er Chinas ungeheure wirtschaftliche Ressourcen immer unverhohlener, um China zur Nummer eins in der Welt zu machen. Knallhart und kompromisslos. Ausgestattet mit unerhörten Machtmitteln. Maximal traumatisiert und gestählt in der prägenden Kindheit. Dieser Mann will der Menschheit zeigen, dass China im Verbund mit der KP allen anderen Staaten und Gesellschaftsmodellen überlegen ist. Das ist sein Motor, seine Vision. Und er wird das Sozialkredit-System letztlich überall dort durchsetzen, wo sein, also Chinas Einfluss groß genug ist. Das ist die Ausgangslage in dem Spiel für den Westen, während der in innergesellschaftlichen Abnutzungsspiralen täglich neue gesellschaftliche Gruppen findet, die wegen Irgendwas beleidigt sein könnten. Wenn ich darauf wetten müsste, wer gewinnt, würde ich auf Xi tippen. Wenn nicht das geschieht, was meistens geschieht, wenn eine aufsteigende Macht sich anschickt, den Platzhirsch zu verdrängen.« Jane hatte atemlos zugehört. »Was soll das sein?« Er schaute sie ausdruckslos an: »Krieg. Letztlich

208

die schlechteste aller Optionen unter den gegebenen Umständen. Ich kann mir allerdings auch nicht vorstellen, dass die Amis sich so leicht über den Tisch ziehen lassen, und wenn sie eins können in ihrer langen Geschichte, dann ist es das, Kriege vom Zaun zu brechen.«

Nach einer langen Pause fragte Jane: »Und du? Was tust du, um das zu verhindern?« Max sah sie erstaunt an: »Ich? Was soll ich schon dagegen tun? Ich bin ein Sandkorn in der Wüste! Am ehesten könnte ich wohl hoffen, dass ich völlig auf dem Holzweg bin und alles ganz anders kommt. Vielleicht würde das auch passieren, wenn sich mehr Menschen dafür interessieren würden und ihre Interessen wieder selbst in die Hand nähmen. Nein, Jane. Ich versuche lediglich, mein Leben so zu leben, wie ich es von mir selbst erwarte, und das heißt im Wesentlichen, dass ich andere Menschen so behandle, wie ich selbst gerne behandelt werden möchte. Und im Übrigen denke ich, dass wir dann wohl so ein Sozialkredit-System verdient haben, wenn wir nicht in der Lage sind, für unsere Freiheit zu kämpfen. Da haben die Jungs von Big Tech ja auch schon gute Vorarbeit geleistet. Schließlich geben die meisten Menschen heute im Netz bereits sehr viel mehr von sich preis, als gut ist. Was soll's, irgendwann beginnt alles von vorn und die Menschen werden wieder aufstehen für ihre Freiheit. Wird dann möglicherweise etwas schwerer als früher, weshalb sie uns, die wir ihnen das eingebrockt haben, wohl ziemlich verfluchen werden. Komm, auf einem Bein kann man nicht stehen – wir bestellen uns noch ein Bier, okay?« Jane nickte abwesend.

»Genosse General, hier ist der Bericht. Wenn Sie gestatten, fasse ich kurz zusammen.« Der General nickte knapp und machte eine einladende Handbewegung. »Er ist es. Offenbar hat er noch Kontakt zu einer chinesischen Staatsbürgerin. Da der Kontakt wohl ausschließlich über das Internet läuft und er seitdem nicht mehr hier war, dürfte es kein Problem sein, sich ein komplettes Bild über die Kommunikation zu machen. Es scheint sich aber nicht um staatszersetzende Aktivitäten zu handeln, soweit wir bis jetzt wissen. Wir haben sie nämlich schon ausfindig gemacht. Insgesamt eher persönlicher und fachlicher Austausch, da die Genossin auch Ärztin ist. Sie arbeitet allerdings in einem sehr sensiblen Bereich, der auch für unsere Verteidigungskräfte wichtig ist, sodass wir das schärfstens beobachten sollten. Es ist auch nicht ganz klar, wo die beiden Personen sich kennengelernt haben und wo und wann der Erstkontakt stattgefunden hat. Da er ja nur ein einziges Mal in China war liegt der Verdacht nahe, dass der Erstkontakt damals zustande gekommen ist. Er scheint für einen Europäer recht gut über China informiert zu sein und hat die übliche kritische Haltung dieser Leute gegenüber unseren Maßnahmen zur Eindämmung von regierungskritischer Agitation und Unfrieden im Land. Außerdem hat er großes Interesse an der Person unseres Überragenden Führers gezeigt und sieht diesen, wenn ich das so sagen darf, eher kritisch. Insgesamt ist er auf jeden Fall jemand, den man weiter beobachten muss, obwohl er offenbar weder derzeit noch in der Vergangenheit gegen uns agitiert hat – wenn man mal von der Fluchthilfe damals absieht.«

Der General nickte zufrieden. Man würde diesen Mann im Auge behalten. So wie man inzwischen jeden Gegner Chinas weltweit im Auge behielt.

»Erzähl mir, auf welche Weise du ihn getötet hast!«

Yue Fei war gerade wieder von einer seiner geheimen Missionen nach London zurückgekehrt und Wang brannte darauf, zu erfahren, wie es gelaufen war. Wang hatte inzwischen viel Zeit darauf verwendet, sein menschliches Jiàn zu härten und zu schärfen. Immer wieder hatten sie sich in London getroffen, um neue Missionen zu planen, Strategien festzulegen und Yue Feis Sicht der Welt zu festigen. Diese politischen Schulungen wurden von Wang als zentraler Bestandteil des Feinschliffs gesehen, den er Yue Fei zuteil werden ließ. Wang wollte nicht nur, dass Yue Fei seine Aufträge ohne Wenn und Aber ausführte. Er wollte, dass er mit jeder Faser seines Körpers für diese Missionen glühte.

210

Wang war inzwischen weiter in der Hierarchie des Zhong Chan Er Bu aufgestiegen und inzwischen ein mächtiger Strippenzieher geworden. Er galt in der Geheimdienstnomenklatura seiner Heimat als Falke, was unter dem neuen Präsidenten Xi durchaus kein Karrierekiller, sondern eher das Gegenteil war. Männer wie Wang waren gerne gesehen, seitdem der Teil der Parteikader, der auf Verständigung mit dem Westen gesetzt hatte, ins Abseits gedrängt worden war. Wie sein Präsident war Wang von einem ausgeprägten Sendungsbewusstsein erfüllt – er glaubte an die historische Bestimmung seiner Nation als unangefochtene Führungsmacht der Welt und war bereit, diesen Platz mit Nachdruck einzufordern. Die Kader in Běijīng hatten das wohlwollend zur Kenntnis genommen. Außerdem war ihnen die brillante Intelligenz des Mannes nicht verborgen geblieben, weshalb er intern bereits seit Längerem als neuer Mann an der Spitze des Militärgeheimdienstes gehandelt wurde. Was man in Běijīng allerdings nicht wusste, war, dass Wang sich eine Ein-Mann-Privatarmee hielt, mit der er seine Vorstellungen von Einflussnahme auch mit recht eigenwilligen und vor allem höchst geheimen Mitteln umsetzte. Er hatte Yue Fei inzwischen zur perfekten Waffe geschmiedet: ein treu ergebener, zu allem fähiger Kämpfer, ausgestattet mit inzwischen unglaublichen Kampfkünsten, messerscharfer Intelligenz und völliger Skrupellosigkeit. Ein Mann, den niemand zum Gegner haben wollte und der in seiner, Wangs Hand die ultimative Bedrohung darstellte.

Und Wang sorgte regelmäßig dafür, dass die Treue Yue Feis unverbrüchlich blieb. Zu der unendlichen Dankbarkeit dafür, dass Wang ihn aus seinem afrikanischen Gefängnis befreit hatte (Yue Fei brauchte nicht wirklich zu erfahren, wer dafür verantwortlich gewesen war, dass er dort so lange hatte schmachten müssen), gesellten sich Bewunderung für die steigende Macht Wangs und das Bewusstsein, dieses Leben nur so lange führen zu können, wie Wang es gestattete. Ein Leben mit eigenen Gesetzmäßigkeiten, die Wang ihm auf den Leib geschneidert hatte. Wang und er waren wie ein geheimer Orden, moderne Assassinen, die jederzeit und überall Leben auslöschen konnten, wenn die Mission es verlangte. Ein Orden mit eigenen Regeln, die sein Meister bestimmte und nach denen er, Yue Fei, das Jiàn des Meisters, die Aufträge so ausführte, als sei er ein Körperteil von ebenjenem. Hundertprozentige Gefolgschaft sicherte die Macht des Ordens und den Erfolg der Mission. Immer. Überall.

Die Strapazen der Reise waren Yue Fei nicht anzusehen. Er schenkte sich ein Glas Tee ein – Alkohol kam in seinem Leben nicht mehr vor – und ließ sich in einen der bequemen Sessel in Wangs Büro fallen. Er blickte sich suchend um. »Wo ist denn dein Jiàn, Meister?«, fragte er beunruhigt. Wang lächelte: »Ich habe es mit nach Běijīng genommen. Es war etwas traurig in London, weil es bemerkt hat, dass ich hier jetzt ein besseres habe ...« Er lächelte vielsagend, doch Yue Fei ließ sich nicht anmerken, wie geschmeichelt er war. »Also: wie ist er gestorben?« Yue Fei dachte nach. Es waren nicht mehr viele übrig von den Personen auf der Liste, die sie nach Fengs Aussage erstellt hatten. Zwei waren verschollen, der alte Wú war eines natürlichen Todes gestorben und dieser Deutsche war zu seinem Glück offenbar von einem anderen chinesischen Dienst unter Beobachtung gestellt worden. Daher war es vorerst zu risikoreich, zuzuschlagen. Man wollte schließlich nicht von den eigenen Leuten enttarnt werden. »Du weißt ja, wie wir ihn in Buenos Aires aufgespürt haben. Wir haben ja zunächst nur Anhaltspunkte dafür gehabt, dass er sich dort in Chinatown versteckt. Ein Chinese kann sich nur unter Chinesen verstecken, wie ein Fisch sich nur in einem Schwarm Fische unsichtbar machen kann. Allerdings weiß jeder, dass wir gerade diese Schwärme durch unsere Einheitsfrontarbeit ganz gut im Griff haben. So haben wir ja auch den Tipp bekommen. Zunächst sah es eigentlich gar nicht so gut aus, als ich anfing, mich dort umzusehen. Dort in dem Stadtteil Belgrano gibt es relativ viele Nachkommen von Chinesen aus Zhōnghuá Mínguó oder Taiwan, wie man dort sagt. Die sind nicht so gut auf uns zu sprechen. Wahrscheinlich ist er auch deshalb dorthin gegangen. Hat wohl gedacht, wir stöberten ihn dort schon nicht auf. Es hat

212

ja dann auch ein Weilchen gedauert, aber schließlich habe ich jemanden gefunden, der nach einigen sehr überzeugenden Demonstrationen meiner Überredungskünste mehr als bereit war, zu singen. Du wirst es mir nicht glauben, Meister, wo sich dieser Bastard versteckt hatte: in einem Tempel! Ja, richtig: in dem einzigen buddhistischen Tempel der chinesischen Gemeinde. Der Tempel heißt Tsong Kuan und ist vor ein paar Jahrzehnten von einem Taiwanesen gebaut worden, was bedeutet, dass er nahezu ausschließlich von Leuten besucht wird, die von der abtrünnigen Insel stammen. Ganz schön schlau. Er war da als eine Art Hausmeister angestellt und wohnte auch auf dem Gelände. Ich habe die Situation dann ein paar Tage lang ausgekundschaftet, bis ich mir ein Bild von seinen Gewohnheiten gemacht hatte. Tja, und dann ist er eines Tages in treuer Pflichterfüllung die Kellertreppe heruntergefallen – Genickbruch, so ein Pech!« Wang blickte erstaunt auf: »Das ist alles? Keine ›spezielle Behandlung‹ wie sonst auch? Nicht wenigstens eine etwas schärfere Befragung?« Yue Fei bleckte die Zähne: »Ich habe gehofft, dass du mich das fragst, Meister. Eigentlich brauchten wir ja keine Informationen mehr von ihm, denn er war ja der Letzte, der noch übrig war von den Verrätern, die Feng uns damals so schön präsentiert hatte. Andererseits: man weiß ja nie und so habe ich ihn natürlich noch im Keller abgepasst, bevor er die Treppe hinuntergefallen ist. Du weißt ja, dass ich ein großer Freund der Natur bin und ein besonderes Faible für die natürlichen Gifte habe, die in der Welt so vorkommen. Als ich mich im Vorfeld auch diesbezüglich ein wenig mit Argentinien beschäftigte, stieß ich auch hier wieder auf ein possierliches Tierchen, das mein Interesse weckte. Ein Tier, das dort jeder kennt. Es sieht so ähnlich aus wie eine relativ harmlose Vogelspinne, ist aber genau dadurch so gefährlich, weil es oft mit dieser verwechselt wird. Das Tierchen nennt sich Kammspinne und ist eine der gefährlichsten und aggressivsten Spinnenarten der Welt. Fühlt es sich bedroht, greift es erbarmungslos an – sehr sympathisch – und beißt zu. Der Biss einer Kammspinne ist extrem schmerzhaft, ohne Gegengift sterben die meisten Menschen schließlich an Atemlähmung und auch mit Gegengift müssen die gebissenen Gliedmaßen zumeist amputiert werden.« »Da kann man ja nur hoffen, dass die Spinne in ein Körperteil beißt, den man auch amputieren kann!«, unterbrach ihn Wang euphorisch. »Du sagst es, Meister. Naja, in Argentinien kennt das Tier wie gesagt jeder, da alle darauf gedrillt sind, ihm aus dem Weg zu gehen. Aber wir Chinesen sind ja sehr versierte Tierfänger und –händler, sodass es mir nach meiner Ankunft nicht schwerfiel, ein besonders schönes Exemplar zu erwerben. Wie es der Zufall wollte, hat mich das Tierchen begleitet, als ich mit unserer Zielperson im Keller des Tempels für diese unverhofft zusammentraf. Nachdem ich den Mann zunächst, sagen wir mal, etwas beruhigt hatte und so auf ihm saß, dass ihm auch nichts anderes übrig blieb als sich zu beruhigen, zog ich eine kleine durchsichtige Plastiktüte aus der Tasche und zeigte ihm dessen Inhalt: meinen kleinen achtbeinigen Begleiter. Du hättest mal seine Augen sehen sollen! Die traten so aus ihren Höhlen, als wollten sie davonlaufen! Ich hab ihm dann mal vorsichtig – ich wollte meinen kleinen Freund ja nicht unnötig erregen – die Tüte auf sein Gesicht gestülpt, Öffnung nach unten und dann haben wir beide dabei zugesehen, wie sich die Kammspinne durch die Falten der Tüte ihren Weg in Richtung seiner Nase bahnte.« »Eine Nase könnte man amputieren!«, Wang schlug sich vor Freude auf die Schenkel. »Zur Not«, gab Yue Fei trocken zurück. »Sieht aber nicht schön aus. Hinterher. Dieser Ansicht war dann wohl auch unsere Zielperson. Ich glaube, der hätte sogar seine Mutter verraten als das erste Spinnenbein sein Gesicht berührte! Aber wie gesagt: eigentlich wussten wir ja schon alles, so dass die Sache im Prinzip nur zum Spaß war. Und dafür, dass er unser Land gedemütigt hat. Aber er hat dann tatsächlich doch noch was Interessantes gesagt.« »Ach ja?«, Wang wurde hellhörig. »Ja, und zwar war er ganz offensichtlich einer der vier Männer, die damals den Tank Man vor seiner gerechten Strafe gerettet haben. Als er in höchster Panik ›Tank Man, Tank Man‹ rief packte ich meinen kleinen Freund wieder in die Tüte und beschloss, mir das anzuhören, was er zu sagen hatte. Irgendwie wissen diese Leute immer, dass sie einen mit der Tank Man-Story kriegen können. Die wissen, wie sehr es uns immer noch wurmt, dass wir den damals nicht fassen konnten. Aber jetzt wird's interessant: auch er wusste nun zu berichten, dass der Tank Man kein Mann, sondern eine Frau war. Eine junge Chinesin, dem Dialekt nach irgendwo aus Húběi Shěng, vielleicht aus Wǔhàn. Wahrscheinlich Akademikerin. Sie ist schnell in der Menschenmenge untergetaucht, nachdem die vier Helden sie von der Straße gezerrt hatten. Viel mehr hatte er dann nicht zu sagen, er hat aber so immerhin die Story von Feng bestätigt. Deshalb keine Spinne, sondern ein sauberer Genickbruch. Sozusagen als Anerkennung und kleiner Dank.« Wang amüsierte sich immer wieder über den sehr speziellen Humor seines Schützlings, den er jetzt anerkennend musterte. Aus dem reichlich verbrauchten Wrack in mittleren Jahren, das er damals aus Afrika ins Leben zurückgeholt hatte, war eine Kampfmaschine aus Sehnen und Muskeln geworden, die sich schneller bewegen konnte als eine Klapperschlange. Ihn fröstelte bei dem Gedanken daran, wie es wohl sein mochte, von Yue Fei angegriffen zu werden.

»Yue Fei, das war wieder einmal grandios. Mission zu einhundert Prozent erfüllt! Ich habe aber auch etwas für dich, das dich interessieren dürfte, weil es genau zu diesem Thema passt, das du eben angesprochen hast.« Ohne Umschweife reichte er ihm einen Stapel Dokumente. »Hier, lies das mal in Ruhe durch und werte das weiter aus. Vielleicht hast du dann bald eine neue Mission – eine, die man durchaus als Mutter aller Missionen bezeichnen könnte ….« Neugierig ergriff Yue Fei den Stapel woraufhin ihn sein Meister entließ, um ihm ein wenig Ruhe zu gönnen. Wang wusste, dass er Yue Fei sehr bald wiedersehen würde.

In seiner Wohnung in der Gerrard Street angekommen, fand der Agent keinen Schlaf, denn er war zu gespannt darauf, zu erfahren, was Wang ihm mitgebracht hatte. Er schnürte den Packen leicht vergilbter Dokumente auf: es waren die Aussagen der Panzerfahrer, die der Tank Man gestoppt hatte. Penibel waren

Uhrzeit und genauer Ort des Ereignisses festgehalten worden, ebenso wie die Namen, Dienstgrade und Anschriften aller unmittelbar beteiligten Soldaten. Sekundengenau wurde auf diesen Seiten einer der demütigendsten Momente der jüngeren chinesischen Geschichte geschildert. Einer zufälligen Begegnung der bis an die Zähne bewaffneten Staatsmacht mit einem wehrlosen Menschen, die die Welt an die biblische Begegnung zwischen David und Goliath denken ließ und nur deshalb überhaupt in diese Welt gelangen konnte, weil irgendwo in der Nähe ebenso zufällig ein westlicher Reporter auf den Knopf einer Kamera gedrückt hatte. Gerade weil die Staatsmacht genauestens darauf geachtet hatte, dass es keine Bilder von der direkten Niederschlagung der Proteste gab, konnte diese kurze Filmsequenz zur Ersatzreliquie all derer werden, die seinem Land schaden wollten. Dieser Tank Man, wie er seitdem überall auf dem Globus genannt wurde, war ein Symbol. Ein Symbol für Gewalt und Unterdrückung. Und eine Aufforderung, sich dagegen zu wehren. Ein Symbol, das seinem Land mehr geschadet hatte als die tatsächliche Gewalt. Ein Symbol, das noch immer aus der Schublade gezogen wurde, wenn es darum ging, China zu diskreditieren. Ein Symbol, dessen Rechnung sehr hoch und vor allem: noch nicht bezahlt war.

Die Müdigkeit der langen Reise war verflogen, als er sich in diesen verhängnisvollen Moment vertiefte. Nachdem er sich durchgearbeitet hatte, zog er das Bild mit der Frau aus seiner Schreibtischschublade. Grimmig starrte er es an. Jeder der beteiligten Soldaten, die mit dem Tank Man diskutiert hatten, hatte das Gleiche gesagt: der Tank Man sei eine Frau. Kein Mann. Offenbar hatte man das auch deshalb geheim gehalten, um die Demütigung nicht noch größer werden zu lassen. Chinas hochgerüstete Militärmaschine – gestoppt von einer unbewaffneten Frau. ›Wer bist du? Wo steckst du? Irgendetwas sagt mir, dass ich dich kenne.‹ Er zermarterte sich sein Hirn, doch es gelang ihm nicht, sich zu erinnern. Schließlich übermannte ihn die Müdigkeit. Er ging zu Bett und fiel in einen tiefen, traumlosen Schlaf. Später träumte er wirres Zeug und immer wieder erschien ihm das Gesicht. Eine Frau. Mal stand sie vor einem Panzer, mal lachte sie ihm höhnisch ins Antlitz. Irgendwann kroch sie im Schein einer Lampe durch eine Höhle. Eine Höhle. Eine Höhle? Eine Höhle! Plötzlich war er hellwach. Eine Höhle! Zitternd vor Spannung schaltete er sein Laptop ein und suchte nach dem Zeitungsartikel, den er damals über die Forscher aus Wǔhàn gelesen hatte. Natürlich, das war es! Auch da hatte er doch geglaubt, das Gesicht einer Frau aus dem Team der Forscher zu kennen. Nach ein paar Klicks poppte der Artikel auf. Bezahlschranke! Mist! Er platzte fast vor Erregung, während er sich mühsam ein Kundenkonto anlegen musste. Doch schließlich war es soweit: da war es. Das Foto. Vergrößerung. Das Foto in seinen Händen zitterte, als er es mit dem Bild in dem Artikel verglich. Sie war älter geworden, keine Frage. Aber eigentlich gab es keinen Zweifel. Die Frau, die dort so stolz in die Kamera blickte war identisch mit der Frau auf Fengs Foto. Sie war es. Er hatte Tank Woman gefunden! Doch da war noch etwas anderes, etwas noch Dunkleres. Etwas wie eine düstere Ahnung an das, was er in der Nacht vor dem Ereignis getan hatte. Mit einer Frau. Mit dieser Frau.

Minutenlang starrte er fassungslos auf den Bildschirm. Dann wusste er, was zu tun war.

Funkenflug am Pulverfass

Stolz wehte die Trikolore im Wind, neben ihr flatterte die Wǔxīng Hóngqí, die Rote Fahne der Volksrepublik China. Die Armeekapelle schmetterte – natürlich – zuerst die Nationalhymne Chinas, den Yìyǒngjūn Jìnxíngqǔ oder Marsch der Freiwilligen, und dann, nach einer würdevollen Pause, die Marseillaise. Der Staatsgast, kein Geringerer als der französische Premierminister, trat ans Rednerpult und begann, tief bewegt und mit blumigsten Formulierungen, die französisch-chinesische Freundschaft zu preisen. Der Minister sprach von dem kulturellen Band zwischen seinem Land und dem Reich der Mitte, welches quasi als zivilisatorischer europäisch-asiatischer Nukleus seit Jahrhunderten zum Nutzen aller Franzosen und Chinesen und der gesamten Menschheit bestanden hatte und sich nun endlich durch das gemeinsame Vorhaben zu voller Blüte würde entfalten können. Er zählte die gemeinsamen Projekte auf, die Frankreich und China gerade in der Region Wǔhàn umgesetzt hatten und noch umsetzen würden. Projekte wie einen Bahnhof, ein städtebauliches Museum und natürlich auch die Ansiedelung namhafter französischer Unternehmen, die alle darauf hofften, etwas vom Kuchen abzubekommen. In den letzten Jahren war es zu einer Konzentration dieser Unternehmen in der Region gekommen, von denen viele Weltkonzerne waren. Wie die meisten Unternehmen des Westens war man in den Chefetagen dieser Konzerne schon lange überzeugt davon, dass China der Markt der Zukunft war, und so waren sie alle dem Lockruf des Geldes gefolgt und hatten in langen Schlangen vor den Türen chinesischer Funktionäre gewartet, untertänigst um Einlass bittend. So untertänigst, dass die Chinesen fast nach Belieben die Bedingungen diktieren konnten, zu denen eine solche Ansiedlungserlaubnis erteilt werden würde. Ihnen war es dabei immer in erster Linie um den Transfer von Technologie und vor allem Wissen gegangen. Sollten die Langnasen ruhig ein paar Jahre lang Geschäfte in ihrem Land machen, solange sie ihnen ihr Wissen offenbarten. Nach der Lernphase würde dann die Zeit anbrechen, in der die Chinesen den Spieß umdrehen würden.

Unterstützt wurden die Wirtschaftsführer von sinophilen westlichen Politikern, die, fasziniert von der jahrtausendealten Kultur, dem Phönix dabei helfen wollten, sich zu erheben. Das Projekt zum Beispiel, welches gerade so hymnisch vom Premier Frankreichs besungen wurde, war eine Idee eines inzwischen abgewählten Staatspräsidenten der Grande Nation gewesen – man wollte den Chinesen etwas geben, von dem man zum einen wusste, dass sie es sich seit Langem wünschten und zum anderen sicher war, dass sie es von anderen Nationen des Westens, namentlich den USA, niemals bekommen würden. Diese protestierten dann auch halbherzig, was die Franzosen aber nicht wirklich von der Umsetzung des Vorhabens abbringen konnte.

Frankreich gehörte, das war allgemein bekannt, zur weltweiten Führungsriege in Sachen Virologie und besaß in Lyon eines der weltweit nur etwa dreißig Labors der höchsten Sicherheitsstufe ›Biosafety Level BSL-4‹ oder ›Pathogène P4‹, wie diese in Frankreich genannt wurde.

Im Umgang mit gefährlichen biologischen Stoffen gab es strenge Regeln und Klassifizierungen. So wurden diese Stoffe in 4 Risikogruppen eingeteilt, denen 4 Schutzstufen gegenüber standen. Risikogruppe 1 bezeichnete biologische Stoffe, die nicht dazu geeignet waren, beim Menschen eine Erkrankung zu verursachen. In die Risikogruppe 2 fielen biologische Substanzen, die beim Menschen zwar Erkrankungen hervorrufen konnten, meist aber nicht taten und, falls doch, gut behandelt werden konnten. In der Risikogruppe 3 sah es dann so langsam anders aus: hier wurden Stoffe eingruppiert, die eine ernste Gefahr für die Laborbeschäftigten darstellten und sich in der Bevölkerung verbreiten würden, wenn sie ins Freie gelangten. Allerdings wäre auch in diesem Falle eine wirksame Vorbeugung oder Behandlung möglich. Zu den Erregern, die in diese Gruppe fielen, zählten das Vogelgrippe-Virus H5N1 und auch die Coronaviren.

Die Gruppe 4 jedoch war die Gruppe des ultimativen Risikos: hier fanden sich biologische Stoffe wieder, die schwerste Erkrankungen hervorrufen könnten und sich ungehemmt verbreiten würden, wenn sie außer Kontrolle gerieten. Und gegen die es keine Therapie oder vorbeugende Maßnahme gab.

Im Vergleich zu den Erregern der Gruppe 3 waren die der Gruppe 4 zudem leichter übertragbar. In diese Gruppe fielen die Erreger von Ebola, das Marburg-Virus und die Erreger der Pocken.

Labore, die mit diesen gefährlichen Stoffen umgingen, wurden in 4 biologische Schutzstufen eingeteilt, die entsprechende Sicherheitsstandards einzuhalten hatten.

In der Schutzstufe BSL-1 waren für die Beschäftigen die üblichen Hygienestandards wie Desinfektion, Schutzkittel und so weiter vorgeschrieben.

Labors der Stufe BSL-2 mussten zudem Schleusen, spezielle Arbeitskleidung und Absaugvorrichtungen für Aerosole vorhalten und erregerspezifische gestaffelte Hygienemaßnahmen umsetzen.

In Stufe BSL-3 durfte nur speziell ausgebildetem fachkundigem Personal nach einer strengen Kontrolle der Zugang gestattet werden. Es gab genaue Vorschriften für die Unterbringung der biologischen Stoffe und deren Handhabung sowie für die Schutzkleidung und deren Reinigung. Baulich mussten Räumlichkeiten mit gefährlichen Stoffen von anderen Räumen getrennt und durch ein lückenlos kontrolliertes Schleusensystem miteinander verbunden werden.

In der Königsdisziplin BSL-4 versuchte man durch folgende zusätzliche Maßnahmen, den Verschluss auf Pandoras Büchse zu pressen: das Labor musste so abdichtbar sein, dass eine Begasung bei Entweichen von Keimen möglich war, um diese dann abtöten zu können. Die Zu- und Abluft musste mehrfach gefiltert werden und der Zugang war ausschließlich über eine Mehrkammerschleuse möglich, um einen definierten Unterdruck aufrechtzuerhalten. Sämtliche Abfälle waren chemisch

220

oder thermisch im Schutzstufenbereich zu neutralisieren und zu entsorgen. Das galt selbstverständlich auch für infizierte Versuchstierkörper.

Betrat ein Beschäftigter den Hochsicherheitsbereich, so entledigte er sich zunächst in Schleuse eins seiner Straßenkleidung und zog spezielle Unterkleidung an, um diese in Schleuse zwei wieder auszuziehen und dort intensiv zu duschen. Danach wurde die Unterkleidung wieder angezogen und man betrat Schleuse drei, in welcher der Vollschutzanzug angelegt wurde, der zuvor auf Luftundurchlässigkeit zu überprüfen war. Dieser abriebfeste und luftundurchlässige Vollschutzanzug war mit einer autarken Luftzufuhr ausgestattet und ließ den Träger wie ein Michelinmännchen aussehen, weil er mit Atemluft vollgepumpt wurde. Die beiden Gummistiefel waren fest mit ihm verschweißt. Schließlich mussten noch zwei Paar Handschuhe übereinander angezogen werden, wobei das äußere Paar fest mit dem Schutzanzug verbunden wurde.

So ausgestattet war in Schleuse 4 noch eine chemische Dusche zu nehmen, die jedoch vor allem beim Verlassen des Hochsicherheitsbereiches in umgekehrter Richtung essenziell war.

Aufgrund dieser rigiden Sicherheitsvorschriften gab es weltweit nur eine Handvoll BSL-4-Labors, die meisten davon in den – politisch stabilen und reichen – Staaten des Westens. Allerdings fanden sich derartige Labors auch in Ländern wie Gabun und Weißrussland, denen man im Westen nur sehr eingeschränkt zutraute, die Sicherheitsstandards auch wirklich dauerhaft einhalten zu können. Es hatte schließlich bereits in stabileren Ländern Unfälle in solchen Einrichtungen gegeben: Probleme gab es immer wieder in den USA und zuletzt hatte man von einer Explosion in einem solchen Labor in Kolzowo nahe Novosibirsk gehört. In einem Labor niedrigerer Schutzstufe in Peking hatten sich bereits vor Jahren zwei Mitarbeiter aus Unachtsamkeit mit SARS infiziert. Glücklicherweise war es bislang jedoch noch nicht zu einem GAU gekommen, dem unkontrollierten Entweichen einer hochpathogenen biologischen Risikosubstanz aus einem Labor mit den Schutzstufen BSL-3 oder 4.

»Und damit schlagen wir heute ein weiteres Kapitel unserer fruchtbaren Zusammenarbeit auf und eröffnen im Rahmen unseres franko-chinesischen Technologieclusters hier in Wuhan das erste Forschungslabor Asiens mit der höchsten Schutzstufe P4! Mögen die Forschungsergebnisse aus diesem Bauwerk dereinst im Geiste der Zusammenarbeit zwischen unseren Völkern der gesamten Menschheit nutzen!« Zutiefst ergriffen und überwältigt von seinen eigenen Worten verließ der Premier das Rednerpult, defilierte mit der ebenfalls ergriffenen französischen Delegation gemessenen Schrittes an begeisterten chinesischen Fähnchenschwenkern vorbei und schüttelte schließlich der vor dem Haupteingang des neuen Gebäudes wartenden chinesischen Politprominenz die Hände. Dann wurde ein Bändchen durchschnitten und damit war das neue Labor offiziell eröffnet.

Die Chinesen hatten die Show an diesem Tag zwar wohlweislich den stolzgeschwellten Franzosen überlassen. Schließlich hatten diese das komplette Know-how geliefert, während sie selbst lediglich die 40 Millionen Euro beigesteuert hatten, die das Ganze gekostet hatte. Allerdings hatte man bei den Behörden von Anfang an nicht vorgehabt, sich an die im Geist der Zusammenarbeit beschworenen Vereinbarungen zu halten. Geplant war eigentlich eine dauerhafte Zusammenarbeit von französischen und chinesischen Wissenschaftlern in dem Labor. Dadurch hätte man aber in Frankreich natürlich auch Einblick in die Forschungen gehabt, um die es dort gehen würde. Und genau das wollte die Volksbefreiungsarmee, der das Labor vom ersten Tag an unterstellt wurde, unbedingt verhindern.

Rückblickend war dieser Tag eigentlich der einzige, an dem die Franzosen eng mit den Chinesen zusammenarbeiteten – beim Durchschneiden des kleinen Bändchens am Haupteingang. Vielleicht könnte man auch die kurze Einarbeitungsphase dazuzählen, in welcher die Franzosen ihre chinesischen Partner

222

mit der komplexen Technologie eines solchen Labors vertraut machten. Im Prinzip aber war ziemlich schnell Schluss mit der Zusammenarbeit. Die Franzosen wurden so schnell unsanft herausgedrängt, dass die in dem Abkommen vereinbarten bis zu fünfzig französischen Virologen und Bakteriologen gar nicht erst in Wǔhàn ankamen.

Die Chinesen schotteten das Labor alsbald derart radikal von fremden Einflüssen ab, dass noch nicht einmal eine internationale Zertifizierungskommission zugelassen wurde, um die hohe Schutzstufe zu zertifizieren. Sie bescheinigten sich kurzerhand selbst, dass sie die erforderlichen Sicherheitsstandards einhielten.

In der Folge führte dieses Verhalten dazu, dass sich allerhand Mythen um das Labor zu ranken begannen, deren hartnäckigster der von zu laxen und fehlerhaften Sicherheitsstandards war.

Yue Fei hatte seit der Nacht, in der er Tank Woman enttarnt hatte, unablässig darüber nachgedacht, wie er sein neues Wissen einsetzen könnte, um sich in seiner Heimat endgültig zu rehabilitieren. Er hatte allerdings zunächst ein wenig Zeit gebraucht, um sich der Tragweite dieser Entdeckung bewusst zu werden.

Vielleicht war es dieser unglaubliche Zufall gewesen, der ihn nicht nur Tank Woman hatte finden lassen, sondern darüber hinaus diese an sich schon sensationelle Entdeckung an eine noch sensationellere gekoppelt hatte. Er beschloss, seine neuen Erkenntnisse zunächst für sich zu behalten und noch nicht einmal seinem Mentor davon zu erzählen. Er wollte sich erst darüber klar werden, was das alles für ihn und seine Mission bedeuten würde.

Da war also diese Frau, Mitglied eines international renommierten Forscherteams, die ein dunkles Geheimnis mit sich herumtrug, von dem wahrscheinlich nur er wusste. Nein, ganz sicher nur er. Was war das für eine Frau? Was waren das für Forschungen? Die Routineabfrage beim Inlandsgeheimdienst erbrachte zunächst lediglich ein grobes Gerüst: Li Shenmi, dreiundfünfzig Jahre alt, ledig. Wohnte bei ihrem Vater, einem alten

Offizier a.D. der VBA, der in der Personalakte als Querulant bezeichnet wurde und deshalb wohl nie wirklich Karriere gemacht hatte. Ansonsten: keine Auffälligkeiten, insbesondere keine politischen Aktivitäten, die auf eine Nähe zu den Ereignissen des Zwischenfalls schließen ließen. Als Wissenschaftlerin pflegte sie Korrespondenzen mit verschiedenen Ausländern, die aber ausschließlich dem fachlichen Austausch dienten. Ausschließlich? Ein Kontakt ins Ausland schien deutlich länger zu bestehen als die anderen. Ein Kontakt nach Deutschland. Nach Deutschland? Yue Fei beschloss, sich die Korrespondenz näher anzuschauen. Nichts Auffälliges. Belanglosigkeiten zwischen zwei flüchtigen Bekannten. Wenn da nicht dieser Name gewesen wäre: Max Hecker. Doktor Max Hecker. Arzt. Lange starrte er auf diesen Namen, unfähig einen klaren Gedanken zu fassen. Wie konnte das sein? Was hatten Feng, Hecker und Li miteinander zu tun, was hatte sie damals miteinander verbunden, und was verband sie heute miteinander (naja, Feng war ja unfreiwillig aus diesem Bund ausgeschieden)? Welchem Geheimnis war er auf der Spur? Und vor allem: wie konnte er dieses Wissen in Macht umwandeln?

Er beschloss, sich zunächst ausführlich mit Li Shenmis Forschungen zu beschäftigen, um zu verstehen, warum die Wissenschaftler aus Wǔhàn so viel Aufsehen erregten.

In den nächsten Wochen brachte der Paketdienst stapelweise medizinische Bücher in die Gerrard Street, vor allem zum Thema Virologie. Yue Fei verfügte über eine rasche Auffassungsgabe und so verstand er recht schnell, was für eine unsichtbare Gefahr die Menschheit auch heute noch umgab, als er sich ausgiebig mit den lokalen Epidemien und den weltumspannenden Pandemien der letzten Jahrhunderte beschäftigte. So schien ihm die Menschheit einen immerwährenden Kampf mit den Erregern zu bestreiten, bei dem keineswegs ausgemacht war, wer diesen am Ende gewinnen würde. Es gab geniale Forscher wie Louis Pasteur oder Robert Koch, die zwar epische Siege über die Erreger errungen hatten, aber diese hatten sich gewehrt, hatten sich verändert und waren wieder und wieder durch die Sicherheits-

224

netze gerutscht, die die Menschheit gespannt hatte, um sie von sich fernzuhalten. In letzter Zeit hatte man damit begonnen, die Erbinformationen der Erreger zu entschlüsseln, und war ihnen auch dort auf ihre nanometergroße Spur gekommen. Doch was vielversprechend begonnen hatte war wie so oft in der Wissenschaft gewesen: je mehr man wusste, umso weniger war bekannt. Was bedeutete es, wenn sich Virusvarianten nur durch wenige Peptidsequenzen in ihrer Erbsubstanz unterschieden? Und wodurch wurden diese Unterscheidungen ausgelöst? Wie konnte man das steuern oder verhindern? Überall auf der Welt waren Forscher dabei, die Entschlüsselungen zu deuten. Dabei gab es unterschiedliche Forschungsansätze und je gefährlicher diese Forschungen waren, umso kontroverser wurden sie, abseits der großen Öffentlichkeit, in Fachkreisen diskutiert. Auch dies war ein Rätsel: während sich weltweit Millionen von Menschen gegen Atomwaffen engagierten, gab es fast niemanden abseits der exklusiven Expertenrunden, der sich zu dieser Gefahr äußerte, die doch im Falle eines größeren Unfalls gravierendere Folgen haben könnte als ein begrenzbarer Atomkrieg. Die Menschheit schien gar nicht zur Kenntnis zu nehmen, was da in den Hochsicherheitslabors geschah. Je mehr Yue Fei sich in die Materie einarbeitete, umso klarer wurde ihm, dass dies ein schwerer Fehler war.

Er las die Studie, in der die Forscher aus Wǔhàn ein nicht humanpathogenes Coronavirus durch die Einbindung einer Spike-Protein-Aminsosäuresequenz aus einem SARS-Coronavirus zu einer für den Menschen gefährlichen Chimäre gemacht hatten. Er brauchte nicht lange, um zu verstehen, warum diese Viren vor allem für alte und kranke Menschen besonders gefährlich waren.

Diese Art von Forschungen war es, die so umstritten in der Fachwelt waren: man nannte sie GOF-Forschungen, Gain-of-function- oder Funktionserwerbs-Versuche. Wissenschaftler versuchten in den Labors, bestimmten (relativ harmlosen) Erregern Eigenschaften hinzuzufügen, die sie vorher nicht hatten und durch die sie potenziell gefährlicher für den Menschen werden würden.

Das Hauptargument der Befürworter dieser GOF-Versuche war es, dass man unter maximal abgesicherten Laborbedingungen herausfinden müsse, wozu die Erreger zum Beispiel durch wenige Mutationen imstande seien, damit man in einem zweiten Schritt rechtzeitig Gegenmaßnahmen ergreifen könne. Es ging ihnen also darum, die Menschheit auf mögliche Pandemien besser vorzubereiten, indem man zum Beispiel rechtzeitig Pandemiepläne und Impfstoffe entwickeln könnte, bevor eine Erkrankung wie zum Beispiel SARS ausbräche.

Die Gegner sahen darin ein Spiel mit dem Feuer und argumentierten damit, dass man nie sicher sein könne, dass eines der so erschaffenen Monster nicht durch einen Fehler oder gar Vorsatz eine Pandemie auslösen könne. Außerdem bezweifelten sie, dass man im Rahmen dieser Forschungen wirklich effektive Impfstoffe entwickeln könne, die eine Pandemie bereits im Keim ersticken würden, da die genetischen Variationen der Erreger dafür viel zu zahlreich seien.

Die Politiker waren uneins. Während die meisten sich nicht um den Elfenbeinturm der Wissenschaftler scherten, weil ihnen das Ganze zu abgehoben war oder sie es schlichtweg nicht verstanden, gab es einige, die den Wissenschaftlern glaubten, die ihnen einen Nutzen versprachen. Das führte dazu, dass die GOF-Forschungen weltweit – auch in Wǔhàn –großzügig insbesondere von den USA unterstützt wurden. Aufgrund der komplexen Technologie erschien es zu abwegig, dass diese Forschungen in falsche Hände geraten könnten, die entweder zu nachlässig oder zu kriminell sein würden.

Das änderte sich allerdings, als eine Studie aus Rotterdam herauskam, deren Erscheinen verschiedene westliche Geheimdienste und Regierungen zu verhindern suchten, um Bioterroristen keine Blaupause zu liefern.

Als das US-Beratergremium für Biosicherheit empfahl, die Studie gar nicht oder nur zensiert zu veröffentlichen, ging ein Aufschrei durch den Elfenbeinturm, der die WHO auf den Plan rief. Die WHO bestand darauf, die Daten zu veröffentlichen, und setzte sich damit letztlich durch. Die USA strichen in der Folge einen Großteil ihrer Unterstützung für die weltweiten GOF-Versuche.

Yue Fei lud sich die Studie aus Rotterdam herunter und begann gespannt zu lesen. Auch in dieser Studie wurde ein GOF-Experiment beschrieben. Ziel der Wissenschaftler war es gewesen, herauszufinden, wie leicht das Vogelgrippevirus H5N1 von Mensch zu Mensch übertragen werden konnte. Das war der Virusstamm, der damals in Hong Kong einen gewissen Dr. Zhāng das Leben gekostet hatte. Normalerweise befällt das Vogelgrippevirus keine Menschen. Das liegt vor allem an zwei Eigenschaften des Virus: die Rezeptoren, an die es normalerweise andockt, liegen beim Menschen in der Luftröhre und der Lunge, sind also zunächst einmal schwer für das Virus erreichbar (die Rezeptoren der humanen Grippeviren liegen hingegen in der Nase und im Kehlkopf, wohin sich Viren ja leichter verirren). Außerdem benötigen die Vogelgrippe-Viren zur Vermehrung eigentlich die im Vogeldarm vorherrschenden 41 Grad Celsius. Die Forscher fanden zunächst heraus, welche – geringen – Veränderungen der Virus-Erbinformation nötig waren, um vor allem den Temperaturunterschied unerheblich werden zu lassen, und suchten dann nach entsprechenden Mutationen. Sie fanden schließlich drei davon und statteten damit ein H5N1-Virus aus, welches einige Jahre zuvor bei einem Patienten isoliert worden war. Dieses wurde dann unter Laborbedingungen vermehrt.

Anschließend infizierten sie ein Frettchen mit diesem Virusstamm.

Frettchen werden seit Jahrzehnten in der Influenzaforschung eingesetzt, weil diese empfänglich für Vogelgrippe- und menschliche Grippeviren sind und ähnliche Symptome entwickeln wie Menschen.

Das Frettchen erkrankte und wurde nach vier Tagen getötet. Dann entnahmen ihm die Forscher Viren aus der Nasenschleimhaut. Mit diesen Viren wurde ein weiteres Frettchen infiziert. Dieses Prozedere wiederholten die Wissenschaftler bis zu Frettchen Nummer fünf. Ab Frettchen Nummer sechs wurde kein Sekret aus der Nase entnommen, sondern die Frettchen wurden zum Niesen angeregt und das Sekret in Petrischalen aufgefangen. Durch den Vergleich mit einer Kontrollgruppe, die mit einem nicht mutierten Wildtyp H5N1 infiziert worden war, gelang der Nachweis, dass in der genetisch veränderten Gruppe die Viruslast deutlich höher war – das war der Beweis dafür, dass das Virus im Rahmen der Weitergabe eine deutlich höhere Vermehrungsrate im oberen Atemtrakt der Frettchen entwickelte, also insgesamt deutlich ansteckender wurde.

In einem zweiten Schritt wurden erneut Frettchen mit dem aus dem letzten Tier gewonnenen Viruskonzentrat infiziert. Die Wissenschaftler stellten nun die Käfige der infizierten Tiere in die Nähe von Käfigen mit gesunden Tieren. Die Tiere konnten sich nicht berühren, aber sie konnten sich gegenseitig anniesen. Nach drei Tagen waren drei Viertel der gesunden Frettchen ebenfalls erkrankt.

Die Forscher fanden heraus, dass das Virus inzwischen noch weitere Mutationen durchgemacht hatte, die die Anheftung an die Zellen des neuen Wirtes deutlich verbesserten.

Diese Forschungsarbeit zeigte zweierlei: zum einen wurde erneut bewiesen, dass die Änderung sehr kleiner Aminosäuresequenzen offenbar ausreichte, um hochinfektiöse H5N1-Viren zwischen Säugetieren zu verbreiten. Zum anderen zeigte sie aber auch, dass man bei bestimmten Viren offenbar sehr einfach über eine Tier-zu-Tier-Übertragungskette eine zunehmende Anpassung an eigentlich nicht vorgesehene Wirte erreichen konnte.

Das genau war es, was die Behörden in den USA alarmierte: die Studie zeigte auf, wie man mit relativ einfachen Mitteln ein gefährliches, aber an sich für den Menschen nicht ansteckendes Virus zu einem Killer machen konnte, der die Welt ins Chaos stürzen konnte.

Yue Fei war sofort klar, worin der Vorteil dieser Experimente für Menschen wie ihn lag:

228

da es sich bei diesen Versuchen gleichsam um Turbomutationsexperimente handelte, mit denen der Mensch, ein wenig Gott spielend, ›natürliche‹ Mutationen auslöste, beschleunigte und lenkte, ohne dass man wie bei den SARS-Versuchen Sequenzen in die Viruserbsubstanz hineinoperieren musste, konnte am Ende niemand sagen, ob ein solches Virus künstlich erschaffen oder auf natürlichem Weg entstanden war. Anders als bei der SARS-Chimäre, die für jeden Experten erkennbar immer die Frankenstein-Narben der künstlichen Veränderung tragen würde, wäre die Spur bei einem nach der Rotterdam-Methode hergestellten Virus niemals rückverfolgbar.

Und während die WHO aufgrund dieser Versuche Pandemiepläne entwickelte, die in Schubladen verstaubten, und Empfehlungen für ein verändertes Vorgehen bei der prophylaktischen Impfstoffentwicklung herausgab, die niemand hören wollte, weil sie zu teuer oder einfach zu abwegig erschienen, begann man in dem neuen BSL-4-Labor in Wǔhàn die GOF-Forschungen zu intensivieren. Man hatte sich dort schließlich schon vor der Eröffnung der Hochsicherheitseinheit mit diesen Versuchen beschäftigt und sich auf diesem Gebiet einen international renommierten Namen gemacht. Außerdem besaß man mit dem Zentrum für die Sammlung von Viruskulturen die größte Virusbank Asiens – etwa 1.500 Erregerstämme lagerten hinter den Mauern des Hochsicherheitslabors und warteten darauf, beforscht zu werden.

Für Shenmi hatte sich durch die Eröffnung der BSL-4-Einheit ein Traum erfüllt. Sie konnte nun mit ihren Kollegen in der Oberliga der weltweiten Virusforschung spielen. Sie verbrachte ein paar Monate in Lyon, um sich in die Sicherheitsstandards und Abläufe eines solch komplexen Labors einzuarbeiten und lernte viel von ihren französischen Kollegen. Sie genoss den Austausch mit Kollegen aus anderen Ländern und sie stellte in Frankreich fest, dass sie auch die französische Kultur sehr mochte. Die Zweiflüssestadt, drittgrößte Stadt Frankreichs, erschien ihr wie eine Kleinstadt mit einem historischen Kern, in dem sich viele Epochen der vergleichsweise kurzen Geschichte Europas widerspiegelten.

Nach einem arbeitsreichen Tag im Schutzanzug streifte sie oft durch die Gassen der Altstadt und liebte es, zum Abschluss ihrer Streifzüge still auf einer Bank in der Kathedrale Saint-Jean zu sitzen und Jahrhunderte katholischer Frömmigkeit zu atmen. Ihre französischen Kollegen weihten sie in die Geheimnisse des hiesigen Weines ein, wobei die bacchantischen Abende regelmäßig in hitzigen Diskussionen zwischen der Fraktion der Liebhaber des Beaujolais und derjenigen, die dem Côtes du Rhône den Vorzug gaben, endeten. Nach einiger Zeit spürte sie, wie die Atmosphäre der elterlichen Strenge, in der der sie mit ihrem Vater unter einem Dach lebte, von ihr abfiel. Einer ihrer französischen Kollegen machte ihr unverhohlen Avancen und sie musste sich eingestehen, dass ihr das schmeichelte. Sie war nun über fünfzig Jahre alt und damit weit jenseits dessen, was ihr Vater immer wieder mahnend eingefordert hatte. Wie hatte er sich früher für sie gewünscht, dass sie einen vernünftigen Mann finden und ihm einen Enkel schenken würde! Von ihm aus sogar eine Enkelin, wenn es nur endlich geschehen würde. Seine diesbezüglichen Äußerungen waren mit der Zeit immer seltener geworden und schließlich war er ganz verstummt. Offenbar war seine Tochter mit ihrer Arbeit verheiratet und interessierte sich nicht für die anderen Dinge, die gemeinhin ein Leben ausmachten. Da sie ganz offensichtlich seinen Sturkopf geerbt hatte, war es mit den Jahren immer aussichtsloser geworden, die Sache weiterzuverfolgen. Außerdem tat die Zeit ein Übriges und ließ es schließlich ziemlich sinnlos erscheinen, noch weiter auf einer Familiengründung zu beharren. Shenmi selbst fehlte nichts. In der schrecklichen Nacht damals in Běijīng war der Teil in ihr, mit dem man das Interesse am anderen Geschlecht verbindet, unwiederbringlich abgetötet worden und zu Frauen hatte sie sich noch nie hingezogen gefühlt. Es hatte in ihrem Leben nur einen einzigen Mann gegeben, für den sie mehr als nur freundschaftliche Gefühle hatte entwickeln können, aber auch das war nur eine blasse Erinnerung, seitdem sie diesem Mann hatte klarmachen müssen, dass es keine Zukunft für sie geben konnte. Hin und wieder hatte sie noch Kontakt zu ihm, was einfacher war, seitdem es das Internet gab. Sie hatten zwar vereinbart, dass Max sie hier in Lyon besuchen würde, aber die vielen Jahre, die vergangen waren, seitdem sie sich das letzte Mal gesehen hatten, lägen, so glaubte sie, zwischen ihnen wie unüberwindliche Klippen. Zumindest hatte sie sich all die Jahre mit dieser Erkenntnis getröstet.

»Shenmi, kommst du heute mit auf ein Rendezvous ins Histoire de Fûts ?« Jules zwinkerte ihr zu. »Das ist eins der besten Weinlokale in der Stadt und du lernst doch gerade, warum der Beaujolais der beste Wein der Welt ist. Wir könnten diese Lektion heute Abend dort fortsetzen! Was ist, komm doch mit!« Shenmi errötete leicht, simulierte anmutig leichten Widerstand und sagte dann zu. »Fein«, lachte Jules. »Dann sehen wir uns um 19 Uhr in der Rue Vauban! Ich freue mich!«

Nun stand sie vor dem Spiegel im Badezimmer ihrer kleinen Maisonette-Wohnung im Vieux Lyon und war selbst erstaunt darüber, wie viel Mühe sie sich machte, um Jules heute Abend zu gefallen. In den vergangenen Monaten hatte sie verschiedene Modezeitschriften studiert, um den typisch französischen Schminkstil zu erlernen. Nicht, dass sie sich bislang viel aus dieser Art von Äußerlichkeiten gemacht hätte – es war vielmehr eine Art wissenschaftliches Interesse, eine Versuchsreihe der etwas anderen Art, mit der sie ermitteln wollte, ob es ihr gelänge, am Ende auszuschauen wie die koketten Französinnen, die ihr allabendlich auf dem Nachhauseweg in dem belebten Altstadtviertel begegneten. So hatte sich das kleine Badezimmerschränkchen mit allerlei Döschen und Flacons gefüllt, von denen nun viele geöffnet auf der kleinen Ablage unter dem Schminkspiegel standen. Schließlich betrachtete sie ihr Werk: sie hatte die besten Jahre hinter sich, das war wohl unstrittig. Aber sie war immer noch eine schöne Frau, und die kleinen Fältchen, die sich um ihre Augen abzeichneten, diese unbestechlichen Pegelmesser des Äl-

231

terwerdens, verliehen dieser Schönheit eine Art unergründlicher Tiefe, die nicht nur Jules nervös gemacht hatte, als Shenmi zum ersten Mal das Labor betreten hatte. Bislang war sie gegenüber den Avancen der Männer, die ihren Lebensweg gekreuzt hatten, immun gewesen, hatte sich abgeschottet und hinter ihren Forschungen versteckt. Aber hier in Frankreich war alles so anders als daheim in Wǔhàn, dass sie von einer nie gekannten Leichtigkeit erfasst worden war. Und Jules war die Verkörperung dieser Leichtigkeit. Er schien einer dieser typisch-klischeehaften Franzosen zu sein, die jede noch so komplizierte Situation mit einem coolen Spruch und einem Lächeln in den Augen meisterten. Sie kannte diese Art Männer aus den alten französischen Filmen, die sie so liebte. Die Franzosen schienen so ganz anders zu sein als die chinesischen Männer mit ihren archaisch-strengen Ansichten über die Rolle von Mann und Frau. Jules hätte ihrer Ansicht nach aus einem Truffaut-Film entsprungen sein können und das faszinierte sie ungemein.

Natürlich war diesem nicht verborgen geblieben, dass Shenmi sich für ihn zu interessieren schien, und einem alten Routinier wie ihm würde so ein Fang garantiert nicht von der Angel entwischen. Eine Chinesin! Warum nicht?! Noch dazu eine, die offenbar nicht viel Erfahrung mit Männern hatte!

Er hatte den üblichen Tisch in einer ruhigen Ecke des romantischen Weinlokals reserviert. Als er es mit seiner strahlend schönen chinesischen Kollegin betrat, zwinkerte ihm der Kellner verschwörerisch zu. Jules erklärte ihr zunächst fachmännisch die Weinkarte. »Wenn ich eine Empfehlung abgeben darf – du weißt, ich bin ein Freund des Beaujolais, wobei ich natürlich auch immer offen für andere Weine bin, zuweilen sogar aus dem Ausland – würde ich diesen hier nehmen. Jahrgang 09, ein optimaler Einstieg in die Welt unseres Beaujolais: die besondere Reife der Trauben führt zu einer höheren Konzentration der Frucht. Damit ist 2009 ein nahezu perfekter Jahrgang!«, schwärmte er mit diesem jungenhaften Leuchten in den Augen, das Shenmi so mochte.

Sie ließ sich gerne von ihm in diese fremde Welt entführen, von der man sagte, dass Gott sich wegen ihr so wohl fühlte in Frankreich, und sie wurde nicht enttäuscht. Weder vom Wein noch von dem vielgängigen Menü mit exotischen französischen Köstlichkeiten. Der Abend schien ein Versprechen zu werden, eine sanfte Welle, die sie vielleicht an einen Ort treiben würde, den sie bislang noch nicht kannte. Einen faszinierenden Ort, nach dem sie sich schon lange gesehnt hatte, ohne es zu wissen. Jules zog alle Register und ihm blieb nicht verborgen, wie sehr Shenmi an seinen Lippen hing. Hatte sie anfangs nur sehr schüchtern und zurückhaltend gelächelt, so wurde sie immer ausgelassener, je mehr sich die Flasche auf dem Tisch leerte.

»Warum hat es eigentlich so eine attraktive und begehrenswerte Frau wie dich in einen Winkel des Lebens verschlagen, in dem diese Schönheit unter einem Gummianzug versteckt wird? Viren und Laborratten wissen das doch gar nicht zu schätzen!« Jules bedauerte ziemlich schnell, dass er diesen missglückten Witz gerissen hatte. Shenmis heiteres Lachen erstarb und der Ernst kehrte in ihre Züge zurück: »Naja, weißt du, Jules, für mich ist das nicht so wichtig. Das sind Äußerlichkeiten. Ich bin ja damals aus Überzeugung Ärztin geworden und hab ja auch zunächst viele Patienten behandelt. Aber dann, damals in Hong Kong während der Vogelgrippe, da hatte ich das Gefühl, ich könnte mit den Forschungen an den Erregern, die den Menschen gefährlich werden können, vielleicht noch viel mehr bewirken.« Jules hatte keinerlei Lust auf eine derartige Wendung des Abends. Gelangweilt entgegnete er: »Ach ja? Bist wohl scharf auf den Nobelpreis, was?« Shenmi war gekränkt. »Nein, das ist es nicht, das interessiert mich nicht«, gab sie etwas ernüchtert zurück. »Aber ich glaube daran, dass wir mit unseren Versuchen vielleicht dazu beitragen können, dass die Menschheit in Zukunft von großen Seuchen verschont wird. Das ist es doch auch, weshalb Ihr hier in Lyon in so einem Labor arbeitet, oder? Wir wollen doch alle mit unseren Versuchen Gutes tun! Wir erforschen, wozu die Viren in der Lage sind, werten die Daten aus und geben den Politikern weltweit dann die Empfehlungen, die sie brauchen, um eine entsprechende Vorsorge zu treffen. Impfstoffe! Präventionspläne! Ich habe manchmal den Eindruck, dass die Menschheit gar nicht weiß, in welch latenter Gefahr sie schwebt, aber wir sind es, die sie davor beschützen. Wir machen die Welt sicherer! Ist das denn nicht auch der Grund, weshalb du das machst, Jules?«

Jules blickte verzweifelt in sein Glas. Er war hier, um mit dieser exotischen Frau zu vögeln und nun wurde er in eine Grundsatzdiskussion über seinen Beruf verwickelt! »Nein!«, sagte er etwas zickig. »Ich mache das nicht deshalb und ich glaube auch nicht an den ganzen Mist von wegen der Menschheit helfen und so! Ich sag dir jetzt mal was«, der Wein trug jetzt dazu bei, dass seine Zunge sich zu sehr lockerte. »Die Menschheit ist mir scheißegal! Du glaubst doch nicht im Ernst, dass sich irgendwer außerhalb unseres Elfenbeinturms für deine Forschungen interessiert! Politiker! Pah! Die werden gar nichts tun! Eure Politiker wollen diese Forschungen fürs Renommee und die Größe Chinas und bestenfalls noch fürs Militär. Und unsere interessiert der Scheiß überhaupt nicht! Pandemiepläne? Impfstoffentwicklung? Die hören doch sowieso nicht auf uns! Zu teuer, zu aufwendig! Politiker reagieren immer erst, wenn es zu spät ist! Es gibt doch Pandemiepläne bei der WHO! Hast du mal nachgeforscht, ob die umgesetzt werden? Nein? Ich aber: werden sie nicht! Nada! Nix! Niente! Die liegen irgendwo in der Schublade und verstauben und irgendein Sesselfurzer holt sich damit einen runter, dass er die erstellt hat!« Der große Junge mit den lachenden Augen war verschwunden. Shenmi gegenüber saß ein desillusionierter alternder Mann, der sich jetzt in seinem Frust verlor. Ihm fiel gar nicht auf, dass sie errötet auf den Tisch starrte, als er mit seiner Tirade fortfuhr: »Du willst wissen, warum ich das mache, Shenmi? Ich will es dir sagen: weil ich es kann! Und weil ich mit dem, was ich kann, Gott spielen darf! Ja, du hast richtig gehört: ich bin Gott! Ich erschaffe Monster. Unsichtbare Monster, die ich mit meinen Experimenten von harmlosen Organismen in

234

apokalyptische Reiter verwandle, die die gesamte Menschheit vernichten können! In welchem Beruf kann man das? Wesen erschaffen, die alle Tiere, alle Menschen töten können?! Das ist ein Gefühl von Macht, das man nur in unseren Labors spüren kann! Du kannst mich verfluchen und für einen schlechten Menschen halten, aber du wirst dennoch zugeben müssen, dass ich in dem, was ich tue, exzellent bin. Sollen sich andere damit einen runterholen, etwas Gutes zu tun! Ich glaube nicht daran, dass es gut ist, Monster zu erschaffen. Es ist nicht gut, es ist verdammt gefährlich! Aber es verschafft mir das Gefühl, Gott zu sein! Und genau das lässt mich darin so gut sein!«

Stille. Shenmi wagte nicht, aufzublicken. Zu groß war ihre Furcht, in die Augen eines Wahnsinnigen blicken zu müssen. ›Das ist genau das, was mein Vater schon immer befürchtet hat‹, dachte sie. »Jules, ich möchte jetzt gehen«, sagte sie nach einer Weile mit leiser Stimme.

Schweigend legten sie die Strecke zu Shenmis Wohnung zurück. Ihr wäre es lieber gewesen, er hätte sie alleine gelassen, aber er hatte darauf bestanden, sie zu begleiten. Was war das für ein Mann? Nüchtern ein charmanter Junge, jetzt, nach zwei Flaschen Beaujolais ein ausgebrannter Zyniker, den man, dessen war sie sich nach diesem Einblick in sein Seelenleben sicher, niemals in einem P4-Hochsicherheitslabor arbeiten lassen dürfte. Sie war froh, als sie endlich vor ihrer Haustür standen, und kramte in ihrer Handtasche nach dem Schlüssel. Sie wollte sich gerade von ihm verabschieden, als sie seinen heißen, alkoholgeschwängerten Atem im Gesicht spürte. Kraftvoll drückte er sie an die geöffnete Tür, so dass sie stürzte und unter ihm zu liegen kam. »Ich will dich jetzt ficken, verdammt nochmal! Was glaubst du eigentlich, wozu ich sonst diesen beschissenen Abend mit dir verbracht habe!« Er riss sie an den Haaren und versuchte, sie zu küssen. »Nein, nicht! Nicht! Nicht noch einmal!« Mit aller Kraft riss sie ihren rechten Arm unter seinem schweren Körper hervor. Er schrie auf, während sie ihren Daumen in sein linkes Auge stieß. Als ihr Knie mit voller Wucht seine Hoden traf, verlor er vor Schmerz das Bewusstsein und sackte auf ihr zusammen. Angewidert rollte sie sich unter ihm hervor, raffte ihre Sachen zusammen und flüchtete in ihre Wohnung. Minuten später schnappte unten die Haustür ins Schloss und sie beobachtete aus dem Fenster, wie ein torkelnder Mann sich in den dunklen Gassen verlor.

Am nächsten Tag meldete sie sich krank und buchte den nächsten Flug zurück nach China.

Es würde lange dauern, bevor diese neuen alten Wunden wieder vernarbt wären.

Das Ei des Schwarzen Drachen

»Was gibt es denn so Dringendes, Yue Fei?« Wang war etwas ärgerlich. Sein Schützling hatte ihm vor ein paar Tagen auf einem sicheren Kanal bedeutet, dass er dringend nach London kommen müsse. Auf seine Bitte, zu konkretisieren, um was es gehe, hatte Yue Fei sich bestenfalls sehr nebulös geäußert, hatte etwas von nationaler Bedeutung geheimniskrämert und ihn nochmals dringend gebeten, baldmöglichst zu kommen.

Entgegen ihrer Gepflogenheiten hatte Yue Fei zu Wangs Verdruss auch noch darauf bestanden, dass sie sich fast schon konspirativ in dessen Wohnung in der Gerrard Street trafen. Übermüdet von dem langen Flug saß er nun in einem abgewetzten Sessel und blickte sich in der Wohnung um. Yue Fei schien diese länger nicht verlassen zu haben. Überall lagen ausgedruckte Zeitungsartikel, von denen viele zu Wangs Verwunderung wissenschaftlicher Art zu sein schienen. Zwischen diesem Gewirr von Zeitungsartikeln gab es vereinzelt Einsprengsel von China-Food- und Pizzakartons, zum Teil durchaus noch mit Resten des inzwischen leicht verwesten Inhalts. Unwillkürlich fragte sich Wang, ob Yue Fei womöglich in sein altes Leben zurückgefallen sei, doch er erblickte keinerlei Flaschen, die auf einen alkoholischen Inhalt hätten schließen lassen können. Stattdessen ließen die vielen Teebeutel, die überall herumlagen, den Schluss zu, dass sein Schützling Unmengen von Tee konsumiert hatte, seitdem er zum letzten Mal seine Wohnung verlassen hatte.

Yue Fei selbst schien ebenfalls ziemlich übernächtigt zu sein. Offenbar hatte er in den vergangenen Wochen nach der Übergabe der Panzerfahrer-Protokolle kaum geschlafen. Wang ertappte sich bei einem breiten Grinsen – er hatte doch gewusst, dass sich sein Bluthund auf diese Fährte setzen ließe. Und offenbar hatte er auch Erfolg gehabt. Langsam wich die Übermüdung einer zunehmenden Anspannung. Was hatte Yue Fei herausgefunden?

»Meister, ich bin hocherfreut, dass du so schnell kommen konntest! Du hattest sicher eine anstrengende Reise?« Wang nickte müde. »Naja, Yue Fei, es ist etwas ungewöhnlich, dass du mich so herbeizitierst und wir uns dann auch noch in deiner Wohnung treffen. Eigentlich muss ich dich dafür rügen, dass du deinen Meister so herablassend behandelst!« »Nein, Meister!«, protestierte Yue Fei entsetzt. »Das ist doch nicht herablassend gemeint! Ich habe dabei nur an deine Sicherheit gedacht und daran, was meine neuen Erkenntnisse für uns, die Partei und unser geliebtes China bedeuten. Ich bin mir nicht sicher, ob dein Büro, in dem wir uns ja sonst immer treffen, verwanzt ist. Schließlich bist du ja oft nicht da und ich weiß nicht, wer alles Zugang dazu hat.« Wang nickte. Er war sich fast sicher, dass es tatsächlich so war, und pflichtete Yue Fei insgeheim bei: wenn seine Erkenntnisse von so großer Bedeutung waren, dann war es sicher besser, dass sie sich hier trafen. »Ich bin mir aber sicher, dass meine Wohnung nicht verwanzt ist«, fuhr Yue Fei fort. »Schließlich habe ich alles hier systematisch mehrmals nach Abhöreinrichtungen abgesucht und habe sie auch in den letzten Wochen nicht mehr verlassen.« »Vielleicht hast du recht. Jetzt berichte, was du zu berichten hast!«

Yue Fei machte ein vielsagendes Gesicht. »Meister, du hast mir bei den politischen Unterweisungen, die du mir gegeben hast, doch immer wieder eingeschärft, dass du befürchtest, unsere Feinde im Westen könnten den Aufstieg Chinas zum einzigen Hegemon, wie er ja auch von unserem Überragenden Führer gewünscht und geplant ist, doch noch aufhalten, obwohl oder gerade weil er eigentlich vorbestimmt ist und aktuell auch alles darauf zuläuft.«

Wang horchte auf: »Das habe ich. Du weißt, dass ich glaube, dass der Westen ein Koloss auf tönernen Füssen ist. Eine bröckelnde Macht, militärisch hochgerüstet, aber ideengeschichtlich und letztlich auch wirtschaftlich am Ende. Wer in der Welt glaubt heute noch an Freiheit und Demokratie made in USA?! Diese Werte haben die USA selbst zerstört und das wird ihnen in letzter Zeit verstärkt bewusst. Überall im Westen erheben sich, nicht zuletzt auch heimlich unterstützt von uns, die Bilderstürmer, die alles, an was man dort geglaubt hat, hinterfragen, in den Dreck ziehen und letztlich zerstören. Dabei hilft ihnen die Heuchelei, die es dort schon immer beim Blick auf die eigene Geschichte gegeben hat.

Der Westen erlebt daher seit Längerem eine schleichende Kulturrevolution – und ich verwende diesen Begriff absichtlich. Diese Kulturrevolution ist nicht so offensichtlich und radikal wie bei uns, aber nicht minder zerstörerisch. Wir haben damals alle Erinnerungen an unsere Geschichte zerstört und Widersacher umerzogen oder eliminiert. Der Westen befindet sich nun auch in einem solchen Prozess und hinkt uns da mehrere Jahrzehnte hinterher. Damit schwächt er sich, wie wir uns damals geschwächt haben, da man seine Zukunft verliert, wenn man sich von der Vergangenheit abschneidet.

Auch bei uns hat die Kulturrevolution zunächst durch Auslöschung der Vergangenheit einerseits Schwäche hervorgerufen, andererseits aber ein Vakuum geschaffen, das die Partei durchdringen und damit ihre Macht festigen konnte. Nun, da sie fest im Sattel sitzt, erinnern wir uns wieder und sind stolz auf unsere Geschichte – allerdings nach den Vorgaben der Partei. Wir haben unsere Sicht auf unsere Geschichte nach deren vollständiger Zerstörung nach den Vorgaben der Partei wiederaufgebaut und ziehen daraus Kraft und Zuversicht. Damit sind wir dem Westen überlegen.

Es gibt mächtige Strömungen im Westen, die dieses Prinzip erkannt haben und uns darin nacheifern. Sie wollen ebenfalls ein Vakuum herstellen, mit dessen Hilfe auch sie ihre Macht auf Dauer festigen können. Sie übersehen dabei allerdings, dass es bei diesem Vorgang zunächst zu Selbstzweifeln und maximaler Verunsicherung kommt und damit zu einer Verletzlichkeit, die in der Übergangsphase zwangsläufig besteht. In dieser Phase steckt der Westen aktuell.«

Gebannt hatte Yue Fei zugehört. »Ja, Meister, so ist es. Aktu-

239

ell sind wir stark und der Westen ist schwach. Aber wie lange, Meister, wird diese Schwächephase anhalten?«

Wang runzelte die Stirn. »Das ist es ja, was mich umtreibt! Ich befürchte, dass sich das Zeitfenster bald schließen könnte, so wie es auch bei uns war. Bei uns hat die Wéngé zehn Jahre lang gedauert und dann hatten wir nochmal etwa ein Jahrzehnt an Aufräumarbeiten des 10-Jahre-Chaos durchzustehen, bevor wir daran gehen konnten, unsere Macht wieder auf- und auszubauen. Unser Überragender Führer will unseren Aufstieg zur einzigen Führungsmacht bis zum Jahr 2049 bewerkstelligen. Ich befürchte, dass wir nicht so viel Zeit haben. Der Westen wird früher wach werden und versuchen, zu alter Stärke zurückzufinden.«

Er stockte, denn Yue Feis Gesichtsausdruck hatte sich merklich verändert. Er blickte Wang triumphierend an. »Genau das ist es, Meister, weshalb ich dich unter diesen Umständen in meine zugegebenermaßen nicht besonders wohnliche Klause gebeten habe! Genau das ist es! Ich habe einen Weg gefunden, wie wir losschlagen können! Jetzt! Wir können den Koloss jetzt zum Einsturz bringen und China an die Weltspitze katapultieren – 30 Jahre früher als geplant stoßen wir mitten in das Vakuum des Westens und bringen es zur Implosion! Und wir können damit als unsterbliche Helden in die Geschichte unserer Nation eingehen.«

Wang starrte ihn mit offenem Mund an und rang sichtlich um Fassung. »Äh ...«, begann er, um dann wieder abzubrechen. War Yue Fei übergeschnappt inmitten des Chaos, das in seiner Wohnung herrschte? Hatte er sich verhört? Hatte er, Wang, den anderen vielleicht doch falsch eingeschätzt und dieser war doch nicht so belastbar, wie er gedacht hatte? »Yue Fei«, begann er von Neuem. »Das ist nicht dein Ernst! Es tut mir leid, wenn meine politischen Schulungen bei dir möglicherweise eine Art Besessenheit oder vielleicht sogar Größenwahn hervorgerufen haben sollten ...« »Nein, Meister«, unterbrach ihn der andere. »So ist es nicht. Im Gegenteil! Du hast mir doch erst die Augen geöffnet und mir nicht nur gezeigt, wozu ich imstande bin, sondern auch

240

erklärt, wie die Welt funktioniert und dass wir dazu da sind, die Partei und unsere große Nation zu beschützen und eines Tages das Tiānxià wieder zu errichten! Wirklich Meister, ich habe alles hundertmal durchdacht: wir beide können diesen Schritt gehen, wir können unser Land zur einzigen Weltmacht machen!«

Wang starrte ihn an und sagte tonlos: »Und wie sollen wir das deiner Meinung nach schaffen, Yue Fei? Ich glaube, es wird nun langsam Zeit, dass du mir erzählst, was du in den letzten Wochen herausgefunden hast!«

Yue Fei schenkte seinem Meister und sich selbst eine Tasse Tee ein und begann, zu erzählen.

»Ich weiß, wer die Person ist, die die Panzer damals gestoppt hat. Ich kenne sie persönlich und ich weiß, dass sie an Projekten arbeitet, die extrem sicherheitsrelevant sind. An Projekten, die wir mit unserem Wissen über diese Person für unsere Zwecke nutzen können.« Vielleicht war Yue Fei doch nicht übergeschnappt. Wang hörte sehr gespannt zu, als Yue Fei damit begann, seine Andeutungen zu erläutern. Yue Fei offenbarte ihm Shenmis Identität und berichtete ihm alles, was er hinsichtlich ihrer Forschungen und der sensiblen GOF-Experimente herausgefunden hatte. Er vergaß auch nicht Feng und Max Hecker sowie den unglücklichen Dissidenten in Buenos Aires zu erwähnen. Lediglich die Episode an der Barrikade behielt er tunlichst für sich. Sie tat seiner Meinung nach auch nichts zur Sache. Wang rührte nachdenklich im inzwischen erkalteten Inhalt seiner Tasse, als Yue Fei geendet hatte. Nach einer ganzen Weile blickte er auf und sagte: »Du hast gute Arbeit geleistet, Yue Fei. Genossin Li scheint in unserer Hand zu sein und dürfte so ziemlich alles für uns tun, wenn wir das wünschen. Denn sie wird ebenso wie wir wissen, dass es ihr Todesurteil wäre, wenn die Geschichte den falschen Stellen gemeldet würde. Zu sehr ist dieses Foto mit der größten Demütigung unserer Nation und unserer Partei verbunden!« Wütend ballte er die Fäuste. »Aber wie sieht dein Plan aus? Wie, glaubst du, kann man mit diesem Wissen die Welt verändern?«

Yue Fei goss frischen Tee in zwei neue Tassen. »Trink, Meister. Es wird noch eine lange Nacht ...«

Der alte Soldat sah seine Tochter nachdenklich an. »Wieso habe ich das Gefühl, dass dir dein Aufenthalt in Frankreich nicht gutgetan hat? Du hattest Dich doch so darauf gefreut, aber erst kommst du viel früher zurück und dann erzählst du so gut wie gar nichts von dieser Reise – das finde ich etwas seltsam. War es denn so furchtbar?«

Shenmi stocherte in ihrem Essen herum. Natürlich würde sie dem alten Mann das Herz nicht schwer machen, indem sie ihm von dem furchtbaren Ende des Abends mit Jules erzählte. Was sollte das auch bringen? Dreckskerle gab es überall, auch in China, und dieses Mal hatte sie sich wenigstens gewehrt. Sie hatte beschlossen, auch dieses Mal allein damit klar zu kommen. Sie war stark und war dazu fähig. Sie hatte das schon einmal gekonnt, auch wenn ihr manchmal dämmerte, dass der Preis dafür möglicherweise zu hoch gewesen war.

Sie hatte in den letzten Tagen viel über das nachgedacht, was Jules bei dem Essen von sich gegeben hatte und eigentlich war es das, was sie viel mehr bedrückte. Sie war stets davon überzeugt gewesen, dass Menschen, die in diesen Labors forschten und arbeiteten, eine ganz besondere Verantwortung trugen, und deswegen war sie wie selbstverständlich davon ausgegangen, dass sich all ihre Kollegen in den über die Welt verstreuten Hochsicherheitslabors dieser Verantwortung bewusst waren. Gut, auch hier in Wǔhàn gab es Karrieristen und Charaktere, die sicher nicht so idealistisch waren wie sie. Aber im Großen und Ganzen hatte sie doch das Gefühl, dass sie bei ihrer Arbeit von Menschen umgeben war, die sich angemessen verhielten und ihre Arbeit mit der gebotenen Umsicht und Professionalität verrichteten. Deshalb hatte sie ihrem Vater in all den ermüdenden Diskussionen um die Gefährlichkeit ihrer Versuche ja auch immer aus voller Überzeugung widersprechen können. Sie war immer der felsenfesten Auffassung gewesen, dass es das Ziel all derer, die

242

sich mit diesen Forschungen befassten, sein müsse, die Menschheit vor dem Schaden, den die Erreger verursachen könnten, zu warnen und Möglichkeiten zu finden, diesen Schaden abzuwenden. Seit dem Abend mit Jules war diese Überzeugung zutiefst erschüttert. Dieser Abend hatte ihr gezeigt, dass es sehr wohl auch in diesem sensiblen Bereich Menschen gab, die eine Gefahr darstellten. Und zwar nicht nur für das andere Geschlecht, sondern auch für die Menschheit. Wenn jemand von internationalem Renommee wie Jules diese Forschungen machte, weil er sich für Gott hielt – was würde so jemanden davon abhalten, einen Schritt weiter zu gehen und der Menschheit eine biblische Strafe aufzubürden? Einfach nur, weil er es konnte, weil er die Macht dazu hatte?

Dieser Gedanke war es, der Shenmi seit Lyon nicht mehr losgelassen hatte. Und das war auch der Grund, warum sie mit ihrem Vater nicht darüber reden konnte.

Der Alte kannte seine Tochter. Er wusste, dass sie ihm sowieso nicht sagen würde, was in Frankreich geschehen war. Aber er machte sich langsam ernsthafte Sorgen. Shenmi war schon einmal völlig verändert von einer Reise nach Hause zurückgekommen. Damals war sie bei ihrer Tante in Běijīng gewesen und er hatte immer vermutet, dass ihre Wesensveränderung etwas mit dem verdammten Zwischenfall zu tun gehabt haben müsse, der damals dort stattgefunden hatte. Sie war danach eigentlich nie wieder zu der unbeschwerten jungen Frau geworden, die sie zuvor gewesen war, und es schmerzte immer noch ein wenig, wenn er daran dachte, dass er seiner Tochter nicht hatte helfen können, mit dem, was sie offenbar erlebt hatte, fertigzuwerden. Dieses Gefühl von damals – jetzt war es wieder da und er wollte sich nicht damit abfinden, dass es jetzt schon wieder so lief. »Gut, Tochter«, er unternahm einen weiteren Versuch. »Ich verstehe, dass du mir nicht erzählen kannst oder willst, weshalb du so traurig bist. Auf der anderen Seite bin ich dein Vater und wir leben hier all die Jahre fast schon wie ein Ehepaar zusammen. Gut, der Vergleich hinkt natürlich, aber was ich sagen will, ist:

243

ich kann nur für dich da sein, wenn du das auch zulässt.« Shenmi blickte auf und sah, dass die Augen des alten Mannes feucht waren. Sie streichelte seine runzlige Hand. »Vater, sei nicht traurig und mach dir vor allem keine Sorgen um mich. Ich verspreche dir, dass ich dir alles erzählen werde. Ich brauche nur ein wenig Zeit, um mich zu sortieren, ehrlich. Bitte gib mir die Zeit und hör auf, dich um mich zu sorgen!«

Später, als der große Fluss, der die Stadt so majestätisch teilte, wie ein silbernes Band im Mondlicht glänzte, fanden weder der Offizier a.D. noch seine Tochter allzu viel Schlaf. Zu viele Sorgen, zu viele Gedanken und vielleicht auch zu viele böse Vorahnungen – Geister, die sich in dieser Nacht nicht vertreiben ließen.

Schließlich gab Shenmi auf und setzte sich an ihren Computer. Wenn sie schon nicht schlafen konnte, dann könnte sie zumindest etwas arbeiten. Vorher wollte sie kurz ihre E-Mails checken. Zwischen Spam, Werbung und ein paar beruflichen Sachen fand sich eine Mail, die ihr Herz sofort höher schlagen ließ: Max hatte sich mal wieder gemeldet. Max. Wenn die Zeiten andere gewesen wären … sie wagte nicht, diesen Gedanken weiter zu denken. Immer, wenn er aufkam, zwang sie sich, ihn wieder dorthin zu packen, wo er hingehörte: in die Kiste der unerfüllten Träume. Max war, soweit durfte sie den Gedanken noch weiterdenken, bevor er wieder in die Kiste verbannt wurde, wohl der einzige Mann in ihrem Leben außer ihrem Vater, dem sie bedingungslos vertraute. Obwohl sie sich nur für einen Wimpernschlag physisch gekannt hatten, so hatten sie in all den Jahren doch nie die Brücke einstürzen lassen, die sie miteinander verband. Sie war dankbar dafür, dass er sie so lange schon an seinem Leben und an seiner Gedankenwelt teilhaben ließ, obwohl sie damals seine Hoffnungen auf mehr hatte zunichtemachen müssen. Sie hatte insgeheim gehofft, dass er ahnen möge, wie schwer ihr das gefallen war, und er hatte ihr niemals Vorwürfe gemacht. Er hatte nie etwas von ihr verlangt, sondern ihr seine Freundschaft geschenkt. Ohne Vorbedingungen oder Forderungen. Und sie hatte sich immer bemüht, ihm eine gute virtuelle Freundin zu sein.

Man konnte sich auch über Briefe und E-Mails gut kennen lernen. Vielleicht sogar noch besser als in der realen Welt. Daher wusste sie, dass Max und sie über viele Dinge ähnlich dachten und ähnliche Ideale miteinander teilten. ›Ach Max‹, dachte sie voller Sehnsucht. ›Ich wünschte, du wärest jetzt hier und würdest mich wieder so in den Arm nehmen wie damals auf dem Goldenen Fluss!‹ Ein Doppelklick und die E-Mail öffnete sich: »Liebe Shenmi, wir haben uns ziemlich lange nicht geschrieben! Ich hoffe, Dein Aufenthalt in Lyon war trotz deiner plötzlichen Abreise so, wie Du es Dir gewünscht hast! Leider hat es mit einem Wiedersehen ja nicht geklappt – schade, wir hatten das ja eigentlich fest geplant und ich hatte mich wirklich darauf gefreut. Ein Wiedersehen nach fast 30 Jahren! Aber weißt Du was: in diesem Jahr werde ich mir einen langgehegten Traum erfüllen und nach Australien reisen. Ich hab meinen alten Seesack wiedergefunden und habe mich zuerst gefragt, ob ich dafür nicht so langsam zu alt bin. Aber der Seesack hat geantwortet, der alte Sack sei doch er und ich solle mich nicht so haben! Also haben wir beide beschlossen, uns mal Australien anzuschauen. Ende des Jahres werde ich mir mal für zwei Monate eine Auszeit gönnen. Ich habe durch Zufall gesehen, dass die International Union of Microbiological Societies genau dann in Melbourne einen Kongress veranstaltet, wenn ich auch dort bin, und dachte mir, dass wir unser eigentlich in Frankreich geplantes Treffen vielleicht dort nachholen könnten! Du fährst doch bestimmt wieder hin, oder? Was meinst Du, Shenmi? Jetzt oder nie!!« Australien. Melbourne. Max. Warum eigentlich nicht? Das war doch genau das, was sie jetzt brauchte: Vorfreude. Vorfreude darauf, Max endlich einmal wieder zu sehen. Sie beschloss, das bei Gelegenheit mit Alinga zu besprechen.

Alinga war eine australische Wissenschaftlerin aus dem Victorian Infectious Diseases Reference Laboratory (VIDRL) in Melbourne, die seit einigen Wochen im Rahmen eines Austauschprogramms als Gast im Labor forschte. Sie hatten sich nach Shenmis Rückkehr aus Frankreich kennen gelernt. Shenmi war fasziniert von Alingas ruhigem Wesen und ihrem exotischen Aussehen. Alingas Name bedeutete ›Sonne‹ in der Sprache der Ureinwohner Australiens, und dieser Name, dessen war Shenmi sich sicher, war nicht zufällig gewählt worden. Sie bezauberte mit ihrer offenen und freundlichen Art die ganze Mannschaft des Labors, und auch Shenmi hatte sie sofort ins Herz geschlossen.

Vielleicht könnte Alinga ein gutes Wort bei Shenmis Chef einlegen, so dass dieser sie trotz der Frankreichreise noch einmal ins Ausland ließ.

Ein paar Wochen später hatte sich eine hochrangige Delegation der Volksbefreiungsarmee angekündigt, um das Labor zu inspizieren. Shenmis Chef war schon Tage vorher so aufgeregt, dass sie befürchtete, er würde jederzeit kollabieren. Kein Wunder. Diese Inspektionen wurden immer mit militärischer Strenge in einer sehr eisigen Atmosphäre durchgeführt und hinterher gab es zumeist Kritik und noch mehr Sonderwünsche, die man der Armee zu erfüllen hatte. Und wehe, den Inspekteuren fiel irgendetwas Negatives auf! Das konnte einen Laborleiter sehr schnell den Job kosten und möglicherweise auch Schlimmeres.

Immer wieder gingen sie alle Arbeitsabläufe akribisch durch, reinigten ein ums andere Mal Zimmer und Flure und schärften sich gegenseitig die zu befolgenden Verhaltensregeln ein.

Am Tag des Besuchs der Delegation ließ der Direktor die gesamte Belegschaft in drei Reihen antreten und strammstehen, als die Militärs den Laborkomplex in der Xiao Hong Shan Nummer 44 betraten. Züchtig senkten die Frauen den Blick, während die Männer die Augen geradeaus richteten. Die Uniformen verrieten höhere Dienstgrade aus verschiedenen Waffengattungen, was ungewöhnlich war. Es waren allerdings auch in Zivil gekleidete Männer unter den Inspekteuren. Der Direktor öffnete katzbuckelnd die Türen des Hauptportals und verschwand mit der Delegation im Inneren des großen Komplexes, der erst vor kurzer Zeit um das Schmuckstück bereichert worden war, welches die Inspekteure nun sehen wollten.

Shenmi war eigentlich davon ausgegangen, dass sie nichts weiter mit diesem hohen Besuch zu tun haben würde. Umso erstaunter war sie, als sie einen aufgeregten Anruf des Direktors erhielt, der sie aufforderte, in den neuen Gebäudekomplex zu kommen.

Während sich viele Augenpaare auf sie richteten, als sie den großen Sitzungsraum betrat, in dem die Gruppe versammelt war, hob der Direktor beschwichtigend die Hände: »Genossin Li, die ehrenwerten Genossen haben mich aufgefordert, sie zu bitten, ihnen ein wenig von der Arbeit Ihrer Gruppe zu erzählen!« ›Warum ich?‹ dachte sie. ›Warum fragen sie nicht die Leitung unserer Arbeitsgruppe? Ich bin doch nur ein kleines Rädchen im Getriebe!‹ »Selbstverständlich, Genosse Direktor! Unsere Arbeitsgruppe erforscht im weitesten Sinne Coronaviren. Insbesondere beschäftigen wir uns mit Mutationen dieser Viren und der Wahrscheinlichkeit, dass diese Viren, die, wie wir vor einigen Jahren herauszufinden die Ehre hatten, Fledermäuse als Wirte nutzen, von ihrem Wirt auf andere Tiere und schließlich den Menschen übertragen werden. Wir nutzen diese Erkenntnisse, um daraus Schlüsse für die Prävention solcher Ereignisse ziehen und Impfstoffe entwickeln zu können. Ziel ist es, durch diese Viren ausgelöste Epidemien und Pandemien im Keim zu ersticken oder gar nicht erst zuzulassen.«

Ein korpulenter Uniformträger, der in der Hierarchie der Gruppe aufgrund der Sitzordnung (1. Reihe) und seiner mit Orden behängten Brust weiter oben stehen musste, fragte etwas gelangweilt: »Und warum, Genossin Li, sollten diese Forschungen wichtig sein?« Shenmi vergaß empört die vorschriftsmäßige Anrede: »Naja, die SARS-Pandemie ist zum Beispiel von Coronaviren ausgelöst worden! Und ich könnte Ihnen von anderen Pandemien erzählen, die sehr viele Menschenleben gefordert haben – so gab es zum Beispiel bis zu hundert Millionen Tote bei einer schweren Pandemie vor etwa hundert Jahren!« Die Militärs horchten auf. Mit Zahlen von Opfern konnten sie etwas anfangen und diese Zahl war beeindruckend.

»Wollen Sie uns damit sagen, dass sie mit, äh, Substanzen arbeiten, die mehr Menschenleben fordern können als ein gepflegter Atomkrieg?!« Er lachte schallend über seinen eigenen Witz. Shenmi wurde wütend: »Ich will Ihnen damit sagen, dass wir hier daran arbeiten, genau so etwas zu verhindern!« Der Direktor wurde rot und wünschte sich ans andere Ende der Welt. Den Militärs schien Shenmis Kratzbürstigkeit jedoch zu imponieren. Jedenfalls ging ein anerkennendes Raunen durch die Gruppe.

Schließlich meldete sich ein älterer Herr in einem unverkennbar englischen Anzug zu Wort: »Können Sie uns etwas über die GOF-Versuche erzählen, Genossin Li?« Shenmi stutzte, sie hatte nicht damit gerechnet, dass einer der hier anwesenden Gäste etwas mit diesem Fachbegriff anfangen konnte. »Selbstverständlich. Gain-of-Function-Versuche sind Versuche, bei denen wir testen, ob wir die Eigenschaften von Erregern, zumeist Viren, unter Laborbedingungen verändern können. Ziel ist es auch hier, herauszufinden, was uns möglicherweise in der Natur erwarten könnte. Es gibt mehrere Wege, den Erregern neue Eigenschaften anzuzüchten. In letzter Zeit wird zunehmend die Tier-zu-Tier-Übertragung genutzt, da sie den natürlichen Verhältnissen am nächsten kommt. Wir schalten hier sozusagen einen Mutationsturbo ein, um zu schauen, ob …« Der englische Anzug unterbrach sie: »Ich glaube, das würde jetzt zu weit führen! Vielleicht haben Sie nun die Güte, uns das Labor zu zeigen?« Shenmi schaute erstaunt zum Direktor. Der zuckte etwas hilflos mit den Schultern und nickte ihr zu. »Wie Sie wünschen, Genossen. Aber ich weise darauf hin, dass ich nur eine sehr begrenzte Anzahl Besucher durch die Schleusen führen darf.« Während die meisten Militärs irgendwie erleichtert zu sein schienen und sofort abwinkten, standen zwei der Gäste unverzüglich auf und machten Anstalten, mit Shenmi den Hochsicherheitsbereich betreten zu wollen. Der eine war der englische Anzug. Der andere, der jüngere von beiden, hatte sich bisher im Hintergrund gehalten und schien dem anderen untergeordnet zu sein. Irgendetwas sagte Shenmi jedoch, dass gerade mit diesem etwas nicht stimmte.

»Genossen, folgen Sie mir bitte!«, Shenmi war hier zu Hause, deshalb war es für sie auch sonnenklar, dass sie jetzt das Kommando übernahm. Die beiden Herren nickten und verschwanden wortlos mit ihr in den Katakomben des neuen Labortraktes. Nachdem sie mehrere, durch gepanzerte Türen mit Codesperren voneinander getrennte Ebenen durchquert hatten, blieb Shenmi schließlich vor einer Tür stehen, die aussah, als würde sie in ein Kühlhaus führen. »Hier müssen wir uns kurz trennen. Sie betreten bitte den Umkleideraum für Männer, legen Ihre Kleidung ab und ziehen sich die vorgeschriebene Unterkleidung an. Ich hole Sie dann auf der anderen Seite ab.« Die Männer verschwanden im Umkleideraum. Während Shenmi sich umzog, versuchte sie, sich darüber klar zu werden, warum ihr der jüngere der beiden Männer nicht gefiel, verwarf den Gedanken dann aber wieder und schalt sich, Gespenster zu sehen. Ein paar Minuten später betraten sie, alle in altrosafarbene Unterkleidung aus Großvaters Zeiten gekleidet, einen Raum, in dem neben diversen Schläuchen, die aus den Wänden zu kommen schienen, eine ganze Batterie von Schutzanzügen hing, die eher an Raumfahrtanzüge, als an die Arbeitskleidung eines Laborarbeiters erinnerten. »Dies hier sind unsere speziellen Vollschutzanzüge. Sie sind zu 100% luftdicht und haben eine eigene Luftzufuhr, sowie ein eigenes Kommunikationssystem, mittels dessen wir uns später unterhalten können. Zunächst ziehen Sie bitte diese Handschuhe an und kleben die Stelle, an der sie an die Ärmel der Unterkleidung reichen, mit diesem Klebeband ab. Unterkleidung und Handschuhe werden so fest miteinander verbunden.« Etwas unbeholfen streiften sich die beiden die medizinischen Gummihandschuhe über und klebten sie ärmelseits wie angewiesen ab. »Jetzt nehmen wir uns jeder einen dieser Vollschutzanzüge und überprüfen zunächst genau, ob sie luftdicht sind. Sie sehen, dass diese Anzüge fest mit Gummistiefeln und einem weiteren Paar Handschuhe verbunden sind.« Sie nahm einen der weißen Kunststoffanzüge vom Haken, zog alle Reißverschlüsse zu und schloss ihn dann an einen der Schläuche an, die aus der Wand kamen. In Sekundenschnelle füllte er sich mit Luft und wurde zunächst an die Wand gelehnt, während die beiden anderen Anzüge ähnlich behandelt wurden. Nach ein paar Minuten nickte Shenmi zufrieden. Alle Anzüge waren dicht. »Nun ziehen wir ein zweites Paar Handschuhe an, setzen die Kommunikationseinheit auf und danach noch eine Haarhaube. Dann klettern wir vorsichtig in die Anzüge, schließen den Schlauch an, der uns mit Atemluft versorgt und ziehen die Reißverschlüsse zu. Nicht erschrecken: der Anzug wird sich danach mit Atemluft füllen. Wir können uns dann weiter über die Kommunikationseinheit unterhalten. Bitte folgen Sie mir anschließend weiter in das Labor. Dort bitte nichts anfassen!« Normalerweise sah man den wenigen Besuchern spätestens jetzt an, dass ihnen etwas mulmig zumute war. Die Mienen dieser beiden Herren waren jedoch so undurchdringlich, dass Shenmi beim besten Willen nicht erkennen konnte, was in ihnen vorging. Sie schienen beide aus Eis zu sein. Nachdem sie weitere Schleusen passiert und die Schläuche mehrmals gewechselt hatten standen sie schließlich im Herzstück des Hochsicherheitslabors, das vollständig aus Aluminium zu bestehen schien. Überall standen Tanks und Apparaturen, deren Zweck sich dem ungeübten Auge nicht erschloss. »Gefährliche Arbeiten«, dozierte Shenmi, »werden von uns immer zu zweit ausgeführt. Vieraugenprinzip, verstehen Sie? Hier können bis zu zehn Wissenschaftler gleichzeitig arbeiten. Die Erreger – zumeist Virenstämme – lagern unter anderem im Kryotank bei minus 160 Grad.« Sie öffnete die Verriegelung eines Tanks und hob den Deckel. Dichter Nebel quoll daraus hervor. Dann zog sie einen metallischen Quader aus dem Tank, in dem viele kleine Schubladen eingelassen waren. Sie öffnete eine der Schubladen und nahm ein kleines Plastikröhrchen heraus. »Die Erreger werden im Zellkulturlabor an sogenannten Sicherheitswerkbänken bearbeitet und aufbereitet. Will man sie vermehren, so geschieht das hier im Brutschrank.« Sie führte die beiden Männer geschickt durch das Gewirr von Maschinen, Tanks und Arbeitsplätzen. »Wichtig ist, dass die Arbeitsplätze

250

ständig mit speziellen Desinfektionsmitteln desinfiziert werden. Auch die Handschuhe werden ständig desinfiziert, da wir mit ihnen den Erregern ja am nächsten kommen. Hier sind die Elektronenmikroskop-Arbeitsplätze, wo wir beobachten können, wie sich die Viren in den Zellkulturen vermehren. Die Dokumentation wird mithilfe von speziellen Computern durchgeführt, deren Tastaturen sich auch in dieser Aufmachung bedienen lassen.«

Gestikulierend ging sie weiter und die beiden Männer stellten zufrieden fest, dass sie es hier mit einer Vollblutexpertin zu tun hatten, die genau wusste, worüber sie sprach. »Hier sehen Sie einen unserer Autoklaven«, setzte sie ihren Vortrag fort und zeigte auf ein tresorartiges Gerät. »Alles, was unser Labor verlässt, biologische Stoffe oder anorganische Materialien wie defekte Möbel oder sonstiger Müll, wird mithilfe dieser Geräte gereinigt. Extrem wichtig ist dabei, dass der Nutzer genau die Vorschriften einhält, damit potenziell vorhandene Erreger auch sicher abgetötet werden: das Material wird hier eingebracht, danach wird die Tür geschlossen und es wird mit heißem Wasserdampf mindestens 35 Minuten bei mindestens 121 Grad unter entsprechenden Druckverhältnissen behandelt. Danach sind alle möglicherweise vorhandenen Erreger inaktiv.«

Der englische Anzug fragte unvermittelt: »Genossin Li, bitte zeigen Sie uns, wo sie RaTG13 aufbewahren!« Shenmi glaubte, nicht richtig gehört zu haben: »Wie bitte, ich habe Sie wahrscheinlich nicht korrekt verstanden. Könnten Sie das wiederholen? Was möchten Sie sehen?« »Wir möchten sehen, wo Sie den Virusstamm RaTG13 aufbewahren. Bitte!«, die Antwort fiel ein wenig barsch aus. »Äh, woher wissen Sie …? Das ist streng geheim!« Shenmi rang um Fassung. Woher wussten diese beiden Fremden von dem Projekt? Langsam dämmerte ihr, dass die beiden Männer nicht aus den gleichen Gründen hier waren wie die anderen Inspekteure. Während der Jüngere sich weiter im Hintergrund hielt, antwortete der Alte ungerührt: »Wir wissen alles, Genossin Li. Alles zu wissen ist sozusagen unser Beruf. Das betrifft selbstverständlich auch und ganz besonders das, was hier in diesem Labor geschieht. Also bitte!«

Shenmi ging zögernd zu einem anderen Kryotank, der etwas abseits stand. »In diesem Tank werden die Virusstämme aufbewahrt, die für unsere aktuelle Versuchsreihe vorgesehen sind. Wir planen eine Versuchsreihe, in der wir mittels Tier-zu-Tier-Übertragung das Mutationsverhalten bestimmter Coronaviren testen wollen. Die dafür infrage kommenden Virusstämme lagern hier. Es sind Virusstämme, die wir bei Fledermäusen isoliert haben und die sehr große Ähnlichkeiten mit dem SARS-Coronavirus aufweisen. Wir glauben, dass sie wegen dieser Ähnlichkeiten ganz besonders leicht auf Menschen überspringen können, und wollen dies testen. Aber ich nehme an, dass Sie das schon wissen. Möchten Sie, dass ich RaTG13 aus dem Tank hole?« Beide nickten stumm, der Ältere machte eine ungeduldige Handbewegung. Shenmi öffnete den Tank und holte ein kleines Plastikröhrchen daraus hervor. Wenn man genau hinsah, konnte man die Beschriftung lesen: RaTG13. Als die beiden Männer interessiert näher kamen, um den Inhalt zu begutachten, glaubte sie, ein gefährliches Funkeln in den Augen des Jüngeren zu erkennen. Ein Funkeln, das irgendeine ferne Erinnerung weckte. Sie hatte diese Augen schon einmal gesehen. Doch wann? Und wo?

»Gut, Genossin Li! Bitte führen Sie uns nun zum Ausgang!«
»Möchten Sie denn nicht die anderen Autoklaven sehen, mit denen wir unsere Abfälle unschädlich machen? Oder unsere Tauchschleuse für Proben, die von außen ins Labor kommen?«, antwortete sie verdutzt. »Nein, wir haben genug gesehen, es war sehr interessant! Bitte führen Sie uns nun zum Ausgang!«

»Gut«, gab sie etwas pikiert zurück. »Wir müssen aber auf jeden Fall noch die Schleusenprozedur über uns ergehen lassen. Das ist Vorschrift beim Verlassen des Labors! Davor desinfizieren Sie bitte in diesem Desinfektionsbad mehrere Minuten lang Ihre Hände!« Sie zeigte auf eine Wanne mit gelblicher Flüssigkeit. »Danach geht es in die Dekontaminationsschleuse. Jeder einzeln.

252

Dort duschen Sie etwa drei Minuten gründlich im Vollschutz-anzug mit einer Dekontaminationsflüssigkeit, die alle Erreger abtötet, danach noch weitere drei Minuten mit Wasser. Bitte auch die Stiefel lange in die in der Dusche aufgestellte Desinfektions-wanne halten! Ich gehe als Letzte, bitte nach Ihnen! Bitte lassen Sie die Anzüge an, bis ich zu Ihnen stoße!« Sie ließ sich beim Duschen ein paar Minuten mehr Zeit. Sollten die beiden Idioten doch ein wenig in den Anzügen schwitzen! ›Wir wissen alles!‹ Borniertе Vollpfosten! Wahrscheinlich irgendein Geheimdienst, der sich besonders wichtig machen wollte! Als sie schließlich aus der Dekontaminationsdusche trat, hatten die Männer ihre Anzüge bereits ausgezogen und waren in der Männerumkleide verschwunden. Gab es das?! Shenmi kochte vor Wut! Die beiden hatten sie in ihrem eigenen Labor auf äußerst respektlose Weise vorgeführt. Entsprechend kühl fiel der Abschied aus. »Besten Dank für die aufschlussreiche Führung! Sie hören von uns, Ge-nossin Li!«

Während der Direktor ungemein erleichtert war, als nun auch die beiden letzten Inspekteure den Komplex verließen – die an-deren hatten sich recht schnell zum Essen verabschiedet – ging Shenmi schlecht gelaunt nach Hause.

Ihr Vater blickte sie fragend an, als er ihr finsteres Gesicht erblickte. »Frag nicht, Vater. Heute waren ein paar Idioten von der Regierung da und haben sich ziemlich daneben benommen. Mein Gott, manchmal könnte ich platzen vor Wut! Kein Respekt, keine Höflichkeit! Und schon gar nicht, wenn man eine Frau ist! Zum Kotzen!«

Wütend setzte sie sich an ihren Computer – eine Mail von Max! Ihre Laune besserte sich schlagartig. »Hallo Shenmi! Ich hab's jetzt gebucht und werde in der Zeit, in der der Virologen-kongress in Melbourne stattfindet, im Hotel Atlantis sein! Passt zwar nicht so ganz zum Seesack, aber ich bin ja auch nicht mehr der Jüngste! (-; Ich komme auf jeden Fall und hoffe, Du wirst auch dort sein! Bin sehr gespannt und freue mich! Dein Max«

Die Wut war verflogen. Ja, sie würde zu dem Kongress fahren

und Max wiedersehen! Hatte sie in Lyon noch gezögert – sie war sich noch unschlüssig gewesen, als die Sache mit Jules passierte und sie überstürzt das Land verließ – war sie sich jetzt sicher: sie würde ihn endlich nach all den Jahren treffen. Von Angesicht zu Angesicht! Jetzt oder nie musste sich in ihrem Leben etwas ändern!

Am nächsten Morgen sprang sie vergnügt aus dem Bett. Plötzlich war die Welt wieder farbiger geworden und alles schien möglich. Sie spürte, dass der Panzer, der sich in letzter Zeit um ihre Seele gelegt hatte, erste Risse bekam. Fröhlich setzte sie sich zu ihrem Vater an den Frühstückstisch. Der alte Soldat war natürlich schon länger wach. Die Macht der Gewohnheit. Sie wollte gerade damit beginnen, ihm von ihrem neuen Plan zu erzählen, als er bekümmert auf den Tisch deutete: »Das wurde gerade für dich abgegeben.« Auf dem Tisch lag ein Kuvert mit dem Siegel des Militärischen Geheimdienstes. »Shenmi, ist gestern irgendetwas passiert zwischen dir und diesen Leuten? Das ist kein Spaß, ich kenne die noch aus meiner aktiven Zeit. Um die macht man besser einen großen Bogen!« Sie öffnete hastig das Kuvert und entfaltete den Inhalt: ein Briefbogen mit dem Wasserzeichen der Behörde und einem einzigen Satz: »Genossin Li, finden Sie sich heute um 12:00 Uhr an der Gelben Kranichpagode Huanghe-Lou ein.«

Mechanisch sah sie auf die Uhr: 7:30 Uhr. »Was wollen die von mir, Vater?«, fragte sie ängstlich. Der Alte spuckte auf den Boden und nahm ihre Hand: »Ich weiß es nicht, mein Kind. Aber du bist die Tochter eines Offiziers. Geh hin, mach den Rücken gerade und finde heraus, um was es geht. Und wenn es Probleme gibt werde ich mal ein paar alte Freunde anrufen, die mir noch ein paar Gefallen schulden.«

Beklommen machte sich Shenmi auf den Weg zum Sheshan-Berg unweit des Nordufers des Goldenen Flusses. Normalerweise ließ das Gewimmel der vielen Menschen und Autos in der Stadt sie kalt, aber heute schaute sie sich immer wieder nervös um,

254

weil sie das unbestimmte Gefühl hatte, verfolgt zu werden. Was wollte der Geheimdienst von ihr? Und warum hatte man sie zur Gelben Kranichpagode bestellt und nicht in irgendein Büro? Die Pagode war eine Legende – als Chinas ›Erste Pagode unter dem Himmel‹ war sie ursprünglich vor fast 2000 Jahren erbaut und immer wieder zerstört und wiederaufgebaut worden. Schließlich hatte man in den Achtzigerjahren des vorigen Jahrhunderts eine Konstruktion aus Granit und Stahl errichtet, um dem Feuer keine Chance mehr zu geben, sie noch einmal dem Erdboden gleich zu machen.

Die Pagode war eine der Touristenattraktionen Wǔhàns und Shenmi fragte sich nicht zuletzt auch deshalb, warum sie nun ausgerechnet dahin zitiert worden war.

Als sie auf dem großen Parkplatz zu Füßen der Pagode ankam, bemerkte sie zu ihrer Überraschung, dass dort kein einziges Auto parkte. Der Parkplatz war wie leergefegt. Keine Menschenseele, noch nicht einmal die notorischen fliegenden Händler, war zu sehen. Beklommen überquerte sie den großen Platz und stieg die Granitstufen bis zum Sockel des imposanten, über 50 Meter hohen Gebäudes empor. Sie sah sich suchend um. Niemand war zu sehen. Sie ging einmal um den Turm herum, aber der gesamte Vorplatz der Pagode war ebenso menschenleer wie der große Parkplatz. Weil die Eingangstür offen stand, entschied sie sich klopfenden Herzens, das Gebäude zu betreten.

Plötzlich drang wie aus dem Nichts eine vertraute Stimme an ihr Ohr: »Kommen Sie nach oben, Genossin Li!« Das war unverkennbar die Stimme des älteren Mannes von der Laborführung. Sie folgte der Aufforderung und begann die Treppe bis in den neunten Stock der Pagode emporzusteigen. Das Bauwerk schien von außen nur fünf Stockwerke hoch zu sein, weshalb nicht ortskundige Touristen, die nicht mit vier weiteren Stockwerken rechneten, immer ziemlich aus der Puste waren, wenn sie schließlich im neunten Stock anlangten. Allerdings lohnte sich die Plackerei: von dort oben hatte man einen atemberaubenden Blick über weite Teile der Stadt und den großen Fluss, der sie durchzog. Shenmi wusste um die vier versteckten zusätzlichen Stockwerke und teilte sich ihre Kraft entsprechend ein, sodass sie nicht außer Atem war, als sie Nummer neun erreichte.

Oben lehnte ein einzelner Mann an der westlichen Brüstung und blickte auf den nahen Fluss. »Schön, dass Sie es einrichten konnten, Genossin Li!«, sagte der englische Anzug, ohne sich umzudrehen. »Dieser Fluss ist eine der großen Lebensadern Chinas. Seit Tausenden von Jahren teilt und eint er unser Land. Früher brachte er auch fremde Eroberer, aber das ist jetzt vorbei. Heute bringt er unsere Waren in die Welt und ist vor allem ein Symbol. Ein Symbol für die große Kraft, die unserer uralten Zivilisation innewohnt.« Wang drehte sich um und blickte sie durchdringend an. »Kommen Sie, Genossin Li. Folgen Sie mir auf die andere Seite!« Sie folgte ihm wortlos auf die Ostseite. »Schauen Sie, es ist weit weg, aber man kann ungefähr sehen wo es sich befindet: Ihr Labor, Genossin Li!« Er zeigte auf einen kaum erkennbaren Gebäudekomplex, der sich undeutlich am Horizont abzeichnete. »Aber ich habe mich Ihnen, glaube ich, noch gar nicht vorgestellt – wie unhöflich von mir!« Er lächelte gewinnend. »Mein Name ist Wang, ich bin der Vizepräsident des Militärischen Geheimdienstes der Volksbefreiungsarmee.« Shenmi prallte zurück. Was um Himmels willen konnte jemand von ihr wollen, der so weit oben in der Hierarchie des chinesischen Machtapparates stand? Sie hob etwas verkrampft die Mundwinkel: »Es … es ist mir eine Ehre, Genosse Wang. Darf ich fragen, warum Sie mich hierher bestellt haben?« Dieser Mann wollte eines ganz gewiss nicht: mit ihr über Flüsse und Geschichte reden. »Ich habe schon gelesen, dass Sie über exzellente analytische Fähigkeiten verfügen und in Diskussionen keine große Umschweife machen: Sie sind dafür bekannt, immer recht schnell auf den Punkt zu kommen. Aber Sie haben recht: Sie wollen und sollen wissen, warum Sie hier sind. Wir benötigen Ihre Hilfe, Genossin Li. Ihr Land braucht Sie! China ringt seit Urzeiten mit Chaos, Krieg und Armut auf der einen und um Ordnung, Frieden und Wohlstand auf der anderen Seite. Wir

256

stehen im Moment erneut an einer Zeitenwende und müssen verhindern, dass unsere große Nation wieder im Chaos versinkt.« Shenmis Hirn arbeitete fieberhaft, um den Sinn hinter diesen Worten zu verstehen. Wenn es um so große Dinge wie Chaos und Ordnung ging – was hatte sie damit zu tun? Wang machte eine lange Kunstpause und blickte wieder über die Brüstung. »Schauen Sie auf unsere Stadt, auf all die Menschen dort unten. Die erwarten zu Recht, dass Menschen wie ich sie beschützen. Meine Männer und ich sorgen dafür, dass drohende Gefahren erkannt und eliminiert werden, bevor es zu spät ist.« Das klang bedrohlich. Was hatte sie verbrochen, was warf man ihr vor? »Genosse Wang, darf ich fragen, was man mir vorwirft? Liegt etwas gegen mich vor? Ich kann mich nicht erinnern ...« »Sie können sich nicht erinnern, Genossin Li?«, unterbrach er sie in plötzlich sehr barschem Tonfall. »Nun, dann will ich Ihrer Erinnerung mal auf die Sprünge helfen!« Auf einen Wink von ihm trat ein weiterer Mann auf den Balkon. Es war der andere, der jüngere Mann von der Laborführung. Die geschmeidigen Bewegungen, mit denen er sich ihr langsam näherte, erinnerten sie an eine Raubkatze. »Hallo Tank Woman.« Zwei Worte, die sie allen Halt verlieren ließen. Zwei Worte, die ihre Welt zerstörten. Zwei Worte, die ihr klarmachten, dass ihr neues Leben genau jetzt begann. Ein neues Leben, das von nun an von dem beherrscht werden würde, was in den paar verhängnisvollen Tagen damals in Běijīng geschehen war. Ihr wurde schwarz vor Augen und sie wäre zu Boden gestürzt, wenn der Mann sie nicht aufgefangen hätte. Als sie wieder zu sich kam sah sie die Augen direkt über sich. Sie kannte diesen bohrenden Blick, sie kannte die Stimme des Mannes. Diese Stimme hatte sich in ihre Erinnerung gesenkt wie ein Brandmal. Dieser Mann hatte ihr Leben zerstört.

Yue Fei sah das namenlose Entsetzen in ihren Augen und war äußerst zufrieden. Er hatte mit diesem Auftritt mit einem Schlag sämtliche Schutzwälle, die Shenmi hätte hochziehen können, bereits im Ansatz vollständig zerstört. Ihrem Blick entnahm er, dass sie zu begreifen begann, dass er sie vollständig in der Hand hatte. Um seine Macht ein wenig auszukosten, packte er sie an ihren Haaren und zwang sie, vor ihm zu knien. Gebieterisch sah er auf sie hinab: »Du gehörst mir, Li. Mit Haut und Haaren. Seit damals. Ich weiß, dass du auch deshalb nie geheiratet hast. Wahrscheinlich hast du geahnt, dass Du von anderen Männern im Bett nur enttäuscht werden würdest, nach dem, was Du damals mit mir erleben durftest.« Shenmi zitterte am ganzen Körper. Sie war unfähig, auch nur ein Wort über die Lippen zu bringen. Sie sah sich hilfesuchend nach Wang um, obwohl sie wusste, dass von ihm keine Hilfe zu erwarten war. Er war verschwunden. Yue Fei grinste hämisch: »Nur du und ich, Li. Wie damals. Nur, dass ich jetzt weiß, wer du bist und was du danach getan hast. Tank Woman. Hat mich ein wenig Zeit gekostet, dir da auf die Schliche zu kommen! Wir wissen natürlich beide, was passiert, wenn das ruchbar wird. Staatsfeindin Nummer eins – eine gefeierte Wissenschaftlerin! Wenn das rauskommt wirst du mit an Sicherheit grenzender Wahrscheinlichkeit nie wieder die Sonne sehen. Du wirst elendiglich verrecken und dein alter Herr gleich mit. Alles, was du in Deinem Leben geliebt hast wird zerstört oder ungeschehen gemacht werden! Du wirst jemand sein, den es gar nicht gegeben hat. Und vorher werde ich meinen Spaß mit dir haben. Sooft und solange ich will. Verstehst du das, Li? Antworte gefälligst!« Shenmi nickte mechanisch. Yue Fei ließ ihre Haare los. »Gut, Li. Wir haben natürlich intern beraten, was wir mit dir machen sollen und sind da auf eine Lösung gekommen, mit deren Hilfe du – vielleicht – vermeiden kannst, dass wir dich deiner gerechten Strafe zuführen.« Sie kniete immer noch apathisch vor ihm. Sein Handrücken traf sie hart im Gesicht, sie begann aus der Nase zu bluten. »Hörst du mich, Schlampe?«, brüllte er sie an. »Ich rede mit dir und du hast zu antworten, ist das klar?« Er hob die Hand, um ihr einen zweiten Schlag zu versetzen, sodass sie ihr Gesicht schützend unter ihren Armen verbarg. »Ist das klar?« Das Brüllen steigerte sich zum Orkan. »Ja, Genosse. Ja, das ist klar. Ich … ich … was soll ich denn tun, Genosse?«, Shenmis Stimme war kaum zu vernehmen. Sie wirkte vollständig gebro-

258

chen. ›Das läuft ja fast zu gut!‹ Yue Fei feixte innerlich. »So ist es brav, Li. Setz dich auf die Bank dort und höre aufmerksam zu. Jedes Wort, das ich dir jetzt sage, ist wichtig. Erstens: wenn du etwas von dem, was ich dir jetzt sage, verrätst, bist du tot. Dein Vater auch. Zweitens: du folgst ab sofort bedingungslos meinen Anweisungen. Tust du das nicht oder mit Verzögerung, dann bist du tot. Dein Vater auch.

Wir wissen, mit was du dich im Labor beschäftigst. Wir wissen, dass du mit dem Coronavirus-Stamm RaTG13 kurz davor bist, mit weiteren GOF-Tier-zu-Tier-Versuchen den Sprung dieses Virusstammes auf den Menschen zu simulieren. Wir wissen, dass dieser Stamm sehr viel infektiöser und gefährlicher sein wird als das SARS-Coronavirus, du hast es selbst beschrieben, weil es anders als dieses nicht den schwer erreichbaren unteren Atemtrakt befällt, sondern sich bereits in Nase und Rachen festsetzt. Und wir wissen, dass ihr bereits dabei seid, einen vielversprechenden Impfstoff zu entwickeln.« Shenmi zitterte inzwischen wie Espenlaub. Sie ahnte, was jetzt kommen würde. Sie hätte nicht gedacht, dass dieser Alptraum, in den sie da so unvermittelt hineingeraten war, noch schlimmer werden könnte. Aber er wurde schlimmer, viel schlimmer, als Yue Fei ungerührt fortfuhr: »Du wirst dich ab sofort mit Hochdruck ausschließlich darum kümmern, diese Forschungen zu dem von uns gewünschten Abschluss zu bringen. Wir brauchen so schnell wie möglich ein labortechnisch hergestelltes Virus, das Menschen befällt, sich leicht von Mensch zu Mensch verbreitet und ansonsten genau die Eigenschaften von RaTG13 hat. Ein Virus, das du so in die richtige Richtung mutieren lässt, dass man nicht erkennen kann, dass es im Labor hergestellt wurde. Und wir brauchen einen Impfstoff. Strengste Geheimhaltungsstufe. Du hast maximal sechs Monate Zeit, um das zu erreichen. Du hast bis dahin, abgesehen von deiner Arbeit im Labor Kontaktsperre und Hausarrest, was wir lückenlos überwachen werden. Deine Internetverbindungen haben wir bereits gekappt. Wenn wir haben, was wir wollen, verschwindet die Geschichte von Tank Woman für immer im Nirvana, wenn du aber irgendetwas tust, was mir missfällt, dann gibt es keine Gnade für dich und deinen Vater.«

»Was ... was wollt ihr mit dem Virus machen?«, Shenmis Stimme war kaum zu hören. »Das geht dich nichts an, Tank Woman! Mach es einfach und wage es nicht, uns zu hintergehen!« »Ihr wollt es freisetzen, oder? Ihr wollt es als Waffe einsetzen? Das ist Wahnsinn!« Yue Fei verzog das Gesicht: »Ich sagte doch, das geht dich nichts an! Du tust, was man dir sagt, oder du bist tot. Und dein Vater auch.« Shenmi klammerte sich verzweifelt an seine Hand und schluchzte bittend: »Bitte, tut das nicht! Ihr wisst nicht, was das bedeutet. So ein Virus mutiert, es passt sich weiter an seinen Wirt an. Selbst ein relativ harmloses Virus kann so außer Kontrolle geraten und Millionen von Menschen töten! Bitte, ich flehe dich an, tut das nicht!«

Angewidert schüttelte Yue Fei die jammernde Frau ab und schlug sie noch einmal mit der flachen Hand. »Halt's Maul, Verräterin, und tu, was ich dir befehle. Du gehörst mir. Dein Vater gehört mir. Vergiss das niemals!«

Die Verhältnisse zum Tanzen zwingen III

Eine kleine Ewigkeit stand Wang Zhǔxí regungslos am Rednerpult. Der Widerschein, den das intensive Rot der Weltkarte, die der Beamer immer noch stoisch an die Wand warf, auf seinem Gesicht erzeugte, ließ seine Züge noch entschlossener erscheinen.

Die Männer in dem abhörsicheren Raum des VBA-Gebäudes an der Fuxing-Straße verharrten stumm auf ihren Stühlen – es gab niemanden im Raum, den das Gesagte kaltgelassen hätte.

Schließlich erhob sich der seltsame Fremde und trat langsam nach vorn.

Zur Überraschung fast aller Anwesenden setzte er sich lässig auf das Rednerpult, schaute eine Spur zu entspannt in die Runde und begann mit folgenden Worten: »Mein Name ist Yue Fei, doch ihr wisst natürlich, dass dies nur ein Deckname sein kann, der jedoch vielleicht ein wenig auf das hinweist, wofür ich stehe. Denn schließlich wurde der Heerführer, dessen Namen ich trage, niemals besiegt.«

Den Männern verschlug es die Sprache – wie konnte dieser Mann es wagen, sich in Gegenwart von Wang Zhǔxí und ihnen, der Elite des Militärgeheimdienstes, so zu verhalten!

»Ich habe lange im Ausland gelebt, daher bin ich euch unbekannt, obwohl ich schon sehr lange für den ehrenwerten Wang Zhǔxí arbeite.« Er nickte dem Vizepräsidenten knapp zu, dieser zeigte den Anflug eines Lächelns.

»Wang Zhǔxí hat mich gebeten, euch darin zu unterweisen, was nun eure Aufgaben sein werden, doch erlaubt mir, dass auch ich mich meinem Thema behutsam nähere.

Wir haben soeben aus dem Mund des ehrenwerten Vizepräsidenten gehört, was hinter uns liegt. Wir hörten ihn über das reden, was lange zurückliegt, und darüber, wie wir in den letzten Jahren zum Sprung ansetzten, um nun endlich den Platz in der Welt zu erobern, der uns zusteht – den Platz als erste unter allen Nationen.

Wir hörten, wie wir diesen Platz in unserer langen Geschichte immer wieder verspielten oder er uns immer wieder entrissen wurde.

Nun, unter der Führung der großartigen Kommunistischen Partei Chinas und unseres Überragenden Führers Xi, sind wir dazu bestimmt, diesem Sprung zum Erfolg zu verhelfen.

Wie uns Wang Zhǔxí ausführlich erläuterte, befinden wir uns nun in einer kritischen Phase, in der unsere Gegner langsam wach werden und damit beginnen, Gegenmaßnahmen einzuleiten.

Die Geschichte hat gezeigt, dass es in einer solchen einer Phase sehr häufig zu kriegerischen Auseinandersetzungen kam, in denen der alte Tiger versuchte, den jungen Tiger im Sprung zu vernichten.

Auch wenn wir inzwischen eine militärische Großmacht geworden sind, vor der sich auch der alte Tiger in Acht nehmen muss, so liegt es doch in unserem strategischen Interesse, so einen Krieg unbedingt zu vermeiden.

Denn die Welt kann nicht kriegerisch erobert werden.

Außerdem ist der Krieg ein Feld, auf dem die USA sich besser auskennen als jede andere Nation und wir sollten daher nicht versuchen, uns mit ihnen auf diesem Feld zu messen.

Nein, unser Weg ist der des Fuchses. Wir sind schlau und rücken langsam auf die Stadt vor, indem wir das Land davon überzeugen, dass es sich uns anschließen sollte.

Darin waren wir in den letzten Jahren sehr erfolgreich, aber jetzt laufen wir Gefahr, durch heftige Gegenwehr wieder zurückgedrängt und vielleicht sogar in einen gefährlichen kriegerischen Konflikt hineingezogen zu werden.

Außerdem schwächt sich die Dynamik unseres Aufstiegs aktuell ab – daran ist die Schrumpfung unserer erwerbstätigen Bevölkerung durch die langjährige Ein-Kind-Politik ebenso schuld wie der immer geringere Produktivitätszuwachs. Das sieht bei unserem ungeliebten Nachbarn Indien ganz anders aus, und es ist damit zu rechnen, dass dieser von unseren Gegnern im Westen in Zukunft immer stärker gegen uns in Stellung gebracht werden wird.

Es gibt ein Zeitfenster, innerhalb dessen wir unseren Aufstieg zur unangefochtenen Führungsmacht abschließen müssen, und wir sind zu dem Schluss gelangt, dass es kleiner ist als der offizielle Rahmen bis 2049.

Wir sind daher der Überzeugung, dass wir die Initiative ergreifen müssen. Jetzt. Wir dürfen nicht warten, bis wir aus der Defensive verzweifelte Schritte unternehmen müssen, um uns zu befreien. Wir müssen vielmehr unseren Gegner in die Defensive drängen.

Der ehrenwerte Wang Zhǔxí sprach eingangs vom Schwarzen Schwan, einem unvorhergesehenen Ereignis, das plötzlich die Richtung verändert, in die sich die Dinge bewegen.

Und er sprach vom mächtigen Schwarzen Drachen, der ein derartiges Ereignis auslösen kann.

Wir fragten uns, wie ein solches Ereignis beschaffen sein müsste, damit es uns dabei helfen kann, unser Ziel zu erreichen.

Natürlich müsste es unseren Gegnern maximalen Schaden zufügen, uns jedoch nicht. Es müsste vor allem verheerende wirtschaftliche Folgen haben. Es müsste Panik und ein Gefühl der Hilflosigkeit erzeugen und so das Vertrauen der Völker unserer Gegner in ihre Regierungen erschüttern, während wir ihnen zeigen könnten, wie überlegen wir agieren, um sie davon zu überzeugen, sich uns anzuschließen.

Und am Ende wären wir es, die ihre in Trümmer gelegte Welt wiederaufbauen – nach unseren Vorstellungen.

Der Schwarze Drache müsste etwas auslösen, dass die Dimension eines Dritten Weltkrieges für unsere Gegner hat – ohne dass ein einziger Schuss abgegeben wird.«

Er machte eine Pause und ließ dabei seinen Blick über die Weltkarte schweifen. Die Männer im Raum hielten den Atem an.

»Wir werden«, er sprach jetzt langsam und betonte jedes einzelne Wort. »Wir werden es sein, die den Dritten Weltkrieg auslösen. Jetzt.«

263

Er ging langsam zum Fahrer von Wang Zhǔxí. Der überreichte ihm den Pilotenkoffer. Wieder beim Pult angekommen, öffnete er diesen vorsichtig und entnahm ihm einen Behälter aus Aluminium. Fast andächtig schraubte er den Deckel des Behälters ab. Ein feiner Nebel quoll daraus hervor und sank herab. Dann zog er ein mit Flüssigkeit gefülltes Reagenzglas heraus.

»In diesem Glas«, sprach er tonlos und deutete auf das Reagenzglas, »ist er – unser Schwarzer Drache, der Dritte Weltkrieg. Der Krieg, durch den wir siegen werden, ohne dass ein einziger Schuss fällt.«

Das Entsetzen war den Männern im Raum deutlich anzusehen. Wovon sprach dieser Wahnsinnige?! Warum gebot ihm Wang Zhǔxí nicht Einhalt?

Dieser saß regungslos in der ersten Reihe. In dem fahlen rötlichen Licht hatten seine Züge etwas Wächsernes, Lebloses. So unergründlich waren sie, dass man ihnen auch jetzt, im Angesicht des Wahnsinns, nicht entnehmen konnte, was der Mann hinter der Fassade empfand. War es Zufriedenheit, Bestürzung oder Gleichgültigkeit? Nichts dergleichen konnten die Männer aus seiner Mimik herauslesen. Die Gesichtszüge von Wang waren undurchdringlich.

Yue Fei schien ihre Gedanken zu erraten: »Ich kann mir denken, Genossen, dass sich das ziemlich krass anhört. Vielleicht haltet ihr mich sogar für verrückt. Ich kann euch aber versichern: das bin ich keineswegs. Im Gegenteil. Hier in diesem Reagenzglas befindet sich das Ergebnis einer ausgeklügelten Planung – der ›Operation Schwarzer Drache'. Wir sind in der Ausführung dieser Operation momentan so weit, dass wir durchaus zufrieden sein können. Die meisten Planungsschritte wurden zeitgerecht und sehr erfolgreich umgesetzt und abgeschlossen, und die Tatsache, dass wir uns nun alle hier in diesem Raum befinden, zeigt uns, dass unser Plan gerade in die letzte und entscheidende Phase tritt. Zur erfolgreichen Umsetzung auch dieser Phase werdet ihr benötigt.

Aber von vorn: zu Beginn unserer Planungen war lediglich das

264

Ziel klar – es musste ein Weg gefunden werden, um unsere Nation möglichst unbeschadet an die Weltspitze zu katapultieren, bevor uns unsere Feinde daran hindern konnten.

Wie ich bereits sagte, schied ein Waffengang von vornherein aus, da das Risiko, dabei so unterzugehen wie beispielsweise Deutschland im Ersten Weltkrieg, einfach zu groß war.

Wir spielten dann andere Szenarien durch: zum Beispiel wurde vorgeschlagen, unsere immensen Dollarreserven einzusetzen, um den Amerikanern einen massiven Schlag zu versetzen. Aber dieses und auch andere Szenarien kamen aus mehreren Gründen nicht in Betracht. Zum einen würde alle Welt wissen, wer das Chaos vorsätzlich ausgelöst hat. Andere Staaten würden, von der Aggressivität der Maßnahme abgeschreckt, an die Seite der USA gedrängt, die uns damit leicht isolieren könnten. Zum anderen würde uns dieses Szenario natürlich auch selbst massiv schädigen und schließlich stünden bei dieser Lösung auch Vergeltungsmaßnahmen bis hin zu einem unbedingt zu vermeidenden Krieg im Raum.

Nein, unsere Strategie musste darauf abzielen, unsere Gegner maximal zu schädigen, während wir nicht dafür verantwortlich gemacht werden konnten. Es musste etwas geschehen, was gerade in den liberalen Staaten große Verheerungen anrichten würde, während dieses Ereignis uns gleichzeitig die Möglichkeit bieten würde, den Völkern dieser Länder zu zeigen, dass ihre gesellschaftspolitischen Modelle in so einer Großkrise dem unseren unterlegen sind.

Das zu finden war keine leichte Aufgabe, da die klassischen Felder der Auseinandersetzung zwischen Staaten – Wirtschaft und bewaffneter Konflikt – ausschieden.

Eine Frage an euch, Genossen: was für ein Feld könnte das sein – etwas, das alle Staaten der Welt gleichermaßen betrifft, weil es alle Menschen in allen Ländern gleichermaßen angeht? Etwas, das sich lautlos in alle Länder schleicht und dort solche Panik auslöst, dass die Menschen alles, was sie haben, aufs Spiel setzen, um den lautlosen Gegner wieder loszuwerden? Etwas, das wir auf die Welt loslassen, ohne dafür verantwortlich gemacht werden zu können? Etwas, das uns im Gegensatz zu den anderen nicht nur nicht oder kaum beschädigt, sondern das uns am Ende effizienter und besser dastehen lässt als die anderen? Etwas, das in seinen wirtschaftlichen Verheerungen nur mit einem großen Krieg vergleichbar ist und das unsere Gegner gerade jetzt so entscheidend schwächt, dass sie unserem Vordringen an die Weltspitze nichts mehr entgegensetzen können? Und etwas, mit dem wir zum guten Schluss den unliebsamen Trump loswerden können, obwohl er aktuell beste Umfragewerte hat – ohne Schmiergeld, Attentat oder aufwendige Manipulationen?

Was könnte das sein, Genossen?«

Er schaute triumphierend in eine Runde von ratlosen Männern. Was das sein könnte? Hexerei? Wunschdenken? Fieberträume eines Wahnsinnigen? Sie wussten es nicht.

»Wir haben uns überlegt«, fuhr er fort, »was eigentlich der kleinste gemeinsame Nenner aller Menschen ist, die Voraussetzung für jeden Menschen, um ein gutes Leben führen zu können. Nun?« Er gab sich die Antwort selbst: »Die Gesundheit, Genossen. Ohne Gesundheit kann niemand auf der Welt ein normales Leben führen, die Gesundheit rangiert auf der Bedürfnispyramide an erster Stelle, sie ist die Basis, deren Vorhandensein die Voraussetzung für alle anderen Schichten dieser Pyramide ist.

Die Frage war: gibt es eine Möglichkeit, die Gesundheit der Menschen in den Ländern unserer Gegner derart zu bedrohen, dass ihre Führer gezwungen sein würden, alle Kräfte ihrer Staaten so lange, bis diese schließlich nachlassen, zur Bekämpfung dieser Bedrohung einzusetzen? Dass sie gezwungen sein würden, wie in einem großen Krieg alle verfügbaren Mittel einzusetzen und letztlich aufzubrauchen, um zu gewinnen?

Die Antwort: ja, wir haben diese Möglichkeit gefunden. Sie befindet sich hier in diesem Glas!« Wieder hob er das Glas in die Höhe, die Männer im Raum schreckten unwillkürlich zurück.

Er lächelte sanft: »Vielleicht erinnert ihr euch noch, Genossen, es ist noch gar nicht so lange her, nur wenige Jahre, da haben

266

wir in Wǔhàn unser weltführendes Hochsicherheitslabor, das ›Wǔhàn National Bio-Safety Level 4 Lab‹ eröffnet. Das Labor ist das erste BSL- oder P4-Labor mit der höchsten Sicherheitsstufe in ganz Asien. Interessanterweise haben uns neben den Franzosen ursprünglich vor allem die Amerikaner dabei geholfen, uns das Wissen anzueignen, um ein solches P4-Labor errichten und betreiben zu können. Ohne sie hätten wir das wohl in absehbarer Zeit nicht geschafft.

Rückblickend erinnert mich der Vorgang an das berühmte Lenin-Zitat von dem Strick, den uns die Kapitalisten noch verkaufen, bevor wir sie daran aufhängen.« Er schien sich diebisch über diesen Kalauer zu freuen. »Naja, den Amerikanern war das P4-Joint Venture irgendwann nicht mehr ganz geheuer, so dass sie uns von heute auf morgen die Zusammenarbeit und jegliche Unterstützung aufkündigten. Aber da war es schon zu spät: das noch fehlende Know-how besorgten wir uns anderweitig und konnten dann trotz allem vor zwei Jahren loslegen.

Natürlich haben unsere Geheimdienste die Forschungen dort, sagen wir, sehr eng begleitet und gefördert und so konnten wir eine Wissenschaftlerin, die noch eine alte Schuld zu begleichen hatte, dafür gewinnen, ein an sich relativ harmloses Virus genetisch so zu verändern, dass es zur perfekten Waffe für uns wurde.

Die Erbinformation des Virus wurde von uns so verändert, dass es hochgradig ansteckend wurde und insbesondere bei alten und kranken Menschen lebensbedrohliche Symptome hervorrufen konnte. Ein Virus, das also vor allem in den überalterten Gesellschaften des Westens viele Menschen anstecken würde. Ein Virus, das neuartig und potenziell tödlich sein würde. Ein Virus, mit dem das menschliche Immunsystem noch nie zuvor konfrontiert war und dem die Menschen daher völlig schutzlos ausgeliefert sein würden.

Ein Virus, das dadurch dazu geeignet sein würde, Panik auszulösen. Massive Panik.

Natürlich würde das Virus auch bei uns Opfer fordern, doch ist es uns gelungen, es so zu konfigurieren, dass es sich durch geeignete Maßnahmen rasch würde eindämmen lassen. Und zwar durch Disziplin, strikte Quarantäne und lückenlose Überwachung. Außerdem haben wir natürlich parallel dazu an Impfstoffen geforscht, mit denen wir vor dem Zeitpunkt der Freisetzung des Virus vor allem die Funktionsträger unseres Staatsapparates impfen würden. Die diesbezügliche Impfkampagne ist übrigens fast abgeschlossen, wir haben diese Impfungen unauffällig in unser reguläres Impfprogramm eingebaut. Da es bei uns für bestimmte Bereiche ja eine Impfpflicht gibt und die Leute nicht weiter informiert werden müssen war das keine große Sache. Ihr seid übrigens auch schon alle geimpft, Genossen.«

Manch einer im Raum erbleichte.

Versonnen betrachtete er die gelbliche Flüssigkeit in dem Reagenzglas. »Unsere Forschungen zielten weiter darauf ab, den Ursprung der kommenden Pandemie möglichst zu verschleiern. Schließlich ist es ein zentraler Punkt unseres Plans, dass uns niemand dafür verantwortlich machen kann. Wir konnten auch dieses Ziel erreichen: mithilfe der sogenannten GOF-Experimente haben wir über eine Tier-zu-Tier-Übertragung ein hochansteckendes Virus erschaffen, bei dem nicht mehr erkennbar ist, dass es sich um einen Labormutanten handelt, da diesem nichts künstlich hinzugefügt wurde. Bei diesen Versuchen legt man lediglich den Mutationsturbo ein, indem man etwas auslöst und beschleunigt, das zwar so vielleicht niemals in der Natur entstanden wäre, aber im Nachhinein auch in den Augen von Experten durchaus dort hätte entstanden sein können.

Unser Plan ist, das Virus auf einem belebten Platz in einer Millionenstadt unseres Rivalen Indien freizusetzen. Das hat mehrere Vorteile: zum einen wird die Welt das Land für die Pandemie verantwortlich machen und entsprechend sanktionieren, in dem Ground Zero liegt. Wir werden das natürlich wie immer propagandistisch begleiten – die Technik zur Beeinflussung insbesondere der weltweiten sozialen Medien haben wir ja. Dazu komme ich nachher noch. Zum anderen wird es unseren Rivalen völlig unvorbereitet treffen.

268

Natürlich wird das Virus aber auch vor China nicht haltmachen.

Während dann auch bei uns die ersten Menschen öffentlichkeitswirksam sterben, werden wir sofort mit lokalen Quarantäne- und Abriegelungsmaßnahmen beginnen und so das Virus bei uns eindämmen. Wir haben bereits entsprechende Simulationen auf einer geheimen Militärbasis durchgeführt und sind sicher, dass wir das bei uns sehr schnell kontrollieren können.

Zeitgleich werden unsere Leute in den dafür zuständigen internationalen Institutionen die Gefahr durch das Virus zunächst herunterspielen. Ihr wisst ja, dass wir die WHO zum großen Teil finanzieren und dass uns der jetzige Generaldirektor aus der Hand frisst.

Das wird dazu führen, dass man sich in den Ländern des Westens zunächst noch in Sicherheit wiegen und den Kopf in den Sand stecken wird. Indien und China sind ja scheinbar auch weit genug weg – dieses Verhalten haben wir während der letzten kleineren Virusausbrüche wiederholt gesehen und es wird auch dieses Mal wieder gezeigt werden. Während wir sofort alles abriegeln, werden wir infizierte Personen als Superspreader in alle Welt aussenden; dazu dienen unsere vielfältigen Handelsbeziehungen. Die Länder des Westens werden erst reagieren, wenn es zu spät sein wird.

Welche Staaten werden nun besonders hart von unserem Virus heimgesucht werden? Vor allem überalterte Gesellschaften, Gesellschaften mit maroden Gesundheitssystemen, liberale Gesellschaften, in denen sich die nötigen Disziplinierungs- und Überwachungsmaßnahmen aus politischen Gründen nicht durchsetzen lassen, und Gesellschaften, in denen Chaos oder Krieg herrscht.

Besonders aber wird es überalterte Gesellschaften treffen, die wir vor allem im Westen vorfinden.

In der ersten Verbreitungsphase werden die dortigen Politiker versuchen, die Erkrankung herunterzuspielen. Warum? Weil sie schlichtweg nicht vorbereitet sind und daher zunächst wie gesagt den Kopf in den Sand stecken werden.

Dann wird es Bilder geben. Bilder von Kranken und Sterbenden. Bilder von Särgen. Vielen Särgen. Und diese Bilder werden in diesen Ländern Panik auslösen und die Regierenden dazu zwingen, den Kopf aus dem Sand zu ziehen. Doch was können sie tun? Da keine Vorbereitungen getroffen wurden, bleibt ihnen nur, zu versuchen, die Mobilität ihrer Völker einzuschränken – sie müssen dazu die Wirtschaft drosseln, vielleicht sogar lahmlegen.

Da es aber bei ihnen keinen Impfstoff gibt und das Virus nicht einfach wieder verschwinden wird, werden diese Maßnahmen immer einschneidender und härter werden. Und sie werden lange andauern müssen. Sehr lange. Zu lange für viele Wirtschaftszweige in diesen Ländern.

Das alles wird sehr viel Geld kosten. Zu viel Geld. Wie ein großer Krieg.

Da die Menschen im Westen es nicht gewohnt sind, von den Herrschenden direkt bevormundet zu werden – das läuft im Westen normalerweise subtiler ab als bei uns – wird es Widerstand geben. Widerstand, der mit der steigenden Zahl derer, die durch die Maßnahmen ruiniert werden, wachsen wird. Das wird dazu führen, dass die Herrschenden im Westen immer autoritärere Mittel anwenden müssen, um sich durchzusetzen. Damit wird nicht nur die jahrelange Kakophonie der sogenannten Menschenrechtler uns gegenüber endlich verstummen, es werden sich auch immer mehr Politiker des Westens für unser in der ausgebrochenen Pandemie so erfolgreiches Regierungsmodell interessieren. Sie werden immer eifrigere Schüler sein, von uns lernen und sich uns dadurch langfristig bezüglich ihrer Herrschaftsmethoden annähern.

Die Staaten werden durch die Krise gezwungen sein, Schlüsselunternehmen mithilfe von Staatsbeteiligungen unter die Arme zu greifen. Und nach der Pandemie, wenn sie feststellen, dass sie Geld brauchen – sehr viel Geld – dann werden sie diese staat-

270

lichen Beteiligungen verkaufen, um zu Geld zu kommen. Und ratet mal, Genossen, wer dann bereit stehen wird, um zu kaufen! Genial, oder?! Wir lösen eine Katastrophe für die anderen aus und bekommen dadurch dann am Ende Firmenanteile großer Wirtschaftsbetriebe des Westens in die Hand, die wir ohne diese Krise nie bekommen hätten!

Andererseits werden viele Regierungen, gerade in den über- schuldeten Pleitestaaten in Europa, erkennen, welche Chancen eine solche Pandemie jeweils bietet. Ein Land hat jahrelang über seine Verhältnisse gelebt und ist eigentlich seit Langem bank- rott? Das Virus ist schuld! Höhere Gewalt, wir können nichts dafür! Deshalb habt ihr die moralische Pflicht, uns zu helfen! Die Ideologen, zum Beispiel in Brüssel möchten weitere unpopuläre Maßnahmen durchsetzen oder noch mehr Macht anhäufen? Das Virus zwingt sie dazu!!

Und die Kräfte im Westen, die uns insgeheim bewundern, wer- den nach einer kurzen Schockstarre erkennen, welche Chancen die Krise bietet, endlich die dortigen Wirtschafts- und Gesell- schaftssysteme umzubauen. Daher werden sie alles tun, um die Krise sogar noch zu verschärfen und zu verlängern, damit daraus eine Systemkrise wird. Das wird den Westen weiter schwächen und uns in die Hände spielen. Wir werden diesen Prozess mit unseren umfangreichen Beeinflussungsmöglichkeiten begleiten. Am Ende läuft alles darauf zu, dass wir die neue Führungsmacht in einer Welt sein werden, die unserem Modell gesellschafts- und wirtschaftspolitisch überall, auch im Westen, sehr ähnlich sein wird.

Die großen Global Player der westlichen Industrie? Silicon Valley und Co? Die haben wir durch ihr umfangreiches Enga- gement bei uns sowieso schon in der Tasche. Aber jetzt werden sie erkennen, was für Chancen für sie aus dieser Krise erwach- sen: Protektionismus und Nationalismus à la Trump – boom! Widerstand gegen profitmaximierende Globalisierung – platt- gemacht! Diese Krise wird gerade in den Ländern des Westens viele Widerstände einebnen, sie wird traditionelle und regionale Strukturen schleifen und globalistische Tendenzen stärken. Tendenzen, die uns als künftigem Hegemon in die Hände spielen.

Und mit der steigenden Armut wird ihnen die Freiheit nicht mehr so wichtig sein. Vielmehr wird unser Modell, wie gesagt, immer attraktiver werden. Wohlstand für alle – die Sozialisten im Westen sind ja schon längst auf unseren Zug aufgesprungen, die anderen werden folgen.

Mit der Zeit wird es viele Trittbrettfahrer geben, die die Pandemie für ihre Zwecke nutzen, und ich prophezeie euch, dass sich dadurch die Welt in unserem Sinne verändern wird.

Nicht zuletzt auch deshalb, weil die Krise, die dadurch vor allem in den liberalen Gesellschaften des Westens ausgelöst wird, den letzten Rest ihres durch Selbstzweifel und innere Widersprüche bereits stark angegriffenen Selbstvertrauens zerstören wird.

Außerdem nehme ich jetzt schon Wetten entgegen, ob unser kleiner Freund hier in diesem Glas es nicht auch schaffen kann, die Popularitätswerte des US-Präsidenten so zu verändern, dass er die jetzt noch sicher geglaubte nächste Wahl verliert. Und nach ihm werden unsere heimlichen Freunde wieder das Ruder in Washington übernehmen. Die Leute, denen die Amerikaner, die wegen uns ihre Jobs verloren haben, völlig egal sind. Die, denen das Geschäft alles bedeutet und ihr Land nichts.«

Yue Fei holte tief Luft. »Und schließlich können wir endlich den Saustall in Xiānggǎng oder Hong Kong, wie die Briten sagen, aufräumen und Schluss machen mit der sogenannten Demokratiebewegung aus Agenten und Provokateuren. Nach dieser Krise wird Xiānggǎng endlich gleichgeschaltet sein und keinen Ärger mehr machen, so dass wir uns dann ganz dem Projekt Wiedervereinigung mit Zhōnghuá Mínguó, im Westen Taiwan genannt, zuwenden können.«

Er machte eine Pause. Niemand regte sich.

»Keine Sorge Genossen, wir werden die Verhältnisse zum Tanzen zwingen und sie werden nach unserer Musik tanzen. Wir haben die perfekte Biowaffe entwickelt und haben unsere

Operation bis ins letzte Detail geplant. Wir sind nun fast bereit zum Losschlagen.

Welche Aufgaben werdet nun also ihr in dem kommenden Szenario übernehmen, warum haben wir euch hierher befohlen?

Ihr seid unsere besten Experten für innere Sicherheit und psychologische Kriegsführung. Ihr werdet nun in unseren Operationsplan eingeweiht, damit ihr die letzte Stufe des Plans unter meiner Leitung umsetzen könnt.

Jeder von euch bekommt nun von mir Instruktionen – die Sicherheitskräfte sind auf die kommenden Abriegelungs- und Quarantänemaßnahmen vorzubereiten, unsere staatlich kontrollierten Medien und die verschiedenen Propagandaabteilungen sollten zu Beginn der Operationen in der Lage sein, weltweit einzugreifen und die Situation für uns vorteilhaft darzustellen. Auch hier spielen unsere KI-Möglichkeiten eine entscheidende Rolle – ich will hier nur mal die Beeinflussung von Diskussionen in den sozialen Netzen mithilfe unserer Bots erwähnen.

Dazu gehören auch die Erfindung und Propagierung von alternativen Wahrheiten zur Virusentstehung, zum Beispiel, dass das Virus aus dem Westen bei uns eingeschleppt wurde. Und dazu gehört letztlich auch die Liquidierung von Mitwissern.

Wang Zhǔxí und ich werden uns nun zurückziehen und euch nacheinander zu uns rufen, damit ihr eure individuellen Instruktionen erhalten könnt. Es versteht sich von selbst, dass das hier Gesagte diesen Raum niemals verlassen wird – euch allen ist bewusst, wie wir mit Verrätern umgehen und ich gehe fest davon aus, dass ihr, so wie Wang Zhǔxí und ich, euer Leben für unsere großartige Partei und die chinesische Nation geben würdet.

Ihr seid jetzt Teil der Operation Schwarzer Drache.«

Mit diesen Worten verließen er und Wang den Raum.

Jetzt oder nie!

31 Stunden, 15 Minuten. Max war ziemlich bedient. Seine Bandscheiben erinnerten ihn gerade etwas unsanft daran, dass die Zeiten, in denen er mit seinem Seesack durch die Welt gezogen war, bereits relativ lange zurücklagen. Er stand am Gepäckband und wartete darauf, seinen alten abgewetzten Reisekameraden wieder in Empfang zu nehmen. Vor gut 31 Stunden war er in Hamburg an Bord der ersten Maschine gegangen. Nachdem er in Amsterdam und Jakarta umgestiegen war, hatte ihn der dritte Flieger schließlich im Tullamarine International Airport wieder ausgespuckt. Er war endlich in Melbourne angekommen. Er freute sich auf den Trip durch Australien, doch wenn er ehrlich zu sich selbst war, begann dieser offenbar mit einer Enttäuschung, die größer war, als er sich eingestehen wollte: obwohl er seine Reise extra so gelegt hatte, dass sie hier in Melbourne zu einem Zeitpunkt begann, an dem auch der Internationale Virologenkongress eröffnet werden würde und obwohl er Shenmi mehrmals per E-Mail gefragt hatte, ob sie nicht vielleicht daran teilnehmen und ihn am Rande des Kongresses treffen wolle, hatte sie einfach nicht reagiert. Das war eigentlich nicht Shenmis Art, sie hatte bislang immer auf seine Briefe und E-Mails geantwortet und er fragte sich, was wohl hinter diesem ungewöhnlichen Verhalten stecken mochte. Es war, als sei sie vom Erdboden verschluckt worden. Zuerst hatte er gekränkt reagiert, machte sich aber dann zunehmend Sorgen. Ob ihr etwas passiert war? Er hatte schließlich beschlossen, der Sache auf den Grund zu gehen und dem Kongress auf jeden Fall einen Besuch abzustatten. Vielleicht war sie ja doch da oder er konnte zumindest jemanden aus ihrem Labor nach ihr fragen. Da sie in den letzten Jahren recht viel publiziert hatten, war er sich sicher, dass die Virologen aus Wuhan mit einer Delegation zu dem Kongress reisen würden.

Irgendwann entdeckte er sein mit vielen Spuren längst vergangener Abenteuer übersätes Gepäckstück auf dem Band, hob es liebevoll herunter und hörte sich sagen: »Na, alter Junge! Mal sehen, was für Abenteuer uns hier in Down Under erwarten ...«

Er rief dem Taxifahrer zu, er solle auf dem Weg zum Atlantis einen kleinen Schlenker fahren und wenig später passierten sie das imposante Gebäude des Doherty Institute, zu dem auch das Victorian Infectious Diseases Reference Laboratory VIDRL gehörte, das den Kongress ausrichtete. Max konnte es nicht übersehen – an der Fassade, einer wuchtigen Kombination aus Glas und Beton in Grau und Khaki, prangte weithin sichtbar das Logo in blauen Buchstaben. Ob Shenmi wohl doch hier war? Vielleicht hielt sie hinter diesen Mauern gerade einen Vortrag oder diskutierte mit Kollegen aus aller Welt?

Das Atlantis, ein grauer Klotz mit vielen Stockwerken, hätte in jeder anderen Großstadt der Welt stehen können und hatte von außen betrachtet den Charme einer JVA. Allerdings waren die Zimmer ganz passabel und wirkten im Vergleich zu dem, was Max und sein Seesack auf ihren früheren Reisen so gewohnt waren, geradezu luxuriös. Die Dame am Empfang hatte sein Gepäckstück denn auch etwas argwöhnisch beäugt, sich aber mit der Kreditkarte schließlich zufriedengegeben. Es dämmerte bereits. Max ließ sich todmüde aufs Bett fallen, zog sich die Kompressionsstrümpfe aus, die er seit inzwischen gut 33 Stunden trug, und fiel in einen tiefen, traumlosen Schlaf.

Als er erwachte, beschloss er, seinen Lebensgeistern durch ein Bad im Hotelpool etwas auf die Sprünge zu helfen. Anschließend nahm er ein ziemlich rustikales Frühstück mit Ham, Bacon and Eggs ein und überlegte währenddessen, wie er den heutigen Tag gestalten solle. Normalerweise würde er sich erst einmal akklimatisieren und ein paar Streifzüge, durch die unbekannte Stadt unternehmen. Vielleicht ließe er sich ein wenig mit der City Circle Tram durch das Zentrum kutschieren oder würde auf dem Federation Square, einen Kaffee trinkend, die Menschen beobachten. Aber Max wollte es nicht ruhig angehen lassen, nein, er konnte es nicht ruhig angehen lassen. Er musste

Shenmi finden. Denn eigentlich war er wegen ihr hier. Also keine Ausreden, keine lange Umschweife: er würde in das Doherty Institute fahren und nach ihr suchen.

Er ließ sich am Empfang ein Taxi bestellen und stand wenig später vor dem schmucklosen Eingangsportal des Gebäudes an der 792 Elizabeth Street.

Bereits in der Eingangshalle wurde mit großen Postern auf den Virologenkongress aufmerksam gemacht. Eine freundliche Hostess fragte ihn nach seinem Ticket und verkaufte ihm eines, als er sie darum bat. »Die Eröffnungsveranstaltung findet gerade im Großen Hörsaal statt«, sagte sie und wies ihm den Weg. Der Hörsaal war recht komfortabel eingerichtet und erinnerte mit seinen rot gepolsterten Sesseln eher an ein großes Kino. Er war voll besetzt, als Max eine der Türen öffnete und ihn betrat. Unten am Rednerpult hielt ein Wissenschaftler mit breitem texanischem Akzent einen Vortrag. Max blickte sich suchend um, doch schien es illusorisch, Shenmi in dieser Menschenmenge finden zu wollen. Schließlich setzte er sich in einen der wenigen freien Sessel und versuchte, dem Vortrag zu entnehmen, worum es ging.

»Hallo Max!« Jemand hatte sich unbemerkt neben ihn gesetzt. Er fuhr herum. »Jane! Wie …? Was …? Was zur Hölle machst du denn hier?« Max sah sie entgeistert an. Seit ihrer Famulatur in seiner Praxis hatten sie keinen Kontakt mehr miteinander gehabt. Er war so überrascht, sie hier zu sehen, dass er die Blicke nicht bemerkte, die sie mit den zwei Männern vor ihnen wechselte. »Da staunst du, Max, was?! Wir haben uns halt schon lange nicht mehr gesehen. Ich bin nach dem Staatsexamen in die Forschung, um meine Doktorarbeit endlich fertig zu bekommen. So bin ich dann an das Virologische Institut der Uni gekommen und fand das ziemlich spannend. Tja, lange Rede, kurzer Sinn: mein Prof hat mich jetzt auf diesen Kongress nach Melbourne geschickt! Ist doch klasse! Mein erster Kongress und dann gleich in Australien! Ich mach danach noch ne Rundreise und zum Schluss noch Tauchen am Great Barrier Reef! Aber Max, was

276

führt dich denn hierher? Du hast ja wohl nicht das Fach gewechselt, oder?« Max grinste leicht gequält. »Nee, Reagenzglaskönig, das ist nichts für mich. Ich mache hier Urlaub.« Sie sah ihn spöttisch an: »Aah, das ist toll. Der Mann macht Urlaub in Australien und besucht einen Virologenkongress zur Entspannung! Du machst mich echt fertig!« »Nein, Quatsch!«, gab Max zurück. »Natürlich nicht! Ich bin gestern hier angekommen und hatte gehofft, hier eine alte Freundin zu treffen, die Virologin ist. Deshalb bin ich hier!« Jane wirkte interessiert: »Ach, sag bloß, du hast Freunde in der Virologie! Hast du sie denn schon gefunden?« »Nein«, sagte Max etwas enttäuscht. »Aber ich bin eben erst hier reingekommen und muss mich erstmal umschauen.« Dann fiel ihm etwas ein. »Warte mal, vielleicht kennst du sie, wenn du schon dieses Fach beackerst. Sie hat ein paar Papers in internationalen Fachzeitschriften veröffentlicht. Sie heißt Li Shenmi und kommt aus Wuhan in China.« Jane zuckte mit den Schultern. »Nein, nie gehört. Aus Wuhan scheint dieses Mal auch niemand da zu sein, was seltsam ist, da die Chinesen in den letzten Jahren zumeist in vorderster Front mit dabei waren. Keine Ahnung, warum von denen keiner da ist.« Die Enttäuschung in Max Gesicht war unübersehbar. »Echt jetzt? Niemand aus Wuhan? Auch kein Kollege von Dr. Li? Ich versteh das nicht. Ich hatte ihr geschrieben, dass ich komme, und sehr gehofft, wir könnten uns hier am Rande des Kongresses mal treffen. Wir haben uns seit 30 Jahren nicht gesehen. Ein Menschenalter. So wird das wohl nie was.« Jane sah ihn an: »Max, das tut mir leid. Sollen wir irgendwo hingehen und was trinken? Dann kannst du mir ein wenig von Dr. Li erzählen, wenn du magst.« »Jane, sei mir nicht böse«, antwortete Max niedergeschlagen. »Aber mir ist jetzt nicht nach Reden. Gib mir mal deine Telefonnummer, dann rufe ich dich morgen an. Du bist doch sicher noch ein paar Tage in Melbourne, oder?« Sie nickte, dann tauschten sie ihre Handynummern aus und Max verschwand mit einem knappen Gruß aus dem Hörsaal.

Nachdem er den restlichen Tag ziellos durch die Stadt gestreift war, beschloss Max am Abend, seine Enttäuschung an der Hotelbar zu ertränken.

Der Barkeeper kannte diesen Blick nur zu gut und gab deutlich mehr Whisky als die üblichen fünf Zentiliter in den Manhattan. Vielleicht half es. Nach dem dritten Cocktail sah die Welt für Max schon ein wenig rosiger aus. So rosig, dass er die Frau zunächst nicht bemerkte, die am anderen Ende der Bar vor einem Glas Wein saß und ihn unverwandt anstarrte.

Der Barkeeper war es schließlich, der ihn diskret darauf hinwies. »Kennen Sie die Dame vielleicht, mein Herr? Falls nicht, ergibt sich an diesem Abend vielleicht noch eine andere Möglichkeit für Sie, ein wenig zu vergessen ...« Er deutete mit einem leichten Kopfnicken in Richtung der Frau. Max blickte auf. Er war zwar nicht mehr ganz nüchtern, konnte aber noch ziemlich sicher sagen, dass er die Dame noch nie zuvor gesehen hatte. Wie auch? Schließlich war er erst seit ein paar Stunden in diesem Land. Obwohl – er hatte ja bereits jemanden getroffen, den er kannte. Er musste unwillkürlich grinsen. Die Dame lächelte zurück. Nein, diese Frau kannte er definitiv nicht und eigentlich war ihm auch nicht danach, jetzt Süßholz zu raspeln. Er wollte eigentlich noch ein wenig in Selbstmitleid baden. Die Dame erhob sich und machte Anstalten, ihm auf die Pelle zu rücken. Sie sah ein wenig exotisch aus, möglicherwiese war sie eine Nachfahrin der australischen Ureinwohner. Ehe er diesen Gedanken zu Ende denken konnte, hatte sie sich schon neben ihn gesetzt. »Cheers mate! Sie sehen ein wenig verloren aus, so ganz alleine an der Bar. Ich habe mir gedacht, Sie brauchen vielleicht ein wenig Gesellschaft.« Max beschloss, sich in das Unvermeidliche zu fügen, das Selbstmitleid musste eine Pause einlegen. »Cheers! Ja, vielleicht haben Sie recht. Es trinkt sich besser in Gesellschaft.« Er streckte ihr die Hand hin. »Mein Name ist ...« »Max. Ihr Name ist Max Hecker. Stimmt's?« Mit einem Schlag war er nüchtern. »W-woher wissen Sie ...? Arbeiten Sie hier im Hotel?« Die Frau sah ihn vielsagend an. »Und Sie hatten gehofft, hier eine alte Freundin zu treffen. Eine Freundin namens Li Shenmi.« Er

278

starrte sie mit offenem Mund an. »Hat Jane …? Woher …? Sind Sie auch auf dem Virologenkongress?« Jetzt erst bemerkte er das Glas in seiner Hand, das auf halbem Weg zu seinem Mund haltgemacht hatte, und nahm einen tiefen Schluck daraus. »Kann sein«, antwortete sie wenig erhellend, während ein breites Grinsen ihre makellosen Zähne entblößte. »Wir sollten vielleicht irgendwo hingehen, wo wir uns ungestört unterhalten können«, fuhr sie mit einem Seitenblick auf den Barkeeper fort. »Können wir unser Gespräch in Ihrem Zimmer fortsetzen?« Max nickte mechanisch und die beiden verließen unter dem wohlwollenden Blick des Barkeepers den Raum – der lächelte zufrieden in sich hinein. Der traurige Fremde würde den Abend nicht allein verbringen müssen.

»Mein Name ist Alinga. Alinga Sellers. Und: ja, ich stamme von den Aborigines ab. Um Ihnen gleich vorweg eine Antwort auf die Frage zu geben, die sich alle Nicht-Australier stellen, wenn sie mich zum ersten Mal sehen. Aber das ist eine andere Geschichte und interessiert Sie jetzt nun wirklich nicht weiter.« Sie waren inzwischen in Max Zimmer angekommen, wo er ihr auf dem lachsfarbenen Sofa einen Platz angeboten hatte. Er saß auf dem Bett und musterte sie. »Sie haben recht, Alinga. Das ist sicher ein interessantes Thema, obwohl ich die Menschen nicht nach Herkunft oder Aussehen zu beurteilen pflege. Aber viel interessanter ist im Moment tatsächlich, wieso Sie wissen, wer ich bin und nach wem ich heute gesucht habe.« Sie machte ein unglückliches Gesicht. »Das wird Sie jetzt nicht wirklich erfreuen. Shenmi scheint in einer üblen Lage zu sein.« Max horchte auf. »Ich bin tatsächlich Virologin, und zwar von hier aus Melbourne. Ich bin momentan als Gastwissenschaftlerin im Austausch gegen einen Kollegen am Institut für Virologie in Wuhan tätig. Unsere Universität pflegt einen regen Austausch mit der Uni dort. Dabei habe ich Shenmi natürlich kennen gelernt. Ich schätze ihre angenehme und professionelle Art sehr und wir haben uns oft in der Kantine unterhalten. Nichts Besonderes, Gespräche unter Kollegen eben. Mein Aufenthalt dort ist sehr anregend, auch wenn für meine Begriffe Militär und Geheimdienste ein wenig zu sehr dort hineinregieren. Es gibt natürlich auch Projekte, die nicht für meine Augen und Ohren bestimmt waren, und ich glaube, dass Shenmi auch an solchen Projekten arbeitet, obwohl sie nie ein Wort darüber verloren hat. Vor ein paar Monaten muss dann irgendetwas geschehen sein, denn danach habe ich sie eigentlich nie mehr in der Kantine gesehen. Ich dachte zuerst, sie sei wieder im Ausland, bis ich sie eines Tages durch Zufall auf einem Gang in einem eher abgelegenen Teil des Gebäudes traf. Ich grüßte sie, doch sie wirkte sehr gehetzt und sah sich permanent um, so als fürchtete sie, verfolgt zu werden. Erst als sie sicher war, dass wir alleine in dem Gang waren, steckte sie mir einen verschlossenen Umschlag zu. Sie beschwor mich, niemandem von unserer Begegnung zu erzählen. Sie wusste offenbar, dass ich zum Kongress nach Australien fliegen würde, und bat mich inständig, genau heute ins Hotel Atlantis zu kommen und einem gewissen Max Hecker den Umschlag auszuhändigen. Et voilà! Da bin ich und da sind Sie. Und hier ist der Umschlag!« Sie kramte in ihrer Handtasche, zog ein zerknittertes Kuvert hervor und reichte es Max.

Aufgeregt riss dieser den Umschlag auf, zog einen eng bedruckten Bogen Papier heraus und begann zu lesen: »Mein lieber Max, wahrscheinlich bist Du der einzige Mann in meinem Leben, der mein Herz wirklich berührt hat. Du wunderst Dich vielleicht, warum ich nun, nach all den Jahren, so offen bin, aber ich befinde mich in einer Situation, in der es sich empfiehlt, dass ich mich ehrlich mit der Vergangenheit auseinandersetze. Weißt Du, damals, auf dem Schiff, da war ich sehr verletzt und aufgewühlt. Ich hatte Angst und war verzweifelt. Und dann kamst Du und hast mich in Deinen Armen gehalten und getröstet. Ich habe mich seitdem nie wieder so geborgen gefühlt wie damals in der Nacht auf dem Goldenen Fluss. Ich habe diese Umarmung nie vergessen und heute wünschte ich, dass damals mein Herz und nicht mein Verstand gesiegt hätte. Als ich in Lyon war, hatte ich zunächst nicht den Mut, Dich zu fragen, ob wir uns sehen könnten, denn ich weiß, dass ich Dich damals sehr verletzt habe, und ich wollte unsere Freundschaft nicht aufs Spiel setzen. Dann, als wir ein Wiedersehen geplant hatten, geschah etwas, das es mir unmöglich machte, dort zu bleiben. Das hatte aber nichts mit Dir zu tun und ich habe es als sehr schmerzhaft empfunden, dass wir uns schon wieder verpasst haben.

Glaube mir: ich hatte wirklich vor, Dich nun endlich in Melbourne zu treffen und der Gedanke daran ließ mein Herz jubeln. Ich weiß zwar nicht, ob Du wirklich in Melbourne bist, aber wie ich Dich kenne, wird das schon so sein. Daher ist es mein größter Wunsch, dass Du weißt, dass auch ich kommen wollte. Ich hatte es fest vor, aber erneut hindern mich Umstände, sehr ernste Umstände, daran, Dich zu treffen. Nein, ich bin nicht krank, aber ich glaube, Du weißt, was ich meine, wenn ich Dir schreibe, dass sie nun wissen, was damals in Běijīng passiert ist. Mit diesem Wissen werde ich dazu gezwungen, etwas zu tun, das sehr gefährlich ist. Für alle Menschen gefährlich. Ich versuche immer noch, einen Weg zu finden, um das zu verhindern, aber ich sehe keinen Ausweg und glaube auch nicht mehr daran, dass ich das Ganze überleben werde.

Deshalb ist dieser Brief ein Abschiedsbrief. Ein Abschiedsbrief, mit dem ich Dir sagen möchte, dass Du immer meine große Liebe warst. Vergiss mich nicht! Das ist das Einzige, was ich jetzt noch erhoffen kann.

Immer Deine Shenmi«

Max starrte auf den Brief in seiner Hand, während die Bedeutung dieser Worte langsam in sein Bewusstsein sickerte. Dieses Geständnis, nach all den Jahren, die tiefe Verzweiflung, die aus Shenmis Worten sprach, die offenkundige Bedrohungslage, in der sie sich befand – all das ließ den Whisky in seinem Blut ziemlich schnell verdampfen. Er blickte Alinga hilfesuchend an, doch die zuckte nur mit den Schultern. »Ist wohl nicht so schön, der Inhalt, oder?«, fragte sie. »Nein«, gab er zurück. »Wann haben Sie Shenmi zuletzt gesehen und wie hat sie da auf Sie gewirkt?« Alinga überlegte: »Naja, wie ich schon sagte: auf dem Gang, als sie mir den Brief zusteckte. Sie war völlig verändert. Verängstigt, ja fast schon panisch. Ich fragte sie, warum sie so sicher sei, dass Max Hecker genau an diesem Tag in genau diesem Hotel sein würde, aber sie sagte nur ›Glaub mir, er wird da sein‹. Und das sind Sie ja auch. Typisch deutsch, auf die Deutschen kann man sich immer verlassen. Im Guten wie im Schlechten!« Sie grinste, aber das Grinsen erstarb, als sie Max‹ Gesichtsausdruck sah. Der überlegte fieberhaft. »Das ist ein Abschiedsbrief. Sie scheint aber nicht krank zu sein, sondern befürchtet offenbar, getötet zu werden. Da scheint irgendetwas Monströses im Gang zu sein. Hmm, wissen Sie, mit was für Forschungen sie sich in letzter Zeit beschäftigt hat?« Alinga stutzte. »Nein, eigentlich nicht. Als wir uns noch in der Kantine getroffen haben, erzählte sie mir oft etwas über ihre Coronaviren-Forschung. Sie ging ganz darin auf, vor allem seitdem das Labor in Wuhan durch den neuen Hochsicherheitstrakt in die erste Weltliga aufgestiegen ist.« »Ich weiß. Sie hat mir immer sehr enthusiastisch von ihren Forschungen berichtet. Sie hat immer daran geglaubt, dass ihre Forschungen den Menschen dienen würden.« Max musste schlucken. Irgendetwas war schiefgegangen. Verdammt schief. Aber was? »Hat sie Ihnen irgendwann auch mal von gefährlichen Forschungen erzählt?« Alinga schnaufte verächtlich. »Alle Forschungen in einem Hochsicherheitslabor der Stufe 4 sind gefährlich, Freundchen. Falls Sie aber Biowaffen meinen: die Armee steht in China immer hinter dem Vorhang. Bei allem, was dort geschieht, wird der Mehrwert für die Armee überprüft. Kann man also nicht ganz ausschließen. Und wie gesagt: sie ist in den letzten Monaten von der Bildfläche verschwunden. Vielleicht setzt man sie unter Druck. Wenn sie so ist, wie Sie sagen, dann wird sie ihre Forschungen sicher nicht freiwillig für ein Waffenprogramm zur Verfügung stellen. Vielleicht hat sie ein dunkles Geheimnis, mit dem man sie erpressen kann?«

Max dachte laut nach: »Wenn ich wüsste wie, würde ich ihr helfen. Ich würde hinfliegen und versuchen, sie da rauszuhauen. Aber wie soll ich das machen? In diesem Überwachungsstaat komme ich nicht weit. Schon gar nicht als Ausländer. Viel zu auffällig. Ich komme da noch nicht einmal in ihre Nähe, wenn sie wirklich so total abgeschirmt wird.«

Alingas Miene hellte sich auf: »Och, da kann ich Ihnen eventuell behilflich sein!« Max war überrascht. »Ja. Immerhin ist mein Gastaufenthalt ja noch nicht vorbei. Ich bin nur wegen des Kongresses nach Melbourne geflogen. Mein Chef hier hat mich gebeten, ihn mit zu betreuen. In ein paar Tagen fliege ich wieder zurück. Ich könnte Sie mitnehmen. Sozusagen als virologischen Kollegen, der sich mal die Forschungsmöglichkeiten in Wuhan anschauen möchte. Dann kämen Sie auch in ihre Nähe. Den Rest müsste man dann irgendwie arrangieren.« »Sind Sie jeck? Wie soll das denn gehen?! Ich bekomme doch so schnell überhaupt kein Visum! Ich kann kein Chinesisch und falle dort auf wie ein Huhn unter Gänsen!« Alinga sah ihn fragend an: »Ich dachte, Sie wollen ihr helfen?« »Ja, schon«, stöhnte Max verzweifelt. »Aber wenn man einen Plan macht, muss der auch den Hauch einer Chance haben! Das ist doch völlig unrealistisch!« »Okay, dann wollen wir doch mal sehen: Problem Nummer eins: das Visum. Unser Institut hat gute Beziehungen zum chinesischen Konsulat in der Irving Road, schließlich pflegen wir einen regen Austausch mit Wuhan und finanzieren die Forschungen dort ja auch mit. Das kann ich also problemlos regeln. Zweites Problem: der Flug. Kein Problem, wir buchen Ihnen einen Platz in der Maschine, mit der ich zurückfliege. Drittes Problem: kein Chinesisch. Ich auch nicht. Wird von ausländischen Wissenschaftlern auch nicht erwartet. Sie haben die perfekte Tarnung und kommen so in Shenmis Nähe. Ein bisschen was müssen Sie dann aber auch selbst machen.« Max sah sie mit großen Augen an: »Warum tun Sie das? Sie bringen sich womöglich selbst in große Gefahr und kompromittieren vielleicht Ihre ganze Arbeit damit!« »Vielleicht mag ich Shenmi ja! Und außerdem hilft man bei uns Menschen in Not! Also, was ist? Sind Sie mehr von der Quasselfraktion oder packen Sie auch an, wenn es ernst wird?« Sie hatte recht. Er musste es versuchen, auch wenn es Wahn-

sinn war. Immer schon hatte er sich über Heuchler und Maulhelden geärgert, von denen es auch in seiner Heimat recht viele
gab. Die moralstolzen Like-Button-Drücker, die überheblichen
Empörten und die vielen Mietmäuler mit dem schnellen Mut,
der nie etwas kostete. Die vielen Meiner, die bei jedem Thema
richtig lagen, immer die passende Fahne vor sich herschwenkten
und stolzgeschwellt und daumensenkend an den wenigen vorbei-
gingen, die wissen und nicht meinen wollten.

Er wollte keiner von denen sein. Er wollte ein richtiges Leben führen, kein falsches, er wollte auch jetzt das tun, an was er
glaubte. Und er wollte den Menschen retten, den er liebte. Ja, er
liebte sie noch immer. Er hatte sich in all den Jahren zwar viel
Mühe gegeben, das zu vergessen. Aber dieser Brief hatte seine
Bemühungen zunichtegemacht. Konnte man die Zeit dreißig
Jahre zurückdrehen? Konnten sie eine Brücke schlagen zu den
beiden jungen Menschen auf dem Goldenen Fluss? Er wusste
es nicht, aber etwas sagte ihm, dass er es herausfinden musste.
Jetzt oder nie.

Er blickte ihr fest in die Augen. »Let's go!«

Ein paar Tage später saßen zwei Virologen in einer Air China
Maschine auf einem Flug von Sydney nach Wǔhàn. Max, der
tatsächlich völlig problemlos sowohl ein Visum als auch ein pas-
sendes Flugticket bekommen hatte, war nervös. Was, wenn er gar
nicht an Shenmi herankam, weil sie lückenlos überwacht wurde?
Und selbst wenn das gelänge – was dann? Er wusste ja noch nicht
einmal, was genau ihr Problem war, wie sollte er da wissen, ob er
ihr überhaupt helfen konnte. Im Worst-Case-Szenario müssten
sie außer Landes fliehen. Das wäre nahezu ein Ding der Unmög-
lichkeit, zumal gar nicht klar war, ob Shenmi in so einem Fall
überhaupt bereit wäre, mitzukommen. Er versuchte sich zu beruhigen und bestellte einen Mojito. Wenigstens waren es diesmal
nur halb so viele Stunden im Flugzeug wie beim letzten Flug.

»Sir, Ihr Mojito!«, die Stewardess riss ihn aus seinen Gedanken.
Er murmelte ein Dankeschön, als er nach dem Getränk griff,

aber durch eine ungeschickte Bewegung landete der Inhalt des Bechers auf seiner Hose. Während die Stewardess unter blumigen Entschuldigungen versuchte, mit einem Lappen seine Hose zu trocknen, verspürte er plötzlich einen leichten Stich in seinem Bein und fuhr mit einem Anflug von Empörung zu ihr herum. Als sie jedoch unbeeindruckt mit ihren Reinigungsbemühungen fortfuhr und er auch weiter keinen Schmerz verspürte, schien er sich wohl getäuscht zu haben. Der Flug verlief ansonsten ohne weitere Auffälligkeiten und schließlich setzte der Pilot zur Landung an. Es war bereits dunkel da draußen. Max starrte auf das Lichtermeer der 11-Millionen-Metropole, das sich tief unter ihm ausbreitete wie ein vielfarbiger Sternenhimmel. ›Jetzt lerne ich also das Neue China kennen, ziemlich genau 30 Jahre, nachdem ich zum letzten Mal hier war. Ich hätte mir gewünscht, dass die Umstände andere wären, unter denen ich dieses großartige Land wiedersehe‹, dachte er mit einem Anflug von Bedauern.

Wenig später passierten sie problemlos die Einreisekontrolle und verabschiedeten sich am Taxistand. Er hatte auf Alingas Anraten ein Zimmer im Westin in der Linjiang Road gebucht. Standesgemäße Adresse für einen westlichen Wissenschaftler und außerdem toller Blick auf die Skyline von Wuhan.

Die gut 40 Kilometer legte das Taxi in einer knappen Stunde zurück. Eine Stunde, in der Max aus dem Staunen kaum herauskam: vom Alten Wuhan mit dieser typischen Mischung aus windschiefen Häusern und grauen Betonklötzen, rauchenden Schornsteinen und den großen Fahrradschwärmen auf den Straßen waren lediglich die vielen Menschen auf den Straßen übrig geblieben. Die mehr schlecht als recht asphaltierten Straßen hatten sich in riesige Stadtautobahnen verwandelt, die Fahrräder waren von einer Autolawine abgelöst worden, in der man so einige sehr teure Sportwagen ausmachen konnte, und die Betonklötze waren zu bunt beleuchteten Wolkenkratzern mit teilweise atemberaubender Architektur geworden, deren Größe und Buntheit in Richtung Stadtzentrum immer weiter zunahm. Sie fuhren am Wǔhàn Center vorbei, das mit seinen 438 Metern in den Top 25 der höchsten Gebäude der Welt rangierte, bevor sie schließlich vor dem 5-Sterne-Glaspalast des Westin hielten. Ein etwas zu unterwürfiger Liftboy trug seinen ziemlich deplatzierten Seesack mit gut unterdrückter Verachtung bis vor die Tür seines Zimmers im zehnten Stock, dessen einziges Fenster einen grandiosen Blick über den Goldenen Fluss auf die Skyline des anderen Ufers freigab. Auch dort war nahezu jeder der vielen Wolkenkratzer beleuchtet, so dass die Skyline sich verführerisch im braunen Wasser des Flusses spiegelte. Max war so überwältigt von der Veränderung, die Wuhan ganz offensichtlich in den vergangenen drei Jahrzehnten durchgemacht hatte, dass er beschloss, in der Freiluftbar des Hotels noch einen Drink zu nehmen. Der Blick auf das gegenüberliegende Ufer war von hier aus noch beeindruckender. Er bestellte einen Whisky und ließ das Panorama auf sich wirken. Als er das letzte Mal in dieser Stadt gewesen war, damals mit Mitte zwanzig, hatte sein junges Herz das Abenteuer gesucht. Abenteuer ohne Netz und doppelten Boden. Ohne Reiserücktrittsversicherung und einen ADAC, der einen ausflog, wenn etwas schief ging. Wenn er ehrlich war hatte er damals auch viel Glück gehabt. Es war ihm eigentlich nie etwas zugestoßen, das ein solches Sicherheitsnetz hätte nötig werden lassen. Auch später in Afrika hatte es nie wirklich ernsthafte Probleme gegeben. Aber jetzt? Das hier würde wohl wieder eine Art Abenteuer werden. Er war sich allerdings nicht sicher, ob es dieses Mal ebenfalls so gut ausgehen würde.

Er bestellte noch einen weiteren Whisky und eine Cohiba dazu, damit der nicht so allein war. Der bläuliche Rauch der Zigarre löste sich im Nachthimmel auf und ein wohliger Schwindel stellte sich ein. ›Zeit fürs Bett‹, dachte er und hoffte, dass er ein Auge zumachen konnte. Sie hatten vereinbart, dass Alinga sich melden würde, sobald es etwas Neues gäbe und er ahnte, dass ihm das Warten einiges an Geduld abverlangen würde, was nicht zu seinen Stärken zählte.

Er wurde diesbezüglich allerdings nicht sehr lange auf die Folter gespannt, da sein Handy nur wenig später vibrierte. Eine

Whatsapp von Alinga: »Triff S. morgen um 12:00 im Hubei Provinzmuseum an den Bianzhong des Markgrafen Yi von Zeng!«

Jetzt würde er ganz sicher kein Auge mehr zumachen.

›Was zur Hölle ist ein Bianzhong?‹, fragte er sich und beschloss, sich über das Internet schon mal mit seinem morgigen Treffpunkt zu befassen.

»Der Markgraf Yi von Zeng lebte in der Zeit der Streitenden Reiche vor fast 2500 Jahren. Seine Grabstätte wurde 1978 bei Bauarbeiten entdeckt und zählt zu den bedeutendsten archäologischen Stätten Chinas. Die Bianzhong des Markgrafen Yi von Zeng, auch Zenghoyi-Glocken genannt, ist ein uraltes Musikinstrument, das aus 64 Glocken besteht, die an zwei Balkengestellen aufgehängt sind, die 7,48 mal 2,65 und 3,35 mal 2,73 Meter groß sind. Die größte Glocke ist 153,4 Zentimeter hoch und wiegt 203,6 Kilogramm. Jede Glocke erklingt in zwei Tönen, wenn man sie im Abstand von drei Grad mit einem Holzhammer schlägt. Das Tonspektrum des Glockenspiels reicht von C2 bis D7, im mittleren Bereich können alle zwölf Halbtöne erzeugt werden. Das Bianzhong des Markgrafen Yi von Zeng ist die Hauptattraktion des Hubei Provinzmuseums:«

›Einen Holzhammer‹, dachte Max. ›Den könnte ich jetzt auch gut gebrauchen, dann könnte ich wenigstens noch ein wenig schlafen, bevor es losgeht.‹ Etwas sagte ihm, dass bis jetzt alles ein wenig zu glatt gelaufen war. Das mochte nichts bedeuten, aber es passte nicht so ganz zu dem dramatischen Brief, den Shenmi ihm geschrieben hatte.

Erst im Morgengrauen fiel er in einen unruhigen Schlaf, aus dem er viel zu früh erwachte. Das sehr umfangreiche Buffet lockte verheißungsvoll, aber er brachte nur ein paar Bissen herunter, bevor er ein Taxi rufen ließ und sich auf den Weg zum Treffpunkt machte. Die zwanzigminütige Fahrt, auf der sie den kleinen Shahu See überquerten, verging viel zu schnell. Anders als gestern hatte er heute keine Augen für die kraftstrotzende Metropole, durch die sie fuhren. Seine Gedanken waren bei Shenmi. Shenmi, endlich würde er sie wiedersehen. Nach dreißig Jahren. Trotz des fehlenden Schlafes war er hellwach, die Gedanken rasten durch seinen Kopf. Er konnte sich nicht daran erinnern, jemals einen Tag in so vollkommener Ungewissheit darüber begonnen zu haben, wie dieser enden würde.

Der Taxifahrer drehte sich um, grinste zahnlos und hielt die Hand auf. Mit einem Nicken deutete er auf einen modernen Gebäudekomplex, dessen riesige schwärzlich-glänzende Dächer an den traditionellen chinesischen Baustil erinnern sollten. Der Vorplatz wurde von wuchtigen schwarzen Granitplatten dominiert, in die große goldfarbene chinesische Schriftzeichen eingraviert waren: »Hubei Provinzmuseum«. Der Fahrer schien ganz zufrieden mit seiner Entlohnung zu sein, denn er sprang aus dem Wagen und öffnete die Beifahrertür, um Max aussteigen zu lassen. Dann zwinkerte er ihm zu, stieg wieder ein und fuhr davon.

Max sah sich vorsichtig um: der große Vorplatz war menschenleer. Zu beiden Seiten der Eingangstreppe flatterten Spruchbänder im Wind, aber der einzige Mensch, der sie jetzt hätte lesen können, sprach kein Chinesisch. Eine müde Kassiererin verkaufte ihm ein Ticket ohne aufzublicken. 11:30 Uhr. Noch genug Zeit, um sich zurechtzufinden. Er versuchte, sich den Weg einzuprägen und hielt auch nach Fluchtwegen und leicht zu öffnenden Fenstern Ausschau. Seltsam. Auch hier war keine Menschenseele zu sehen. Irgendetwas stimmte nicht und ließ die warnende Stimme in seinem Inneren immer lauter werden. 11:45 Uhr. Er betrat einen großen Raum, in dessen Zentrum ein roter Teppich lag. Auf diesem Teppich standen mehrere bronzene Figuren, die dicke Balken hielten, an denen reich verzierte helmartige Zylinder unterschiedlicher Größe befestigt waren – das Biazhong des Markgrafen Yi von Zeng war tatsächlich ein imposantes Musikinstrument und er staunte einmal mehr über die chinesische Kultur, die ein solches Kunstwerk vor fast 2500 Jahren hervorgebracht hatte. »Max! Max, bist du es wirklich?« Die Stimme riss ihn aus dem Staunen, er fuhr herum. Da stand sie vor ihm, älter als damals wie auch er, doch noch immer um-

288

werfend schön. Sie hatte die langen Haare mit einer traditionellen chinesischen Haarnadel hochgesteckt, an deren Ende ein Stein aus smaragdgrüner Jade leuchtete. »Max, was machst du denn hier?« Etwas stimmte nicht. Wieso fragte sie das? Schließlich hatte sie ihn doch hier treffen wollen. Er wollte etwas sagen, öffnete den Mund, doch seine Worte wurden von schallendem Gelächter erstickt. Entsetzt nahmen sie die zwei Museumsbesucher wahr, die nun den Raum betraten: einer von ihnen richtete eine entsicherte Glock auf die beiden. Es war Alinga. Der andere kam Max irgendwie bekannt vor.

»Wussten Sie«, dozierte der Fremde, »dass der Markgraf zusammen mit 21 Frauen bestattet wurde? Seine acht Hauptfrauen wurden neben ihm bestattet, aber damit es im Jenseits nicht so langweilig wird, gab man ihm dreizehn weitere hinzu, die in einem Vorraum der eigentlichen Grabkammer auf ihn warteten. Damals, als die Europäer noch als Halbaffen in den Bäumen saßen, war die Welt noch in Ordnung: wenn der Mann starb, mussten seine Frauen eben auch dran glauben, damit er im nächsten Leben nicht so alleine war. Das nenne ich Opferbereitschaft und Hingabe an den Mann! Ist doch eigentlich schade, dass sich die Sitten so sehr geändert haben, finden Sie nicht, Mister Hecker?« Er brach erneut in schallendes Gelächter aus.

»Mister Hecker«, das Gelächter brach ab, der Tonfall des Fremden wurde schneidend. »Ich sehe, Sie scheinen zu überlegen, ob Sie mich kennen. Darf ich Ihrem Gedächtnis ein wenig auf die Sprünge helfen? Wir sind uns vor vielen Jahren an der damaligen Grenze zu Hong Kong, diesem Schandmal in unserem Fleisch, begegnet. Sie hatten da so ein leicht illegales Reisegepäck bei sich, was Sie damals erfolgreich vor mir verheimlichten. Aber Sie müssen wissen: wir Chinesen vergessen nie und ahnden Vergehen gegen uns noch nach Jahrzehnten. Schön, dass sie sich dazu entschlossen haben, Ihre gerechte Strafe nun endlich entgegenzunehmen!« Erneut trat ein breites Grinsen in das Gesicht des Mannes.

Max Gehirn arbeitete fieberhaft. Wer war das? Warum schien

Shenmi von dem Treffen überhaupt nichts zu wissen? Und warum um alles in der Welt zielte Alinga mit einer Pistole auf ihn?

Shenmi stand immer noch wie angewurzelt vor ihm und starrte ihn entsetzt an. Schließlich warf sie dem Fremden einen hasserfüllten Blick zu: »Yue Fei, du Schwein!«

»Nicht doch, meine Teuerste!«, gab der so Angesprochene zurück. »Du weißt doch, dass das Schwein bei uns für Ehrlichkeit steht und das lasse ich mir nun wirklich nicht nachsagen! Schön übrigens, dass du meiner Einladung gefolgt bist und kommen konntest!« Er schüttete sich erneut vor Lachen aus. »Okay, das reicht!«, entfuhr es Max. »Kann mir jemand mal sagen, was hier eigentlich los ist? Und was soll das Gefuchtel mit der Pistole, Alinga?« Alinga wollte etwas sagen, aber Yue Fei hob gebieterisch die Hand. »Mr. Hecker, Sie sollten sich daran gewöhnen, etwas weniger vorlaut aufzutreten. Das könnte Ihre, auch ohne so ein Verhalten eigentlich nur als verzweifelt zu bezeichnende Lage vielleicht geringfügig verbessern. Obwohl ... ach, eigentlich nicht. Aber da Sie um Aufklärung bitten, will ich sie Ihnen gewähren. Fangen wir mal so an«, er machte es sich auf einem Stuhl bequem, während Alinga Shenmi und Max mit der Pistole in Schach hielt. »Wissen Sie, unsere geschätzte Dr. Li bearbeitet gerade ein, wie soll ich sagen, Herzensprojekt von mir und es ist nicht übertrieben, wenn ich behaupte, dass sie damit die Welt verändern wird. Leider ist Frau Doktor etwas widerborstig und da wir nun in die entscheidende Phase des Projekts eintreten, möchte ich sicher sein, dass sie uns nicht heimlich von der Fahne geht. Da Sie offenbar der einzige Mann sind, der jemals das Herz unserer Heldin berühren konnte, nebenbei bemerkt: ich bin der einzige, der jemals den Rest berühren durfte, haben wir uns gedacht, wir laden Sie zu uns ein, um Frau Doktor über diese kleine Schwächephase hinwegzuhelfen.« Er wandte den Blick zu Shenmi: »Nicht wahr, du kleine Schlampe: du wirst auch weiterhin schön das tun, was wir wollen, denn sonst wird dein armseliger Freund hier die Zeche zahlen!« Mit einem katzenhaften Sprung war er bei Max und streckte ihn mit einem ein-

290

zigen wuchtigen Schlag zu Boden. Shenmi schlug die Hände vors Gesicht und stöhnte während Yue Fei Max mit einem schmerzhaften Fußtritt ein Röcheln entlockte.

»Wirst du auch weiterhin tun, was ich dir sage, Li?« Er holte aus um ein weiteres Mal zuzutreten. »Bitte!«, schrie Shenmi unter Tränen. »Tu das nicht! Ich flehe dich an! Er kann doch nichts dafür! Bitte lass ihn gehen!« Yue Fei öffnete den Mund und ließ langsam seinen Speichel auf Max' Gesicht tropfen. »So ein Idiot! So ein erbärmlicher Idiot! Es war so einfach. Wir haben Alinga auf dich angesetzt, weil wir wussten, dass du einer Frau aus dem Westen eher vertrauen würdest als einer Chinesin, bei der du nie hättest sicher sein können, dass sie nicht mit uns kooperiert. Diese Wahrscheinlichkeit erschien bei einer Australierin äußerst gering. Dann gabst du ihr den Brief und mir damit die Möglichkeit, endlich diesen Hecker in meine Gewalt zu bekommen. Erstens hab ich da noch eine Rechnung mit ihm offen. Zweitens, und das ist das Entscheidende, weiß ich, dass du fieberhaft überlegst, wie du unseren Plan doch noch vereiteln kannst. Ich weiß aber auch, wie viel dir dieser Deutsche bedeutet und dass du nicht wagen wirst, uns in die Suppe zu spucken, wenn du dir klar machst, was dann mit ihm geschieht.«

»Yue Fei«, gab Shenmi verzweifelt zurück. »Ich habe euch schon so oft gewarnt: das ist ein Spiel, das ihr nicht mehr kontrollieren könnt! Das Virus ist viel gefährlicher als ihr denkt und es wird immer gefährlicher werden, wenn es einmal den Menschen infiziert hat! Warum hört ihr denn nicht auf mich?«

Er schlug ihr mit der flachen Hand ins Gesicht. »Halts Maul, Schlampe und mach einfach, was man dir sagt! Wir wissen ganz genau, was wir tun!«

Inzwischen war Max wieder zu sich gekommen. Sein Unterkiefer schmerzte stark. Etwas Flüssiges rann an seinem Gesicht herab, aber es war zum Glück kein Blut. Ächzend setzte er sich auf. »Alinga«, brachte er mühsam hervor. »Warum tust du das? Ich dachte, du wolltest uns helfen?« Alinga schnaubte verächtlich: »Helfen? Euch? Nichts liegt mir ferner als das! Hast du schon

291

mal was von den ›Gestohlenen Generationen‹ gehört? Nein? Natürlich nicht! Dann will ich dir auf die Sprünge helfen: die ehrenwerte australische Regierung hatte bis in die späten Sechzigerjahre des letzten Jahrhunderts ein ganz nobles Programm: sie nahmen den Ureinwohnern – meinem Volk! – die Babys weg und steckten sie in Waisenhäuser, damit sie sich in die westliche Wertegemeinschaft integrieren und nicht bei Wilden aufwachsen. Meine Eltern durfte ich nie kennenlernen. Stattdessen haben sie mir ihre überlegenen Werte im Heim eingeprügelt! Was glaubs u wohl, tut so jemand wie ich, wenn er die Gelegenheit bekommt, auch mal den Knüppel zu schwingen und die zu treffen, die ihm das angetan haben? Den erhabenen Westen mit seinen ach so tollen Werten! Die australische Gesellschaft, in der die Weißen, die uns unser Land weggenommen haben, immer noch den Ton angeben, auch wenn sie sich jetzt dafür angeblich so schämen! Jetzt ist Payback-Time und wir präsentieren die Rechnung!«

Max versuchte zu verstehen, um was es hier eigentlich ging, aber sein schmerzender Kopf machte ihm einen Strich durch die Rechnung. Also unternahm er einen hilflosen Versuch, etwas Lufthoheit zurück zu gewinnen. »Ich bin deutscher Staatsbürger. Man wird nach mir suchen und ….« » …. Ja, das wird man. In Australien, wo Du auf einer Urlaubsreise verschollen bist! Kommt vor, sowas. Tststs …«, unterbrach ihn Yue Fei. »Glaubst du, wir hätten irgendetwas dem Zufall überlassen, du Narr? Niemand, absolut niemand weiß, dass du hier bist und wenn du nicht mehr auftauchst wird man dich auf einem anderen Kontinent suchen. Irgendwann wird man die Suche einstellen und dich für tot erklären. C´est tout!«

Bevor Max reagieren konnte hatte Yue Fei ihm einen weiteren gezielten Faustschlag versetzt. Wieder verlor er das Bewusstsein, während Shenmi schluchzend von mehreren in Zivil gekleideten Männern aus dem Raum geführt wurde.

Poch. Poch. Poch.
Poch. Poch. Poch.

292

Das Erste, was Max wahrnahm, als er wieder erwachte, war der pulsierende Schmerz in seinem Kopf. Seine Zunge klebte am Gaumen, er hatte höllischen Durst. Dann bemerkte er, dass seine Hände hinter dem Rücken gefesselt waren. Man hatte ihn mithilfe von Lederriemen um Oberschenkel und Knie auf einer schmalen Holzbank fixiert. Ein Ziegelstein lag unter seinen Füßen, was zu einer Überdehnung der Beine führte und ebenfalls sehr schmerzhaft war. »Ah, Mister Hecker erwacht soeben aus seinem Schönheitsschlaf«, ließ sich eine leider nur zu vertraute Stimme hören. Ein grelles Licht flammte auf und blendete Max. »Wo bin ich, was wollen Sie von mir? Was haben Sie mit Shenmi gemacht?« »Ach Mister Max«, antwortete Yue Fei sanft. »So viele Fragen! Wo Sie sind, das spielt doch keine Rolle! Interessanter ist doch die Situation, in der Sie sich befinden.« Er schob einen weiteren Ziegelstein unter Max Füße, was äußerst schmerzhaft war. Max biss die Zähne zusammen und verkniff sich mit aller Kraft einen Schmerzensschrei. »Tapfer, tapfer, Mister Hecker. Glauben Sie mir, beim dritten Ziegel ist es damit nicht mehr weit her! Sie sitzen übrigens auf einer Tigerbank. Für den, der sie zu schätzen weiß, ist das eine besonders bemerkenswerte kulturelle Errungenschaft von uns. Man kann jemandem mit so einfachen Hausmittelchen wie einer Bank, ein paar Riemen und Steinen entsetzliche Schmerzen zufügen, glauben Sie mir!« Max riss sich zusammen. »Mister …?« »Yue Fei, Ihr ergebener Diener, Sir!« »Mister Yue Fei, darf ich wohl erfahren, warum Sie sich berechtigt fühlen, mir das anzutun?« Yue Fei lächelte grimmig. Der Deutsche war offenbar entschlossen, sich nicht so leicht brechen zu lassen. Nun gut, er wollte noch ein wenig Spaß mit ihm haben. Noch war er nützlich. Er zog die beiden Ziegelsteine wieder heraus, der Druck auf Max‹ Beine ließ merklich nach. »Also wenn wir einen so tapferen Mann in unserer Obhut haben, dann wollen es wir ihm doch ein wenig bequemer machen. Tja, warum? Ich dachte, ich hätte mich bereits im Museum recht eindeutig geäußert. Zum einen haben wir noch eine kleine Rechnung offen. Sie glauben ja gar nicht, wie sehr

293

Ihr kleiner Coup an der Grenze damals mein Leben beeinflusst hat. Und zum anderen müssen Sie mir, wie gesagt, dabei helfen, dass Ihre kleine Freundin ihre Arbeit erfolgreich beendet.« »Da Sie ja ganz offenbar sowieso nicht vorhaben, mich gehen zu lassen, könnten Sie vielleicht die Freundlichkeit haben, mir das genauer zu erklären! Was für eine Arbeit soll das sein?« Max blickte Yue Fei herausfordernd an. Der feixte. »Nun, Sie haben recht. Vielleicht ist es angebracht, Sie ein wenig aufzuklären. Wie Sie ja bereits wissen, forscht die Kleine seit Jahren an Virenstämmen, insbesondere Coronaviren. Sie hat sich in den letzten Jahren darauf spezialisiert, mithilfe bestimmter Versuche zu erforschen, inwieweit diese, an sich für den Menschen bislang recht harmlosen, Viren der Menschheit schaden könnten. Dabei ist es ihr – nicht zuletzt auch durch gutes Zureden von Leuten wie mir – schlussendlich gelungen, ein hochansteckendes und für bestimmte Menschen recht todbringendes Virus zu entwickeln, bei dem man genialerweise und bedingt durch die spezielle Art, mit der das Virus erschaffen wurde, nicht mehr feststellen kann, dass es aus einem Labor stammt. Wie es der Zufall so will, es gibt ja keinen Schatten ohne Licht, hat sie außerdem einen Impfstoff entwickelt, der vor der Ansteckung mit diesem Virus schützt. Tja, leider ist das Virus vor allem für alte und gebrechliche Menschen gefährlich und jetzt raten Sie doch mal, wo besonders viele von denen leben! Genau: bei Ihnen zu Hause und in den anderen Ländern des sich so überlegen wähnenden Westens! Tja, und da diese Länder gar nicht auf so etwas vorbereitet sind – die haben nämlich noch nie auf Warnungen vor Viruspandemien reagiert – wird unser kleiner Freund vor allem dort ziemliche Verheerungen anrichten, während wir durch unseren Impfstoff und unser staatliches Überwachungssystem hervorragend damit klarkommen werden. Und so, Mister Hecker, wird es das erste Mal in der Weltgeschichte sein, dass eine neue Weltmacht die alte Weltmacht ablösen wird, ohne dass ein einziger Schuss fällt. Das Virus wird die tönernen Füße zerstören, auf denen der westliche Scheinriese ruht. Er wird zusammenstürzen und wir werden von

294

den Scherben das nehmen, was uns gefällt. Den Rest werfen wir auf den Müll.«

Da Yue Fei die Lampe nicht mehr in Max' Gesicht hielt, konnte der das unruhige Flackern in dessen Augen sehen. Das war ungeheuerlich! Offenbar wollten sie eine schwere Pandemie auslösen und Shenmi, ausgerechnet Shenmi, war ihr Werkzeug! Max versuchte, ruhig zu bleiben: »Und ihr glaubt, ihr könnt das kontrollieren? Was ist, wenn das außer Kontrolle gerät und auch hier in China eine Katastrophe auslöst?« Yue Fei blickte ihn selbstsicher an: »Keine Sorge, wir sind auf alles vorbereitet. Wir werden der Welt zeigen, wer diese Krise am besten meistert und damit auch diese Welt beherrschen sollte!«

Max gab nicht auf: »Und du glaubst, dass wir euch nicht auf die Schliche kommen? Was ist, wenn dadurch erst ein Krieg ausgelöst wird, weil der Westen Vergeltung verlangt?« Yue Fei lachte höhnisch. »Vergeltung!! Vergeltung, hat er gesagt! Schau dich doch an! Wie nennen sie dich in deinem eigenen Land verächtlich: Alter Weißer Mann? Alter Weißer Mann, deine Kinder und Kindeskinder bespucken dich und die Kultur, die du hervorgebracht hast! Sie schämen sich für dich, sie verachten dich! Glaube mir, ich habe lange genug bei euch im Westen gelebt! Ich weiß, wer ihr heute seid: ihr seid voller Scham und Schuldgefühle und Unsicherheit! Elende Schwächlinge! Eure Sattheit hat euch weich gemacht und ihr habt vergessen, wer ihr einmal wart. Alles, was eure Kultur einmal gewesen ist und hervorgebracht hat, wird bei euch auf den Scheiterhaufen der Verachtung und des Selbsthasses verbrannt. Ihr beschäftigt euch mit der Frage, wie viele Geschlechter es gibt, die sich alle gegenseitig bekämpfen, anstatt dass ihr eure Traditionen ehrt und stolz auf euer Erbe seid! Glaub mir: wenn bei euch noch jemand ›Vergeltung‹ schreit, dann klingt das in unseren Ohren wie das Winseln eines zahnlosen Kläffers! Wir werden euch sehr bald die Maske von eurem arroganten Antlitz reißen und dann wird euer wahres Ich zutage kommen: die Fratze eines sterbenden Alten Weißen Mannes, dessen Stunde geschlagen hat!«

Das Pochen in seinem Kopf hatte merklich nachgelassen, dafür schmerzten die Handgelenke jetzt umso mehr. »Du hast recht, Yue Fei«, antwortete Max. »Ich bin wohl das, was manche im Westen verächtlich einen Alten Weißen Mann nennen. Und du hast auch recht, wenn du sagst, dass die, die das tun, am Ast sägen, auf dem sie sitzen. Aber lass dir eins gesagt sein: noch gibt es so einige Alte Weiße Männer bei uns. Es gibt sie noch, die Männer und auch die Frauen, die die Freiheit so sehr lieben, dass sie bereit sind, dafür zu kämpfen. Die gemeinsam das verteidigen, woran sie glauben – gegen solche Menschen wie dich.

Die schweigen vielleicht dazu, dass man sie durch den Dreck zieht, aber sie wissen ganz genau, dass die Bilderstürmer von heute die Hilferufer von morgen sein werden. Und dann werden sie aufstehen, die Alten Weißen Männer, und sie werden wie immer den Karren aus dem Dreck ziehen. Und dabei werden sie Leuten wie dir, und das ist so sicher wie das Amen in der Kirche, verdammt nochmal ganz gewaltig in den Arsch treten!« Bei den letzten Worten war es Max, der den anderen angrinste, während Yue Fei mit wutverzerrtem Gesicht zwei Ziegel auf einmal unter seine Füße schob. »Und«, presste Max unter Schmerzen hervor, »auch wenn du hier gerade ein wenig Oberwasser hast, sind es am Ende immer Typen wie du, die von Typen wie mir mit dem Kopf voran in die Scheißeeimer gesteckt werden. Verdammter Bastard!« In maßloser Wut versetzte Yue Fei dem arroganten Deutschen schwere Treffer, bis sein wehrloses Opfer bewusstlos auf der Tigerbank zusammensackte.

Poch. Poch. Poch.

Langsam kam Max wieder zu sich. Das Pochen in seinem Schädel kannte er ja bereits. Gesellschaft hatte es nun jedoch durch irrsinnige Schmerzen in seinen Schulter- und Handgelenken bekommen, da Yue Fei seine Hände noch straffer auf den Rücken gebunden hatte. Außerdem lagen nun drei Ziegel unter seinen Füßen. Offenbar war er jetzt allein, doch seine Erleichterung darüber währte nicht lange. Schon drehte sich der Schlüssel

296

in der Tür seines Verlieses. Das Licht ging an, viel zu grell, und das Pochen wurde stärker. Max blinzelte. In der Tür stand eine Frau. Es war Shenmi. Sie schlug entsetzt die Hände vors Gesicht, als sie Max sah. Oder das, was nach der Sonderbehandlung durch Yue Fei noch von ihm übrig war. Der stand hinter ihr in der Tür und stieß sie nun in den Raum hinein. »Los, du Schlampe, rein mit dir! Tank Woman, sieh dir deinen Freund gut an. Wenn du willst, dass wenigstens ein kleiner Teil von ihm überlebt, dann hälst du dich auch weiter an meine Anweisungen, ist das klar?« Shenmi stürzte, raffte sich auf und warf sich schützend über Max. Während sie ihn umarmte, spürte er, wie sie ihm etwas Hartes in die gefesselten Hände drückte. Es war ein Messer. »Oh, wie süß!«, schallte es hämisch zu ihnen herüber. »Julia umarmt ihren – gerade etwas zerzausten – Romeo!« Er packte sie an den Haaren und riss sie von Max weg. Während er ihren Kopf zu sich zog und langsam mit seiner Zunge über ihre Wange leckte, hatte Max das Messer in Position gebracht und bewegte die Schneide an den Lederriemen behutsam hin und her. »Wusstest du eigentlich, Mister Romeo, wie die kleine Shenmi und ich uns kennen gelernt haben?« Das Messer glitt durch die Riemen wie durch Butter. Schließlich waren seine Hände frei. Unvermittelt riss Yue Fei Shenmis Bluse auf und vergrub seinen Kopf zwischen ihren Brüsten. »Ich glaube fast, wir sollten dieses denkwürdige Ereignis noch einmal wiederholen, um dir einen Eindruck davon zu vermitteln, findest du nicht auch, meine Perle?« Diesen Moment der Unachtsamkeit nutzte Max, um die Riemen an den Beinen zu durchtrennen. Er nahm alle Kraft zusammen und schnellte empor, angesichts seiner Verletzungen mit erstaunlicher Geschwindigkeit, das Messer zum Stoß in der Faust. In letzter Sekunde bemerkte Yue Fei die Bewegung und sprang blitzschnell zur Seite, so dass ihn der Stoß des Messers nur am Arm traf. Mit schmerzverzerrtem Gesicht wirbelte er herum und schrie: »Das war dein Todesurteil, Alter Weißer Mann!« Dann stürzte er sich auf ihn. Beide Männer waren verletzt, aber gegen den kampferprobten Yue Fei schien Max nicht den Hauch einer Chance zu haben. Er wehrte die heftigen Schläge seines Gegners mit aller Kraft ab und versuchte, das Messer, das ihm Yue Fei aus der Hand geschlagen hatte, wieder in seine Gewalt zu bekommen. ›Nicht aufgeben!‹, durchfuhr es ihn. ›Du darfst auf keinen Fall aufgeben!‹ Und Max kämpfte den Kampf seines Lebens. Es gelang ihm schließlich, auch ein paar Treffer zu landen, die den siegesgewissen Gegner zu verunsichern schienen. Aber seine Kräfte schwanden und schließlich zeichnete sich ein Sieg Yue Feis ab. Es gelang diesem schließlich, Max zu Boden und das Messer an sich zu bringen. Dann holte er aus. Mit einem wuchtigen Stoß würde er diesen Deutschen ein für alle Mal erledigen! Doch plötzlich durchfuhr ihn ein wilder Schmerz, der ihm für einen Moment die Sinne raubte. Shenmi stand über ihm wie ein biblischer Racheengel. Sie hielt die bluttriefende Haarnadel fest umklammert, die sie soeben in Yue Feis linkes Auge gestoßen hatte. Der stieß einen tierischen Schrei aus, griff nach ihren Beinen und machte Anstalten, ihr das Genick zu brechen, nachdem er sie zu Fall gebracht hatte. Im letzten Moment riss Max Yue Feis Kopf zurück und zog die Klinge des Messers tief durch dessen Kehle. Yue Fei starrte ungläubig in Max‹ Gesicht, während er ein ersterbendes Röcheln von sich gab. »Unterschätze nie den Alten Weißen Mann!«, stieß Max erschöpft hervor. Das waren die letzten Worte, die Yue Fei in diesem Leben hören sollte.

Minutenlang lagen die beiden wie betäubt am Boden. Shenmi raffte sich zuerst auf: »Max, wir müssen uns beeilen. Komm, wir müssen ins Labor, um die Katastrophe zu verhindern! Kannst du aufstehen?« Mühsam lächelte er sie an: »Vielleicht hast du einen Gehwagen mitgebracht? Du könntest meine Krankenschwester sein und mich pflegen!« »Keine Zeit für solche Witze, komm schon! Ich habe draußen keine Wachen gesehen. Das scheint auch kein offizielles Gefängnis zu sein, sondern eher ein ziemlich weitläufiges verlassenes Gebäude. Hoch mit dir! Wir nehmen das Auto von Yue Fei!« Sie kramte bereits in den Taschen des Toten nach dem Schlüssel.

Es war tatsächlich niemand in dem Gebäude. Seltsam. Hum-

298

pelnd erreichten sie das schwarze Mercedes-Coupé. Shenmi setzte sich ans Steuer und startete den Motor. »Schön, dich zu sehen!« Max versuchte ein Lächeln, doch es wirkte ziemlich schief. »Ich mag dure Haarnadeln! Sie sind so … bestechend!« »Max, mir ist nicht nach Witzen zumute! Lachen können wir, wenn wir das hier hinter uns haben. Vielleicht.« »Okay, zu Befehl mon Général! Wie ist der Plan?« Shenmi überlegte. »Wir müssen irgendwie ins Labor kommen. Das wird schwierig, da sie es in letzter Zeit immer strenger bewachen. Wir befinden uns jetzt in der Endphase ihres Plans und da sind sie mächtig nervös. Aber mir wird schon was einfallen. Wir fahren erst mal zu mir und machen uns frisch. In diesem Aufzug werden die uns nie reinlassen!« Max sah an sich herab. Seine blutverschmierte Kleidung hing in Fetzen von seinem Körper. Als er im Schminkspiegel sein Gesicht betrachten wollte, klappte Shenmi diesen wieder hoch. »Besser nicht! Du verlierst sonst noch den Mut, wenn du das siehst!« Er befühlte ein paar der zahlreichen schmerzenden Schwellungen und gab ihr recht. »Werden die nicht nach dir suchen? Du wirst doch sicher am schärfsten bewacht!« »Schon richtig«, gab sie zurück. »Aber sie glauben, dass Yue Fei auf mich aufpasst. Und der hat ihnen ziemlich schnell klar gemacht, dass er mich als seinen Privatbesitz betrachtet!« »Privatbesitz? In China? Ihr übertreibt es aber jetzt mit dem Kapitalismus! Mal im Ernst: hat das Schwein dir wehgetan?« »Nicht wie damals, aber er hätte es heute getan, um dich zu demütigen! Du hast ihm widerstanden und er wollte dich um jeden Preis brechen. Deshalb hat er mich heute zu dir gebracht, und das war sein großer Fehler.« Max dachte an den Mann, der jetzt in einer großen Blutlache in dem einsamen Gebäude lag. »Das kann man wohl sagen. Sein finaler Fehler.«

Wenig später erreichten sie das Haus, das Shenmi mit ihrem Vater bewohnte. Die Straße vor dem Haus war menschenleer. »Wie ich's mir gedacht hab: keine Aufpasser. Sehr gut! Ich bin ja bei Yue Fei, der hat sie wohl nach Hause geschickt. Mein alter

Herr sollte jetzt tief und fest schlafen. Sei leise, wir dürfen ihn auf keinen Fall aufwecken! Bis jetzt konnte ich ihn da raushalten. Ich möchte nicht, dass ihm wegen mir etwas geschieht!«

Sie stellte den Motor ab, half Max aus dem Wagen und dann verschwanden sie im Hauseingang. Bis zur Treppe ging alles gut, dann ging plötzlich das Licht an. »Hab ich's mir doch gedacht!« Der alte Offizier hatte offenbar auf sie gewartet. »Mein Gott Shenmi, wie siehst du denn aus? Und wer um Himmels willen ist das da? Ihr seht aus, als ob euch jemand durch den Fleischwolf gedreht hat!« Shenmi verdrehte die Augen. Auch das noch! Wie sollte sie ihrem Vater erklären, was passiert war? Natürlich hatte er längst bemerkt, dass etwas Unheimliches vor sich ging. Er kannte seine Tochter viel zu gut, als dass sie ihm hätte etwas vorspielen können. Seit dem Tag, an dem sie zur Gelben Kranichpagode bestellt worden war, hatte sie sich völlig verändert. Aber sie hatte auf alle Fragen, die er ihr deshalb gestellt hatte, ziemlich zugeknöpft geantwortet. Der Alte kannte seine Tochter. Wenn sie nicht wollte, war sie nicht zu knacken. Daher hatte er beschlossen, zunächst abzuwarten und auf der Hut zu sein. Es war ihm natürlich nicht verborgen geblieben, dass sie beschattet wurde, und auch der unheimliche Fremde, vor dem sie so viel Angst zu haben schien, war nicht zu übersehen gewesen. Deshalb hatte er kein Auge zugemacht, seitdem sie heute in dessen schwarzen Mercedes gestiegen war. Und jetzt kam sie mit dieser völlig zerzausten Langnase nach Hause!

Max streckte dem Alten die Hand zum Gruß entgegen; der blickte zögernd auf das getrocknete Blut, nahm sie aber schließlich und schüttelte sie, wie es in Europa Brauch war.

»Kommt erstmal rein, ihr braucht ja ganz offenbar eine medizinische Versorgung!« »Vater, wir haben nicht viel Zeit, wir müssen schnellstens ins Labor!«, gab Shenmi knapp zurück. »Wir wollen uns nur kurz frischmachen. Könntest du Max vielleicht ein paar Anziehsachen von dir leihen? Vielleicht passen sie einigermaßen! Ach ja, entschuldige bitte, das ist Max Hecker aus Deutschland. Ein alter Freund, den ich einmal kennenlernte, als

300

er unser Land bereist hat. Und bitte frag nicht, was passiert ist. Es ist zu kompliziert, aber es ist wirklich extrem wichtig, dass wir zeitnah ins Labor kommen!«

Ihr Vater sah sie durchdringend an: »Shenmi, es reicht jetzt!« Sein Tonfall wurde militärisch, wie immer, wenn er keinen Widerspruch duldete. »Seit Monaten bist du nur noch ein Schatten deiner selbst. Du wirst überwacht und ganz offensichtlich massiv unter Druck gesetzt. Heute Abend steigst du zu diesem Halsabschneider ins Auto und jetzt kommst du mit einem blutüberströmten Ausländer zurück! Du steckst offenbar in ganz gehörigen Schwierigkeiten und nach Lage der Dinge brauchst du Hilfe. Ich verlange jetzt, dass du mir erzählst, was hier eigentlich los ist! Ich bin dein Vater und ich erwarte, dass du mir gehorchst! Also?«

Shenmi senkte den Kopf, während Max sie fragend ansah. »Was hat er gesagt? Er will wohl wissen, was los ist, wie? Shenmi, du musst es ihm sagen! Er steckt da sowieso drin und wenn wir versagen, dann wird auch er bestraft werden. Keiner wird ihm glauben, dass er von nichts wusste!« Sie sah ein, dass er recht hatte. »Also gut, Vater, aber wir müssen uns kurz fassen …«

In knappen Worten schilderte sie ihm, was geschehen war und was Yue Fei und Wang vorhatten. Mit unbeweglichen Zügen hörte er aufmerksam zu. Als sie geendet hatte, sprach er zunächst kein Wort, sondern ging aufgewühlt im Raum auf und ab. »Verräter!«, murmelte er immer wieder. »Diese Menschen verraten unser großartiges China! Und sie missbrauchen meine Tochter für ihren Verrat! Das ist unverzeihlich!« Schließlich hielt er inne und blickte die beiden fest an: »Shenmi, du weißt, ich habe immer befürchtet, dass so etwas passieren könnte. Ein Laborunfall! Ein paar Wahnsinnige! Ich habe mein Leben lang diesem Land gedient und war immer stolz darauf. Ich möchte jetzt nicht erleben müssen, dass ich mich getäuscht habe. Du bist meine Tochter und selbstverständlich werde ich euch helfen, diese Katastrophe zu verhindern! Nach Lage der Dinge kommt ihr ohne mich sowieso nicht in das Labor!« Sie schaute ihn fragend an: »Wie kommst du denn darauf?« Er zeigte auf Max: »Wie

301

willst du den Wachen denn erklären, dass du mitten in der Nacht mit einem völlig verbeulten Ausländer in ein schwer bewachtes Labor eindringen möchtest? Glaubst du vielleicht, die lassen euch da einfach so hineinspazieren? Die halten euch an, überprüfen euch und dann war es das. Max verschwindet für immer irgendwo und du bist genau da, wo du heute Morgen warst. Nein, Ihr braucht mich, um da reinzukommen!«

Nachdem er ihr seinen Plan erläutert hatte, willigte sie ein. Es war jetzt nicht die Zeit für falsche Rücksichtnahme. Es kam auch nicht mehr darauf an, ob sie, Max oder selbst ihr Vater diesen Tag überleben würden. Das Einzige, was jetzt noch zählte war, das Virus zu zerstören, bevor es freigesetzt werden konnte.

Eine Stunde später erreichte eine Gruppe von drei Personen den Haupteingang des BSL-4-Labors. Die bewaffneten Wachen musterten die drei argwöhnisch, doch erkannten sie in der ersten Person einen hochdekorierten Offizier der VBA. An der Uniform prangten allerlei Orden und Ehrenzeichen wie die Armee-Medaille und die Medaille des Friedens, sodass sie umgehend aufsprangen und salutierten, als der Offizier sie schneidig grüßte: »Hai Jun Shang Xiao Li, erbitte im Auftrag der Führung dringlich Zugang für mich und meine Begleiter, Dr. Li und Dr. Hecker. Äußerst wichtige Geheimmission, die keinen Aufschub duldet!«

Dienstgrad und Alter sprachen dafür, dass der Offizier Mitglied einer geheimen Verwendungsreserve war. Mit denen legte man sich besser nicht an, wenn man das Straflager vermeiden wollte. »Selbstverständlich, Genosse Offizier!«, bellte der Ranghöchste umgehend zurück. Die Wachen gaben den Weg frei, musterten insbesondere Max allerdings mit äußerstem Misstrauen. Es schien ihnen nicht zu gefallen, dass sie mitten in der Nacht ausgerechnet einen Ausländer in diesen hochsensiblen Bereich lassen mussten. Während Shenmi im Gebäude die Führung übernahm, blickte Max sich nochmal um. Einer der Wächter telefonierte. »Äh, Shenmi«, flüsterte Max. »Ich glaube nicht, dass wir viel Zeit haben. Die versichern sich jetzt bei ihren

Vorgesetzten, dass sie uns reinlassen durften. Es wird schnell auffallen, dass Yue Fei nicht bei uns ist.« »Okay, dann lasst uns einen Zahn zulegen!«, rief sie und begann, zu laufen. Während ihr Vater erstaunlich flink war, hatte Max aufgrund seiner Verletzungen Mühe, ihr zu folgen. An den schweren codegesteuerten Sicherheitstüren holte er die beiden jedoch immer wieder ein. »Wir müssen darauf spekulieren, dass die Wachen die Codes nicht kennen und uns vorerst nicht folgen können«, erklärte sie atemlos, während sie weiter durch die leeren Gänge des Laborkomplexes hetzten. »Bis die jemand holen, der die Türen öffnen kann, vergeht Zeit. Diese müssen wir nutzen!«

Schließlich erreichten sie völlig außer Atem die Tür, die aussah, als wäre sie der Zugang zu einem Kühlhaus. »Passt auf«, sie wendete sich zu den beiden Männern um. »Wir kommen jetzt in den Schleusenbereich. Wir haben zu wenig Zeit für den vorgeschriebenen Sicherheitscheck, aber ihr müsst unbedingt die Schutzanzüge und die Handschuhe anziehen! Folgt mir!« Das Anlegen der Anzüge kostete wertvolle Zeit. Immer wieder hielten sie inne und horchten. Max war, als höre er dumpfe Schläge in der Ferne. Waren ihnen die Häscher schon auf den Fersen und versuchten, die Sicherheitstüren zu öffnen?

Schließlich betraten sie das Labor. Shenmi steuerte zielstrebig den PC-Bereich an und begann, die Computer hochzufahren. Währenddessen gab sie Max Anweisungen: »Ich werde sämtliche Datenbanken zu den Versuchen löschen, sobald die Computer hochgefahren sind und die verschlüsselte Software mich hineinlässt. Das wird ein wenig dauern. Da hinten«, sie zeigte auf eine Art Kühlschrank, »ist der Dampfsterilisator. Kennst Du vielleicht auch unter dem Namen Autoclav. Funktioniert im Prinzip wie im OP. Wir haben das Problem, dass es Zeit kostet, die Viren sicher abzutöten: wir müssen ihn erst anwerfen, dann werden die Behälter mit den Viren eingebracht. Danach folgt eine Entlüftungsphase und anschließend die Sterilisierphase, die normalerweise 35 Minuten dauert.« »35 Minuten?«, gab Max entsetzt zurück. »So viel Zeit haben wir nicht!« »Ich weiß, wir müssen versuchen, die Temperatur schneller zu erhöhen. Max, du und ich, wir sind Ärzte und wir sind es gewohnt, unter Druck ruhig zu bleiben und unseren Job zu machen. Wir schaffen das! Lass uns das jetzt durchziehen. Wenn wir die Daten und die Viren vernichtet haben, ist es vorbei. Niemand außer mir war in den letzten Monaten mit diesen Forschungen befasst. Egal, was danach mit uns geschieht, aber wir müssen verhindern, dass dieses Virus freigesetzt wird! Um jeden Preis!« Sie sah ihn flehentlich an. Er nickte: »Dann wollen wir mal loslegen!« Sie drehte sich zu den Bildschirmen um, während Max sich den Autoclav vornahm. Shenmis Vater lauschte in der Zwischenzeit angestrengt, ob die Verfolger kamen. Die dumpfen Schläge wurden lauter und als nach einem Knall eine leichte Erschütterung durch das Labor ging, gab es keinen Zweifel mehr. »Sie kommen näher!«, rief der alte Offizier in sein Mikrofon. Sollten sie nur, er würde sie erwarten! Sein Blick fiel auf seine alte Armeepistole, die er auf einen Aluminiumtisch vor sich gelegt hatte.

Shenmi öffnete das verschlüsselte Programm und wandte sich erneut an Max, während die Daten hochgeladen wurden. »Max, komm mit, wir müssen jetzt die Behälter mit den Viren holen!« Eine weitere Explosion erschütterte das Gebäude. Dieses Mal war sie bedeutend lauter. Sie hatten die nächste Tür gesprengt. Shenmi hastete zu dem Kryotank, der RaTG13 und seine Mutanten barg, öffnete ihn und entnahm ihm die ersten Behälter. »Hilf mir, wir müssen alle Behälter in den Autoclav schaffen!« Max humpelte verbissen hin und her, er war schweißüberströmt und stöhnte vor Schmerzen. Schließlich war der Kryotank leer. Shenmi schloss die Tür des Autoclav, gab das Programm ein und drückte auf Start. Auf dem Display erschien eine Stoppuhr. Jetzt waren ganz deutlich Schüsse zu vernehmen. »Das wird eng!«, keuchte Max atemlos. »Wie lange muss das mindestens laufen, damit die Viren sicher abgetötet sind?« Shenmi antwortete, während sie wieder zurück den Computern lief: »Wie ich schon sagte: 35 Minuten sind vorgeschrieben!« Max wurde nervös: »Jaja, ich weiß, aber du wirst mir wohl zustimmen, wenn ich

304

sage, dass wir die nicht mehr haben. Das ist illusorisch. In 35 Minuten sind wir alle tot und das Virus ist schon längst wieder im Kryotank! Also: wie viele Minuten mindestens?« Shenmi hackte schon wieder auf dem Keyboard herum. Sie begann damit, die hochgeladenen Dateien zu löschen. »Ich habe alles auf maximale Power gestellt. Mehr geht nicht. Vielleicht die Hälfte der Zeit – 15 Minuten? Weniger wird definitiv nicht ausreichen!« ›Scheiße, das wird knapp!‹, dachte Max und sah hinüber zu Shenmis Vater. Kerzengerade stand der alte Offizier vor der Schleuse und hielt die inzwischen entsicherte Waffe in der Hand. Man sah ihm an, dass er fest dazu entschlossen war, seine Tochter bis zum letzten Atemzug zu verteidigen. Der Autoclav zischte, die Uhr zeigte erst fünf Minuten an. Würden sie noch zehn Minuten durchhalten?

Maschinengewehrsalven bellten durch das Gebäude. Da fand ein Kampf statt, unmittelbar in ihrer Nähe. Was zur Hölle war da draußen los? Wieder dröhnten Explosionen durch das Gebäude. Man konnte jetzt auch Befehle hören, die über schnarrende Lautsprecher erteilt wurden. Shenmis Vater lauschte gebannt. Max sah, wie er den Hahn der Pistole zurückzog. Ein Blick auf das Display: zehn Minuten. »Boom, das war's!« Shenmi schlug auf die Tastatur. Alle Daten unwiederbringlich vernichtet. Meine Arbeit der letzten zwei Jahre! Und weißt du was: es tut mir überhaupt nicht leid!«

Jetzt splitterte Glas – sie hatten die Schleusen erreicht.

Noch 4 Minuten.

Die Maschinengewehrsalven waren jetzt ganz nah, das Feuer schien aber abzuebben.

Plötzlich pfiff ein Querschläger durch das Labor, prallte an einer Arbeitsplatte ab und traf den Offizier. Er sackte mit einem Stöhnen zusammen. Aus dem Schutzanzug entwich die Luft mit einem hellen Pfeifen »Vater!« rief Shenmi entsetzt, aber der winkte ab. »Nur ein Streifschuss am Bein! Aber wo ist meine Pistole?«

Noch drei Minuten.

Dann waren sie da. Ein Spezialkommando mit Schutzausrüstung und Gasmasken drang mit Sturmgewehren im Anschlag in den Sicherheitsbereich ein. »Hände hoch! Auf den Boden! Los, los, los!« Sie wurden zu Boden geworfen und fixiert. Max warf einen Blick auf die Uhr: noch eine Minute. Der Anführer des Trupps lief sofort zum Autoclav. ›Okay, das war's. Eine verdammte Minute hat gefehlt!‹ Max blickte verzweifelt zu Shenmi, die ebenfalls beobachtete, wie sich der Anführer an dem Autoclav zu schaffen machte. Plötzlich weiteten sich ihre Augen zu einem ungläubigen Staunen. Max sah wieder zum Autoclav. 15 Minuten. Die Uhr lief weiter. Vor dem Gerät stand Jane.

Der heiße Tee tat gut. Sie saßen in der Cafeteria des Instituts. Shenmi und Max hatten noch die Unterkleidung des Schutzanzugs an. Ihr Vater hatte darauf bestanden, seine Uniform wieder anzulegen, bevor man ihn ins Krankenhaus brachte.

»Jane, ich finde, du bist mir eine Erklärung schuldig!«, sagte Max. »Du scheinst ja noch ganz andere Qualitäten zu haben! Also, was wird hier gespielt?«

Jane steckte noch im schwarzen Kampfanzug, die Waffen hatte sie allerdings abgelegt. »Tja, Max. Wie du ganz richtig vermutest, bin ich nur eine Teilzeit-Ärztin. Hauptberuflich arbeite ich bei der Auslandsaufklärung. Wir sind vor einiger Zeit durch ein Verhörprotokoll auf dich aufmerksam geworden, das von einem inzwischen verstorbenen Dissidenten stammte und in dem geschildert wurde, wie du ihn vor dreißig Jahren nach Hong Kong geschmuggelt hast. Ich wurde damit beauftragt, dich unter die Lupe zu nehmen. So kam es zu meiner Famulatur in deiner Praxis.« Max pfiff durch die wenigen noch verbliebenen Zähne: »Ihr habt einen langen Arm, das muss man euch lassen!« »So ist es. Aus meiner Sicht warst du aber ein eher harmloser Zeitgenosse und so habe ich auch meinen Bericht abgefasst. Allerdings hatten wir dich seitdem auf dem Schirm und wurden aktiv, als du nach Melbourne geflogen bist, weil du dich dort mit Dr. Li treffen wolltest. Als man in Melbourne das Visum für dich beantragte, haben wir uns eingeklinkt.« »Habt ihr mich die ganze Zeit ver-

306

folgt?«, fragte Max erstaunt. Jane lachte. »Ja, aber nicht so, wie du vielleicht denkst. Du glaubst sicher noch, das läuft so ab wie in den US-Krimis. ›Folgen Sie dem Wagen!‹ Nein, da haben wir ganz andere Möglichkeiten. Du erinnerst dich vielleicht an einen kleinen Stich ins Bein auf dem Flug nach Wǔhàn? Da haben wir dir einen Nano-GPS-Tracker injiziert. Damit wussten wir immer, wo du bist, und konnten dich orten, bis du in das Museum gegangen bist. Das war dann auch der Moment, in dem der Fall zur Chefsache wurde, da du dich dort gleich mit zwei Personen aus hochsensiblen Bereichen getroffen hast. Da wussten wir, dass irgendetwas extrem Gefährliches am Laufen war. Während wir dein Signal dann leider vorübergehend verloren haben …« »Kein Wunder, mein Folterknecht hat mich ja auch irgendwo in einem Keller unter dicken Betonmauern festgehalten!« » … während wir dich also zunächst leider verloren haben, haben wir uns diese australische Wissenschaftlerin gegriffen, die von Wang und Yue Fei angeworben und geführt worden ist. Wir haben sie dann, sagen wir mal: überredet, uns bereitwillig alles zu erzählen, was sie wusste und so sind wir der Verschwörung innerhalb des Militärgeheimdienstes auf die Schliche gekommen. Als wir dein Signal dann wieder orteten, schnappte unsere Falle zu.

Wie ihr ja bemerkt habt, sind wir hier auf erbitterten Widerstand gestoßen. Wang war von seinen Männern darüber informiert worden, dass Dr. Li mit einem Offizier und einem Europäer das Labor betreten hatte, und hatte natürlich sofort eure Verhaftung befohlen, da er ganz richtig vermutete, dass ihr seinen Plan im letzten Moment sabotieren wollt. Als sie dann versucht haben, sich zu euch durchzusprengen sind wir ihnen in den Rücken gefallen. Sie hatten offensichtlich den Befehl, ihren Auftrag um jeden Preis zu erfüllen, was dann zu dem Massaker vor dem Hochsicherheitstrakt führte.

Inzwischen haben wir Wang verhaftet und er hat uns auch schon viel erzählt. Es ist unglaublich: offenbar hat er diesen Plan zusammen mit Yue Fei ganz allein geschmiedet und aufgrund seiner Stellung große Teile seines Dienstes so manipuliert, dass man dort dachte, das seien genehmigte Planungen. Die beiden waren so schlau, dass sie ihren Helfern immer nur so viel erzählten, wie sie wissen mussten, um die ihnen jeweils zugedachte Aufgabe zu erfüllen. Niemand außer den beiden war sich offenbar über die Dimension dessen im Klaren, was da geplant worden ist. Fatal wirkte sich auch der rigide Korpsgeist und die Angst vor Repressionen aus, die in diesem Dienst herrschen. Momentan suchen wir mit Hochdruck nach Yue Fei ...« »Den braucht ihr nicht mehr zu suchen«, unterbrach sie Max. »Der liegt mit dem Gesicht nach unten in irgendeinem verlassenen Keller und wird niemandem mehr etwas antun.« Jane stutzte kurz: »Sag bloß ....? Yue Fei war eine lebendige Waffe und Du hast ....? Im Ernst? Respekt, das hätte ich nicht von dir gedacht! Aber gut. Wang hat Dr. Li offenbar massiv unter Druck gesetzt, um sie dazu zu bringen, das Virus herzustellen. Er gab an, dass er von Yue Fei auf diese Idee gebracht wurde – ein Krieg ohne einen einzigen Schuss! Mit einem Virus! Das ist blanker Terrorismus! Ein Komplott! Verrat in unseren eigenen Diensten! Es werden jetzt noch viele Köpfe rollen und es versteht sich von selbst, dass diese Geschichte niemals nach außen dringen darf! Ich bin befugt, Dr. Li mitzuteilen, dass sie für ihre Verdienste um die Wissenschaft Chinas eine hohe Auszeichnung bekommen wird. Außerdem wird über Vergangenes nicht mehr gesprochen werden. Das gilt sowohl für das, was vor dreißig Jahren, wie auch für das, was soeben geschehen ist. Nichts von dem wird jemals nach außen dringen!« Sie blickte Shenmi fragend an. Shenmi schaute zu Max.

Der lächelte sie an und nahm ihre Hand.

Beide wussten, dass sie ihre Reise auf dem Goldenen Fluss nun endlich fortsetzen würden.

Epilog

Sòng Luan wurde langsam ungeduldig. Er hatte dem Beamten jetzt schon zum x-ten Mal erklärt, dass er hier arbeite und dass es wichtig sei, gerade heute nach dem Rechten zu sehen. Wie konnte man nur so stur sein! »Hier darf keiner rein, Befehl von ganz oben!« Der Mann war wie eine Sprechpuppe, es war zum Aus-der-Haut-Fahren! Er versuchte es ein weiteres Mal: »Das haben Sie mir jetzt schon oft genug gesagt, Genosse! Aber ich habe Ihnen doch erklärt, dass da drinnen Tiere sind, die dringend versorgt werden müssen! Die sind in einem abgetrennten Bereich, der ganz sicher gar nichts mit dem zu tun hat, weshalb diese Absperrungen hier sind!« Der Polizist würdigte ihn keines Blickes mehr und starrte stur an ihm vorbei ins Leere. Plötzlich hatte Sòng Luan eine Idee: »Genosse, ich kann nicht glauben, dass Sie die Verantwortung für so eine Katastrophe übernehmen wollen! Denken Sie doch mal an Ihre Karriere, sie haben doch sicher auch Familie zu Hause, oder?« Das hatte gesessen, der andere wurde etwas unsicher. »Wie meinen Sie das, Genosse? Was soll das für eine Katastrophe sein?« »Naja«, erklärte Sòng Luan eilfertig. »Da oben sind sehr wertvolle Tiere. Ergebnisse von langen und teuren Forschungen! Sie wissen ja, dass das Labor ein Prestigeobjekt für unser ganzes Land ist, weshalb sehr viel Geld in die Forschungen gesteckt wurde. Naja, und wenn die Tiere jetzt dort oben verenden, weil Sie mich nicht reingelassen haben und die ganzen aufwendigen Forschungen dann womöglich umsonst gewesen waren ….. Das ganze Geld! Futsch! Da wird man einen Verantwortlichen suchen. Hmm, natürlich werden sie bei mir nachfragen und, naja, ich täte das nur ungern, aber ich kann ja in so einem Falle nun gar nichts dafür, wenn Sie mich hier nicht durchlassen …. Genosse …« Zufrieden beobachtete Sòng Luan, wie sich kleine verräterische Schweißperlen auf der Stirn des Beamten bildeten. Man konnte förmlich spüren, wie der Mann mit sich rang. Schließlich sagte er: »Also gut, Mann!

Geh jetzt schnell da rein, kümmere dich um die Scheißtiere und mach, dass du bald wieder rauskommst!«, und schob ihn durch den Eingang.

Das diebische Grinsen auf Sòng Luans Lippen erstarb, als er wahrnahm, wie es im Innern des Gebäudes aussah: das sah alles so gar nicht nach einem bloßen Feuer aus! Hier hatte ein Kampf stattgefunden und der musste hart und blutig gewesen sein. Überall waren Einschusslöcher und er musste aufpassen, um nicht in eine der vielen inzwischen fast getrockneten Blutlachen zu treten. Die schweren codegesteuerten Sicherheitstüren hingen zerfetzt in den Angeln. In Ihnen klafften große Löcher. Auch die Schleusen waren zerstört, allerdings hatte man inzwischen notdürftige Plexiglasbarrieren eingezogen, nachdem man die gefährlichen und wichtigen Virenstämme evakuiert hatte. Sein Chef hatte ihn heute Morgen angerufen und ihm den Auftrag gegeben, sich um die Versuchstiere zu kümmern. Er hatte erzählt, eine Spezialeinheit habe ein hier durch eine technische Störung ausgebrochenes Feuer gelöscht (kein Wunder, das Labor sei ja auch von Franzosen gebaut worden). Der Laborleiter habe ihm versichert, es seien keine gefährlichen Substanzen freigesetzt worden. Später sei ihm dann eingefallen, dass sich ja jemand um die Tiere kümmern müsse. Deshalb bitte er ihn, Sòng Luan, das in die Hand zu nehmen.

›Feuer! Dass ich nicht lache!‹, dachte Sòng Luan. ›Jetzt lügen sie wieder, um zu vertuschen, was hier tatsächlich geschehen ist! Aber ich will das gar nicht so genau wissen – ich füttere und tränke die Tiere und dann hau ich hier so schnell wie möglich wieder ab!‹ Ihm war jetzt doch ein wenig mulmig zumute. Schließlich war der Zutritt ja eigentlich strengstens untersagt gewesen. Andererseits musste sich jemand um die Tiere kümmern und dieser jemand war nach Lage der Dinge er – Tierpfleger Sòng Luan mit einer speziellen Zusatzausbildung für die Arbeit in diesem Labor. Und er war jemand, der seinen Beruf ernst nahm! Schließlich konnte sein Land in der Forschung nur dann gegen den Westen und die USA bestehen, wenn Menschen

310

wie er ihren Beruf ernst nahmen! Ohne Menschen wie ihn gab es keine Forschung und deshalb war er jetzt hier. Um von all den wissenschaftlichen Ergebnissen zu retten, was zu retten war. Damit diente er seinem Land und diese Erkenntnis ließ ihn wieder etwas ruhiger werden.

Er schloss die große Stahltür auf, die zu dem kargen Raum führte, in dem Ratten, Mäuse, Frettchen und sogar ein Affe in Käfigen ihr Leben fristeten. Sie war unversehrt. Eigentlich hatte er bei seiner Tätigkeit immer einen Schutzanzug an, aber erstens waren ja alle Viren weg und zweitens waren die Schleusen sowieso kaputt. Und er würde ja auch nur kurz bleiben, um Wasser und Futter aufzufüllen. Als er den Raum betrat und die ihm anvertrauten Geschöpfe allesamt gesund und auch relativ munter sah, fiel ihm ein Stein vom Herzen. »Keine Verluste!«, murmelte er erleichtert und begann, die Käfige professionell zu befüllen. Die Ratten und Mäuse waren ihm eigentlich egal. Er hatte anfangs hin und wieder bedauert, dass er sie nach den Versuchen töten und verbrennen musste. Man warf diese Tiere nicht einfach weg, denn eigentlich hätte man sie seiner Meinung nach lieber zu köstlichen Speisen verarbeiten sollen. Suppe aus Rattenfleisch war nicht nur sehr nahrhaft, sondern half auch gegen Kahlheit. Jedes Mal, wenn er in seinem Schutzanzug schwitzte und eine Ratte verbrennen musste, besah er sich hinterher mit einem gewissen Bedauern seine zunehmenden Geheimratsecken.

Ganz und gar nicht gleichgültig war ihm jedoch der kleine Makake, der in einem besonders großen Käfig lebte. Sòng Luan hatte begonnen, sich näher für den Rhesusaffen zu interessieren, nachdem er gelesen hatte, dass die Amerikaner mit solchen Affen Versuche im All gemacht hatten. Sie waren sogar darauf trainiert worden, während des Fluges im All bestimmte Aufgaben zu erledigen, was Sòng Luan ganz erstaunlich fand. Er hatte sozusagen einen potenziellen Taikonauten in seiner Obhut und als solcher hatte der natürlich das Recht, besonders aufmerksam betreut zu werden. Sòng Luan hatte ihm, zu Ehren des ersten Rhesusaffen-Taikonauten, den Namen Sam gegeben. Auch andere Labormitarbeiter schienen Sam sehr ins Herz geschlossen zu haben – Dr. Li zum Beispiel hatte vor allem in den letzten Wochen besonders viel Zeit mit ihm verbracht, was vielleicht auch, so genau wusste er das nicht, mit ihren Forschungen zu tun gehabt hatte.

Sam schien es heute gar nicht gut zu gehen. Er hockte apathisch in einer Ecke seines Käfigs und machte keine Anstalten, Sòng Luan so freudig zu begrüßen, wie er es sonst immer tat, wenn es etwas zu fressen gab.

»Hey Sam«, er bemühte sich um einen möglichst sanften Tonfall. »Was ist denn los? Hast mich wohl vermisst? Ah, du hast ja gar nichts mehr zu trinken! Warte mal, das haben wir gleich!« Er füllte Wasser und Nahrung in die dafür vorgesehenen Behälter. Sam schien das nicht sonderlich zu interessieren. Er hockte weiter in der Ecke und rieb sich hin und wieder die glasigen Augen. ›Das gefällt mir nicht!‹, dachte Sòng Luan. ›Vielleicht ist er krank?‹ In diesem Moment streckte Sam die rechte Hand nach Sòng Luan aus. Der wusste eigentlich, dass es streng verboten war, die Tiere ohne Schutzanzug zu berühren. Aber heute war sowieso alles anders und es war ja auch niemand da, der ihn verraten konnte. Also hielt er dem Affen seinen linken Zeigefinger hin. Vorsichtig beugte sich der Affe vor und berührte sanft den Finger seines Pflegers. Es war wie ein kurzer Gruß aus einer anderen Welt. Taikonaut Sam grüßte die Menschen, die ihm den Flug ins All ermöglicht hatten. ›Auftrag ausgeführt!‹

Als Sòng Luan später im Bus Richtung Hànkǒu saß, um dort auf dem Tiermarkt Huanan noch ein paar Lebensmittel einzukaufen, ging ihm Sam nicht aus dem Kopf. Vielleicht, so dachte er, würde auch dieser Rhesusaffe für die Welt so wichtig werden wie der amerikanische Taikonauten-Sam.

Man schrieb das Jahr des Schweines.

Das Jahr des Drachen würde erst noch anbrechen.

312